EVOLVER
BOOKS

Ungekürzte Ausgabe
1. Auflage September 2011
© Evolver Books, 1070 Wien

Covergestaltung: Jörg Vogeltanz
Lektorat: Peter Hiess
Graphische Umsetzung u. Satz: Robert Draxler
Gesamtherstellung: Druckwerker, 1020 Wien

Printed in Austria
ISBN 978-3-9502558-4-3
Verlags-Homepage: http://www.evolver-books.at

MARTIN COMPART

DIE LUCIFER-CONNECTION

EVOLVER BOOKS

Für Kuching (1993–2011)

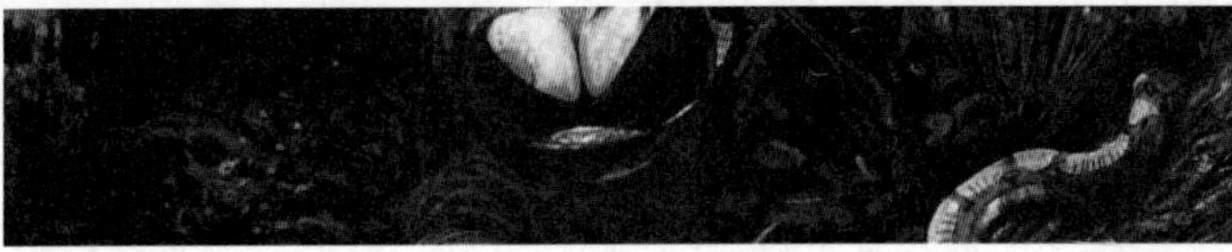

PROLOG

Der Vollmond schien auf den weißen Strand von Liberia. Vom Südatlantik wehte ein leichter Wind in die unangenehm feuchte Tropenluft des Festlands. Liberias Präsident Charles Ghankay Taylor kam mit seinem weißen Freund aus dem Haus. Hinter ihnen gingen General Fuck-Me-Quick und General Gravedigger, zwei der Hauptmänner des Präsidenten aus den sogenannten Top twenty. General Gravedigger trug passenderweise eine Schaufel. Als es Taylor gefiel, blieben sie stehen, und Gravedigger grub ein tiefes Loch in den Sand. Kaum war er damit fertig, kamen General Butt Naked und Colonel Murder mit einer weinenden Frau in ihrer Mitte vom Haus her auf die Gruppe zu.

Die junge Frau war unübersehbar schwanger und trug ein etwa zweijähriges Kind in den Armen. General Butt Naked war nackt bis auf nagelneue Nikes und eine Planet-der-Affen-Maske. Colonel Murder trug ebenfalls Nikes, Rapper-Pluderhosen, eine Baseballkappe seitlich auf dem Kopf und eine Scream-Halloween-Maske. Am Loch angekommen, nahmen sie der verzweifelten Frau ihr Kind ab und zwangen sie hinein. General Gravedigger schaufelte Sand auf sie, bis sie völlig bedeckt und die Grube geschlossen war. Nun begannen Präsident Taylor und sein weißer Freund über der erstickenden Frau spielerisch um das schluchzende Kind zu kämpfen. Schließlich zerrissen sie es und teilten sich sein blutiges kleines Herz, das sie genussvoll verschlangen.

„Jetzt bist du einer von uns, Poro. Ich gebe dir meinen Colonel Murder mit, damit er deine heiligen Stätten bewacht“, sagte

Taylor und leckte sich die roten Finger. Von den Lippen seines weißen Freundes tropfte etwas Blut in den vom Vollmond beschienenen weißen Sand von Liberia.

1. TEIL:

DAS BÖSE

Sich Satan verschreiben, was heißt das?
Charles Baudelair

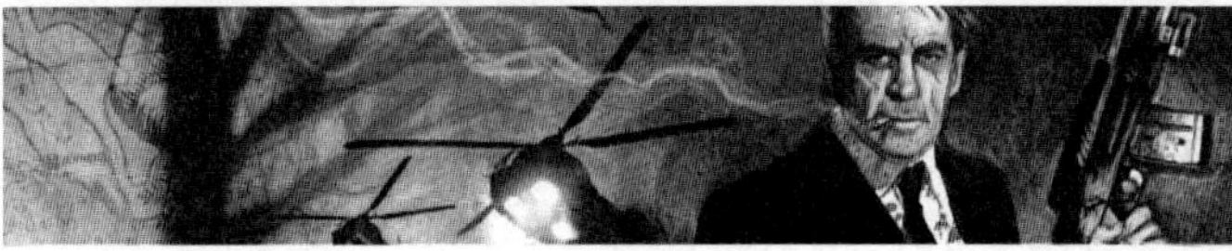

1

Die verweinten Augen des kleinen Jungen sahen Gill skeptisch und hoffnungsvoll zugleich an. Gill hielt die Tür auf und sah zu ihm herunter. Er war genervt und leicht verkatert. Am liebsten hätte er die Tür einfach wieder zugeschlagen, aber er widerstand der Versuchung. Den Kleinen umgab so etwas Trauriges – nicht nur, weil er weinte.

„Was kann ich für dich tun?“

„Ich komme von der Polizei. Generalhauptkommissar Igel schickt mich … er sagt … also … Sie müssen mir unbedingt helfen.“

„Generalhauptoberkommissar Igel, aha. Das muss dann wohl sehr wichtig sein. Komm erstmal rein.“

Der Kleine ging an Gill vorbei durch den Gang, blieb unsicher stehen und folgte ihm dann ins Büro. Er setzte sich in den Sessel vor dem Schreibtisch und sah sich interessiert um.

„Ist das ein richtiges Privatdetektivbüro?“

„Ich bin kein richtiger Privatdetektiv. Ich bin Sicherheitsberater. Aber du weißt ja hoffentlich, wer ich bin. Und wer bist du?“

„Ich heiße Michael Heimkann.“

„Sehr erfreut. Warum warst du bei der Polizei?“

„Weil Henry weg ist.“

Gill sah ihn fragend an.

„Henry ist mein Kater. Er ist noch ganz jung. Nicht mal ein Jahr alt und noch nicht kastriert. Er ist der liebste Kater der Welt und mein bester Freund. Ich habe ihn aus dem Tierheim und nicht von einem Züchter.“

„Sehr gut. Züchter gehören alle erschossen."

„Oh ... was? Züchter sind böse, weil sie noch mehr Tiere machen, die dann ins Tierheim müssen. Und da sind schon so viele. Als ich Henry holen durfte, waren so viele da, die auch mit mir mitwollten. Ich musste weinen, weil ich nicht alle mitnehmen konnte."

„Das konntest du nicht. Aber du hast dafür gesorgt, dass wenigstens eines ein Zuhause hat." Missmutig warf Gill eine weitere Aspirin in sein Wasserglas.

„Er würde nie von alleine weglaufen. Jemand hat ihn entführt."

„Wie lange vermisst du ihn denn schon?"

„Seit gestern nacht."

„Und er ist vorher nie so lange weg gewesen?"

„Kein einziges Mal. Er geht nie aus dem Garten. Manchmal legt er sich unter einen Busch. Aber er ist ja noch so klein. Er hat viel zuviel Angst, um wegzulaufen."

„Irgendwann fangen sie alle zu streunen an."

„Weiß ich doch. Aber Henry noch nicht. Henry bleibt immer im Garten oder im Haus. Manchmal setzt er sich in die Hecke zur Straße. Aber er geht nie weiter, weil er sich vor den lauten Autos fürchtet."

Gill zündete sich eine Reval an.

„Rauchen ist ungesund."

„Was geht dich das an? Bist wohl ein Klugscheißer, was? Ich kann Klugscheißer nicht ausstehen ..."

„Tschuldigung. Finden Sie Henry für mich?"

„Immer langsam, Junge."

Der Kleine zog hundert Euro aus der Tasche und legte sie auf den Schreibtisch. „Das ist alles, was ich habe. In zwei Monaten habe ich Geburtstag. Ich kann mir Geld wünschen und Ihnen dann mehr bezahlen."

Gill blickte auf den zerknitterten Geldschein. „Dafür kriegt man ja nicht mal vernünftige Skates."

Michael rutschte verzweifelt auf dem Sessel herum. Er sah Gill aus melancholischen Augen an. Das berührte Gill. Seine eigene Kindheit war auch von Einsamkeit geprägt gewesen. Und er zog die Gesellschaft von Tieren der von Menschen vor. Selbst die eines Krokodils.

„In zwei Monaten … Ich kriege bestimmt fünfhundert Euro …"

Gill musterte den Jungen ernst. „Das ist eine harte Nuss. Ich habe sowas noch nie gemacht."

„Aber Generalhauptkommissar Igel hat gesagt, Sie sind der berühmteste und beste Katzenfinder von ganz Dortmund."

„Igel ist ein Arschloch und hat dich belogen."

Schockiert starrte der Junge ihn an.

„Er hat dich belogen, um dich loszuwerden. Und weil er mich nicht mag, hat er dich zu mir geschickt. Um mir einen Streich zu spielen."

Neue Tränen sammelten sich in den Augenwinkeln. „Einen Streich hat er Ihnen gespielt … Aber zu wem soll ich denn jetzt gehen? Henry ist bestimmt schon ganz krank vor Angst und wartet, dass ich ihn hole."

Gill stand auf, legte ihm beruhigend die Hand auf die Schulter.

„Willst du was zu trinken?"

„Ist mir egal." Der kleine Körper in den teuren Markenklamotten zuckte. Gill trank das Aspirin auf Ex, ging in die kleine Küche, nahm eine Flasche mit Direktsaft aus dem Bergischen Land aus dem Kühlschrank. Während er zwei Gläser eingoss, sprang eine schwarze Katze mit weißen Pfötchen und weißer Blesse auf die Fensterbank. Sie blieb im geöffneten Fenster sitzen, kratzte sich hinter dem Ohr und sah Gill freundlich an. Ein paar schnurrende Laute.

„Na, Kuching. Da hast du dir ja den richtigen Moment ausgesucht."

Die Katze schnurrte, als sie ihren Namen hörte, sprang von der Fensterbank und stupste ihr Köpfchen gegen Gills Unterschenkel.

„Du meinst, ich soll mal was Sinnvolles tun, was? Die Welt sicherer machen für mittlere Raubtiere."

Kuching setzte sich vor ihren Napf und sah ihn erwartungsvoll an. Seufzend öffnete Gill eine Dose Katzenfutter, was ihm ein beifälliges Miauen einbrachte.

„Heute wieder Fisch. Endgültig vorbei mit Rind. Wenn ich schon kein Fleisch mehr esse, musst du dich gefälligst auch mit Fisch begnügen."

Die Katze schnüffelte an dem Fisch und schien etwas ungehalten. Dann biss sie kräftig zu und tröstete sich mit den Gedanken an ein paar saftige Mäuse, die es inzwischen in der Dortmunder Innenstadt reichlich gab. An Gill hatte sie momentan kein weiteres Interesse. Also ging er mit der Flasche und zwei Gläsern ins Büro zurück.

***

„Verdammt viel schwieriger, als einen Menschen zu finden. Aber ich habe eine Idee, die man vielleicht ausprobieren könnte …"

„Wie lange dauert das?"

„Weiß ich nicht. Hast du ein Foto von Henry?"

Der Kleine zog ein Bild aus der Jacke. Es zeigte einen vor Lebensfreude und Energie nur so strotzenden kleinen, pechrabenschwarzen Kater mit großen Augen. Er saß auf Michaels Kopf.

„Hört er auf seinen Namen?"

„Ja. Das heißt …"

„… wenn er will."

Der Junge sah Gill begeistert an. Vielleicht war der Superdetektiv ja doch kein Trottel.

„Stimmt. Wenn er nicht will, hört er überhaupt nicht."

„So sind Katzen. Ich habe da auch so ein paar Erfahrungen. Hunde haben Herrchen, Katzen Personal."

Auf dieses Stichwort schnürte Kuching herein und betrachtete Gills Besucher interessiert. Sie kam näher und beschnüffelte Michaels Beine.

„Sie riecht Henry."

„Und vieles andere. Das ist Kuching. Sie wohnt gelegentlich hier, nimmt gnädig von mir Futter entgegen und achtet auf meine geistige Gesundheit."

„Aha."

„Musst du nicht verstehen."

„Tu' ich aber."

„Du liebst Katzen."

„Henry liebe ich mehr als alles andere auf der Welt."

„Mehr als deine Mutter?"

„Ja."

„Das ist eine ziemlich merkwürdige Ansicht für ein Kind."

„Mir doch egal."

„Liebst du denn deine Mutter nicht?"

„Doch. Aber nicht so sehr wie Henry. Henry ist immer bei mir. Henry braucht mich."

Wieder der alte Scheiß von einem Kind, das sich vernachlässigt fühlte. Gill hatte keine Lust, weitere Details zu hören. Das würde ihm auch nicht helfen. Er sollte eine Katze finden und sich nicht um die mies laufende Sozialisation eines Kindes kümmern. Ersteres konnte er – vielleicht. Letzteres scherte ihn einen Dreck.

„Gib mir den Hunderter."

Michael überreichte ihm den zerknüllten Schein.

„Ich übernehme den Fall. Eine Erfolgsgarantie gibt es natürlich nicht. Die Chancen sind eher schlecht. Mach dir nichts vor. Gut möglich, dass Henry längst tot ist.“

Der Kleine begann wieder zu weinen.

„Er lebt. Ich weiß es, ich spüre das.“

***

Gill dachte daran, wie er eines Nachts aufgewacht war und gewusst hatte, dass mit Kuching etwas nicht stimmte. Er hatte sich angezogen und Hinterhöfe, Keller und Hauseingänge durchsucht. In einem alten Kohlenkeller hatte er die Katze schließlich gefunden, eingeklemmt zwischen Gerümpel, tief im Bauch der Stadt. Sie hätte sich nie selbst befreien können. Die Chancen, dass sie jemand gefunden hätte, waren gering. Das Tier war abgemagert und musste mehrere Tage und Nächte in dieser misslichen Lage verbracht haben. Wenn der Kleine fühlte, dass seine Katze noch lebte, konnte Gill das nachvollziehen. Er stand auf und legte Michael tröstend die Hand auf die Schulter. Sie fühlte sich eiskalt an. Die unbeschwerte Freude war aus dem jungen Körper gewichen und durch die ersten Verzweiflungen des Lebens ersetzt worden. Weitere würden folgen. Aber diese konnte Gill vielleicht beenden.

„Wie kann ich dich erreichen?“

„Ich habe ein Handy.“

Gill ließ sich Adresse und Telefonnummer geben und schickte seinen Klienten nach Hause. Als er in sein Büro zurückkam, hatte Kuching es sich in seinem gepolsterten Schreibtischsessel gemütlich gemacht. Sie starrte ihn intensiv an.

„Hab’ schon verstanden: Wenn ich dich runterjage, ist das schlecht für mein Karma. Ich weiß.“

Begeistert leckte sich die Katze den Hintern, als Gill sich in den Besuchersessel fallen ließ und die spartanische Einrichtung betrachtete. Dies war seine Wohnung und gleichzeitig sein Büro. Bis auf den teuren Laptop, der so befremdlich glänzte wie die Moral in einem Bankerhirn, hätte die Einrichtung aus dem Sperrmüllkatalog stammen können. Was ein Zuhause war, hatte er nie gelernt. Er war weit gereist und nirgends angekommen.

„Hilf mir mal beim Nachdenken", sprach er die Katze an, die das für keine ernstgemeinte Aufforderung hielt und sich weiterhin putzte. Er legte J. J. Cales „To Tulsa And Back" auf und hörte sich „Homeless" an. Gill überlegte, wo er ansetzen könnte …

2 Domogalla stand mitten im Bermuda-Viereck von Witten. Hier waren mehr Schicksale versenkt worden als Schiffe in der Karibik. Die Straßenkreuzung war aufgerissen, um Kanalisationsröhren zu verlegen. Das war zwar nicht nötig, brachte aber einigen Unternehmen einen Batzen Geld. Domogalla hatte einen dienstfreien Tag und überlegte, wo er ihn versaufen könnte. Unten rechts, vor der Kirche, war das „Old House". Ein paar Schritte daneben die „Marktschänke", Wittens schlimmste Absturzkneipe. Da ging man besser erst später hin. Nüchtern unter Zugeknallten machte wenig Freude. Die Hochburgen Wittener Ruchlosigkeit, funkelnde Diamanten in der Jauchegrube des Lebens.

Er drehte sich um. Oben rechts war „Bei Ulla", schräg gegenüber die „Alte Zeit". Die Wahrscheinlichkeit, um diese Uhrzeit hier auf Lutz zu treffen, war leider nicht gering. Domogalla wollte Lutz auf keinen Fall begegnen. Seit der aus dem Krankenhaus raus war, nervte er die zivilisierte Welt mit seiner Leidensgeschichte. Er hatte Blasen- oder Gallensteine oder irgendsowas Ekliges. Egal. Trotzdem riskierte Domogalla „Bei Ulla".

Als anständiger Polizist braucht er dort nicht zu bezahlen. Er soff auf Deckel, und Ulla musste sie dann wegschmeißen. Dafür gab es aber auch den unbezahlbaren Schutz durch Domogalla und seine Freunde von der Exekutive. Er setzte seinen schweren Körper in Bewegung. Domogalla war groß, hatte einen unglaublichen Brustumfang und war gebaut wie ein Block. Und er war heute schlecht drauf. Der Job machte ihn mürbe – nach fast zwanzig Jahren. Keiner hatte mehr angemessenen Respekt vor der Polizei. Und er hatte eine blöde Fußballwette gegen Igel verloren. Für einen Schalke-Fan, der nach Dortmund versetzt worden war, gab es immer Ärger oder Spott.

Er schlenderte an der Baustelle vorbei durch einen schmalen Durchgang, eingegrenzt von einem Türkenladen und dem Bretterverhau. Der Türkenladen machte ihn erst recht sauer. Hier war früher das „Café Annette" gewesen, sein bevorzugter Aufenthaltsort bei Schulstunden, deren Niveau ihm nicht zugesagt hatte. Stundenlang wurde dort und in der Milchbar über dem Hallenbad Skat gekloppt. Die ewige Skatrunde der Schulschwänzer. Scheiße, das Hallenbad mit seiner wunderbaren Fünfziger-Architektur hatten sie auch abgerissen – um noch ein geschmackloses Altersheim hinzuknallen, das sich sowieso kaum einer von den alten Wichsern leisten konnte.

Die Stadt war einmal richtig nett gewesen. Nicht wirklich schön, aber mit idyllischen Plätzen und einem angenehmen Zentrum. Doch die letzten Jahrzehnte mit einem verdächtig wohlhabenden Bürgermeister, der Posten gesammelt hatte wie Onkel Dagobert Taler, hatten sich absolut ruinös ausgewirkt. Ungebildete Planer ohne das geringste ästhetische Empfinden hatten Witten zum typischen Ruhrpott-Slum umgestaltet. Der Verfall dehnte sich aus wie Schimmelpilz. Eine verlorene Stadt, fast verlassen und voller Leere. Die Menschen in den Mietshäusern lebten in einem bedeutungslosen Kreislauf. Sie wurden geboren, kämpften ums Überleben, wurden müde und starben. Das Selbstvertrauen der Stadt war zutiefst erschüttert. Dabei floss natürlich immer reichlich Geld. Lange vor der Ausrede mit der Globalisierung hatte man den Mittelstand plattgemacht, Fußgängerzonen ohne jede Identität hineingeklatscht, schöne Häuser abgerissen, um Schrottbauten zu errichten, die schon beim Hochziehen vom Verfall bedroht waren. Einige wenige hatten sich bei all diesen Projekten auf Kosten der Allgemeinheit bereichert. Das übliche Verbrecherkonzept der SPD in Nordrhein-Westfalen, dem Bundesland, dem man Koryphäen wie Wolfgang Clement oder Bodo Hombach verdankte, dachte Domogalla wütend. Seine Laune tendierte mehr und mehr zum Nullpunkt.

***

„Alle in die Ruhr schmeißen", murmelte er vor sich hin, als er die Tür öffnete und die Kneipe betrat. Dabei zog er ein Gesicht, als käme er in eine Leprastation. Prima, Lutz war nicht da! Die Kneipe war ein Wartesaal für Leute ohne Zukunft und mit bemitleidenswerter Vergangenheit. Ein trockener Alkoholiker brauchte hier nur tief einzuatmen, um sofort wieder drauf zu sein. Keine Pflanze konnte diese Atmosphäre ohne seelische Schäden überleben. An einer Ecke des Tresens würfelten zwei Stammgäste mit einer angetrunkenen Blondine. Die kannte Domogalla noch nicht. Er musterte sie. Irgendwen musste er heute noch abführen und mit Handschellen ans Bett fesseln. Mal sehen. An der langen Seite des L-förmigen Tresens lallten voll ausgebildete Trinker über künftige Herrlichkeit. An einem Tisch brabbelte ein Alkoholiker mit zugefallenen Augen auf eine Frau ein, die schon längst gegangen war. Domogalla bestellte ein Pils und rückte neben die Würfler und die Blondine mit dem hirnamputierten Blick. Er lauschte dem Sanskrit der Betrunkenen.

„Mach aus, mach ihn aus."

„Ich hab' den schwarzen Gurt im Knobeln."

„Guck mal hier. Die lass' ich stehen."

„Das lässt du stehen? Ich bitte dir!"

„Nicht zu fassen: mit Schock verliert er."

„Wo hat sie das gelernt?"

„Hat mit Hütchenspielen angefangen."

„Mit der kannst du nicht spielen. Die metzelt alles nieder."

„Da stimmt doch was nicht! Schicken wir sie zum Dopingtest."

„Musst du schon wieder pinkeln?"

„Der Alkohol gehört uns nie ganz. Wir mieten ihn nur."

„Ich war mal Messdiener. Hatte gute Noten in der Schule. Bis ich vierzehn war und die Weiber entdeckte."

„Und den Alkohol."

„Nee, der Alkohol hat mich gerettet."

„Du solltest Sport treiben."

„Ich jogge jeden Abend von einer Kneipe zur anderen."

„Ich wusste nicht, was Glück bedeutet, bis ich geheiratet habe. Dann war es zu spät."

„Frauen haben auf der Kanzel nichts zu suchen. Auch nicht im Vatikan. Jesus hatte auch keine Frau."

„Er hatte auch kein kugelsicheres Auto."

„Keith Richards hat gesagt, er stirbt erst, wenn die Atombehörde einen sicheren Platz für die Endlagerung seiner Leber gefunden hat."

Die Tür ging auf, und zu Domogallas Entsetzen marschierte Lutz herein. Er hatte im Krankenhaus tatsächlich abgenommen. Bis über beide Hamsterbäckchen grinsend brüllte er in die

Kneipe: „Ihr seht ja aus wie frisch gefickte Eichhörnchen!" Für einen Moment hielten alle mit ihrem sinnlosen Treiben inne und stöhnten Richtung Tür.

„Ich musste gerade noch zur Nachuntersuchung", setzte er an und schob sich zwischen zwei verzweifelt dreinschauende Tresenbewohner, die sich in ihr Schicksal fügten, als der Kleine loslegte. Dank jahrzehntelangem Engagement an den Tresen dieser Welt hatte er sich Respekt und Autorität erwildert. Außerdem hatte ihm jeder hier schon oft genug mit eigenen Ehedramen oder anderen Behördenproblemen geschwollene Ohren gequatscht. Lutz packte der Bedienung, die gerade Bier zapfte, an den Busen. Sie reagierte gelangweilt, aber schnell, und schlug ihm auf die Hand.

„Wie? Du schlägst die Hand, die dich füttert?"

Domogalla versuchte seine massige Figur hinterm Tresen zu tarnen. Bis Lutz reihum seine Story verbraten hatte und bei ihm landete, musste er weg sein. Eigentlich hasste er dieses Kneipen-Machotum, das mit Freundschaft verwechselt wird. Es beschränkt sich auf das gegenseitige Spendieren schlechter Getränke, gemeinsame Puffbesuche und das Tieferlegen geschmackloser Mittelklasseautos.

„Die beste Krankheit taugt nichts", meinte eines von Lutz' Opfern im Versuch, den Redeschwall kurz zu unterbrechen.

***

Wieder flog die Tür auf, und eine junge Frau von etwa achtzehn Jahren trat ein. Sie hatte mal hier bedient, konzentrierte sich aber jetzt auf eine Model-Karriere. Ihre Augen waren fast so dumm wie die von Claudia Schiffer, was sie wohl zu Hoffnungen veranlasste. Sie war zu grell geschminkt, und ihr debiles Dauergrinsen hatte sich bereits in das junge Gesicht eingemeißelt. Seit Jahren wünschte sie sich zum Geburtstag Schönheitsoperationen, die den Rest rudimentärer Individualität nach und nach ausradierten. Dass sie mit ihrer Körpergröße – zwei Hände höher als ein Dackel – für diesen Idiotenjob nicht geeignet war, sagte ihr keiner. Blöd wie sie war, stellte sie sich auch gleich neben den begeisterten Lutz.

„Haaiii, Lutzi. Ich komme gerade vom Posen am Beach und will noch etwas chillen, bevor ich mich morgen bei ‚Germany's next Topmodel' vorstelle. Und nächste Woche supporte ich einen Event."

„Das wird doch sowieso nichts", vergaß Lutz seinen Krankenreport. „Besser, du bläst mir einen. Dann kommt wenigstens mal Leben in deinen Schädel."

Die Hirnentkernte lachte hysterisch. „Dir einen blasen? Du bist mir viel zu mature."

„Du bist so klein, da kann ich mein Bier auf dem Kopf abstellen, wenn du mir einen bläst. Wenn wir das als Public Viewing machen, wird das bestimmt ein Event."

Domogalla bestellte ein weiteres Bier, drehte sich vom Tresen weg und wollte sich diesen Scheiß nicht länger anhören. Er starrte auf die Wanduhr. Unbarmherzig radierte sie die vorüberziehenden Momente seines Lebens aus. Er überlegte, ob er seinen kranken Vater im Pflegeheim besuchen sollte, entschied sich aber dagegen. Meistens war der so weggetreten, dass er die Besuche gar nicht mitbekam. Es schmerzte ihn, den alten Mann so zu sehen. Bevor er sich in Wut trauern konnte, setzte sich ein fetter Kerl neben ihn auf dem Barhocker. Er grinste. Sein Gesicht sah gleichzeitig nichtssagend, dumm und heimtückisch aus. Die Augenbrauen waren über der knorpeligen Nase zusammengewachsen.

„Wie geht's denn, Herr Polizeipräsident?"

„Bin immer noch Kommissar, du Wichser."

„Das wird schon noch. Tu mal lieber was gegen die Feinde unserer Demokratie. Geh gegen die islamistischen Verbrecher vor!"

„Ich habe schon genug mit den christlichen Verbrechern zu tun."

Domogallas Handy klingelte. Er drückte dem Dicken seine mächtige Hand auf den Mund. „Ja? Igel … was willst du Penner? Ich baue Überstunden ab."

Am anderen Ende spielte sich das aufgeregte Frettchen auf. Igel war hörbar erregt. „Ich versuche schon die Bloch zu erreichen. Geht nicht ans Telefon. Fahr bei ihr vorbei. Aber du musst auch kommen. Könnte sowas wie ein Massengrab sein, das da so ein Wünschelrutengänger entdeckt hat. Ich weiß nicht, was ich machen soll."

„Hast du die Spurensicherung geholt?"

„Die kommen gerade. Aber ich brauche Alexa und dich."

„Jetzt weißt du mal wieder, warum aus dir nichts wird." Domogalla ließ sich die genaue Ortsbeschreibung geben – selbst damit war Igel beinahe überfordert. Dann sah er bedauernd auf sein halbvolles Bier und schüttete es dem Dicken über den Kopf. „Man kann sich nicht oft genug taufen lassen, um den Gefahren des Islam zu begegnen." Er verließ die Kneipe.

„Im Schlagstock eines Polizisten steckt mehr Recht als in einem Urteil des Obersten Gerichts", zitierte er murmelnd Inspector Alexander S. Williams vom NYPD.

3 Gill startete den Motor und nahm das Tape mit den Sunny Boys aus dem Recorder. Sie erinnerten ihn zu stark an Marla, die ihn vor drei Wochen verlassen hatte. Waren das schon drei Wochen? Oder waren es erst drei Wochen? Wütend knallte er ein anderes Tape aus dem Handschuhfach rein. Flaming Groovies. Auch nicht das richtige jetzt. Er schaltete auf den CD-Player um. Der Soundtrack von „Gimme Shelter". Stones in Altamont. Das Pearl Harbor der Woodstock-Generation. Passte schon besser.

Er verstand einfach nicht, weshalb sie Schluss gemacht hatte. Weil er nur mit seiner Glock in der Hand schlafen konnte? Darauf hatte man ihn im KGB-Internat mit Elektroschocks konditioniert. Sicher trafen Frauen nicht besonders viele Männer mit derartigen Marotten. Aber war das so wichtig? Vielleicht war auch der Altersunterschied schuld: Marla war zwanzig Jahre jünger. Ja, es musste der Altersunterschied sein. Die unwahrscheinlichste und simplifizierendste aller Erklärungen, immer gern genommen. Oder weil er keine Kinder wollte? Dafür war er längst zu alt. Wie sollte er auch Kinder großziehen, wenn er von einer Minute auf die andere dazu gezwungen sein könnte, seine Sachen zu pakken und schnellstens den Standort zu wechseln, weil irgendein Geheimdienstler sich seine Akte herausgekramt hatte? Von seiner Tochter in Malaysia ahnte er offiziell nicht einmal etwas. Er hatte Sarawak verlassen, bevor seine Geliebte wusste, dass sie von ihm schwanger war. Sie hatte gar nicht erst versucht, ihn zu kontaktieren. Das hätte auch nichts genutzt, da er unter anderer Identität unterwegs gewesen war. Mit der Geschichte hätte sie höchstens in eine debile deutsche Show gehen können. Aber von denen wusste das glückliche Naturkind nichts. Familie war in Gills Leben unmöglich.

Er war nur ein Geduldeter, weil er ein bisschen Erpressungsmaterial gegen führende BND-Leute und Politiker in der Hand hatte. Diese Lizenz war jederzeit widerrufbar. Solange er nicht auffiel, ließen sie ihn in Ruhe. Doch seine Sicherheit wurde immer fragiler. Was nützten ihm die besten Dossiers, wenn die Medien immer feiger und gleichgeschalteter wurden? Vor zehn Jahren hätten sich mehrere Blätter darum geprügelt, geheime Unterlagen über Genscher, Kohl oder Schröder zu veröffentlichen. Aber die Kleptokratie war inzwischen zu einer Selbstverständlichkeit ohne große Konsequenzen geworden. Der Journalist Jürgen Roth konnte seinen „Deutschland Clan" veröffentlichen, und nicht mal Bodo Hombach drohte die Strafverfolgung. Stattdessen überzog ihn Ex-Kanzler Proll-Gert, inzwischen in Diensten der Russenmafia, mit Klagen. Die Korruption hatte aus der BRD eine Birnenrepublik gemacht. Wahrscheinlich wäre es besser, er hätte Material gegen Verona oder diesen schleimigen Kerner in der Hand.

Sein alter Chef Wlassow hatte mit seiner „Analyse des Klassenfeindes" recht gehabt. Leider war die Sowjetunion auch korrupt gewesen. Sie wäre wohl früher oder später von selbst zusammengekracht. Auch ohne den Vollidioten Gorbatschow. Und wohin hatte das geführt? Zum größten Mafia-Staat der Welt, noch perfekter organisiert als Italien oder Kolumbien.

In ihm steckte die Verbitterung eines Mannes, dem das Schicksal auferlegt hatte, alleine zu leben. So etwas wie Glück gab es nicht, daran hätte er sich erinnert. Hätte er ein neues Leben anfangen sollen? Niemand fängt ein neues Leben an. Es ist immer das alte, nur in neuen Kleidern. Gill drückte die finsteren Gedanken weg und konzentrierte sich auf Stones und Straßenverkehr – in dieser Reihenfolge.

***

Vor einer Stunde hatte er seine Wohnung im fünften Stock über dem Kino verlassen und war in die Anarchokneipe nebenan gegangen. In ihrem Fenster wurde darauf hingewiesen, dass hier Schutz gegen rassisch Verfolgte gewährt würde. Ihr bester Slogan war: „Asozial aus Tradition“. Das hatte ihm gefallen. Gill trank hier öfters einige Biere und war irgendwann akzeptiert worden. Er hatte vermutet, dass man ihm hier einen Kontakt zu radikalen Tierschützern herstellen konnte. Nach einigen Telefonaten war er tatsächlich an eine Adresse und eine Einladung gekommen. Jetzt war er auf dem Weg zu Dominik, der hinter der Dortmunder Stadtgrenze am Dorney-Wäldchen in Witten-Stockum lebte.

Gill fuhr von der Hörder Straße rechts ab, dann wieder rechts, und tastete sich im Schrittempo an der Einfamilienhaussiedlung vorbei. Eine Siedlung, errichtet auf Hoffnung, Angst und Elend des Spießertums. Gifthäuschen ohne Individualität, aneinandergereiht wie Gefängniszellen. Besoffen würde man mit großer Wahrscheinlichkeit im falschen Haus landen. Um die Geschmacklosigkeit zu krönen, ragte auf der anderen Straßenseite ein Hochhaus auf. Dahinter freies Feld. Kurz vor dem beginnenden Wald stand links ein einsames kleines Haus, umgeben von einer hohen Hekke. Der Zielort. Gill parkte den 190er halb im Straßengraben, stieg aus und ging hundert Meter auf einem zuwachsenden Feldweg zum Haus. Im Schutz der Hecke saß ein junger Mann in der Sonne, einen kleinen Welpen auf dem Schoß. Sein Gesicht wirkte offen und merkwürdig flach, der Körper drahtig und durchtrainiert. Zwei riesige Labradors kamen böse knurrend auf Gill zu. Dominik rief ihnen etwas zu. Sie stellten das Knurren ein und beschnüffelten Gill.

„Ich bin Gill. Wir haben telefoniert.“

„Denk’ ich mir.“

„Wieso geht der eine so komisch?“

„Heinrich hat Probleme mit der Hüfte. Genetisch bedingt. Ein Zuchthund. Man sollte alle Züchter erschießen. Es gibt genügend Kreaturen in den Tierheimen."

„Das hab' ich doch schon mal gehört? Man sollte die Käufer von Zuchttieren erschießen."

„Heinrich ist ein typisches Scheidungskind. Er sollte an Kindes Statt die Ehe retten oder sowas. Hat nicht funktioniert. Tut es nie. Auch nicht mit Kindern."

„Was erwartest du von Idioten, die bei Züchtern kaufen?"

Ein Grinsen huschte über Dominiks Gesicht. Gill musterte ihn genauer. Sommersprossen, wirres rotblondes Haar und intelligente Augen. Trotz der Hitze trug er eine paramilitärische Kampfjacke. Aus der Innentasche guckte der metallene Pferdekopf eines Lappenmessers hervor. So ein Messer war verdammt scharf und gefährlich. Um Tiere abzustechen, trug es Dominik sicherlich nicht bei sich.

„Nora hat gesagt, du bist okay. Das genügt mir. Oder sowas. Wie kann ich dir helfen?"

„Ich brauche eine Art Lagebericht. Ich suche nach einer verschwundenen Katze."

„Dein Ernst?"

„Bei Aufträgen mache ich nie Scherze. Ich weiß selber, dass es schwierig ist."

„Jeden Tag verschwinden Katzen. Freiwillig oder unfreiwillig."

„Freiwillig scheidet aus. Noch ein ganz junges Tier. Geringer Radius. Alle Suchaktionen in der direkten Umgebung waren erfolglos."

Dominik seufzte. „Gehen wir rein."

Etwas stupste Gill in den Hintern. Er drehte sich herum. Einer der Labradors sah ihn treuherzig an. Im Maul hatte er einen abgesabberten Turnschuh.

„Heinrich will spielen. Du sollst versuchen, ihm den Schuh wegzunehmen."

Gill griff den Turnschuh und zerrte daran. Knurrend stemmte sich der große Hund dagegen. Gill ließ los, und Heinrich tobte begeistert davon, einen weiteren Sieg über die Zweibeiner verbuchend.

An einer Seite des Flurs standen großzügige Käfige mit Kleinnagern. Nach rechts ging es in die Küche. Gill warf einen Blick hinein und war überrascht: sie war hochmodern und mit allen Extras ausgestattet. „Vegetarisch kochen ist nicht einfach, wenn es richtig gut schmecken soll. Ich bin Gourmet oder sowas."

Sie betraten das Arbeitszimmer. Hier herrschte kreatives Chaos. Mehrere Computer, vollgestopfte Bücherregale, verstreute Papiere. An einer Pinnwand hingen Karikaturen und das berühmte indizierte „Titanic"-Cover mit der Großaufnahme von Kurt Beck: „Problembär außer Rand und Band. Knallt die Bestie ab!"

„Katzenfang ist ein hochkriminelles Geschäft. Von Banden organisiert, die zum organisierten Verbrechen gehören. Die Felle werden in der Bekleidungsindustrie zu Pelzkragen verarbeitet oder sowas. In Polen und Holland hat man sich darauf spezialisiert, daraus Rheumadecken herzustellen, die richtig teuer auf Kaffeefahrten verscherbelt werden. Aber die richtige Kohle steckt in der pharmazeutischen Industrie ..."

„Wie immer", sagte Gill.

„Was wenige wissen: Die Pharmaforschung darf jedes Jahr sechshundert Versuchskatzen quälen und umbringen. Für Hautcremes für hässliche alte Weiber oder sowas. Aber natürlich braucht sie viel mehr Versuchstiere. Im Jahr 2000 wurden in Deutschland eintausendeinhundertundacht Katzen für Tierversuche gequält. Insgesamt werden jedes Jahr an die zwei Millionen Tiere in den Labors umgebracht. Da schaut keiner genau hin. Auch nicht die Grünen."

„Die sollte man als Versuchstiere nehmen."

„Eignen sich nicht. Genetisch zu degeneriert oder sowas."

„Wie alle Politiker."

„Jedenfalls bezahlt die Pharmaindustrie mehrere hundert Euro für ein Versuchstier. Und wir kommen über Steuern auch noch dafür auf."

„Also ein Millionengeschäft. Aber wie gehen die Banden vor? Kann man sich nicht effektiv schützen?"

„Wir betreiben eine Menge Aufklärung. Durch Handzettel oder sowas. Meistens gehen Bandenmitglieder in einer Siedlung rum und tarnen sich als Spendensammler, Mitarbeiter einer Meinungsumfrage oder – besonders beliebt, weil gut vernetzt – Zeitschriftendrücker. Sie fragen nach Haustieren. Wenn sie alles ausbaldowert haben, stellen sie gern Mülltonnen für Altkleidersammlungen auf. Die darauf angegebene Organisation existiert nicht. Entweder ist die Telefonnummer falsch oder eine Handynummer. Du erkennst die Tonnen daran, dass unten Luftlöcher drin sind. Sie haben zuschnappende Fallen als Eingang, und innen sind Lockstoffe ausgelegt. Am nächsten Tag werden sie eingesammelt. Die Fänger hängen sich auch gerne an Sperrmüll. Da fällt es nicht weiter auf, wenn Kleintransporter langsam durch die Gegend fahren und die Straßen absuchen. Oder sie kommen nachts mit Fallen mit Lockstoffen und fischen ab, was sie kriegen können."

„Auch gechipte Tiere?"

„Unheimlich viele registrierte Katzen verschwinden. Ein Hakker kann die Adressen der Besitzer problemlos ausspionieren. Und weil so ein Chip praktisch das Zeichen dafür ist, dass den Leuten viel an ihrem Tier liegt, sind die gechipten Katzen durchwegs gepflegt, kastriert und geimpft. Die Versuchslabors bekommen also ein perfektes Tier auf Bestellung, in das man bis zum

Versuch keinen Cent stecken muss. Keine Entlausung, kein Tier mit Handicap. Alter nach Wunsch, ist doch praktisch! Da wird man ja nicht jahrelang selbst welche züchten, das kostet nur unnötig Geld, Platz und Personal."

„Perfide Nummer."

„Du sagst es."

„Ich muss telefonieren." Gill rief seinen Mandanten an und beauftragte ihn, der Mutter ein paar Fragen zu stellen.

„Ich kriege einen Rückruf."

Sie gingen wieder ins Freie. Heinrich tobte mit seinem Schuh durch die Botanik und verteidigte ihn gegen den anderen Labrador.

„Willst du einen Tee?"

„Nicht unbedingt."

„Ein Bier?"

„Zu früh. Wasser. Gib mir einfach Wasser aus dem Hahn."

„Kein Problem. Was zu essen?"

„Deine Küche beeindruckt mich zwar schwer, aber nein. Nicht bei der Hitze. Da esse ich nur abends." Gill zog den Hunderter seines Klienten heraus. „Nimm das und setz es so ein, dass möglichst viele Arschlöcher zu Schaden kommen."

„Nicht, um Tiere zu versorgen?"

„Ich bin eher der destruktive Typ."

„Geld brauchen wir immer. Ich geb' dir aber keine Quittung. Kannst du nicht von der Steuer absetzen oder sowas. Wir sind nicht eingetragen."

„Das will ich doch schwer hoffen."

Dominik brachte ihm ein Glas Wasser. Gill zündete sich eine Reval an. „Ich besorge euch die Einsatzpläne der Drückerkolonnen in NRW. Ich habe da eine Quelle."

„Das wäre cool. Da könnten wir dann präventiv was machen."

„Aber passt auf. Wenn das organisierte Banden sind, dann habt ihr es mit harten, brutalen Leuten zu tun. Da nützt kein Finnendolch."

„Mann, wir sind nicht erst seit gestern in dem Genre. Wir haben schon ein paar Schlachten geschlagen."

„Ich gebe dir meine Telefonnummer. Vielleicht kann ich dir auch mal helfen."

„Cool."

„Oder sowas."

Gills Handy klingelte. Michael berichtete, dass ein Zeitungswerber zwei Tage vor Henrys Verschwinden seine Mutter behelligt hatte. Er hatte ihr ein Katzenheft aufschwatzen wollen. Auch Container waren aufgestellt und inzwischen wieder eingesammelt worden. Alles passte.

„Würdest du mir eine Katze anvertrauen, mit der ich eine Falle stellen kann?"

Dominik sah ihn skeptisch an.

„Es passiert ihr nichts. Ich garantiere dafür."

„Ungern."

„Ich mache das auch ungern. Aber wenn es klappt, ziehe ich eine ganze Gruppe aus dem Verkehr. Deswegen gehe ich das Risiko ein."

„Na gut. Aber ich tu' es wirklich nicht gerne."

„Ich komme heute abend und hole sie ab."

4 Polizeidirektorin Alexa Bloch war gerade vom Schwanz des jungen Bauarbeiters abgestiegen, als Domogalla Sturm läutete. Der Junge bereitete ihr bereits den ganzen Tag Vergnügen und hatte sie dreimal zum Orgasmus gebracht. Er war genauso gut wie der Pornodarsteller, den sie letzte Woche abgeschleppt hatte. Doch wie Messalina, so schien es ihr, konnte man sie nur ermüden, aber nie befriedigen.

Sie zog sich einen Bademantel über und öffnete die Haustür ihrer kleinen Villa in der Dortmunder Gartenstadt.

„Ich habe einen freien Tag, verdammt noch mal."

„Ich auch, Chefin. Der Idiot ist überfordert." Domogalla berichtete ihr von Igels Anruf.

„Na schön. Ich ziehe mich an und komme. Wir fahren mit Ihrem Wagen." Domogalla hatte damit gerechnet, hineingebeten zu werden. Aber wahrscheinlich hatte sie einen Beschäler im Haus. Es gab da so einige Gerüchte über Alexas Sexleben ... Tief durchschnaufend ließ sich Domogalla in den Fahrersitz fallen. Das Auto ächzte unter seinem Gewicht. Er stellte das Radio an. Ach du Scheiße! Dieter Bohlen. Modern Talking. Gill hatte mal gesagt, im Grunde gäbe es keine schlechte Musik, nur unterschiedliche Geschmäcker. Der einzige Beweis dafür, dass es tatsächlich schlechte Musik gäbe, sei Dieter Bohlen. Domogalla konnte dem zustimmen und stellte lieber einen Sender mit hirnabschmirgelnden Werbespots ein. Alles war besser ...

Alexa warf schlecht gelaunt die Tür hinter sich zu. Durch den kühlen Flur über den Marmorboden ging sie in den Wohnbereich zurück. Der junge Mann hatte sich seine Boxershorts angezogen und sah ihr unsicher entgegen.

„Ich muss weg."

„S... soll ich hier auf dich warten?"

„Sinnlos. Ich weiß nicht, wie lange es dauert. Geh bitte über die Terrasse am Pool vorbei durch die Gartentüre. Ich melde mich bei dir."

Resigniert sammelte er seine Kleidung ein. „Wie du willst."

Alexa gab ihm einen Kuss auf die Wange. „Du warst wunderbar."

Ein Lächeln erhellte sein Gesicht. „Du auch. Ich hatte noch nie ..."

„Ich weiß." Sie tätschelte seine Wange und ging die Treppe hinauf ins Badezimmer.

Flüchtig erneuerte sie vor dem Spiegel ihr Make-up. Sie war eine große Blondine mit atemberaubender Figur. Auf Männer wirkte sie so lange anziehend, bis sie in ihre kalten blaugrauen Augen sahen. Dann verwandelte sich die Geilheit in Angst. Nicht unbedingt ideal für eine Disposition, die sie selbst am Rande zur Nymphomanie ansiedelte, aber tatsächlich längst überschritten hatte. Die nachgezogenen Augenbrauen über den großen, unbeteiligten, fast verächtlich blickenden Augen gaben ihrem Gesicht einen ironischen, desinteressierten Ausdruck. Sie war nicht nur die einzige weibliche Abteilungsleiterin, sondern auch die jüngste Chefin einer ständigen Mordkommission und vor kurzem zur Kriminaldirektorin befördert worden. Die ehrgeizige Tochter eines Richters und einer Rechtsanwältin war der Shooting-Star beim Bundeskriminalamt gewesen. Man hatte sie sogar in die FBI-Akademie in Quantico geschickt, wo sie in der Behavioral Science Unit, der Abteilung für Verhaltenswissenschaft, Profiling und Verhörtechnik studiert hatte. In ihren Adern floss Eiswasser – aber wer ihr blöde kam, verbrannte sich.

***

Kritisch musterte sie die ersten Falten an den Augen. Der Job ließ sie früher altern als erwartet. Und er hatte sie hart gemacht. Sie zog Jeans und T-Shirt an. Als sie die Treppe wieder hinunterging, stellte sie zufrieden fest, dass sich ihre jüngste Eroberung aus dem Staub gemacht hatte. Sie zog ihre Reeboks an und griff sich im Vorübergehen eine Lederjacke, aktivierte die Alarmanlage und schloss hinter sich ab. Gelangweilt sah ihr Domogalla zu. In der Nahrungskette war er hinter Alexa der Zweite in der Mordkommission. Trotz seiner Macho-Philosophie hatte er kein Problem mit seiner weiblichen Vorgesetzten. Alexa war clever und hatte Erfolge. Das konnte er neidlos anerkennen. Außerdem ließ sie nur selten den Boss raushängen und setzte auf Teamarbeit.

Sie rückte sich auf dem Beifahrersitz zurecht. „Könnte noch regnen."

„Hoffentlich. Diese Schwüle schafft mich."

„Denken Sie an die Spuren. Worum geht es eigentlich?"

„Sind Sie schon mal aus Igels Gestammel schlau geworden? Besonders, wenn er aufgeregt ist."

Jetzt tönte auch noch Jürgen Drews aus dem Radio.

„Mein Gott, stellen Sie das ab!"

„Ich bewundere diesen Mann."

„Soll das in Ihre Personalakte?"

„Er hat bewiesen, dass man aus Scheiße Geld machen kann."

Domogalla fuhr auf den Ruhrschnellweg, übertrat Geschwindigkeitsbegrenzungen und raste Richtung Soest. Über Handy ließ er sich mit Müh und Not von Igel erklären, wo er abfahren sollte und wie sie zu ihm kämen.

„Wie geht es Ihrem Vater?"

„Immer dasselbe. Liegt apathisch rum und erkennt mich fast nie."

„Sind Sie mit dem Heim zufrieden?"

„Ich werde denen mal auf den Zahn fühlen müssen. Das Sozialamt zieht mich aus. Ein Viertel meines Gehalts muss ich zuschießen."

„Falls ich etwas tun kann oder Sie Rückendeckung brauchen, sagen Sie es mir."

„Er hat fünfzig Jahre gearbeitet und jetzt soll seine Rente nicht ausreichen, dass man ihn einmal am Tag umdreht und ihm den Arsch abwischt? Und ich beschütze dieses Scheißsystem auch noch."

„Wir kümmern uns um etwas mehr Gerechtigkeit."

Domogalla lachte freudlos. Er musste schon außergewöhnlich dämlich sein, dass er sich nicht noch mehr Vorteile verschaffte als ohnehin schon. Bisher machte er nebenher nur kleines Geld. Das musste sich ändern.

***

Alexa mochte Domogalla. Er war ihr Mann fürs Grobe. Vor ein paar Monaten hatten sie gegen einen Kinderschänder ermittelt. Der hatte irgendwie Wind davon bekommen und alle Beweismittel beiseite geschafft. Sie hatten nichts gegen ihn in der Hand. „Ich weiß, wie diese Typen ticken", hatte Domogalla zu ihr gesagt. „Die verbrennen ihre Bilder oder Videos nicht. Der hat die irgendwo gebunkert." Dann hatte er den Kinderschänder nachts besucht und das Versteck seiner „Trophäen" aus ihm herausgeprügelt. Damit konnten sie ihn festnageln. Der Anwalt des Päderasten hatte keine Chance gehabt. Domogalla hatte ein wasserdichtes Alibi: Er war zum fraglichen Zeitpunkt Kunde im „Hasenhaus" von Karibik-Klaus gewesen, was dieser und mehrere Mitarbeiterinnen bezeugt hatten. Was das für seinen Ruf und seine Personalakte bedeutete, war Domogalla völlig egal. Aber diese Peinlichkeit machte sein Alibi noch glaubwürdiger. Alexa hatte nur Angst, dass er einmal zu weit gehen würde. Domogalla hatte im Präsidium nicht viele Freunde.

Nach einer Viertelstunde verließen sie die Autobahn und fuhren durch kleine Wälder. Schließlich gelangten sie zu einer Moorlandschaft. Als sie parkende Streifenwagen und den Kleintransporter der Spurensicherung sahen, hielt Domogalla an. Sie stiegen aus und folgten den Stimmen über einen Trampelpfad, der zwischen jungen, aber schon hochgeschossenen Bäumen hindurchführte. Vor ihnen lag ein breites Feld. In der Mitte eine Grube, die von Polizisten ausgehoben wurde. Die Spurensicherung und einige Beamte standen in dem Loch. Kolleck, der bärenhafte Chef der Spurensicherung, winkte Alexa zu. Sein angespanntes Gesicht sagte ihr, dass dies kein normaler Leichenfund war. Auch Alexa und Domogalla sahen auf Anhieb, worum es sich handelte.

„Ein Massengrab, verflucht."

Igel kam aufgeregt auf sie zugelaufen. Klein und dick, wie er war, machte ihm die Fortbewegung auf unebenem Boden Mühe. Er stolperte über einen Gegenstand, fing sich aber im letzten Moment. Einige Polizisten bauten ein Zelt über der Grube auf, um sie vor dem entfernt grummelnden Gewitter zu schützen.

„Chefin, das ist 'ne echt grauenhafte Sache. Die örtliche Dienststelle hat mich vor zwei Stunden informiert, und ich habe sofort alles Nötige veranlasst. Ich habe den Tatort erstklassig gesichert."

„Fundort."

„Ja, sicher. Fundort. Das hier ist bestimmt nicht der Tatort."

„Wohl kaum."

„Wie wurde das entdeckt?" schaltete sich Domogalla ein.

„So ein Wünschelrutengänger. Oder Schatzsucher. Sein Gerät hat hier ausgeschlagen, und er hat angefangen zu graben …"

„Ich will ihn sprechen."

„Ich, äh, habe ihn nach Hause geschickt. Der kann uns sowieso nichts weiter sagen."

„Sie sind und bleiben ein Idiot“, zischte Alexa.

Igel sah verdutzt drein. Er hatte – wie immer – alles richtig gemacht und musste sich dann von dieser unfähigen Schlampe beschimpfen lassen. Eine Schlampe, die den Job hatte, der ihm seit langem zustand. Davon war er in seiner stupiden Ignoranz so fest überzeugt, dass es manchmal schmerzte und er sich wütend in den Schlaf weinte. Prinzipiell gefielen ihm Hierarchien. Er schätzte eine Welt, die aus Vorgesetzten und Untergebenen bestand, solange er der war, der Untergebene hatte. Für seinen Geschmack hatte er aber leider zu viele Vorgesetzte.

„Seine Adresse wirst du doch wenigstens haben, du Hirnakrobat.“

Jetzt auch noch dieses Arschloch Domogalla! „Haben sie bestimmt auf der Wache notiert. Das müssen die ja, oder?“

Alexa wandte sich ab und sah in die Grube. Sie meinte vereinzelt kleine Köpfe in unterschiedlichem Verwesungszustand erkennen zu können.

Die Bullen durchkämmten die freigelegte Grube mit der Behutsamkeit von Nashörnern. Eine Fläche von zehn Quadratmetern war bereits tiefer abgetragen worden. Zwei Männer in weißen Overalls steckten auf dem Feld in regelmäßigen Abständen Sonden in den Boden. Trafen sie auf keinen Widerstand in den tieferen Schichten, konnte das eine Luftblase sein und auf ein weiteres Grab hindeuten. Oder auf einen Mäuse- oder Maulwurfsgang. Sie rochen an den Sonden. Wenn es sich um Gräber handelte, blieb der Verwesungsgeruch haften. Trafen die Sonden auf etwas Weiches, konnte man mit großer Wahrscheinlichkeit von einer Leiche ausgehen. Die Männer arbeiteten systematisch und stießen die Sonden äußerst vorsichtig in den Boden, um keine postmortalen Verletzungen zu erzeugen. Am Rand der freigelegten Fläche wurde die elektronische Vermessungsstation aufgebaut. Die bereits entdeckten Leichenfunde wurden mit Nummernschildern gekennzeichnet.

Kolleck stapfte auf sie zu. „Sowas habe ich noch nicht gesehen."

„Ja, sieht schlimm aus, Kolleck. Ist es das, wofür ich es halte?"

„Ein Massengrab … und … o Gott!"

„Reden Sie."

„Kinder. Nur Kinder bisher. Es sind mit an Sicherheit grenzender Wahrscheinlichkeit nur Kinder."

„Was?" Selbst Domogalla kam aus dem Gleichgewicht. „Kinder? Die wurden hier begraben?"

„Nein. Sie wurden vergraben."

5 Gill fuhr durch dichtes Waldgebiet, bog dann zu einer kleinen Siedlung ab. Er hörte jetzt ein Tape mit High-School-Musik. Ricky Nelson, Little Peggy March, Doo Wop. Eine Musik, die den Zuhörern versprochen hatte, dass sie nie erwachsen werden mussten und stattdessen immer in der Pubertät steckenbleiben durften. Gill grinste. Seine Pubertät mit ersten Rendezvous, schluchzenden Songs und Liebesschmerz war ihm durch das KGB-Internat gestohlen worden. Seine Eltern waren gestorben oder umgebracht worden, als er drei Jahre alt gewesen war. Damals hatte ihn der KGB unter seine Fittiche genommen und versucht, den perfekten Agenten aus ihm zu formen. Sie waren zehn Jungs – alle älter als Gill – und fünf Mädchen gewesen in der Anlage westlich von Wladiwostok. Im Winter hatte es fünfzig Grad minus und weniger, und das einzige, was ihre jungen Herzen erwärmte, war die Aussicht auf künftige Heldentaten. Schatten der Einsamkeit wurden als schwächlich empfunden, nur dazu da, um überwunden zu werden für Glanz und Glorie der UdSSR. Nach

seiner Ausbildung hatte man ihn als „Kundschafter" in allen Teilen der Welt eingesetzt. Dann war er übergelaufen und hatte als Doppelagent für KGB, BND und CIA und andere Geheimdienste gearbeitet. Sowohl Ost- wie Westdienste hatten das akzeptiert und genutzt. Er war zu wertvoll, zu effektiv.

Nach dem Zusammenbruch des Ostblocks fungierte er noch eine Weile als freier Contractor. Der KGB entwickelte sich von einer realsozialistischen kriminellen Vereinigung zu einer kapitalistischen. Aufgrund seines unbequemen Insider-Wissens und einiger Skandale wurde er von beiden Seiten abgeschaltet.

Solange er nicht weiter auffiel, hatte man ihm gesagt, könne er sein Leben leben. Keinesfalls dürfe er aber alte Kontakte nutzen oder staatlichen Stellen in die Quere kommen. Diese Toleranz verdankte er einigen Akten, die er der Vernichtung in der Stasi-Zentrale in der Normannenstraße entzogen hatte. Ausgestattet mit einer neuen Identität, war er nach Dortmund gegangen und hatte sich als Sicherheitsexperte und Privatdetektiv niedergelassen. Die Wahl des Ortes war von einfachen Überlegungen bestimmt. Das Ruhrgebiet war ihm gut bekannt; außerdem war es das dichtbesiedeltste Gebiet Europas. Ideal zum Abtauchen, falls es nötig war. Ein ihm wohlgesonnener Ex-Stasi-Oberst, nun beim BND, sorgte für erste lukrative Aufträge. Bald konnte Gill ganz gut von seiner neuen Existenz leben. Ob als Personenschützer, Söldner oder Eheschnüffler – mit einem Bein stand er immer am Abgrund und konnte jederzeit in eine unangenehme Affäre geraten. Das brachten die Jobs so mit sich.

***

Gill kam an heckengeschützten Einfamilienhäusern vorbei. Hinter der Siedlung gabelte sich am Waldrand die Straße. Ein Pfeil vor einem gepflasterten Weg trug die Aufschrift „Zum Hasenhaus". Er fuhr ein paar hundert Meter weiter durch den Wald, der so dicht war, dass kaum Licht durch die Bäume schimmerte. Der Weg führte zu einem Parkplatz, auf dessen Schotterbelag ein Ferrari und mehrere Daimler standen. Dahinter befand sich das „Hasenhaus". Die Fenster des Fachwerkbaus waren mit Läden verschlossen. Licht brannte über der Eingangstür. Es signalisierte, dass der Klub geöffnet war und schon jetzt einige Damen darauf warteten, eine finanzkräftige Klientel zu bedienen. Hier arbeiteten selbstbewusste Frauen in selbstgewählter Profession. Der Besitzer der Lustmanufaktur kassierte einen prozentualen Beitrag ihrer Einnahmen für Sicherheit und Logistik. Das Etablissement war High-Class. Gill klingelte an der massiven Holztür. Kein Geräusch drang aus dem Haus. Eine Sichtklappe wurde geöffnet, dann die Tür. Dahinter stand eine leicht verlebte Blondine.

„Hallo, Gill."

„Wie geht's, Christa? Schon was los?"

„Nee, nur ein Gast."

„Ist Klaus da?"

„Unten."

Christa ging durch einen spärlich beleuchteten Flur voraus. Die Wände waren mit dunkelblauem Samt bespannt, auf dem Glasscherben wie Sterne glitzerten. Dahinter öffnete sich eine schummrige Bar. Aus unsichtbaren Boxen sang Kylie Minogue über eine besondere Nacht und was sie von ihr erwartete. Die Barhocker vor dem Tresen waren breit genug, um zwei Personen nebeneinander Platz zu bieten. Bis auf die Bardame in enger Korsage mit ausgeschnittenen Brustspitzen und einen Mann im Maßanzug, der einer champagnertrinkenden Blonden den Hintern streichelte, war die Bar leer. Christa ging zum Tresen und drückte einen verdeckten Schalter. Gill betrat einen Korridor, an dessen Ende ein Fahrstuhl wartete. Keine Knöpfe oder Bedienungsarmaturen. Nichts. Die Tür glitt geräuschlos zu, der Lift setzte sich in Bewegung. Nach kurzer Fahrt in die Tiefe hielt er, und die hintere Türe glitt zur Seite. Vor Gill lag ein schmaler Gang, der direkt in ein komfortables Bunkerbüro führte. Die Wandtapeten zeigten einen paradiesischen Karibikstrand, die Decke war mit blauen Wolken bemalt. Mehrere hohe Palmen in Kübeln auf dem mit feinem Sand bedeckten Fußboden. In einer Ecke ein großer Schreibtisch mit eingeschaltetem PC auf einem Beistelltisch. Die Raumtemperatur lag weit über zwanzig Grad.

Ein muskelbepackter Mann mit künstlichen blonden Locken saß hinter dem Schreibtisch. Er hatte ein verlebtes, faltiges Gesicht und saugte an einem Strohhalm, der aus einem riesigen Longdrink ragte. Sein braungebrannter Körper steckte in einem geschmacklosen Hawaiihemd und abgeschnittenen Jeans. Die nackten Beine lagen auf dem Schreibtisch. Zehn Monitore waren für ihn gut sichtbar unter der Decke angebracht. Zwei zeigten die Bar aus unterschiedlichen Perspektiven, zwei andere den Parkplatz und den Eingang, die anderen die noch leeren Zimmer für käuflichen Sex. Klaus war kein Voyeur. Er musste für die Sicherheit seiner Angestellten sorgen. Falls ein Perverser grob werden sollte, konnte er innerhalb weniger Sekunden eingreifen. Im Hintergrund spielten die Fine Young Cannibals.

„Hi, Klaus."

„Oh, du kennst noch meinen Namen?"

„Nicht mehr Bowie?"

„... dann sind wir Helden. Für einen Tag. Verdammt, ich vermisse den jährlichen Ausflug mit den Jungs nach Mallorca. Den ganzen Tag saufen und vögeln. Das war unsere Hymne. Jeden Abend haben wir ‚Heroes' gesungen. Dem Discjockey einen Tausender gedrückt, und wenn einer Zeichen gab, kam ‚Heroes'."

Gill reichte Klaus eine selbstgebrannte CD. „Zieh dir das mal rein. Sampler mit Blues Magoos, Music Machine, Strawberry Alarm Clock, den alten Bad Seeds mit ‚All of The Same', einem der besten Songs, die je geschrieben wurden …"

„Komm mir nicht mit dieser Hippiekacke. Die haben sich Blumen in den Arsch geschoben und sich mit Drogen vollgeknallt."

Gill zog die Reval aus seinem Blouson.

„Steck die Zigarette weg. Das ist eine Nichtraucherzone."

„Doch wohl nur oben … Aber wieso? Du bist doch ein Klub?"

„So eine Scheiße interessiert mich nicht. Oben kannst du paffen, soviel du willst. Aber nicht hier. Ich habe nämlich das Rauchen aufgegeben. Da sieht man, wie lange wir uns nicht gesehen haben. Aber du hast ja wohl Besseres zu tun, als mal bei deinem besten Freund … was rede ich denn für eine Scheiße? … deinem *einzigen* Freund vorbeizuschauen …"

„Seit wann?"

„Seit genau hundertundzwei Tagen."

Ungerührt zündete sich Gill die Reval an. Klaus starrte ihn fassungslos an.

„Ich habe zwar nur noch ein funktionierendes Auge, aber ich kann sehen. Ich sehe, dass du in meinen Räumen meine Gesundheit gefährdest und Anweisungen missachtest."

„Wie geht es Cobra?"

„Der hat nie geraucht. Sonst würde ich ihn rauswerfen."

„Kannst du nicht. Er hat Beteiligung."

„Wenn der Scheißindianer nicht vor der Glotze sitzt und sich diese Proll-Talkshows reinzieht, hängt er vor dem PC und macht irgendwelche Ballerspiele. Er hat meinen Flipper kaputtgemacht."

„Gib mir mal einen Aschenbecher."

„Ich fasse es nicht. Ich kann nicht glauben, was du da abziehst."

„Du bist nur beleidigt, weil ich mich ein paar Tage ohne dich amüsiert habe. Und du hast schlechte Laune, weil du seit hundertzwei Tagen auf Entzug bist."

Resigniert gab ihm Klaus ein leeres Glas. „Nimm das. Die Geschäfte gehen mies. Gestern war ein Knabe da und wollte auf Schülerausweis ficken. Ich habe tatsächlich einen Moment überlegt, wie ich das abrechnen kann."

Klaus sah zwei weitere Kunden in die Bar gehen. Zufrieden betrachtete er den Bildschirm. „Tugend führt zu Elend und Ruin, das Laster zu Wohlstand."

„Läuft doch." Gill sog genüsslich den Rauch der Reval ein.

„Läuft doch? Du hast sie wohl nicht mehr alle! Wenn das hier vierundzwanzig Stunden aussieht wie auf einem Bahnsteig mit Verspätung, dann läuft's. Die Steuer ist hinter mir her. Das einzige, was mir noch das Leben versüßt, ist die Gewissheit, dass Finanzbeamte sterblich sind."

„Mach keinen Scheiß."

„Der Puff ist ein absolutes Zuschussgeschäft, diese Internet-Kacke bringt's auch nicht mehr, und die Hälfte meiner Unternehmen musste ich an Schark verkaufen ... Ich darf gar nicht an den nächsten Winter denken. Da feiern die Familienpapis leider nur noch selten. Denken schon an die Kosten für Weihnachtsgeschenke. Oder das Auto springt nicht mehr an, und sie kaufen lieber eine neue Batterie als eine Hure."

„Schark?"

„Der ist jetzt ganz groß. Macht den Statthalter für die Russen. Die gute, alte Zeit ist vorbei. Ich muss aufpassen, dass ich nicht untergehe. Habe meinen Lebensstandard drastisch eingeschränkt."

„Sieht man deutlich."

„Bald muss ich bei Aldi einkaufen. Fehlt nur noch, dass ich meine Inseln verkaufen muss. Die Häuser auf Barbados vermiete ich schon! Nur, damit ich bei der Hitze auch mal ein Eis essen kann. Vermietet an die letzten Penner! Wenn einer auszieht, muss ich renovieren. Das kostet ein Vermögen. Ich weiß nicht mehr, wie es weitergehen soll. Nur noch ein kleiner Schritt bis Hartz vier. Deshalb habe ich auch mit dem Rauchen aufgehört. Kann sich doch keiner mehr leisten. Selbst Koks ist billiger. Shit sowieso. Wollen diese Scheißpolitiker eigentlich, dass man von Tabak auf Eitsch umsteigt? Zuzutrauen ist es ihnen allemal. Ich sollte endgültig nach Barbados abhauen. Aber mein Fleisch ist zu schwach, um den billigen Vergnügungen der Großstadt zu widerstehen."

Grinsend hielt ihm Gill die Packung Reval hin. „Ich spendiere dir eine."

Wie ein Panther sprang Klaus aus dem Sessel und knallte Gills Hand weg, sodass die Packung durch den Raum flog. „Lass diese Scheiße. Du solltest auch aufhören. Bist selber nicht mehr der Jüngste. Seitdem ich nicht mehr rauche, geht es mir tausendmal besser …"

„Ja. So ausgeglichen habe ich dich selten erlebt."

Klaus drückte eine Taste und brüllte in die Sprechanlage: „Kriege ich vielleicht noch was zu trinken? Und wie lange wollt ihr noch Händchen halten, bevor ihr die Freier auf den Bock nehmt?"

„Danke. Ich will nichts trinken."

Einen kurzen Moment war Klaus verwirrt. „Willst du was trinken?"

„Ich nehme deinen."

„Im Leben nicht."

***

Auch wenn es nicht den Anschein hatte: Klaus liebte Gill wie einen Bruder. Ohne ihn wäre er in den Schluchten des Hindukusch als Sklave vergammelt. Gill hatte ihn freigekauft. So hatten sie sich kennengelernt. Sie waren eine Weile zusammen herumgezogen, dann hatten sich ihre Wege getrennt. In Dortmund hatten sie sich wieder getroffen.

Der Drink kam mit dem Speisenaufzug. Genüsslich nuckelte Klaus am Strohhalm und sah Gill höhnisch an. „Ich liebe es, wenn du zu uns kommst. Dann weiß ich, dass du uns brauchst."

„Schön zu hören, Natalie ... Okay, wer kontrolliert die Drükkerkolonnen in der Region?"

„Willst du dir was dazuverdienen?"

„Wer?"

„Ringo."

„Was? Zwei-Uhren-Ringo? Der macht doch die Krumme und hat einen Spitzenklub in Bochum."

Klaus machte eine wegwerfende Handbewegung. „Du kriegst doch gar nichts mehr mit. Hatte, mein Lieber – *hatte.* Habe ihm immer gesagt, dass er mit seinen Russendeals auf die Fresse fliegt. Genauso ist es gekommen. Er musste sein Geschäft an die Russen verkaufen. Jetzt kann Gas-Gert da umsonst mit Putin ficken. Der Typ fährt auf einer ganz schiefen Achse. Und das seit Jahren. In die Drückerszene hat er sich brutal reingedrängt und ein paar von diesen Wichsern ausgeschaltet. Aber wer will so sein Geld verdienen? Das ist das Hinterletzte."

„Ja. Klubs sind edler."

„Meine Branche bewahrt die Mädchen vor der erniedrigenden Arbeit einer Kassiererin."

Wie ein Schatten war jemand in den Raum getreten. Vor ihnen stand ein schlanker Indianer in einem Smoking. Seine Schlangenaugen glitzerten. Das lange Haar trug er als Pferdeschwanz. Zu seinen Aufgaben gehörte es, die Mädchen zu beschatten, wenn sie Hausbesuche bei Erstkunden machten. Kein Freier hatte je bemerkt, dass Cobra sich Eingang verschaffte und im Nebenzimmer wachte. Es hatte schon Freier gegeben, deren Übergriffe mit einer durchschnittenen Kehle endeten. Klaus ließ nichts durchgehen. Deshalb wollten die Besten des Gewerbes seine Protektion.

„Hallo, Gill."

„Cobra. Lange nicht gesehen. Geht's gut?"

„Alles gut. Alles sehr gut. Ich mich freuen."

„Ich auch."

Die beiden Männer umarmten einander.

„Du brauchen Feuerkraft?"

Gill grinste. „Nicht im Moment. Ich lebe ziemlich friedlich."

„Nur weil kein richtiger Krieg, noch lange kein Frieden. Hier nie Frieden. Menschen sehr dumm."

„Ich hab's dir doch gesagt. Diese Scheiß-Talkshows machen ihn zum anthropologischen Pessimisten."

„Ruf Ringo an. Ich muss wissen, wo Kolonnen in den letzten zwei Wochen den Boden umgepflügt haben und wo sie ab heute alten Omas Abos aufschwatzen."

„Warum willst du das wissen?"

Gill erklärte es. Klaus verdrehte die Augen. „Katzensuchdienst! Das klingt nach einer echten Marktlücke. Klaust du inzwischen deine Reval im Supermarkt? Soll ich dir was pumpen? Willst du einen Job als Hausmeister in meiner Anlage auf Barbados? Ich dachte, ich bin schlecht dran. Aber du …"

„Ruf an. Ich habe nicht viel Zeit."

Klaus griff sich das Telefon und besorgte Gill die Informationen.

6 Alexa saß in ihrem Büro und starrte vor sich hin. Durch die zugezogenen Jalousien malte das Sonnenlicht helle Streifen in den Raum. Den Kaffee auf ihrem stets aufgeräumten Schreibtisch hatte sie nicht angerührt. Er würde bitter schmecken. Im Moment schmeckte alles bitter. Selbst die Zigaretten, die sie in Ketten durch die Lunge jagte. Sie hatte die Bilder des Fundorts vor Augen und war wie gelähmt. Es waren die Leichen von Kindern, darunter sehr kleinen, wie Kolleck sofort vermutet hatte. „Kinderzimmer" nannte Domogalla den Fundort. Zynismus aus Selbstschutz. Etwas Ähnliches hatte sie noch nie gesehen, jedenfalls nicht persönlich. Es erinnerte sie an die Arbeit der Ermittler, die Massengräber in Bosnien oder Ruanda ausgruben. Aber das hier war mitten in Deutschland, keine dreißig Kilometer vom Dortmunder Zentrum entfernt …

Es klopfte. Alexa stand auf und ließ Kolleck herein. Sie hatte ihr Büro abgeschlossen, was sie nur selten tat. Er trug einen dünnen Aktenordner unter dem mächtigen Arm und hustete kurz. Der Tabakqualm war dichter als der Nebel in einem Edgar-Wallace-Film.

„Sie wollten so schnell wie möglich erste Ergebnisse …"

„Ja. Möchten Sie einen Kaffee?"

„Haben Sie auch was Stärkeres? Gilt bei Ihnen nicht das Rauchverbot?"

Alexa ging zu einem Wandschrank und holte eine Flasche Glenfiddich heraus. Ein teurer, vierzig Jahre alter Single Malt, den sie nicht jedem anbot. Abgesehen davon, dass sie mal mit Kolleck im Bett gewesen war, hatte sie ein besonders gutes Verhältnis zu ihm. In der Regel ging sie nicht mit Arbeitskollegen ins Bett. Kolleck war in einer besonderen Situation die Ausnahme von der Regel gewesen. Und er hielt die Klappe, hatte sie nie darauf angesprochen. Das wusste sie zu schätzen. Er war ein hervorragender Gerichtsmediziner und fähiger Chef der Spurensicherung. Ein gutes Verhältnis zu seiner Abteilung erleichterte die Ermittlungsarbeit.

Alexa goss zwei Gläser fast randvoll ein und reichte eines davon Kolleck.

„Sowas schon mal gesehen?"

„Nie. Das Kinderzimmer ist ein Entsorgungslager. Das steht fest."

„Cheers."

„Cheers." Sie tranken beide das halbe Glas leer und warteten auf Erlösung.

„Verdammt guter Stoff."

„Was können Sie mir sagen?"

Kolleck schlug die Akte auf. „Die genaue Zahl haben wir noch nicht. Köpfe und Körperteile müssen noch zugeordnet werden. Aber es sind mindestens vierzig. Bei der Wechselbissuntersuchung fand man bei den älteren Kindern bleibende und Milchzähne nebeneinander, das ließ ziemlich genaue Rückschlüsse zu. Das Alter wurde nach Zahndurchbruch und Kalzifizierung bestimmt. Weitere Indikatoren wurden in die Untersuchung einbezogen. Die Untersuchung der Waden- und Schienbeine bestätigte zum Teil sehr junge Opfer, da die Knochen nicht ausgewachsen waren und wie glatte Stöcke aussahen. Die Leichen waren in einigen Gruppen so ineinander verkeilt, dass man annehmen muss, sie wurden durch schweres Gerät in den Boden hinabgedrückt."

„Was kann das gewesen sein?"

„Ein Bagger … oder auch ein Mini-Transporter, der über das zugeschüttete Grab gefahren ist. Es muss schon eine Weile her sein. Wir haben keine Eindrücke von Reifen gefunden."

„Wieso hat der Metalldetektor angeschlagen?"

„Der Mann arbeitete mit einem Puls-Induktions-Detektor.

Die Dinger haben einen Impulsgenerator, der ein konzentrisches Magnetfeld erzeugt. Das Magnetfeld dringt durch den Boden und zeigt an, ob dort ein metallischer Gegenstand vergraben ist. Die Suchspule ist der Empfänger für die erzeugten Wirbel der Magnetlinien. Das Ablesen des Anzeigeinstruments verlangt schon eine gewisse Erfahrung. Die hat der Typ. Er geht seit Jahren mit seinem Detektor auf Schatzsuche."

„Ist ja hochinteressant. Aber ich brauche keine Gebrauchsanweisung – ich will wissen, wieso das Ding angeschlagen hat."

„Dazu wollte ich jetzt kommen, Alexa."

Sie nahm ihr Glas in die Hand und stieß damit Kollecks an. „Tut mir leid. Ich ... das nimmt mich anscheinend etwas mit."

Kolleck stieß mit seinem Glas gegen ihres. „Kein Problem. Ich hatte im Labor auch schon einen Anfall und habe meine Leute angebrüllt. Mache ich sonst nie. Sie werden es nicht glauben: der Detektor hat auf einen Ring reagiert. Das einzige Stück Metall, das wir sichergestellt haben."

„Einen Ring?"

„Ja, so eine Art Ehering. Der war am Körper einer noch nicht ganz verwesten Kinderleiche. Da sich bei der Leiche das verweste Gewebe leicht von der Knochenoberfläche lösen ließ, konnte man das Alter relativ schnell bestimmen. Ein Mädchen, etwa fünf Jahre alt und nicht negroid."

„Was soll das wieder heißen?"

„Etwa achtzig bis sogar neunzig Prozent der Kindertorsi und -köpfe stammen von Schwarzen. Eine genaue Volksgruppenzugehörigkeit kann ich nicht bestimmen, da müsste ein Spezialist ran. Aber es sieht so aus, als würden sie derselben Ethnie angehören. Wir haben es mit einem Grab voller schwarzer Kinder im Alter von einem bis zehn Jahren zu tun, soweit ich das bisher auswerten konnte."

„Ein afrikanisches Massengrab?"

„Sieht so aus. Ein paar weiße Leichen sind auch darunter. Von drei Kindern konnte ich Bilder rekonstruieren. Damit Sie schon mal irgendwo ansetzen können."

„Das schätze ich so an Ihnen. Sie denken wie ein Ermittler. War das der einzige Ring? Das einzige Metall?"

„Ja. Die Vermutung liegt nahe, dass die Täter ihn übersehen haben."

Alexa griff zum Telefon. „Domogalla? Fragen Sie mal nach, wie viele schwarze Kinder bis vierzehn Jahren in Deutschland vermisst werden …"

„Es sind … es sind auch zwei Säuglinge dabei", sagte Kolleck leise, in sein Glas starrend.

„O Gott." Alexa legte auf. „Weiter. Was sonst noch?"

Kolleck sah wieder in die Akte. „Bei einigen Körpern ließen sich Stichwunden lokalisieren. Tiefe und Beschaffenheit der Wunden ermöglichen Rückschlüsse auf Kraftaufwand und Größe der Täter. Es muss sich dabei ausnahmslos um Erwachsene gehandelt haben. Bei einem Jungen wurde zuerst der Kopf abgeschnitten. Der Tod durch massiven Blutverlust trat sofort ein. Der Körper war komplett ausgeblutet, also starb der Junge nicht in aufrechter Haltung, sondern wurde waagerecht gehalten, vielleicht auch kopfüber. Nach dem Tod hat man Muskeln und Gewebe beider Arme und Beine zerschnitten, mit einem sehr scharfen Messer oder Skalpell. Die Knochen wurden mit einem schweren Gegenstand durchtrennt – Beil, Säbel oder Machete; die Knochenenden sind komplett zertrümmert. Einige Kinder wurden verbrannt. Es gibt kein durchgehendes Muster. Nur, dass alle gequält und gefoltert wurden. Wer immer das getan hat, wusste offensichtlich sehr genau, wie man vorgeht. Das hat nichts Impulsives oder Spontanes."

„Sie glauben, es waren Ritualmorde?"

„Darauf würde ich wetten. Ich bin jetzt schon so lange dabei. Denke manchmal, ich habe alles gesehen, was sich Menschen an Scheußlichkeiten ausdenken können. Aber sie kommen immer wieder mit etwas Neuem. Immer wieder mit noch größerem Mist. Immer wieder schaffen sie es, einen zu erschrecken. Und ich bin bestimmt nicht zartbesaitet. Ein Einzeltäter scheidet aus. Dazu sind die Stichspuren zu unterschiedlich."

„Mir geht's genauso, Kolleck. Ich habe kein Problem mit rationalen Verbrechen …"

„Was sind rationale Verbrechen?"

„Regelverstöße zu Gunsten illegaler Vorteilsnahme."

„Aha. Also Diätenerhöhung, Preisabsprachen, Kartellbildung. Ach nee, das ist ja legale Vorteilsnahme. Kann ich noch einen Whisky haben?"

„Was ist mit Organhandel?" Alexa schenkte nach. Ihre Hand zitterte leicht.

„Dann wäre man nicht so barbarisch vorgegangen. Bei den erlittenen Torturen wurden viele Organe bewusst verletzt. Scheidet nach meinem Erkenntnisstand aus."

„Sexueller Missbrauch?"

„Davon ist auszugehen. Es ist nur so verdammt wenig von den Kleinen übriggeblieben. Fast alle wurden regelrecht ausgeweidet. Die genaue Autopsie wird ewig dauern. Wir müssen die Körperteile zuordnen. Die Köpfe zweier weißer Mädchen waren noch kaum verwest. Von ihnen konnte ich auch Bilder machen. Photos … die habe ich im Computer bearbeitet, damit Sie … Ach, Scheiße!" Er stürzte den Whisky runter, stand auf und nahm die Flasche zum Nachschenken. „Ich könnte mich auf die Leichen der weißen Opfer konzentrieren …"

„Snuff-Filme?"

„Ich denke, die gibt es nicht. Sagen Justizmisterium und Politiker doch so beharrlich."

„Politiker sagen auch, dass es endliche Rohstoffe gibt, aber das Wirtschaftswachstum unendlich sei. Spätestens nach der Dutroux-Nihoul-Affäre ist es bewusst bösartig, zu behaupten, dass es so etwas wie Snuff-Filme nicht gibt. Sie haben die gefundenen Filme bis heute nicht ausgewertet und der Öffentlichkeit mitgeteilt, wer und was da zu sehen ist. Ich schicke die Bilder jedenfalls an Europol. Die sollen sie mit ihrem Snuff-Archiv abgleichen."

„Das könnte eine Spur werden. Wer diese Ritualmorde begeht, der will sie vielleicht auch dokumentieren und sich immer wieder an ihnen ergötzen."

„Oder damit Geld machen. Snuff-Filme sind vom allgemeinen Preisverfall noch nicht betroffen. Die gibt es nicht beim Discounter oder bei Amazon."

„Noch nicht."

„Bei so vielen Leichen ... Sind die alle zusammen verscharrt worden, oder wurde das Grab bei Bedarf immer neu geöffnet?"

„Alles deutet darauf hin, dass sie das Grab am Rand häufig geöffnet und erweitert haben."

„Ziemlich kaltschnäuzig. Jemand hätte sie zufällig dabei beobachten können."

Es klopfte. Die Tür wurde geöffnet, und Domogalla kam rein. „Nur drei Vermisste – ein Achtjähriger und zwei Zehnjährige."

„Wir müssen die gesamte Eurozone abfragen."

„Ich mache mich gleich dran. Das wird eine ganze Weile dauern bei dem Chaos. Da beneide ich manchmal das organisierte Verbrechen. Die sind einfach besser organisiert."

„Die haben auch kein Europa-Parlament", gluckste Kolleck.

„Sind Sie sicher? Gehört denen das nicht? Denken Sie mal an

Berlusconi. Fragen Sie alle ab bis Rumänien. Russland können wir uns sparen."

Mit neidischem Blick auf die Whiskygläser verließ Domogalla das Büro.

„Wie macht er sich?"

„Er ist gut. Ich bin froh, dass ich ihn habe. Ein kleines Gegengewicht zu Igel, den man mir wohl noch ins Grab legen wird."

„Domogalla ist korrupt, nach dem, was ich höre."

„Nach dem, was ich manchmal höre, soll ich lesbisch sein."

„Und ich Freude an Leichen haben."

7 Gill hielt vor Dominiks Haus. Er stieg aus dem klimatisierten Auto und war sofort durchgeschwitzt. Es wurde immer schwüler. Aus dem Kofferraum holte er den GPS-Peilsender GC-101, ein nur fünfundsechzig mal dreiundvierzig Millimeter kleines Gerät mit einer Standby-Zeit von mehr als fünfzig Stunden. Per SMS oder GPRS konnte er den Standort des Senders problemlos feststellen. Aktualisiert wurde einmal pro Sekunde. Gill nahm auch noch das Halsband mit dem kleinen Beutel an sich, in dem der Sender leicht unterzubringen war.

Dominik saß wieder auf der Bank vor dem Haus. Die Hunde waren nicht zu sehen. Auf dem großen, schattenspendenden Baum neben den Hecken sprangen fröhlich flötende Vögel herum und feierten das Ende des Tages. Vor Dominik stand ein grüner Plastikkäfig. Ein schwarzer Kater starrte wütend durch die Gitterstäbe und fauchte, als sich Gill zu ihm herunterbeugte.

„Das ist Mucki. Dein Assistent oder sowas."

„Hallo, Mucki." Das Tier fauchte. Es hatte nicht den geringsten Bock darauf, Privatdetektiv zu spielen. Mucki ahnte, dass hier großer Mist ablaufen würde.

„Er ist wahnsinnig neugierig und ganz verrückt nach Duftstoffen."

„Danke für dein Vertrauen. Legst du ihm das Halsband um? Ich glaube, aus mir würde er Hackfleisch machen."

Dominik lachte freudlos. „Du bringst ihn auch ganz bestimmt wieder zurück? Mucki hat hier zum ersten Mal ein schönes Leben. Er hat die meiste Zeit in Heimen verbracht, ist aber ein ganz Lieber. Er hat es nicht verdient, als Rheumadecke zu enden."

„Mit dem Sender kann ich ihn jederzeit orten. Und ob ich ihn zurückbringe – in meiner Branche lässt man niemanden in der heißen Zone zurück."

„Okay. Dann gib mal her."

Dominik öffnete den Käfig und zog Mucki heraus. Der hatte es sich inzwischen anders überlegt und wollte sich im hinteren Teil verkriechen. Aber er kratzte und biss Dominik nicht. Der Tierschützer redete beruhigend auf den aufgeregten Kater ein. Schließlich hatte er dem verblüfften Mucki das neue Halsband umgelegt. Es schien ihm zu gefallen. Dominik steckte ihn wieder in den Käfig.

„Ich bin erst wieder ruhig, wenn Mucki zurück ist. Bis dahin werde ich kein Auge zutun."

„Verstehe ich. Es kann aber die ganze Nacht dauern. Ich passe auf ihn auf. Später kann er den anderen erzählen, dass er Katzenfänger hochgenommen hat. Hier ist eine Telefonnummer. Wenn ihr wissen wollt, wo Drücker unterwegs sind, ruft da an. Die meisten Drücker haben mit den Katzenfängern nichts zu tun. Sind nur wenige, die das zusätzlich machen. Ich werde rauskriegen, wer das ist und die unter Druck setzen oder feuern lassen. Aber jetzt habe ich keine Zeit dafür. Ich muss die Einsammler erwischen und an die Hintermänner rankommen."

Gill beugte sich vor, und sein T-Shirt verrutschte. Dominik

sah den Griff der Glock, die Gill in den Hosenbund geschoben hatte. Wenn er die Waffe an der Haut spürte, wusste er genau, wo sie saß, und konnte sie blitzschnell ziehen. Die kantenlose Form verhinderte bestens, dass die Glock hängenblieb.

„Wieso hast du eine Knarre dabei?“

„Ich bin Pessimist.“

„Kann ich die mal kurz haben?“

„Nein.“

„Ich will sie nur mal ansehen. Was ist das? Eine H&K?“

„Nein. Eine Glock.“

„Ist mir noch nie untergekommen. Lass mal sehen.“

„Davon sind weltweit drei Millionen im Umlauf – nur vom Original, ohne die Nachbauten. Leicht zu besorgen, wenn sie dich interessiert.“

„Ich will sie mir ja nur mal ansehen oder sowas.“ Dominik war aufgeregt.

„Die habe ich noch nie freiwillig aus der Hand gegeben. Das werde ich auch jetzt nicht. Ich bin darauf sozialisiert worden oder sowas.“

„Ich habe Mucki auch noch nie aus der Hand gegeben.“

Schlecht gelaunt zog Gill die Waffe und ließ das Magazin herausgleiten. Er hatte keine Kugel im Lauf. Widerwillig reichte er sie Dominik.

„Wiegt unter einem Kilo – eine Neun-Millimeter-Waffe mit siebzehn Patronen im Magazin. Effektive Reichweite fünfzig bis hundert Meter, maximale Schussweite eineinhalb Kilometer, Mündungsenergie fünfhundertzwanzig Joule, Mündungsgeschwindigkeit dreihundertsiebzig Meter pro Sekunde, zweihundertfünfzig Millimeter Rechtsdrall“, hielt Gill seinen Standardvortrag. „Die Glock 17 besteht zu vierzig Prozent aus Kunststoff und ist deswegen leichter als Waffen mit Aluminium- oder Stahlrahmen. Die

Stahlteile sind mit einer patentierten Tenifer-Beschichtung gegen Korrosion und Abrieb versehen. Meine hat eine Tritium-Nachtvisierung, die ist bei uns verboten, weil sie leicht radioaktiv ist – im Gegensatz zu Handys, die erlaubt man. Das Ding verballert jede Munition seines Kalibers, fast wie eine Kalaschnikow. Eine Glock hast du fürs Leben: Meine hat mehr als hundertfünfzigtausend Schuss weg, ohne dass Reparaturen an Rohr, Schlitten oder Schlagbolzen nötig waren. Hollywood hat diesen Quatsch in Umlauf gebracht, dass Glocks völlig metallfrei sind und man mit so einer Knarre problemlos durch Flughafenkontrollen kommt. Stimmt aber nicht – sie bestehen immer noch zu sechzig Prozent aus Metall, das sehen die sofort."

Unsicher drehte Dominik die Waffe hin und her. Gill betrachtete ihn misstrauisch und dachte an die Geschichte hinter dem matt schimmernden Todesboten: 1980 hatte Gaston Glock die Waffe fürs österreichische Bundesheer erfunden. Der Typ war Kunststoffexperte und Ingenieur, der seine Waffenproduktionsfirma 1963 in Wagram gründete. Mittlerweile gibt's die Glock in mehr als hundert Ländern auf der ganzen Welt – und das hat den guten Gaston auf Platz dreiundvierzig der hundert reichsten Österreicher gehievt. Mit Kritik kann er trotzdem nicht gut umgehen, da zerrt er lieber alle vor Gericht, die sich negativ über ihn äußern. Vor ein, zwei Jahren hat er eine Beleidigungsklage gegen Amnesty International verloren, weil die darüber berichtet hatten, dass bei den Rebellen in Darfur eine Glock gefunden worden war. Gaston Glock hätte erklären sollen, wie es dazu kommen konnte. Ziemlich naiv – als ob der kontrollieren könnte, wo seine Waffen hinkommen, wenn sie erstmal aus der Fabrik raus sind …

1999 wollte ein Franzose in einer Luxemburger Tiefgarage den alten Glock mit einem Hammer erschlagen. Der Waffenfabrikant hat den Anschlag nur knapp überlebt. Hinter dem Mordversuch soll sein früherer Geschäftspartner Charles Ewert – alias „Panama-Charly" – gesteckt haben, der angeblich fast hundert Millionen Dollar aus der Glock-Gruppe veruntreut hat. Panama-Charly bekam dafür zwanzig Jahre Gefängnis aufgebrummt, sein unfähiger Auftragskiller siebzehn.

Gaston hat das alles bestens überstanden, sogar den Vorwurf der Steuerhinterziehung, mit dem sie immerhin sogar Capone drangekriegt haben. In den USA stattet seine Fabrik das FBI, die Anti-Drogenbehörde und Teile der County Police aus; aus Montevideo versorgt er den südamerikanischen Markt und aus Hongkong den asiatischen. Ein cleverer Mann. Zuletzt durfte er sogar die irakische Polizei – also natürlich die Truppe, die von den Amis eingesetzt wurde – mit seinen Pistolen ausrüsten: zweihunderttausend Stück gingen nach Bagdad, bezahlt mit Saddams Geld. Und mit maximal siebenhundert Euro kann jeder dabeisein – da sind andere Neun-Millimeter-Knarren um einiges teurer.

Genug gegrübelt. Gill hielt die Hand auf, und Dominik legte die Waffe vorsichtig hinein.

„Viel Glück."

„Brauche ich nicht. Alles durchgeplant. Mach dir keine unnötigen Gedanken."

„Es könnte ein Gewitter geben."

„Dann hoffe ich, dass die Fänger weniger wasserscheu sind als die Opfer."

„Aber das könnte den Sender stören."

„Meinen nicht." Er wollte Dominik nicht beunruhigen.

Als er den Käfig aufhob, fauchte Mucki kurz. Gill ging zum Auto und stellte seinen tierischen Assistenten vor dem Beifahrersitz ab.

„Unser Einsatz, Mucki. Jetzt machen wir aus Zweibeinern Rheumadecken."

8 Die untergehende Sonne schien in Alexas Büro und spiegelte sich im Bildschirm des Notebooks. Alexa hatte ihren Schock überwunden und sich mit der ihr eigenen Energie an die Arbeit gemacht. Sie veränderte den Winkel und betrachtete die Kinderköpfe auf dem Schirm. Kolleck hatte weitere Bilder anfertigen und digital bearbeiten lassen. Sie wirkten merkwürdig künstlich, waren aber nach den jeweiligen individuellen Merkmalen erstellt. Afrikanische Kinder. Weniger wert als eine Tankfüllung. Weniger wert als eine DVD. Das war ihr nichts Neues. Seit dem Ende des kalten Krieges taumelte der afrikanische Kontinent am Abgrund. Ruanda, Liberia, Sierra Leone, Kongo, Uganda, Darfur ... die blutigsten Bürgerkriege, die je über den Bildschirm geflimmert waren. Wenn sie denn mal flimmern durften. Die meisten Berichte hatte sie auf BBC gesehen. Im deutschen Fernsehen kamen sie kaum vor. Der „Weltspiegel" verkam mehr und mehr zu Reiseberichten in asiatischen Luxuszügen.

Außerdem hatte ein europäischer Bürgerkrieg in den Neunzigern alle anderen Massaker überlagert. Der Balkan schien näher als Afrika. Sogar serbisches Sterben war medial wertvoller. Damals hatte sie bewusst zum ersten Mal den brutalen Einsatz von Kindersoldaten wahrgenommen, kleine Jungs gesehen, die Kalaschnikows hinter sich herzerrten, die größer waren als sie selbst. Zugedröhnt mit Drogen. Sie erinnerte sich daran, dass dieser Charles Taylor von einigen Medien erstmal als liberianischer Freiheitskämpfer dargestellt wurde. Heute stand er in Den Haag vor dem internationalen Gerichtshof, und fast an jedem Verhandlungstag wurden neue, unvorstellbare Verbrechen aufgedeckt. Na ja, dachte sie zynisch, er könnte immer noch in die USA abhauen. Die erkannten den Gerichtshof nur partiell an. Amerikaner durften nicht angeklagt und verurteilt werden. Schließlich hatte Taylor lang genug in den USA gelebt und im Knast gesessen. Mit etwas gutem Willen konnte man einen US-Bürger aus ihm machen. Aber der Mohr hatte wohl seine Schuldigkeit getan …

Es klopfte. Die Tür ging auf, und Domogalla wuchtete seinen Körper herein. Er betrat Räume, wie ein Panzerwagen Barrieren durchbrach. „Nichts, Chefin. In ganz Deutschland sind fünf schwarze Jungs als vermisst gemeldet. Einer ist schon sechzehn. Ich habe ganz Europa abgegrast. Die meisten vermissten Schwarzen gibt es in England, Italien und Spanien. Ich glaube, im Osten werden die nicht mal registriert."

„Haben Sie Abgleiche mit den neuen Bildern gemacht?"

„Natürlich."

„Das verstehe ich einfach nicht. Wie können so viele Kinder verschwinden und als Leichen auftauchen?"

„Vielleicht haben Schwarze kein Vertrauen zur Polizei und geben keine Vermisstenmeldungen auf."

„Wäre denkbar. Wir müssten mal in den schwarzen Gemeinschaften nachhaken."

„Daran habe ich schon gedacht. Aber wie kriegen wir raus, in welchen Städten es große Communities gibt? Außerdem … bei den offenen Grenzen könnten die sonstwo sitzen. Das ist wie mit der Nadel im Heuhaufen."

„Über die Einwohnermeldeämter und die Polizeipräsidien. Dort muss man wissen, ob und wo in ihren Städten schwarze Ballungszentren existieren. Das soll Igel erledigen."

„Der ist schon weg."

„Wie bitte? Er holt uns aus unserem freien Tag und haut ab? Ist der völlig wahnsinnig? Der spielt mit seiner nicht vorhandenen Karriere!"

Domogalla grinste und sah in Alexas wütend funkelnde Augen. „Der würde sowieso nur Scheiße liefern. Ich leg 'ne Nachtschicht ein."

„Seit ewigen Zeiten versuche ich ihn loszuwerden. Er klebt wie Hundescheiße an meinem Schuh."

„Ich könnte das regeln. Man könnte verschwundenes Koks aus der Asservatenkammer bei ihm finden. Die wundern sich sowieso."

„Nein, Domogalla. Auf keinen Fall eine Ihrer krummen Nummern. Sie sollten selber aufpassen. Es gibt Gerüchte über Sie."

Jetzt wurde Domogalla wütend. „Gerüchte über mich? Das kann doch wohl nicht wahr sein! Was für Gerüchte? Verdammte Arschlöcher."

„Sie sollen in Ihrer Freizeit ziemlich viel trinken. Und nicht zahlen."

„Ich? Was für ein Scheiß ist das jetzt wieder?! Sie können in jeder Wittener Kneipe fragen. Das bisschen Bier, das ich mir am Feierabend gönne, bezahle ich natürlich auch. Sie glauben doch wohl nicht so einen Mist?"

„Sie wurden zu mir strafversetzt, vergessen Sie das nicht. Ich kenne Ihre Akte. Da ist viel Unschönes drin. Aber das ist mir egal, weil Sie ein guter Kriminalist sind. Ich warne Sie nur: Überziehen Sie's nicht. Ab einem gewissen Punkt hört meine Rückendeckung auf. Wir sind keine Politiker, die quasi durch Statusbestimmung klauen dürfen und Lobbyistenkohle abschöpfen. Wir dürfen nicht mal einen Kugelschreiber als Werbegeschenk annehmen."

„Weiß ich alles. Ich gehe jetzt an meine Arbeit. Mache es mit Telefon und Internet von zu Hause."

„Bis morgen."

„Bis morgen."

Er schlug die Tür hinter sich zu, die fast aus den Angeln flog. Domogalla hatte jetzt das dringende Bedürfnis, jemandem die Fresse zu polieren. Vielleicht sollte er in eine Kneipe gehen und ein bisschen herumstänkern. Da hatte eine neue aufgemacht: „Schwiegermutters Alptraum", dort musste er sich mal vorstellen und die Konditionen festlegen. Zuerst ging er aber zur Asservatenkammer und holte mit Igels nachgemachter Gegenzeichnung ein Pfund Kokain ab. Das machte er öfters. Er wusste, dass einer der Beschäftigten dort nächstes Jahr in den wohlverdienten Ruhestand gehen würde. Außerdem war der Kerl immer besoffen. Der könnte im Leben nichts bezeugen. In seiner Schicht bediente sich Domogalla regelmäßig. Bevor er das Koks zurückbrachte, zweigte er die Hälfte oder mehr ab und ergänzte den fehlenden Stoff durch Milchpulver. Wurde sowieso nie nachgeprüft. Den Stoff verkaufte er direkt an Schark. Das Risiko, mit einem Kleindealer zu arbeiten, der irgendwann geschnappt werden konnte, war viel zu hoch. Nein, bei solchen Deals musste man oben einsteigen. Und Schark war so weit oben, dass er nur Drogen in die fetten Hände nahm, wenn Domogalla lieferte. War ein schönes Zubrot.

Gewissensbisse hatte er keine. Dazu war er zu lang im Job. Die Straßen würden niemals drogenfrei sein. Nicht, solange wichtige Leute damit Geld verdienten. War doch alles nur ein Popanz. Der Krieg gegen die Drogen – lächerlich. Das war eine eigene Industrie. Die CIA finanzierte mit Drogengeldern ihre verdeckten Operationen, und ohne Drogengelder müsste die Waffenindustrie einpacken, weil nicht genug Leute ihren Scheiß kaufen könnten. Schließlich war sogar die Bundeswehr in Afghanistan, um Mohnfelder zu bewachen. Seit dem Sturz der Taliban hatte sich der Opiumumsatz verdreifacht. Und was war eigentlich aus den Kokainspuren geworden, die SAT-1-Reporter von Maiers „Akte"-Sendung auf der Bundestagstoilette gefunden hatten? Schön unter den Tisch gekehrt. Ohne Drogengelder müssten sie bei Heckler & Koch Kurzarbeit fahren. Also konnte wohl auch ein Gesellschaftsschützer wie Domogalla ein paar Krumen vom Kuchen abhaben. Er gehörte immer noch zur größten Gang der Welt – der Polizei.

9

Die zwei Männer saßen am äußersten Rand der Terrasse des Hotel-Restaurants „Dieckmann“ und warteten auf ihren Hauptgang. Sie tranken bereits die zweite Flasche des 2007er-Jermann von der Loire.

„Die Küche ist ausgezeichnet – und so preiswert. Ich komme immer gern hierher“, sagte der dickere. Er trug einen dezenten Maßanzug und hatte die drei Westenknöpfe über seinem Wanst geöffnet. Alles an ihm war weich, außer den Augen und einer spitzen Nase. Die stete Gier hatte Furchen des Zerfalls in sein schwammiges Gesicht gegraben; er alterte, ohne wirklich etwas durchlebt zu haben. Schweiß stand auf den feisten Hängebäckchen. Es war warm in der untergehenden Sonne. Man sah ihm an, wie er unter der drückenden Schwüle litt. Er gab Blasen ab, wie ein faules Stück Fleisch in einer Cola-Marinade. Seine Leibwächter standen in gebührendem Abstand außerhalb der Hörweite und schwitzten kein bisschen, in ihren schwarzen Anzügen mit den Kevlar-Westen darunter und dem beruflich bedingten festen Schuhwerk.

„Das Restaurant wurde 1774 als Fuhrmannsschenke und Pferdestation gegründet“, sagte sein Gegenüber und deutete mit der Hand Richtung Hauptverkehrsstraße. „Die hieß damals noch Kornweg. Ach ja, ich habe gehört, Sie sind zum zweiten Mal Großvater geworden.“

„Richtig. Meine jüngste Tochter ist endlich unter der Haube. Sie hat uns eine ganze Weile Sorgen gemacht. Erst diese Drogenphase, dann wollte sie Künstlerin werden … Das Kind hatte keine Richtung. Aber nun geht sie ganz im Mutterglück auf. Der Kleine ist aber auch ein süßer Fratz. Die Geburt war nicht unkompliziert. Wir hatten große Angst, dass er genetisch geschädigt sein könnte. Wegen der Drogen. Aber die Untersuchungen haben alle Bedenken zerstreut.“

„Das freut mich. Schon getauft?"

„Amelie wollte es. Es war eine schöne Feier. Ich konnte sogar dem katholischen Brimborium etwas abgewinnen."

„Die Katholiken wissen zu feiern. Darin waren sie immer meisterhaft: heidnische Riten aufzusaugen und für sich umzumodeln. Ihre Karnevalssitzungen sind doch viel angenehmer als dieser vertrocknete puritanische Protestantismus."

Der Dicke ahnte nicht, wie sehr ihn sein Gegenüber verachtete. Er nahm einen guten Schluck, weil er jetzt etwas nervös war. „Ich bin seit Jahren durch unseren gemeinsamen Bekannten Abnehmer Ihrer Videos. Ihrer recht teuren Videos, wenn ich das sagen darf ..."

„Natürlich dürfen Sie das sagen. Die sind ja auch nicht zur Unterhaltung der Plebs bestimmt. Die könnte ohnehin nicht viel damit anfangen. Diese besonderen Vergnügungen sind nur für Menschen, die nicht der Krämermoral unserer Zeit unterliegen. Für Leute wie Sie und mich, die außerhalb von Moral und kleinbürgerlichen Gesetzen stehen."

Das Essen kam. Für den Dicken ein Tiroler Schmorbraten mit Polenta und Lauchgemüse, für seinen Gast der Lammrücken mit Pinienkruste, Navettengemüse und Thymiansauce. Sie ließen es sich schmecken und schwiegen. Der Dicke war zuerst fertig. „Sie werden es nicht glauben, aber ich leide manchmal an kleinbürgerlichen Moralvorstellungen. Ich zweifle dann, ob ich wirklich das Recht dazu habe, anderen Menschen zu schaden. Aber was heißt schon schaden? Nur eine motivierte Elite nützt schließlich auch der Allgemeinheit. Ich weiß natürlich, dass ich harte Entscheidungen fällen muss. Im Rahmen der Globalisierung ist das unausweichlich und eher positiv."

„Besonders für Ihre Aktionäre."

„Das geht überhaupt nicht anders. Ich bin dem Kapital verpflichtet, nicht den Belegschaften. Ich kann schließlich nicht die Welt für sie ändern und nur ihre Arbeitsplätze sicher machen. Es gibt einfach zu viele Menschen und zu viele Produkte. Und zu wenig Rohstoffe … Nein, ich meine das anders, eher im privaten Bereich."

„Quält sie etwa die kleinbürgerlich-christliche Ideologie? Es ist schon merkwürdig, wie die Menschen täglich Gesetze schaffen, die ihnen Glück und Befriedigung stehlen. Sie wissen doch genau, dass die Bibel nur zusammengeschmiert wurde, um Tunten in Weiberkleidung ein angenehmes Leben zu ermöglichen. Aber wenn Sie es lieber moraltheoretisch geklärt haben wollen, gerne. Ich gebe Ihnen ein Beispiel: Sie begehren die Frau Ihres Nachbarn und können Sie nicht kaufen. Also lassen Sie sie entführen, vergewaltigen sie und bringen sie aus Sicherheitsgründen um. Das sind mindestens drei Verbrechen gegen andere, Ungerechtigkeiten gegenüber Ihrem Nächsten. Wenn Sie die Taten aber unterlassen, begehen Sie ein Verbrechen gegen sich selbst, denn Sie vergewaltigen Ihre substantiellen Bedürfnisse. Und das ist unverzeihlich. Es ist gegen die Natur. Wie Crowley richtig formulierte: Du bist das ganze Gesetz. Er hat vieles richtig gesehen, obwohl er letztlich nur ein drogensüchtiger Syphilitiker war. Mein Vergnügen muss jeden Vorrang vor den Leiden meiner Nächsten haben, die mich nichts angehen. Sonst hieße es ja, den Fremden mehr zu lieben als mich selbst. Das können die Christen gerne heucheln. Gehandelt haben sie stets gegenteilig – und doppelzüngig mehr Leid über ihre Nächsten gebracht als jede andere Ideologie."

„Sie haben ja völlig recht. Es tut gut, mit Ihnen zu sprechen. Das Tagesgeschehen reibt mich so auf, dass ich gar nicht mehr zum Nachdenken komme. Und immer wieder diese dummen Vorwürfe durch selbsternannte Idealisten. Die wollen doch nur das Volk aufhetzen."

Der andere lachte. „Das Volk! Die Masse! Glücklicherweise lassen sich Menschen nicht so leicht vom Beispiel guter Führer beeinflussen, wie sie sich von den lasterhaften Praktiken der schlechten anstecken lassen.“ Er liebte es, Menschen zu manipulieren. Das war für ihn das vollkommenste intellektuelle Glück. Das größte physische Glück bereiteten ihm Drogen, Zerstörung und sadistischer Sex, der im Akt der Tötung endete. Ausdruck höchster Macht. Höchste Macht, höchstes Glück. Der verdiente Ausgleich dafür, dass er dieselbe Luft atmen musste wie diese Ameisen. Wahrscheinlich war das die Prüfung, die man ihm auferlegt hatte. Ihm, der evolutionär über den Menschen hinausragte.

„Ihre Videos und DVDs bereiten mir wirklich viel Freude. Sie sind aufregend und treffen meinen Geschmack. Ich kann sie mir immer wieder ansehen … Allerdings habe ich in letzter Zeit das Gefühl, das die reine Betrachtung in meinem Heimkino nicht mehr so ganz ausfüllend ist.“

„Ich ahne, worauf Sie hinauswollen, mein Lieber.“

„Dann machen Sie es mir doch nicht so schwer. Es kommt mir nicht leicht über die Lippen, Sie zu bitten.“

„Aber, aber. Verehrter Herr Minister.“

„Ex-Minister. Heute bin ich nur noch der Industrie verpflichtet und nicht mehr der Allgemeinheit.“

„Wie elegant Sie das immer zusammengebracht haben … Sie möchten einmal dabei sein und zusehen, nehme ich an.“

„Nun ich würde liebend gerne einen aktiveren Part einnehmen. Falls das möglich ist.“

„Hmmm. Sie wissen, dass es um einen Kreis von Eingeweihten geht. Sie müssten diesem exklusiven Kreis beitreten. Das bedeutet großes finanzielles Engagement und Prüfungen.“

„Das ist kein Problem. Sie kennen meine Mittel.“

„Ja. Das ist für Sie sicherlich kein Problem. Aber dazu kommt, dass man unsere exklusive Gemeinschaft nicht verlassen kann. Die Rückgabe des Parteibuchs ist nicht möglich, und eventuelle Ausschlussverfahren sind final."

„Aber dann wäre ich auch dazu berechtigt, an allen Treffen teilzunehmen, die diese delikaten Vorgänge vollziehen."

„Natürlich."

„Und wie oft ist das?"

„Einmal im Monat. Auf Wunsch sind auch zusätzliche Events möglich."

„Das ist ja ganz wunderbar."

Der Gast schob dem Dicken ein Kärtchen mit Zahlen zu. „Eine Million. Sobald die Überweisung eingegangen ist, erhalten Sie die Einladung zur nächsten Veranstaltung. Sie werden einen unvergesslichen Initiationsritus erleben."

„Ich veranlasse das noch auf der Rückfahrt."

„Sie möchten also gleich beim ersten Mal mit ins Geschehen einbezogen werden. Haben Sie bestimmte Vorstellungen, was Ihnen Freude bereitet?"

„Aber sicher. Ich hätte gerne einen dreijährigen Jungen. Richtig dunkel. So ein junges Herz gibt bestimmt Kraft. Ich habe es in letzter Zeit mit dem Kreislauf."

„Ich gratuliere. Eine exzellente Wahl."

10 Es wurde bereits dunkel, als Gill vom Kleff kommend die Hevener Mark und die Oberkrone abfuhr. Die langgestreckte Siedlung hing am Rande eines Hügels, der zu einem Feld hin abfiel. Kleine Einfamilienhäuser, die von ihren stolzen Besitzern bis ins Grab abbezahlt werden mussten, aber auch geschmacklose Neubauten für Leute, die trotz der Depression Geld machten. Dazwischen ein paar alte Häuser, vor Ruhr-Geschichte ächzend. Es war still, kein Lüftchen erfrischte die schwüle Nacht. Ein paar dunkle Wolken hoben sich am Himmel ab und beunruhigten Gill. Bloß kein Gewitter. Katzen mochten bekanntlich keinen Regen. Außerdem könnte ein Gewitter den Empfang des Senders stören, das hatte Dominik richtig erkannt. Egal, was die Hersteller und Technokraten behaupteten, Gill hatte seine Erfahrungen.

Dann sah er hinter einer Kurve den ersten Container. Hier war er richtig. Wie Klaus von Ringo erfahren hatte, war noch eine weitere Drückerkolonne unterwegs gewesen, in einer Dortmunder Siedlung. Gill hatte sich die Örtlichkeit auf Google Maps angesehen. Zu viele Sackgassen, auch die Hauptzufahrtsstraße hörte einfach irgendwo im Nichts auf. Schlecht, wenn etwas schieflief und kein Fluchtweg offenstand. Auf so etwas ließ sich niemand ein, der Übles im Schilde führte. Also hatte er auf Heven getippt. Bingo. Ein Stück weiter stand ein zweiter Container für Altkleider, die angeblich nach Afghanistan geschickt werden sollten. Gill stieg aus und trat dagegen. Von unten meinte er ein Geräusch zu hören, war sich aber nicht sicher. Vielleicht lag da eine Katze, betäubt von präpariertem Futter. Er parkte den Wagen in einer Seitenstraße und rauchte eine Reval. Mucki knurrte. Ihm gefiel es gar nicht, im Käfig zu sitzen. Und jetzt wurde er auch noch vollgepafft. Wo blieb der Tierschutz?

Gill stieg aus und hob vorsichtig den Käfig auf die Straße. Er ging zu dem zweiten Container. Die Katzenfänger hatten ihn ganz bewusst weit entfernt vom nächsten Haus aufgestellt, vor ein paar Büschen. Diese Ecke war nicht einsichtig, was Gill nun zugute kam. Mit dem Käfig kroch er in einen Busch. Er zog sein Survival-Messer aus der Scheide am Unterschenkel und schnitt sich eine Höhle ins Gehölz. Von hier aus hatte er einen guten Blick auf die Straße. Er richtete sich auf mehrere Stunden Wartezeit ein und flüsterte beruhigend mit Mucki. Der fand das alles dumm und langweilig, fauchte und legte sich dann entrüstet hin. Wenn er schon nicht abhauen konnte, würde er sich wenigstens ein Schläfchen gönnen. Ein später Spaziergänger kam vorbei und führte seinen Yorkshire-Terrier aus. Der Hund blieb kurz stehen und schnüffelte am Container.

„Weiter, Amboss“, sagte das Herrchen und zerrte den kleinen Hund hinter sich her.

Stunden vergingen. Gill wartete in angespannter Trance. Wie oft hatte er schon so in einem Hinterhalt gelegen … an gefährlicheren Orten. Doch er unterschätzte die Situation keineswegs. Auch eine Tierfängerbande war gefährlich. Und einer Kugel war es ziemlich egal, ob sie von einem zugedröhnten Dealer, einem verängstigten Teenager oder einem Marine abgefeuert wurde.

Skeptisch sah er zum Himmel. Schwere Wolken zogen sich zusammen. In der Ferne grummelte es bereits. Er hörte ein leises Motorengeräusch. Ein schwarzer Kleintransporter fuhr langsam die Straße hinunter, dann war er außer Sicht. Gill hörte ihn weiterfahren und wenden. Der Wagen kam zurück, hielt vor dem Container, und der Fahrer stellte den Motor ab. Gill zog sein Nachtsichtglas heraus, um sich Details anzusehen. Der Transporter hatte schwarze Scheiben, aber die an der Fahrerseite war heruntergelassen. Ein Glatzkopf mit Schlägervisage saß hinter dem Lenkrad. Er hantierte am Armaturenbrett. Gill hörte ein kratzendes Geräusch. Unter dem Wagen öffnete sich eine Klappe und fiel schräg nach unten. Der Fahrer hatte sich ebenfalls auf eine Wartezeit eingerichtet und zündete sich unbekümmert eine Zigarette an. Warten. Das Grummeln des Gewitters kam näher. Auf der anderen Straßenseite bewegte sich etwas. Eine kleine Katze kam, neugierig schnüffelnd, vorsichtig aus einer Hecke. Sie näherte sich dem Transporter. Angelockt durch einen Duftstoff, der gegen die Genfer Konvention verstieß.

Gill öffnete den Käfig. Mit einem wütenden Murren sprang Mucki heraus, lief ein paar Meter nach vorn und blieb stehen. Dieses Terrain kannte er nicht, das musste er erst erkunden. Dann sah Mucki die kleine Katze und lief sofort auf sie zu. Bevor er sie erreichte, sprang die Kleine durch die Klappe. Mucki schnüffelte unsicher unter dem Transporter, sah nach oben und sprang ebenfalls in den Wagen. Der Fahrer drehte seinen Kopf, hantierte herum, und die Klappe schloss sich. Jetzt stieg er aus. Unter seinem T-Shirt zeichneten sich die aufgepumpten Muskeln des Bodybuilders ab. Er ging zum Container, bückte sich, öffnete ihn, zog eine bewusstlose Katze heraus, ging zum Transporter und warf sie achtlos hinein. Einige Kilometer entfernt zuckte ein Blitz durch die Nacht. Der Donner folgte kurz darauf. Das Gewitter kam näher. Der Katzenfänger startete das Auto und fuhr los. Gill hätte keine Chance gehabt, sich dem Transporter unbeobachtet zu nähern und ihm ein Peilgerät zu verpassen. Mucki zu verwanzen war die richtige Entscheidung gewesen.

Gill hatte sein Handy aufgeklappt und sah auf das Display. Der Empfang funktionierte. Er wühlte sich aus dem Busch und rannte zu seinem Mercedes, stellte das Handy vor sich in eine Sicherung und fuhr los. Problemlos folgte er dem Wagen durch die Nacht, dem Gewitter entgegen. Er überquerte die Ruhrbrücke nach Herbede und sah den Kleintransporter weiter vor sich. Gill ließ sich zurückfallen. Plötzlich zuckte ein Blitz, gefolgt von lautem Donner. Der Himmel explodierte. Schwere Regentropfen prasselten auf das Autodach, prallten ab, hüpften wieder in die Höhe. Innerhalb von Sekunden verwandelte sich der Asphalt in ein Flussbett. Panisch sah Gill, dass er keine Zielwerte mehr auf dem Display hatte. Er stellte die Scheinwerfer aus und fuhr rechts ran. Dann nahm er einen Beutel vom Rücksitz, griff hinein und setzte mit einer schnellen, geübten Bewegung sein ATN Night Cougar auf – die leichteste Nachtsichtbrille, die man legal kriegen konnte. Sofort legte er den Gang ein und raste weiter. Die Scheibenwischer konnten die Regenmassen kaum bewältigen. Ohne Licht preschte er durch Herbede. Es gab einige Querstraßen, in die der Transporter abbiegen konnte. Gill beschleunigte. In dem dichten Regen konnte er keine hundert Meter weit sehen. Er durchfuhr eine Querstraße, die wieder in die Hauptstraße mündete. Nichts. Keine Daten auf dem Display. In geradezu selbstmörderischem Tempo raste er durch das Wasser, das zentimeterhoch über den Asphalt schoss. Ein Schlagloch ließ seinen Kopf gegen das Dach knallen. Die Straße war im üblichen erbärmlichen Zustand. Wie auf dem Balkan wird das hier, fluchte Gill.

Plötzlich leuchtete entfernt ein Bremslicht auf. Zum Teufel, das musste er sein. Um diese Uhrzeit waren hier nicht mehr viele Leute unterwegs. Gill beschleunigte. Falls er entdeckt würde, musste er sich den Fahrer gleich vornehmen und sein Fahrziel aus ihm rausprügeln. Vielleicht hätte er von Anfang an so vorgehen sollen, statt Mucki in Gefahr zu bringen. Aber er wollte das natürlich auf die elegante Art machen. Gill haderte nur kurz mit sich, das brachte jetzt auch nichts. Der Mann vor ihm hatte ganz andere Probleme. Regen interessierte den geborenen Rennfahrer nicht, und Aquaplaning hielt er für einen Fitnessdrink. Mister Universum würde die Katzen in den Käfig werfen, die Papierarbeit erledigen und dann zum gemütlichen Teil der Woche übergehen.

Erstmal ein bisschen in der Muckibude pumpen, dann ein paar Viagra einwerfen und im Swingerklub bei Wuppertal ordentlich einen draufmachen. Dieser Klub mit permanentem Frauenüberschuss. Warum zum Teufel mussten Männer in Klubs mit Frauenüberschuss eigentlich immer soviel mehr löhnen? Müsste doch eigentlich umgekehrt sein. Karibik-Klaus hätte es ihm erklären können, aber den kannte Mister Muskel wahrscheinlich nur vom Namen her.

Gill sah das Zielfahrzeug abbiegen, Richtung Hattingen. Er ließ sich zurückfallen, hielt aber Sichtkontakt. In der Dunkelheit und bei dem niederprasselnden Regen war er im Rückspiegel nicht zu erkennen. Ein Auto kam ihm langsam entgegen. Kurz bevor es Gill passierte, gab der Fahrer Zeichen mit der Lichthupe. Dann war er vorbei. Konzentriert starrte Gill durch die Nachtsichtbrille. Sie fuhren Hügel hinauf, durch Waldstücke und kleine Ortschaften. Der Wind schüttelte die Baumkronen und drückte die Stämme nieder. Das Unwetter ergoss sich erbarmungslos über den Ennepe-Ruhrkreis. Sie durchfuhren ein Industriegebiet. Der Transporter wurde langsamer, und Gill passte sich seinem Tempo an. Jetzt bog er ab. Gill hielt an der Kreuzung und sah den Lieferwagen ein paar hundert Meter weiter vor einem alten, eingezäunten Industriegelände anhalten. Der Fahrer stieg aus, öffnete das Tor, fuhr hinein und schloss wieder hinter sich ab. Dann holperte er langsam auf den düsteren Gebäudekomplex zu.

Gill parkte sein Auto hinter einem Bauwagen, stieg aus und rannte durch den Regen zur Umzäunung, wobei er jede Tarnung ausnutzte. Er sah die moderne Überwachungskamera über dem Eingangstor. Sehr merkwürdig für ein stillgelegtes Gelände … Dann warf er einen Blick auf das Metallschild unter der Kamera am Zaun: Atarme GmbH. Er schätzte den Aufnahmewinkel ab und schlich zurück. Weiträumig umkreiste er das Gelände und näherte sich seitlich. Auf dem Zaun war keine weitere Kamera angebracht. Das Gebäude war alt, trist und verfallen. Ein Fabrikbau mit bröckelnder Fassade, der als Industriedenkmal der Gründerzeit dienen konnte. Fenster waren eingeschlagen, Glasscherben ragten wie Zähne aus den Rahmen. Zähe Büsche wuchsen aus den Fugen. Um den Komplex herum erstreckten sich freie Flächen mit aufplatzendem Asphalt. Kniehohe Sträucher ragten heraus.

Der Regen hatte Gill durchnässt. Aber diesen Preis bezahlte er gern für die Deckung durch das Gewitter. Der Maschendrahtzaun stand nicht unter Strom und machte einen verwahrlosten Eindruck. Gill zog sein Messer und schnitt hinein. Er kroch durch die Lücke. Von der Seite, die dem Mondlicht abgewandt war, rannte er leise auf den rutschfesten Gummisohlen seiner Kampfstiefel zur Fabrik. Der Wind peitschte ihm Regen ins Gesicht. Er fühlte sich lebendig. Adrenalin pur. Wie hatte er das vermisst! Gebückt schlich er um die Ecke und sah den Transporter neben einer Eisentür stehen. Regenwasser rauschte durch marode Abflussrinnen vom Dach herab.

Gill sah sich um. Keine weiteren Kameras, keine Sicherungen. Mit zwei Sätzen war er hinter dem Transporter. Er zog die Ladetür auf. Innen stank es nach einer Mischung aus Minze, Baldrian und etwas Undefinierbarem. Wahrscheinlich das Betäubungsmittel. Zwei leere Käfige lagen herum. Der Mann hatte Mucki und die anderen Katzen hineingebracht. Er schloss die Wagentür unnötig leise. Das Toben des Gewitters übertönte sowieso alle Geräusche. Er ging zum Eingang. Nicht abgeschlossen. Er zog die Glock und ging in die Knie. Dann öffnete er vorsichtig die rostige Eisentür. Dunkelheit. Gill trat ein. Er stand auf der obersten Stufe einer Eisentreppe, die tief in den dunklen Schlund des Industriemolochs führte. Geräuschlos glitt er die Treppe hinab. In grünem

Licht zeigte ihm die Brille Stahlrohre, eiserne Kübel und herunterhängende Leitungen. Am Ende der Treppe stellte er sich in den Schatten eines riesigen Kessels. Zwanzig Meter dahinter ging ein Gang ab. Gill schlich darauf zu. Die verrosteten Rohre führten in Kopfhöhe um die Ecke durch den Gang. Am Ende wartete ein schwacher Lichtschein. Der Schlauch war etwa dreißig Meter lang und bot keine Deckung. Hier unten hörte man nichts mehr von dem Gewitter. Hier hörte man nur den Scheiß, den man selbst anstellte.

Er hielt die Glock und stützte die Schusshand mit der rechten. Schnell durchquerte er den Gang. Am Ende presste er sich an die Wand. Ängstliches Gewimmer drang an seine Ohren. Gill zog die Brille vom Kopf und ließ sie lautlos auf den Boden gleiten. Vor ihm befand sich ein Rundgang aus Eisengittern, der um eine tiefer liegende Halle führte. Unten standen Käfige. Der Fahrer hatte einen davon geöffnet. Die Katzen darin drängten sich voller Angst in die Ecke. Er warf ein betäubtes Tier hinein und brabbelte irgendwas. Gill sah, wie er Mucki packte, zu einem anderen Käfig ging, ihn öffnete und die Katze hineinschmiss. Dann ging er in eine andere Ecke der Halle. Dort standen ein Tisch, ein paar Stühle und altmodische Aktenschränke. Daneben war eine Art Müllhalde mit Alteisen, Brettern und Kanistern, von der Gill aber nur einen Ausläufer sehen konnte. Der Mann holte eine Flasche und ein Glas aus einem Schrank und setzte sich. Er goss sich ein, trank und grunzte zufrieden. Sofort schenkte er nach, zog eine Packung Zigaretten heraus und zündete sich eine an. Dann griff er nach einem Stift und einigen Papieren. Über das Papier gebeugt, begann er zu notieren. Wahrscheinlich schrieb er an seiner Doktorarbeit. Gill trat auf den Umlauf. Das Eisengitter unter seinen Sohlen begann leicht zu schwingen. Vorsichtig ging er auf die Treppe zu, die in die Halle hinabführte, die Waffe auf den Mann unter sich gerichtet. Wenn der aufschaute, würde er Gill sehen. Also nur eine Frage der Zeit. Der Rundgang quietschte. Das hatte keinen Sinn. Gill sprang die Treppe herab. Der Mann sah auf. Sofort die Initiative ergreifen.

„Du solltest dir einen anderen Tisch besorgen. An dem wirkst du so klein und unbedeutend."

„Was … wer zum Teufel bist du?!"

Die Waffe auf den Tierfänger gerichtet, ging Gill die letzten Stufen hinunter. „Aufstehen. Hände hinter den Kopf."

Der Mann war zu verblüfft, um sich zu bewegen. Gill schoss in den Tisch. Entsetzt hüpfte der Typ von seinem Sitz. „Ich wiederhole mich nie. Entweder du tust präzise, was ich sage, oder ich schieße dir die Eier weg."

Der Mann gehorchte und starrte sein Gegenüber ungläubig an. Gill ging auf ihn zu. Hier stank es erbärmlich. Aus dem rechten Augenwinkel sah Gill einen Haufen mit Katzenkadavern und Kanister mit Wäschebleiche. Wut stieg in ihm auf. Zur Belustigung hatte man die Katzen mit serbischen Bädern zu Tode gefoltert. Wäschebleiche ins Maul gekippt, die sie mehrere Stunden lang von innen verbrannte und dann qualvoll sterben ließ. So wurden die kostbaren Felle nicht beschädigt. Er senkte die Waffe an den Oberschenkel und trat so nahe an den Mann heran, dass sich ihre Nasen fast berührten. Schweinsäuglein in einem zernarbten Gesicht. Gill roch ein billiges Parfum. Das Äußere des Bodybuilders war grobkörnig und entsprach seinem Inneren. Sehr unklug, ihm so nahe zu kommen. Der Mann hatte zwar die Hände hinter dem Kopf verschränkt, aber im Falle eines Angriffs musste Gill zurücktreten und die Waffe hochreißen. Er hatte Probleme, seine Wut unter Kontrolle zu bringen.

„Was willst du hier? Das ist Einbruch. Falls du Geld suchst, hier ist nichts. Ich habe nur ein paar Euro in der Tasche."

„Der Maßstab für einen Mann ist das, was er tut, wenn niemand zusieht. Oder hat jemand zugesehen, als du die Katzen getötet hast?"

Dem Kerl kam ein cleverer Gedanke: „Ich war das nicht. Ich liefere sie nur ab. Mann, das sind doch nur Tiere!"

„Und wo ordnest du dich auf der langen Leiter der Evolution ein?"

Hinter Gill schrieen die Katzen. Einige sprangen panisch in den Käfigen herum. Sie hatten mit ansehen müssen, was ihren Artgenossen angetan wurde. Und sie wussten, was auf sie zukam.

„Auf welcher Leiter?"

„Hab' ich mir doch gedacht. Deine DNS muss sich nachts verzweifelt in den Schlaf weinen ..."

Gill sah es in den Augen, bevor sich der Mann bewegte. Er hatte die Arme noch nicht einmal auf Brusthöhe, als Gill träge die Glock schwenkte und ihn in den rechten Fuß schoss. Laut aufschreiend fiel das Muskelmonster zu Boden und umklammerte seinen blutigen, zerfetzten Schuh mit beiden Händen. „Du Schwein! Was habe ich dir getan? Du hast mir den Fuß abgeschossen."

„Falls du hier lebend rauskommst, wirst du lernen, ohne ein paar Zehen zu laufen. Aber ich habe so das Gefühl, dass dein Haltbarkeitsdatum sowieso abgelaufen ist."

Gill wandte sich ab. Der Mann wälzte sich vor Schmerzen brüllend auf dem dreckigen Zementboden. Gill ging zu einem Käfig, in dem sich die Katzen fauchend übereinander in eine Ecke drängten. Der Käfig daneben war leer bis auf Mucki, der langsam zu sich kam und sich irritiert umsah. Ein zitterndes kleines Kätzchen blickte Gill aus großen Augen an. Gill trat näher. Sofort brach Panik aus.

Beruhigend redete er auf die Katzen ein. Kein schwarzes Kätzchen wie Henry. Überhaupt keine schwarzen Katzen, bis auf Mucki. Auf die Katzen konzentriert, merkte Gill nicht, wie der Einsammler auf die mit Müll und Krempel vollgestopfte Ecke zurobbte. Plötzlich zischte ein Bolzen haarscharf an seinem Gesicht vorbei. Gill warf sich auf den Boden, rollte sich ab. Weitere Bolzen knallten in seine Richtung. Einer flog in den Käfig und traf eine Katze, die mit Wucht gegen die Gitter geschleudert wurde. Gill sah den Verwundeten hinter dem Müllberg kauern, in der Hand ein Bolzenschussgerät. Er rannte von den Käfigen weg und hechtete hinter die Treppe. Den Aufprallschmerz ignorierend, ging er sofort in Schussposition. Die Bolzen konnten ihn nicht erreichen. Er war im toten Winkel.

„Komm raus oder ich nagle die Katzen. Die bedeuten dir doch so viel!"

„Für jede tote Katze schneide ich dir was ab. Du kannst mir nicht entkommen. Das weißt du. Ich werde dich nicht umbringen. Du wirst als Torso weiter… Entschuldige, da habe ich ja schon wieder ein Fremdwort gebraucht. Du bist nicht sehr clever, deswegen erkläre ich dir alles ganz langsam. Zuerst schneide ich dir die Finger ab, dann die Nase, dann ziehe ich dir dein Lächeln bis zu den Augenbrauen. Du kannst dann immer noch sagen, dass bei deiner letzten Schönheits-OP was schiefgelaufen ist."

„He, Mann! Was soll der ganze Scheiß? Können wir uns nicht irgendwie einigen?"

„Aber sicher. Zuerst schmeißt du den Bolzenschießer zu mir rüber. Dann unterhalten wir uns, und ich bringe dich in ein Krankenhaus."

„Woher soll ich wissen, dass du mich nicht verarschst?"

„Ich könnte dich anlügen. Aber ich habe vor dir als Mensch zuviel Respekt."

„Was iss?"

Gill gab zwei Schüsse in den Schrotthaufen ab. Der Mann tauchte sofort ab. Gill rannte durch die Halle, warf sich auf den Müll und drückte dem hingekauerten Tierfänger den Lauf an den Schädel. „Sieht so aus, als gäbe es nichts mehr zu verhandeln." Gill drückte ab, und Ohrfetzen flogen durch den Raum. Der Mann kreischte, packte sich an das Loch ohne Ohrmuschel. Das Bolzenschussgerät hatte er fallengelassen.

Während er sich jammernd herumwälzte, nahm Gill sein Handy. „Ich werde dieses Depot auflösen." Er wählte Dominiks Nummer. „Hier Gill. Ich habe ihr Lager gefunden. Sind bestimmt fünfzig Katzen. Könnt ihr die rausholen? Ich gebe dir die genaue Adresse. Aber lass mir eine Stunde Zeit, ich habe hier noch was zu klären." Gill nannte Dominik die Fabrik, den Firmennamen und den Zugang. Dann wandte er sich wieder dem Verwundeten zu. Er sah aus, als hätte man die Luft aus ihm rausgelassen. „Entweder du sagst mir, was ich wissen will, oder ich lasse meine schlechte Laune an dir aus. Kapiert? Also – wenn du nicht von einer Neun-Millimeter kastriert werden willst, solltest du mir entgegenkommen."

„Was willst du denn wissen?"

„Wo ist der kleine schwarze Kater, den du letzte Woche eingesammelt hast?"

„Mann! Ich gucke mir die Viecher doch nicht an!"

„Du hast den schwarzen Kater von heute in einen eigenen Käfig gesetzt. Also separierst du die Katzen …"

„Ich habe nie jemanden sepriert! Sowas mache ich nicht!"

Gill stöhnte. „Du tust die schwarzen Katzen in Extrakäfige."

„Genau."

„Für wen sind die?"

„Weiß nicht. So ein Forschungslabor, glaub' ich. Die wollen nur schwarze."

„Ich will die Namen und Adressen aller Firmen, die ihr beliefert."

„Kenn' ich nicht."

„Was ist mit dem leeren Käfig? Wieso sind da keine Katzen?"

„Weiß nicht. Ist noch genug Platz in den anderen."

„Mann, wie kann man nur so wenig an seinen Eiern hängen?"

„He! Nicht! Der eine ist nur für schwarze, ein anderer für weiße. Die schwarzen bringen wir zu so einem Spinnerladen in Witten. Sind schwer zu kriegen, aber ‚Lokis Welt' nimmt uns alle ab."

„Wer?"

„So heißt der Laden. Das sind so Satansspinner ... Esorotiker, Germanen, so Zeugs mit Sommernachtsfeiern und Hexenkram eben."

„Willst du mich verarschen?"

„NEIN! Ganz bestimmt nicht! Ich hab' bei denen auch schon schwarze Katzen abgeliefert – immer lebend. Ich schwör´s dir!"

„Na gut. Und jetzt die Adressen der Abnehmer."

„Die stehen alle in dem Aktenschrank. Aber der ist immer verschlossen!"

„Das wird ja ein Riesenproblem."

„Mach, was du willst."

„Wie viele Leute seid ihr?"

„Weiß nicht genau. Drei oder vier."

„Und wer führt den Laden?"

„Rolli. Der hat so 'ne Drückerkolonne unter sich. Ich bin erst kurz dabei, Mann. Hat mich wohl wegen meines früheren Jobs genommen. Ich bin auf Hartz vier und muss doch was nebenher machen."

„Warst du früher Kernphysiker?"

„Nee. Ich war Tierpfleger im Rombergzoo. Haben mich rausgeschmissen, die Arschlöcher."

„Weil du mit den Wildkatzen fraternisiert hast."

„Was hab' ich?" Er sah Gill ängstlich an. „Ja, genau. Deswegen."

„Gib mir mal deine Patschehändchen."

Der Mann streckte die Hände vor, und Gill fesselte sie mit Plastikhandschellen.

„Was iss jetzt mit Krankenhaus?"

„Ich müsste dir einen Sack über den Kopf stülpen, damit du mir nicht den Kofferraum vollkotzt."

Gill telefonierte mit Klaus: „Sag Ringo, er soll sich von einem Mitarbeiter trennen. Rolli. Der hat letzte Woche einen kleinen schwarzen Kater verkauft. Ich will wissen, an wen. Wahrscheinlich ein Laden namens ‚Lokis Welt'. Verifizier das. Wir treffen uns zum Frühstück, und du hast die Information … Wo? Ist das deine neue Bescheidenheit? Von mir aus."

Er ging er zu dem Aktenschrank, trat ihn ein und nahm die Ordner heraus. „Wollen doch mal sehen, wer einen Hausbesuch gewonnen hat."

11 Ein altes Sandsteinhaus in einer Querstraße der Lindwurmstraße. In mehreren Räumen der zweiten Etage flimmerten Computermonitore. Ein halbes Dutzend Männer und Frauen arbeitete konzentriert. Ein befreundeter Journalist hatte Alexa von diesem Unternehmen erzählt. Nach einem Anruf bei der Leiterin setzte sie sich kurz entschlossen ins nächste Flugzeug nach München, um das „Cyber Watch Institute" CWI aufzusuchen.

Ein junger Mann führte Alexa durch einen hellen Flur. Unter ihren Pumps knackte der Holzboden. Im Gehen betrachtete sie voller Wohlgefallen den schmalen Hintern des gutaussehenden Mitarbeiters und fragte sich, ob sie den Typen vor ihrem Rückflug vielleicht noch für einen Quickie gewinnen könne. Der Jüngling ahnte nichts von seinem Glück. Er blieb vor einer Tür stehen, murmelte ein paar Worte in eine Gegensprechanlage und verabschiedete sich dann höflich.

Eine Frau öffnete die Tür. Sie war etwa zehn Jahre älter als Alexa, ein bisschen füllig und mit ihren Resten verblichener Schönheit auf plumpe Art attraktiv. Ihr kurzgeschnittenes Haar, die Jeans und das Männerhemd wiesen darauf hin, dass ihr nicht viel an Modetrends lag. Alexa war vor ihrem Abflug in ein neues Kostüm geschlüpft, das eine Frau ausnahmsweise sexy aussehen ließ – trotz des homosexuellen Modeschöpfers, der es entworfen hatte. Ihr Make-up war von durchtriebener Eleganz. Die beiden Frauen hätten kaum unterschiedlicher aussehen können.

„Sie sind eine Freundin schneller Entscheidungen, Frau Kriminaldirektor."

„Danke, dass Sie mich so kurzfristig empfangen, Frau Doktor Henk."

„Nennen Sie mich Karin."

„Sehr gerne. Alexa."

Die Frauen reichten einander die Hände, und Karin Henk

führte Alexa durch ihr Büro. Große Fenster zur Straße bemühten sich trotz der dichtstehenden Gebäude erfolgreich um Sonnenlicht. Vor einem der drei Fenster stand ein massiver Schreibtisch, daneben waren zwei Computertische arrangiert. Die beiden Frauen nahmen auf einer Sitzgruppe Platz. Karin Henk goss Kaffee aus einer Thermoskanne ein.

„Sie arbeiten rund um die Uhr?"

„Ja. Wir haben drei Schichten, aber nur genug Leute für zwei. Das schaffen wir nur durch das Engagement meiner Mitarbeiter. Jeder von uns schiebt Überstunden im dreistelligen Bereich vor sich her. Aber wem sage ich das?"

„Zumindest sind Sie gut ausgestattet. Bei uns dauert es Jahre, um einen veralteten Computer für die Abteilung zu erpressen."

„Dank großzügiger Unterstützung mehrerer sehr reicher Leute haben wir als halbstaatliche Stelle zumindest da kein Problem. Das Bundesinnenministerium hat 2001 das Internet-Ermittlungstool INTERMiT eingeführt, um das Web automatisch auf strafbare Inhalte zu scannen. Natürlich mit dem Schwerpunkt Extremisten und Päderasten. Der Prototyp der Meta-Suchmaschine wird heute noch von einer Abteilung der Münchener Polizei genutzt. Wir sind weiter: Wir arbeiten zwar eng mit der Polizei zusammen, konzentrieren uns aber auf Kindesmissbrauch statt auf Terroristen. Die pädophile Szene nutzte das Netz schon im guten alten BTX-System. Die Vorteile liegen auf der Hand: weitgehende Anonymität, schneller Zugriff, Zugang und Verknüpfung weltweit. Man muss sich nicht mehr treffen, um Videos zu tauschen oder zu kaufen, sondern kann sie innerhalb weniger Minuten runterladen. Die Rechner werden immer schneller und leistungsfähiger, da ist Waffengleichheit nötig. Ein Freund meines Mannes, ein höchst wohlhabender und einflussreicher Mensch, hat nach meinem Konzept unsere Organisation mit EU-Kompetenz durchgesetzt."

„Dann muss er wirklich einflussreich sein.“ Beim Stichwort EU gingen bei Alexa alle Warnlampen an. Natürlich war nicht jeder EU-Funktionär ein Mafioso wie Berlusconi oder ein Tagegelderschleicher wie diese dumme FDP-Tante mit dem falschen Doktortitel, aber prinzipiell diente diese Institution einzig und allein den Interessen der Großkonzerne, Banken und der Vorteilsnahme der Abgeordneten. Ein reiner Lobbyverein.

„Ich erkenne Ihre Skepsis, Alexa. Vielleicht beruhigt Sie sein Motiv: Vor zehn Jahren wurde seine Tochter entführt. Er hat sie erst in einem Snuff-Video wiedergesehen. Seitdem tut er alles, was in seiner Macht steht, um diesen Sumpf auszutrocknen. Mit unserem weltweiten Suchdienst will er andere Menschen vor ähnlichem bewahren. Und sei es nur, dass die Kinder aufgefunden werden und die Eltern wissen, was ihnen zugestoßen ist. Er hat es geschafft, uns ein streng geheimes Programm der NSA zu besorgen. Ich sage Ihnen das, weil ich Vertrauen zu Ihnen habe. Mit einem Dritten im Raum würde ich das nie wiederholen.“

„Das ehrt mich. Sie können unbesorgt sein. Nichts von dem, was Sie mir mitteilen oder was sie für uns ermitteln, wird in meinen Akten auftauchen. Aber der Zugang eines deutschen Millionärs zu NSA-Programmen scheint mir ziemlich phantastisch …“

„Milliardär. Und er hat den Großteil seines Vermögens damit gemacht, für die CIA Drogengelder zu waschen und sie gewinnbringend anzulegen. Die Dienste sind ihm also was schuldig. Außerdem war er Berater der Chinesen und hat dafür gesorgt, dass es keine Titanic-Telegramme gab.“

„Titanic-Telegramme?“

„Oder besser Titanic-Mails. Als die Rückgabe Hongkongs näherrückte, veranlassten verängstigte Multis und Banken eine Transaktionsmöglichkeit, die ihr Kapital innerhalb einer Sekunde aus Hongkong raustransferiert hätte. Viele waren sich ja nicht sicher, wie es unter den Roten weitergehen würde. In den kritischen Jahren vor der Rückgabe baute der Mann Scheinfirmen auf, die sich zu Beijing bekannten, und sorgte dafür, dass zwei Weltkonzerne ihren zweiten Hauptsitz nach Hongkong verlegten. Fragen Sie mich bitte nicht, wie er das gemacht hat. Jedenfalls hat keine Titanic-Mail Hongkong je verlassen. Aber unser Gönner wird die Gelegenheit schon genutzt haben, um in dieser einmaligen Situation einiges zu installieren, was NSA oder CIA dienlich ist."

„Ja. So jemand ist einflussreich."

„... und hadert damit, dass er trotz all seiner Macht und Möglichkeiten seine Tochter nicht beschützen konnte."

„Hat man die Täter erwischt?"

„Ich ... wir werden sie kriegen. Eines Tages werden wir sie kriegen." Ihr Gesicht verfinsterte sich. Oha, dachte Alexa, hier geht es wohl um einen privaten Rachefeldzug. „Jedenfalls hält er uns den Rücken frei und sorgt für ein akzeptables Budget. Aber jetzt schauen wir mal, was die Darmspülung mit Ihren Bildern gebracht hat. Wir sollten inzwischen Ergebnisse haben. Ich habe Bernd, einen sehr engagierten Mitarbeiter, für Sie auf Streife geschickt." Sie ging zu ihrem Arbeitstisch und drückte den Knopf der Gegensprechanlage. „Bernd, wie sieht es mit DO aus? Fein, bringen Sie es uns."

Zu Alexa gewandt fuhr sie fort: „Ich erkläre Ihnen in groben Zügen, wie es abläuft. Die Firma Cobin hat eine Technik entwickelt, mit der Bilder auf gesichtsspezifische Merkmale untersucht werden können. Auf diese Weise werden nicht nur identische Gesichter erkannt, sondern auch Bilder erstellt, in die der Computer den Alterungsprozess einrechnet. Wir haben eine Datenbank mit vermissten Kindern sowie Bildern und Filmen mit Kinderpornographie, die wir permanent abgleichen und erneuern."

„Also suchen Sie ständig nach vermissten Kindern?"

„Nicht ständig. Ununterbrochen. Jede Sekunde zählt."

Der junge Mann, der Alexa eingelassen hatte, trat mit einer Akte in der Hand ins Büro, die er fast zärtlich überreichte. „Das ist bisher alles. Aber ich bleibe natürlich dran."

„Schnelle Arbeit, Bernd. Danke."

„Brauchen Sie mich dabei, Chefin?"

„Nein, Bernd. Danke."

Alexa spürte das Knistern, als er wieder hinausging. Bernd war nicht nur für Internet-Patrouillen zuständig.

„Bernd ist sehr fähig."

„Oh, daran besteht für mich kein Zweifel. Er macht auf mich den Eindruck eines jungen Mannes mit vielen Talenten. Wirklich schnelle Arbeit."

„Er ist nicht in allem so schnell, der Gute."

„Beneidenswert. Da würde ich gerne mal um kurzfristige Amtshilfe bitten."

„Tut mir leid, Alexa. Aber unsere Mitarbeiter müssen sich vertraglich verpflichten, keinerlei Nebentätigkeit nachzugehen."

Die beiden Frauen lächelten einander einen Moment künstlich an, dann ging Karin Henk die Akte durch. Sie nahm zwei Blätter heraus und reichte sie Alexa. „Einer der schwarzen Jungs. Und jetzt wird es bizarr: Vor etwa einem Jahr stellte ein Priester aus Sierra Leone sein Bild mit anderen vermissten Kindern ins Netz. Er behauptete auf seiner Page, dass es noch weitere Vermisste gäbe, von denen er aber keine Photos hat."

„Sierra Leone … War das während des Bürgerkriegs?"

„Nein, vor einem Jahr."

Alexa sah auf das Blatt. „Hier steht es: Mai. Als Kontaktadresse gibt er Kambeni am Yendem River an. Ich sehe, dass seine Page gelöscht wurde. Zwei Wochen später."

„Ist das nicht merkwürdig?"

„Äußerst merkwürdig. Haben Sie nähere Informationen über Pater … Stefan Dubois?"

„Noch nicht. Aber wir arbeiten dran."

Karin nahm die nächsten Blätter. „Das kleine weiße Mädchen. Wir haben sie in einem drei Jahre alten Amateurporno und in verschiedenen Kontaktbörsen gefunden."

„Kontaktbörsen?"

„Internet-Foren, wo Kinder vermittelt werden. Nach diversen Kontaktaufnahmen und Preisverhandlungen kann der Freier das Kind für ein Wochenende mieten. Der liebe Onkel bringt das Mädchen dann zu dem Freier und holt es zur ausgemachten Zeit wieder ab. Oder er verkauft es gleich."

Alexa sah sich die widerwärtigen Bilder an und wunderte sich über den Ehering, den das Kind auf einem der Anbieterphotos trug. War das vielleicht der Ring, der zur Entdeckung des grauenhaften „Kinderzimmers" geführt hatte?

„Wieso hat das Mädchen einen Ring am Finger?"

„Das ist nicht ungewöhnlich. Die Szene hat eine eigene Symbolsprache. Der Ehering am Finger heißt, dass sie trainiert wurde, alles mitzumachen. Ebenso eine rausgestreckte Zunge."

„Trainiert."

„Pädophile Zuhälter geben sich viel Mühe, ihre kleine Ware auf jede erdenkliche Perversion zu drillen", sagte Karin höhnisch. „Je besser sie dressiert wurden, um so mehr bringen sie ein. Das ist bisher leider alles. Aber wir bleiben dran."

Alexa erzählte Karin die Hintergründe ihres Falls.

„Das könnte mit Snuff und Ritualmorden zu tun haben."

„Sie meinen satanische Messen? Ist das nicht übertrieben? Das Thema wird doch alle paar Jahre von der Boulevardpresse hochgespielt."

„Ich muss Sie doch nicht an den ganzen Mist erinnern, der uns von Politikern und Medien schon erzählt wurde? Erst hieß es, es gibt keinen weltweiten Drogenhandel. Dann, dass in Deutschland keine organisierte Kriminalität existiert. Später haben sie behauptet, dass Deutschland für die Mafia nur ein Rückzugsgebiet ist. Dann das Gebrabbel davon, dass es Kinderpornographie nicht gibt – und organisierten Kindesmissbrauch schon gar nicht. Dutroux musste man halt zwischendurch schnell unter den Tisch fegen …

Danach erklärte man hochoffiziell, dass Korruption in Deutschland und der EU nicht vorkommt. Und dass es keine Snuff-Filme gibt. Und natürlich auch keine rituellen Tötungen durch Kulte. Ach ja, Satanisten sind ebenfalls reine Phantasie, klar. Und nachdem inzwischen auch in dieser Hinsicht einiges ans Licht gekommen ist, heißt es heute, dass es keinen organisierten und weltweit verknüpften Satanismus gibt. Ich finde für diese systematische Desinformation keine Erklärung. Für mich gibt es nur zwei Antworten. Erzählen die das, weil sie so unglaublich dumm sind – oder aus Bösartigkeit und Kalkül, weil sie selber mit drinstecken? Als jemand, der den Glauben an das Gute im Menschen noch nicht ganz verloren hat, tendiere ich meistens zur ersten Version."

„Das hätte von mir sein können. Eines haben Sie übrigens vergessen: Russland ist auf einem guten Weg zur Demokratie – und Putin ein Liberaler."

„Solange wir an ihren Pipelines hängen, wird nicht mal unser unvergessener Altkanzler sagen, dass die Russen die größte Mafia-Filiale der Welt betreiben."

Die Frauen blickten einander voll Bitterkeit an. Sie hatten viel gemeinsam.

Die Tür ging auf, und ein aufgeregter Bernd kam herein. „Entschuldigung, Chefin, aber das könnte wichtig sein."

„Kein Problem."

„Das Mädchen. Wir haben den Film mit dem Mädchen! Er wurde vor zirka einem Jahr bei einer der großen Razzien sichergestellt, bei einem kleinen Händler …"

„Hat man den Film auch noch bei anderen gefunden?"

„Nicht bei Händlern. Nur bei Konsumenten. Und der Kerl hatte seine Finger auch in anderen Ferkeleien: Hehlerei, Rauschgift, Glücksspiel. Eine ganze Palette. Er heißt Mark Schmeichel."

„Weiß man, wo er steckt?"

„Ich kann es Ihnen nicht genau sagen. Nur seinen bundesregionalen Wohnsitz."

„Mach es nicht so spannend."

„Bei Ihnen, Frau Kriminaldirektor. In einem Gefängnis in Nordrhein-Westfalen."

12

Tief unten im Bauch der Stadt hatten sie sich versammelt, um Satan zu huldigen. Die paar jungen Leute, die zur Meute gehörten, hingen im äußeren Ring herum, am Rande der schwarzen Säulen. Es waren Jugendliche, die durch die dunklen Ecken des Internets sozialisiert, durch schwache Eltern verroht und durch Maßlosigkeit zu unendlicher Gier getrieben worden waren. Näher am Opferstein standen ältere Frauen und Männer, deren Seelen seit langem verfault waren; Diener des Götzen Mammon, Politiker, Geschäftemacher, Medienschergen und Wirtschaftskapitäne, voller Verachtung für andere Leben. Sie waren in schwarze Kutten gehüllt, die ihr Geschlecht unbedeckt ließen.

Drogenvernebelte schwarze Knaben mussten die halbschlaffen Glieder der Männer halten und reiben. Über dem Opferstein hing ein großes, umgedrehtes Kreuz aus Menschenknochen. Schwere Eisenketten waren an jeder Ecke des Altars angebracht und endeten in verstellbaren Hand- und Fußschellen. Der schwarze Tempel qualmte im Nebel der Räucherbecken und Schwefelfackeln. Betäubender Gestank, der direkt aus der Hölle emporzusteigen schien, durchzog die Stätte des Bösen.

Jetzt näherte sich langsam und mit bemüht majestätischen Schritten der Hohepriester, der Kanonikus Docre. Sein Gesicht wurde durch die Büffelmaske mit mächtigen Hörnern verdeckt, die ihm einst Charles Taylor geschenkt hatte. Ansonsten war er nackt, trug seine Erektion wie eine Monstranz vor sich her. Auf die Fußsohlen hatte er das christliche Kreuz tätowiert, um es mit jedem Schritt in den Staub zu treten.

Vor ihm ging der frühere Colonel Murder, Taylors ehemals treuer Vasall, der inzwischen einem Monster ähnlicher war als einem Menschen. Er bewachte die Dunkelheit des Ortes. Wirres, langes Haar umschloss fast seine ganze Brust, der nackte Körper glänzte und stank von ungewaschenen Säften. Er trug ein fünfjähriges, nacktes Mädchen, das leise wimmerte, obwohl es bis über beide Ohren mit Drogen vollgepumpt worden war.

Schwer schnaufend eröffnete der Docre die Messe mit seinen Blasphemien: „Ich grüße euch, Brüder und Schwestern in Satan. Luzifer! Lichtbringer! Morgenstern! Es soll dir ein Opfer gebracht werden! Lasst uns beten! Vater unser, der du bist in der Hölle. Geheiligt werde dein Name. Zu uns komme dein Reich, wie in der Hölle, so auf Erden. Unser tägliches Blut gib uns heute. Belohne unsere Schuld, wie auch wir bestrafen die Unschuldigen. Und führe uns in Versuchung, erlöse uns mit dem Bösen. Denn dein ist das Reich und die Kraft und die Herrlichkeit in Ewigkeit. Amen."

Die Gemeinde heulte wie tolle Kojoten. In der Hoffnung auf neue Attraktivität und Jugend verlangten die Verlebten hysterisch nach Satan.

„Lasst uns kämpfen! Lasst uns gewaltsam errichten das Königreich Satans! Und zugleich lasst uns bauen die glorreichen Sodom und Gomorrha! Meister aller Tumulte, der du austeilst die Wohltaten des Verbrechens, Verwalter der üppigen Sünden und der großen Laster, Satan, dich beten wir an, du logischer, gerechter Gott! Du hast gesehen, wie man die Schwachen zermalmte, hast gehört das Röcheln der Verschüchterten, die Hungersnot lähmte. Meister, deine getreuen Diener flehen dich auf Knien an, bitten dich, bei den Missetaten zu helfen, deren unbekannte Spuren die menschliche Vernunft aus der Bahn werfen. Sie erbitten endlich Ruhm, Reichtum und Macht für dich, o König der Enterbten, o Sohn, den der unerbittliche Vater verjagte. Amen."

„Amen!" brüllte die Gemeinde. Danach Stille bis auf das Gejaule alter Weiber, die in der Ekstase ihrer kranken Sexualität mit Kruzifixen masturbierten. Schon der Gedanke, ein unschuldiges Kind zu quälen und auf schreckliche Weise zu töten, um damit die Tyrannei des Bösen am Leben zu erhalten, machte sie ekstatisch. Mitten im Rauch, wie durch einen Nebel hindurch, sahen sie die roten Hörner des Docre, der jetzt in Raserei schäumte, Hostien aß und wieder ausspie, sich den Arsch damit wischte, um sie dann an die Frauen zu verteilen; die wühlten das Erhaschte mit Brunstschreien in sich ein. Vor geiler Wut stand ihm Schaum vor dem Mund.

„Lasst uns in den ausschweifenden Genüssen Satans schwelgen. Möge das Dasein in diabolischer Trunkenheit verrinnen. Herr der Fliegen, wir opfern dir heute und in aller Zeit."

Er drang in das aufschreiende Mädchen ein und schnitt ihm die Gurgel durch.

13 Gill betrat die Kneipe „Schwiegermutters Alptraum" und sah sich um. Trübes Morgenlicht strahlte auf Verwegene, die um diese Uhrzeit ihren Frühschoppen genossen. Vielleicht hatten sie auch den Mond unter den Tisch gesoffen. Die Betreiber warben mit dem Slogan: „Bei uns steht der Zapfhahn niemals still." Vom Tresen blickten desinteressierte Gesichter kurz zu ihm hin. Einen Moment lang verstummte das Gestammel. Dann kehrten sie zu ihrem morgendlichen Suffgelaber zurück. Städtische Hinterwäldler ohne Hinterwald. In einer Ecke stand ein altmodischer Flipper, an dem Cobra voller Begeisterung und mit hoher Geschwindigkeit die Kugel spielte. Er war als Wüstenstein zur Welt gekommen und hatte sich zur Härte eines Diamanten entwickelt, war in der Welt herumgeirrt und hatte seinen Unterhalt nie anders als mit Verbrechen bestritten. Eine rastlose Seele, die erst ein wenig zur Ruhe gekommen war, als sie auf Karibik-Klaus traf. Und aus einem Grund, den niemand – außer vielleicht Gill – verstand, waren die beiden so unterschiedlichen Männer Freunde geworden.

Klaus saß am einzigen besetzten Tisch vor einem Weißbierglas. Die protzige Goldkette um seinen Hals hing über dem offenen Hemd bis zum Bauchnabel. Neben ihm räkelte sich Lana, seine aktuelle Liebe. Groß, blond, hübsch – wie sie Klaus liebte. Immer derselbe Typ, dachte Gill, man könnte sie durchnumerieren. Er hatte sie aus einem illegalen Bordell befreit, nicht ohne Gewalt und sehr zum Nachteil eines zeternden Haufens albanischer Zuhälter. Auf dem Tisch lagen zerknitterte Geldscheine. Lana strich sie glatt und steckte sie in Klaus' Geldklammer, ein goldenes Dollarsymbol. Gill nickte Cobra zu und setzte sich dann zu Klaus, der Lana seine Wünsche verdeutlichte: „Gleichmäßig … große Zahl auf große Zahl. Aufsteigend. Zuoberst die hohen Scheine. Na, Gill. Spaß gehabt?"

Lana war mit ihrer anspruchsvollen Aufgabe zu beschäftigt, um Gill zu begrüßen.

„Hast du mit Ringo gesprochen?"

„Gibt da ein Problem."

Es krachte laut. Cobra hatte wütend auf den Flipper eingeschlagen.

„Jetzt dreht der Azteke wieder durch. Der Aufsteller wird bestimmt dem Sonnengott geopfert. Deshalb gehe ich überhaupt in diese Kaschemme. Gibt ja kaum noch diese Scheißflipper, darum sitze ich in dem verqualmten Loch und saufe schlechtes Bier aus dreckigen Gläsern. Ich muss 'nen Peng haben, mich am Morgen zwischen stinkende Alkis zu setzen. Eine Minute hier drin, und du kannst deine Fahnen in die Reinigung bringen …"

„Was für ein Problem?"

„Hier, Klaus." Strahlend reichte Lana dem schlechtgelaunten Klaus die Geldklammer. Der nahm sie, sah sie sich an und riss wütend ein paar Scheine runter, die er in den Raum warf. „Verdammt noch mal, keine Fünfer! Ich bin doch kein Hartgeldloddel. Das trägt nur auf!" Die ganze Kneipe, bis auf Cobra, starrte ihn sprachlos an. Lana war über den unerwarteten Ausbruch erschreckt. „Das hast du mir aber nicht gesagt." Klaus hatte sich sofort wieder im Griff und streichelte zärtlich ihre Brüste. „Schon gut, Kleines. Ich bin nicht böse. Du darfst mir nachher auch einen blasen."

Lanas Wangen röteten sich vor Freude – so viele wichtige Aufgaben in so kurzer Zeit.

„Was für ein Problem?"

Ein Gast rutschte vom Barhocker und begann die Fünf-Euro-Scheine aufzusammeln. Klaus brüllte ihn an: „Eh, du Eierdieb. Ich streich' dir gleich eine über. Lass die Scheine, wo sie sind. Die sind für die Putzfrau." Verängstigt ließ der Mann die Scheine fallen und ging zurück zum Tresen. Klaus nahm einen großen Schluck und verzog angewidert das Gesicht. „Jaja, es ist schon so: Man muss von früh bis spät unentwegt der ganzen Welt auf die Schnauze hau'n."

„Was für ein Problem?"

Klaus blickte in Gills blaugraue Augen, die ihn ohne jede Emotion anstarrten. Er sah gleich wieder weg, als könne er den Blick nicht aushalten.

„Ich habe es Ringo gesagt. Der Dreigroschenloddel ist ausgeflippt. Hat sich diesen Rolli geschnappt und ihn in die Mangel genommen. Bevor er ihn überhaupt fragen konnte, war der Typ schon im Koma. Liegt im Knappschaftskrankenhaus, ohne Bewusstsein. Man weiß nicht, ob er überhaupt durchkommt. Ringo musste ein Exempel statuieren, damit kein anderer auf die Idee kommt, hinter seinem Rücken Geschäfte zu machen. Die anderen Kolonnenführer haben zugesehen …"

Gill starrte Klaus noch immer an.

„Tja, vielleicht wacht er ja bald auf. Dann können wir ein paar Blumen kaufen und ihn besuchen."

Gill beugte sich vor. „Ich habe dir gesagt, dass ich eine Information brauche. Sofort."

Klaus rutschte unbehaglich auf dem Stuhl herum, wie ein Pennäler, der ohne Hausaufgaben erwischt worden war.

„Ich weiß. Klang nach einer simplen Sache."

„Es ist immer das Unterschätzen simpler Sachen, das einem das Leben erschwert. Aus den Akten in dieser Kloake ging nicht eindeutig hervor, wohin die Schwarzen geliefert werden. Ich habe nur eine Aussage, die Ringo verifizieren sollte."

„Und jetzt?"

„Jetzt nimmst du dir einen Tag frei, weil du für mich ein paar Hausbesuche machst. Keine große Sache. Nur zwei Firmen. Eine in Mühlheim und eine in Gevelsberg. Dort halten sie Katzen für Laborversuche. Beide Firmen machen die Drecksarbeit für große Pharmaunternehmen, bestimmte Testreihen, die nicht gut fürs Image sind. Du fährst mal nicht Ferrari, sondern nimmst einen Transporter. Du holst jede, ich betone: jede, Katze da raus. Achte besonders auf einen kleinen schwarzen Kater. Der ist sozusagen mein Klient. Bis heute abend hast du das erledigt."

„Kein Problem."

Die Bedienung war unsicher an den Tisch getreten und wartete respektvoll auf Gills Bestellung. „Ich möchte einen Kaffee. Und mein Freund hier gibt eine Lokalrunde. Eine? Was rede ich. Drei Doppelte für jeden. Und geben Sie ihm ein frisches Weißbier. Er hat einen anstrengenden Tag vor sich."

Und noch einmal krachte es ohrenbetäubend, als Cobra auf den Flipper losging.

14

Domogalla war nach Soest gefahren. Ohne Rücksicht auf Verluste schob er seinen massigen Körper durch die schöne Altstadt. Sein Ziel lag in einer malerischen Seitenstraße, gegenüber einer Bruchsteinmauer. Eingegraben in ein altes Fachwerkhaus, befand sich dort die außergewöhnlichste Buchhandlung Deutschlands: das „Eugens Ergo". Der Inhaber führte nur Bücher, DVDs und Comics zu Themenkreisen, die ihn persönlich interessierten. Domogalla trat aus dem Sonnenlicht in die mystische Dunkelheit der Buchhandlung und stand vor Gängen aus hohen, schweren alten Holzregalen. Die dicken Wände hielten die Hitze draußen. Es roch nach Staub und Papier. Licht spendeten nur die Spots an den Regalen, ansonsten herrschte das sakrale Halbdunkel einer Kathedrale in der späten Vormittagssonne. In jeder Reihe waren die Bücher und DVDs nach Sachgebieten geordnet.

In der Abteilung „True Crime" wurde unterschieden nach organisierter Kriminalität, Serienmördern, Celebrities, Spree-Killers, ungeklärten Mordfällen und etlichen Unterkategorien. In weiteren Reihen fand man Zeitschriften, Videos sowie in- und ausländische Literatur über Verschwörungstheorien, Geheimdienste, Marquis de Sade, Pulps, James Bond, Beats, Jack London, Freikorps, Okkultismus, Mark Twain, Waffenhandel, Daniel Defoe, Pornographie, den russischen Bürgerkrieg, poetischen Realismus, „Suske en Wiske", britische Gangsterfilme, Gilbert Keith Chesterton und mehr.

Domogalla ging den Gang an der Außenwand entlang bis zu einem tief herunterreichenden Fenster. Im Schatten darunter hatte der Betreiber die Schallplatten gelagert. Nur Vinyl, versteht sich. Vor allem Jazz. In ganz Soest hatte er keine hundert Kunden. Und Eugen lehnte es ab, einen Versandhandel zu betreiben oder übers Internet zu verkaufen oder zu bestellen.

Einmal im Jahr schloss das verwöhnte Einzelkind den Laden und ging auf Einkaufstour in alle Welt. Er hatte den Globus nach Buchhandlungen eingeteilt. Wenn er zurückkam, trafen Wochen später kistenweise die Neuerwerbungen ein. Wer ein Buch von ihm kaufen wollte, musste sich schon hierherbewegen. Keine Kompromisse. In einem guten Monat machte er ein paar Tausender Umsatz. Meistens aber kaum hundert. Doch darauf war Eugen ohnehin nicht angewiesen. Er war stinkreich und brachte mühsam und kontinuierlich das ererbte Familienvermögen durch, immer Errol Flynns Satz vor Augen: „Jeder, der einen Dollar zurücklässt, ist ein Versager."

Domogalla hörte zwei Männer in einem hitzigen Gespräch. Er bog ums Regal, riss es mit seinen breiten Schultern fast um und ging auf die Sitzecke zu. Hier hielt Eugen hof, auf einem speckigen Ledersofa und ein paar Sesseln aus dem Sperrmüll. Davor ein niedriger Tisch, auf dem Zeitschriften und Kataloge verstreut waren. Daneben ein Weinregal mit feinsten Trentinern (die Eugen großzügig und reichlich seinen Kunden kredenzte) und eine hypermoderne Espressomaschine.

„Der Bericht des Pathologen ließ die Todesursache offen."

„Die Barbiturate hatten Jimis Hustenreflexe gehemmt. Da er den Wein nicht aushusten konnte, gelangte er direkt in die Lunge. Und die behaupten, dass er trotzdem kübelweise weiter Wein in sich reingegossen haben soll, obwohl der direkt in die Lunge ging?"

„Also hat jemand Hendrix festgehalten. Steht alles minutiös in Alex Constantines ‚Tötet den Rock'n'Roll'."

„Kenn' ich."

„Weiß ich, dass du das kennst."

„Warum erzählst du es dann?"

Vor Domogalla saßen Eugen und sein einziger Stammkunde Mick. Eugen war schmal, trug einen schwarzen Maßanzug und sah aus wie ein schwuler Vampir. Seine sexuellen Präferenzen waren unklarer als der Tod von Jimi Hendrix. Der wild gestikulierende Mick stand vor ihm, mit fast zwei Metern noch größer als Domogalla, muskelbepackt in einem T-Shirt und enger Jeans. Er hatte langes blondes Haar und eine Brille, die ihm jeden Moment von der Nase zu rutschen drohte. Da Mick nur einen schlecht bezahlten Job als Geldtransportfahrer hatte, beliefen sich seine Außenstände bei Eugen auf eine Summe im vierstelligen Bereich. Die beiden Freaks unterbrachen ihr Gespräch und sahen zu Domogalla hin.

„O nein, Domogalla. Und es war bisher ein so friedlicher Tag."

„Der anonyme Brief ist nicht von mir, Herr Kommissar."

„Na, ihr Schwuchteln! Treibt ihr wieder Sachen, die das Sonnenlicht scheuen?"

„Er braucht unsere Hilfe. Wir sollen wieder einen Fall für ihn klären. Musik-CDs am Tatort könnten ein Indiz dafür sein, dass das Opfer nicht taub war, Domogalla."

„Wie damals mit Barschel."

„Oder die Sache mit dem lächelnden Papst. Da ist er auch nicht weitergekommen."

„Wein her, ihr Schwuchteln."

„Für ihn ist jeder 'ne Schwuchtel, der nicht täglich zwei Frauen vergewaltigt."

„Er war Dschinghis Khans bester Mann."

„Der Erfinder der Schutzgelderpressung im großen Stil."

Eugen holte ein Wasserglas und füllte es randvoll mit Wein. Dann goss er sich und Mick nach. Der nahm in weiser Voraussicht eine neue Flasche aus dem Regal und öffnete sie.

„Mach lieber gleich zwei auf. Sonst verhaftet er uns wegen Behinderung der Justiz. Und bevor du fragst, Domogalla: Ja, ich habe neue Classics mit Seka und Samantha Strong. Habe ich dir extra zurückgelegt. Dafür musst du mir aber auch einen Gefallen tun."

„Und der wäre?"

„Richte eine Sonderkommission ein, die gegen Landowsky ermittelt. Die Berliner Antiquariate ..."

„Ländersache. Das müssen die Berliner selber machen."

„Das Leid mit dem Föderalismus."

„Mindestens ein Auftragsmord geht auf sein Konto", schaltete sich Mick ein und warf den Korken in den Aschenbecher. Dann zündete er sich genüsslich eine Zigarette an.

„Bin mir nicht sicher, ob in Buchhandlungen geraucht werden darf. Wo ist hier eigentlich der verdammte Notausgang? Bei Ausschank von Getränken muss es auch eine Kundentoilette geben. Mindestens zwei voneinander getrennte ..."

„Drei. Zwitter und Hermaphroditen sollten auch ihre Bürgerrechte haben."
„Und ein Plumpsklo für Bullen, die mit modernen Armaturen wie der Wasserspülung nicht zurechtkommen."
Domogalla nahm sein Glas und kippte es auf einen Zug.
„Besoffen fährt er nur mit Blaulicht."
„Und nie unter hundertzwanzig. Warum hat ihn seine Mutter nur in die ‚Dirty Harry'-Filme gelassen?"
„Nein, seine entscheidende Prägung war John Wayne in ‚McQ schlägt zu'."
„Der, in dem Wayne dieses schlechte Toupet aufhat?"
„... und einem Informanten, der seinen Lohn haben will, antwortet: Ich bezahle dich mit Haschrabattmarken." Mick brüllte vor Lachen.
„Von Domogalla kriegst du nicht mal die."
„Ist ewig her, dass er mal Stoff mitgebracht hat. Aber der war wirklich gut. Roter."
„Ja, Rotes muss aus dem Verkehr gezogen werden."
„Seid ihr bald fertig, ihr Schwachstromkomiker?"
Dem Ritual war Genüge getan. Sie setzten sich, Mick goss nach, und Domogalla eröffnete: „Wir haben eine Scheiße am Hals, wie sie diese Republik noch nicht gesehen hat." Er erzählte von den Kinderleichen. Eugen und Mick stellten gelegentlich ernste Zwischenfragen und vergaßen darüber fast, ihren Wein zu trinken. Als ein Kunde kam, scheuchte ihn Eugen weg und ging so wahrscheinlich des einzigen Tagesverdiensts verlustig. Nachdem Domogalla seinen Bericht beendet hatte, fuhr sich Eugen über das schmale Gesicht und murmelte: „Ritualmord. Wenn Organe fehlen, auch Kannibalismus. Oder Organhandel."
„Nein. Organe wurden nur vereinzelt und willkürlich entnommen. Laut Gerichtsmedizin nicht fachmännisch."

„Satanistenszene, bestimmt kombiniert mit Profit. Snuff."

„Schwarze Kinder. Denkst du, was ich denke?"

„London."

„Scotland Yards Occult Squad."

„Was ist los?"

„Diese deutschen Bullen verfügen nicht über die geringste Bildung. Helfen wir ihm auf die Sprünge?"

„Du oder ich?"

„Mach du. Der Mac ist noch online."

Mick erhob sich und verschwand in einem Hinterzimmer – Eugens Büro.

Eugen stand ebenfalls auf und strich die Anzughose glatt. „Dann hole ich schon mal deinen Schweinkram." Er ließ Domogalla mit einer halbvollen Flasche alleine. Domogalla zündete sich eine an. Diese beiden Freaks hatten in ihren Hirnen so ziemlich jedes ungewöhnliche Verbrechen seit Gilles de Rais gespeichert. Sie waren davon besessen, saßen täglich zusammen und diskutierten abstruse Theorien. Was sie nicht im Schädel hatten, fanden sie in Eugens Büchern oder im Internet. Sie fühlten sich allen anderen überlegen. Nur sie wussten, was wirklich gespielt wurde. Domogalla war mit ihnen an 9/11 zusammen in einer Kneipe gewesen. Als man auf dem Bildschirm das Flugzeug ins World Trade Center fliegen sah, war Eugens unaufgeregte Reaktion gewesen: „Sie machen es wirklich." Mick hatte zustimmend genickt: „Die Maine, Pearl Harbor, Tonkin. Mann, bin ich froh, dass wir in Soest nicht auf Öl sitzen."

Eugen kam mit ein paar Porno-DVDs zurück. „Echte Klassiker. Die veröffentlichen das Zeug jetzt alles neu auf DVD. Da kann man sich eine recht ordentliche Siebziger- und Achtziger-Sammlung aufbauen. Habe ich in Amsterdam gefunden. Die Holländer sind echt gut mit dem alten Zeug. Bringen es günstig über Zeitungsläden unters Volk. Was für Sammler wie dich. Fahr mal hin. Da kriegst du das billiger als bei mir."

„Mit Zusatzmaterial und Audiokommentaren?"

„Nicht mal mit zusätzlichen Cumshots. Jaja, mit dem Genre wird doch recht lieblos umgegangen. Aber bestes Wichsmaterial. Mach dir einen schönen Abend. Immer noch geschieden?"

„Meine Liebe wurde dünner, als meine Frau fetter wurde."

„So'n Bart. Was ist mit deiner scharfen Chefin? Bumst du die?"

Die Röte in Domogallas Gesicht kam nicht vom Alkohol. Zorn. „Hör mal, du kleine Schwuchtel, das geht dich gar nichts an! Frage ich dich nach deinem Liebesleben? Wenn du mir blöde kommst, mach ich mal 'ne Razzia bei dir!"

„Und findest was? Pornos?"

„Du weißt, wie das geht."

„Wenn's nichts zu essen gibt, muss man sich ein Pausenbrot mitbringen."

Mick kam zurück. Verstaute ein paar ausgedruckte Seiten in einer Plastikhülle, die er vor Domogalla auf den Tisch warf. „Guck da mal rein. Merkwürdige Parallelen. Muss nicht unbedingt was bedeuten. Aber trotzdem: merkwürdige Parallelen. Viel mehr habe ich auf die Schnelle nicht gefunden. Falls es eine Spur ist, müsst ihr euch mit dem Yard in Verbindung setzen. Wahrscheinlich musst du sogar nach London fahren."

„Dienstreise nach London? Da könnte ich genauso den Papst zum Urintest bestellen."

„Kennst du einen Dortmunder Bullen, der Englisch spricht?"

„Klar. Ihre Geheimwaffe. Der Mann, der Jack the Ripper auf dem Bahnhofsklo festgenommen hat und den entscheidenden Beweis dafür erbrachte, dass die Kennedys von verwirrten Einzeltätern umgelegt wurden. Mister Dynamit himself: the one and only IGEL!"

„Sein Deutsch ist auch nicht überzeugend."
„Restringierter Code."
„Hände hoch! Alle sind verhaftet. Miami Vice!"
Beide schütteten sich aus vor Lachen. Domogalla nahm die Ausdrucke und seine DVDs. Er stand auf, griff in die Tasche und warf einen kleinen Beutel auf den Tisch. „Beste Ware. Euren entkernten Hirnen kann es sowieso nicht mehr schaden. Und lüftet mal. Der Shit hängt hier in jeder Buchseite."
„Danke, Bwana", sagte Eugen und steckte den Beutel geschwind ein.

15

Der Mann hinter dem Schreibtisch konnte immer noch nicht glauben, dass Klaus und Cobra einfach in sein Büro geschlendert waren und sich der, der nicht der Indianer war, bräsig in den Sessel vor seinem Schreibtisch gesetzt hatte. Sein fliehendes Kinn unter dem langen, grauen Haarschopf bewegte sich auf und ab. Ihm begann zu dämmern, dass das hier und heute nicht unbedingt sein Tag werden würde.
„Herr Direktor Doktor Winzer, ich darf mich vorstellen: Ich bin Klaus Danner, und der Herr hinter mir ist mein Geschäftspartner Señor Cobra. Ein Nachkomme der Azteken oder Maya. Oder Winnetous Erbe. Was weiß ich, ich bin kein Ethnologe."
Irritiert starrte Winzer auf die massive Goldkette. Dank jahrzehntelanger Klischee-Sozialisation konnte er Männer mit derart aufdringlichem Schmuck nur einer Profession zuordnen. Aber was wollte ein Zuhälter von ihm? Oder von den Tritent Labors? Hier wurden nur Tier- und andere Versuche für die Pharmaindustrie durchgeführt. Drogen? Ihm fiel nichts an Pharmazeutika ein, die auf der Straße Profit bringen könnten. Freizeitpharmazeutika gehörten zu einer ganz anderen Branche.

„Ääh, Herr Danner. Wenn Sie sich einen Termin geben lassen."

Klaus hob die Hand. „Nicht nötig, Direktor. Wir regeln das hier und jetzt. Ich will meine Zeit nicht unnötig beanspruchen. Um zum Kern zu kommen: Sie haben durch die Atarme GmbH letzte Woche einige Katzen zu Versuchszwecken erworben. Die will ich haben."

Cobra grunzte: „Gill alle haben wollen."

„Genau. Ein Aufwasch. Wir nehmen einfach alle Ihre Katzen, dann gibt es keine Missverständnisse."

„Die Zahlung an Herrn Rollberg ist angewiesen. Die Buchhaltung überweist den Betrag wie üblich auf sein Konto."

Daher wehte also der Wind. War doch logisch, dass man mit einer Figur wie diesem Rolli früher oder später Probleme kriegen würde.

„Nicht mehr nötig. Wir nehmen die Katzen, und schon sind wir weg."

„Aber wir brauchen sie. Sonst müssten wir unsere Versuche unterbrechen. Und das können wir uns als kleines Labor nicht leisten. Wir haben Verträge und unseren Auftraggebern zugesichert, zu einem festgelegten Termin die vereinbarten Reihen abzuschließen."

„Ich verstehe Ihre Lage."

„Geht es um Geld? Will Rollberg mehr Geld? Wir zahlen ohnehin schon Spitzenpreise ..."

„Müssen Sie auch. Es handelt sich um illegale Zukäufe."

Winzer stöhnte. Das musste ja so kommen. Dämliche Erpressung. Er war den Kampf ums Überleben seiner Firma gewohnt.

„Wieviel mehr?"

„Sie verstehen mich noch immer nicht. Langsam werde ich etwas ungeduldig. Ich sagte: Ich nehme die Katzen mit. Und ich darf Ihnen mitteilen, dass Herr Rollberg und Atarme nicht mehr im Geschäft sind. Falls Sie am Schicksal Ihres ehemaligen Geschäftspartners so großen Anteil nehmen – er liegt im Bochumer Knappschaftskrankenhaus unterm Sauerstoffzelt."

„Dann … dann führen Sie jetzt die Geschäfte?"

Klaus stöhnte und blickte auf seine Omega. „Ich bin längst über meinem Zeitrahmen. Führen Sie mich zu den Katzen."

„Ich sagte Ihnen doch: Wir brauchen sie. Außerdem haben Sie mir bisher keine Legitimation vorgelegt, die Sie dazu berechtigt …"

Jetzt war es endgültig vorbei mit seiner Geduld. Gills ganzer Auftrag war Scheiße. Warum musste er mit Cobra in der Gegend rumfahren und Katzen einsammeln?! Klaus schrie Winzer an: „Verdammt noch mal! Wo hast du eigentlich deine Pferdchen laufen? In der Hinteren Mongolei? Ich habe keine Zeit, um in deiner Tierquälerküche rumzulabern. Ich drück' dir deinen Schädel so tief in den Arsch, dass sie dich für den Ausschuss deiner Tierversuche halten, du Kretin!"

Klaus sprang auf, fegte mit einer Handbewegung den Schreibtisch leer und packte Winzer an der Krawatte. Mit einem brutalen Ruck zerrte er ihn über den Schreibtisch. Winzer traten die Augen aus dem Kopf. Er bekam keine Luft mehr. Der breitschultrige Kerl mit dem kleinen Bauchansatz und den blonden Locken war direkt aus einem schlechten Film in sein Büro gebeamt.

„Ich ihn schneiden?" fragte Cobra, der einen langen, dünnen Dolch in die Hand gezaubert hatte.

„Ja, du Arschloch. Soll er dich schneiden? Er macht mit seinem Messer nämlich auch gerade eine Versuchsreihe."

„Bitte … bitte", stöhnte Winzer kaum hörbar. Klaus ließ die Krawatte los. Winzer rutschte in seinen Sessel zurück und schnappte nach Luft.

„Rufen Sie an, wo immer das nötig ist. Sie sollen alle Katzen in den Sprinter bringen, der vor der Tür steht. Ich sehe mir das an. Señor Cobra leistet Ihnen solange Gesellschaft. Sie werden sich bestimmt nicht langweilen. So von Versuchskettenwissenschaftler zu Versuchskettenwissenschaftler. Und wenn nur eine Katze fehlt, hast du Blut im Stuhlgang." Klaus zog einen Zettel aus der Tasche und zerknüllte ihn in der Faust. „Hier ist die Lieferliste. Beten Sie zu Gott oder sonst einem Penner, dass keine Katze aus Ihrer Versuchsreihe marschiert ist."

Mit zitternden Fingern nahm Winzer den Hörer ab.

16

Alexas Handy meldete sich, als sie ihren Wagen im Flughafenparkhaus erreichte.

„Alexa?"

Sie erkannte die Stimme sofort. „Karin."

„Ich habe etwas für Sie. Unser Freund Mark Schmeichel ... Er hat oder hatte Kontakte zur Satanistenszene. Wie tief er drinsteckt, weiß ich nicht. Aber Kontakte sind dokumentiert."

„Das ist interessant. Danke, Karin. Das hilft mir bestimmt."

„Noch etwas: Wenn sich die Spur zu den Satanisten oder Ritualmorden verdichtet, kann ich Ihnen einen Experten nennen. Eine Koryphäe auf diesem Gebiet. Europäischer Satanistenbeauftragter der katholischen Kirche. Aber das sollte Sie nicht abschrecken. Er ist kein bornierter Inquisitor. Außerdem wohnt er bei Ihnen, in Herdecke. Er ist zwar meistens unterwegs, hat unter anderem eine Gastprofessur in Princeton, aber ich weiß, dass er momentan zu Hause ist."

„Hat Bernd das herausgefunden?"

Karin lachte. „Das war nicht nötig. Professor Zaran gehört zum Aufsichtsrat meiner Organisation."

Meine Organisation, dachte Alexa. Vielleicht sollte ich von der

Dortmunder Kripo auch so reden. „Danke. Ich werde mich wohl mit ihm in Verbindung setzen. Das alles geht etwas über meinen Horizont. Vielleicht kann mich Ihr Professor Zaran etwas erleuchten. Nochmals: danke. Und grüßen Sie Bernd von mir."

„Das werde ich nicht tun."

„W… Wieso denn das?"

„Er hat sich zu interessiert nach Ihnen erkundigt."

Das Gespräch war beendet. Einer plötzlichen Eingebung folgend rief sie Gill an. Sie erreichte ihn im Auto.

„Hallo, Gill. Alexa."

„Lange nichts von dir gehört."

„Du hast dich auch nicht gemeldet."

„Viel zu tun."

„Wer nicht? Hast du Zeit, mit mir essen zu gehen? Oder auf einen Kaffee?"

„Habe ich."

„In einer Stunde?"

„Gerne."

17

Es hatte wieder einiger Überzeugungsarbeit bedurft, aber schließlich landeten Klaus und Cobra auch bei der Matusek GmbH im Chefbüro. Die beiden Sicherheitsleute würden eine Weile ausfallen, und eine völlig neue Telekommunikationsanlage würde der Firma als Abschreibungsobjekt dienen.

Matusek war fett, hatte fettiges Haar, und selbst seine Brille war fettig. Hosenträger und Haarspray hielten ihn zusammen. Agil versuchte er die Sache in den Griff zu kriegen. Er hing der weitverbreiteten Ideologie an, dass sich alles im Leben mit Geld regeln lässt. Soeben versuchte er Klaus dazu zu bewegen, in seine Firma zu investieren.

Müde winkte Klaus ab. „Sie amüsieren mich. An Ihnen ist ein kleiner Vorstadtkomiker verlorengegangen. Sie kommen mir vor wie ein potentieller Kunde meiner Branche. Deswegen erzähle ich Ihnen mal was. Vor langer Zeit war ich in Afghanistan. Sie dürfen nicht alles glauben, was die Nachrichten über dieses Land behaupten. So idyllisch ist es dort nicht. Ein Paschtunenstamm hatte mich als Sklave genommen. Es war eine ziemliche Hölle. Ich musste jeden Tag zwanzig Stunden arbeiten. Meist auf Opiumfeldern. Zu fressen gab es wenig, und das wenige war absolute Scheiße. Gelegentlich wurde ich vergewaltigt. Dazu muss ich vielleicht sagen, dass ich ein warmblütiger Heterosexueller bin und es hasse, in den Arsch gefickt zu werden. Ich war kurz davor, Selbstmord zu begehen. Nach einem halben Jahr kam ein Mann ins Lager. Er hat mich freigekauft. Ohne ihn wäre ich in den Schluchten des Hindukusch vergammelt, wo Peter Struck – kennen Sie den noch? – also, wo Hein Blöd die Grenzen der deutschen Freiheit verteidigt sehen will. Der Typ kam in das Dorf, beeindruckte die Bergaffen, weil er noch mehr Gemeinheiten draufhatte als sie selbst, und holte mich aus der Hölle. Wäre es nicht so peinlich, würde ich in die Kirche gehen und jeden Tag eine Kerze für ihn anzünden. Er hat mir mein amoralisches Luxusleben wiedergeschenkt. Ich bin durch ihn wiedergeboren worden. Sehen Sie, dieser Mann hat mich gebeten, Ihre Katzen abzuholen. Glauben Sie wirklich, ich könnte ihm etwas abschlagen?“

Zum ersten Mal war Matusek still. Stupide glotzte er Klaus durch fettige Brillengläser an. Dann ging es wieder mit ihm durch. „Vielleicht bringen Sie Ihren Freund mal mit. Ich könnte mir vorstellen, dass er sich für eine gewinnbringende Beteiligung an einem profitablen und gut geführten Unternehmen interessiert.“

Das hatte Klaus nun davon, dass er freundlich und höflich war. „Ich kann mir diesen Scheiß nicht mehr reintun. Cobra.“

Eine halbe Stunde später fuhr ein Sprinter mit ängstlich miauenden Kätzchen im Laderaum über die Landstraße von Gevelsberg nach Witten. Noch ahnten die Katzen nicht, dass es ein verdammt guter Tag für sie war.

„Was für eine Scheiße! Das eine Vieh hat mich vor lauter Dankbarkeit auch noch gekratzt. Ich muss Görner anrufen. Der soll diesen Gimpeln einen schönen Rechtssatz schicken, damit sie wissen, was abgeht, falls einer Anzeige erstattet. Ich hab' ja schon 'ne Menge komische Dinger gedreht, aber die Nummer ist ganz klar Platz eins. Dafür sollten wir eine eigene Show kriegen."

„Gill manchmal machen komische Dinge."

„Ich kenne den Kerl jetzt seit fast zwanzig Jahren und spanne ihn immer noch nicht."

18

Gill saß vor der Kneipe „Alter Markt" und beobachtete die Konsumenten, die über den Platz huschten. Bepackt mit Taschen und Einkaufstüten, hetzten sie durch die Geschäfte. Ihr Anblick bestätigte ihn in der Wahl seiner Lebensform. Diese Zombies lebten in einem Paralleluniversum, das er verabscheute. Gill hatte sich ein exzellentes Thier-Bier gegönnt und verteidigte es gegen einen Wespenangriff. In Dortmunds wahrscheinlich ältester Kneipe traf er sich alle zwei Monate mit Alexa. Sie hatte ihm einmal das Leben gerettet, und deshalb würde er immer in ihrer Schuld stehen – auch wenn Alexa das anders sah. Für sie war keine Rechnung offen.

Außerdem mochte er Alexa. Sie war nicht nur eine fähige Kriminalistin, sondern auch eine selbstbewusste Frau, die ihre unkonventionellen Bedürfnisse auslebte. Was bei Frauen als Nymphomanie gewertet wurde, galt bei Männern als bewundernswerte Triebstärke. Eine weitere Bigotterie dieser Gesellschaft, die Gill nicht akzeptierte. Ein Weiberheld wie Klaus war ein toller Hecht; eine Frau wie Alexa, die sich die Männer nahm, wie sie ihr gefielen, war krank. Patriarchalische Urängste. Wie langweilig.

Alexa kam aus Richtung Parkhaus. Trotz ihrer hohen Pumps ging sie schnell und sicher. Sie sah verdammt gut aus und hatte Schneid, der an Arroganz grenzte. Unter anderen Umständen wäre Gill längst mit ihr ins Bett gegangen. Aber er hatte Angst, dass sich das auf ihre Beziehung auswirken könnte. Und an dieser Beziehung lag ihm zuviel, um sie aufs Spiel zu setzen. Ihm war klar, dass Alexa damit wahrscheinlich umgehen könnte. Gill wusste aber auch, dass er es nicht konnte. Vielleicht war er verklemmter, als er dachte.

Sie lächelte Gill an, setzte sich neben ihn und strich ihren Rock glatt. Dann nahm sie Gills Glas und trank es aus. „Ich komme gerade aus München und habe Durst wie eine Bergziege."

Sie bestellten beide noch ein Bier, dann berichtete Alexa von ihrem Fall.

„Das ist zu komisch. Ich erledige gerade einen Auftrag, der auch mit Satanisten zu tun haben könnte. Ein entführter Kater. Ich habe herausgefunden, dass schwarze Katzen bei diesen Idioten als Tieropfer herhalten müssen. Die quälen die armen Viecher zu Tode. Sowas macht mich richtig sauer."

„Ich kenne deine Liebe zu Katzen. Es ist ihre Unabhängigkeit."

„Ich hasse jede Tierquälerei. Ich hasse es auch, wenn Menschen unnötig wehgetan wird. Ich bin der letzte Romantiker."

„Du bist Zyniker."

„Zyniker sind enttäuschte Romantiker."

„Hast du jemanden getötet? Muss ich hinter dir aufwischen?"

„Nein. Ich habe jemanden aus dem Verkehr gezogen. Aber der belastet noch das Sauerstoffkontingent des Planeten. Du könntest etwas für Klaus tun …"

„Du weißt, dass ich ihn nicht ausstehen kann."

„Was ich nicht verstehe. Klaus ist manchmal etwas laut, aber ein netter Kerl. Er ist mein Freund. Und er hat ein gutes Herz."

„Deshalb ertrage ich ihn."

„Ich glaube, das Finanzamt will ihn fertigmachen. Kannst du da nicht was drehen?"

„Hmmm. Ich kenne jemanden ganz oben. Der ist ganz verrückt danach, mir einen Gefallen zu tun."

„Musst du ihm dafür auch einen Gefallen tun?"

Alexa lachte. „Nicht, was du denkst. Ich bin vielleicht ein wenig nymphoman, aber nicht käuflich. Nein, ich glaube, er fühlt sich mir wegen meines Vaters verpflichtet; der hat ihm mal aus der Patsche geholfen. Es ärgert mich, dass ich dieses Pfand für Karibik-Klaus einlösen soll."

„Ich würde von Klaus dasselbe verlangen, wenn es um dich geht."

Sie legte ihm zärtlich die Hand auf den Arm. „Das weiß ich. Ich kenne deinen Kodex."

Alexa war hungrig und bestellte sich ein Schnitzel mit Salat. Gill wollte noch einen halben Liter. Das erste Bier war bei der Hitze in der Kehle verdampft. „Donnerstag wollen Klaus und ich um die Häuser ziehen und einen trinken. Hast du Lust, mitzumachen?"

Genussvoll schob sie sich den letzten Bissen in den Mund. „Wieder eure herb-männliche Macho-Tour? Zwei echten Kerlen beim Alkoholmissbrauch zusehen? Welche Frau träumt nicht davon? Bis dahin habe ich auch das mit dem Finanzamt erledigt. Der Abend geht auf Klaus – und ich bestimme, wo wir hingehen."

„Ich gehe nicht in die Oper."

„Dabei habe ich mir das so nett vorgestellt. Ich habe ein neues Schwarzes, das ich gerne in der Oper einweihen würde. Dazu

Klaus in seinem üblichen Papageien-Outfit mit Goldkette – die würden uns bestimmt auf die Bühne bitten."

„Wenn du mit uns rumziehst, wären Jeans und T-Shirt besser ..."

„Warum schläfst du nicht mit mir? Findest du mich nicht attraktiv?"

Normalerweise kam dieses Thema erst, wenn sie etwas zuviel getrunken hatte. Vielleicht zeigte das Bier in der Hitze Wirkung. Gill hasste es. „Du weißt, warum. Es würde unsere Beziehung verändern ..."

„Quatsch. Das muss es nicht. Für mich ist das keine große Sache."

„Aber für mich. Ich kann damit nicht so lässig umgehen wie du."

„Du kannst mir nicht erzählen, dass du noch nie einen One-Night-Stand hattest."

„Im Zeitalter von AIDS? Ich bin kein Fan von Kondomen und schleppe auch nicht dauernd welche mit mir rum."

„Ich glaube dir nicht."

„Ich hatte nur One-Nighter mit Frauen, die ich garantiert nie wiedergesehen habe. Willst du das?"

„Nein. Ich verstehe es nur nicht."

„Und warum vögelst du nicht in deiner Abteilung? Weil du nicht willst, dass sich atmosphärisch etwas ändert. Oder es falsche Vertraulichkeiten nachzieht."

„Wen sollte ich denn da vögeln? Igel? Eher verbringe ich den Rest meines Lebens mit meinem Vibrator. Domogalla? Dem würde schon einer abgehen, wenn er mich nur in Strapsen sieht. Und die anderen sind langweilige Familienväter, die einen Seitensprung für eine fast so schlimme Sünde halten wie einen Abstieg von Borussia in die zweite Liga. Ich will niemanden zerstören.

Du bist anscheinend noch nicht über deine Freundin weg. Wie hieß sie noch?"

„Marla."

„Eine dumme, spießige Kuh. War nichts für dich. Du brauchst jemanden, der keine Angst vor deinem Leben hat."

„Ist das ein Heiratsantrag?"

„Heiraten ist gegen meine Religion. Du bist noch nicht über dieses dämliche Weib weg. Stimmt 's?"

„Von mir aus. Glaub, was du willst. Wenn es nur das Thema beendet."

„Ich finde es erregend." Alexa konnte blitzschnell umstellen. „Sagt dir der Name Professor Ernest Zaran was?"

„Nein. Nie gehört."

„Der Sektenexperte schlechthin. Spezialist für Satanismus. Er wohnt in Herdecke. An der Wittbräucker Straße. Ich muss einen Termin bei ihm machen. Und was ist mit Mark Schmeichel?"

„Nur, was in der Zeitung stand: Prozess wegen Verbreitung von Kinderpornographie. Raubkopien. Verstoß gegen das Betäubungsmittelgesetz und so weiter. Hat sechs Jahre geschnappt. Ziemlich heftig."

„Es waren Snuff-Filme dabei. Das haben wir nicht nach draußen gelassen. Ich werde diesem aufstrebenden Stern am Firmament der New Economy heute Nachmittag einen Besuch abstatten." Alexa zog ihr Handy und telefonierte. Das Büro von Zaran gab ihr sofort einen Termin, als sie sich auf Karin berief. Dann rief sie im Präsidium an und sagte, dass sie in Kürze eintreffen werde und Domogalla klären solle, wo Schmeichel einsaß.

Alexa zückte ihre Geldbörse.

„Ich mach' das", sagte Gill.

„Jaja, ein echter Kerl lässt sich nicht von einer Frau einladen."

„Hör auf mit dem Mist. Du bist das nächste Mal dran."

„Dann bis Donnerstag. Und versuch mir nicht auf den Arsch zu starren, wenn ich mit wiegenden Schritten über den Alten Markt gehe."

19 Domogalla las die Ausdrucke, die ihm Mick in der Buchhandlung überreicht hatte. Es war unfassbar! Er kannte die Straße wie kein anderer Bulle. Er hatte Crack-Höhlen und schmierige Underground-Puffs ausgehoben, Kinderpornographen zusammengeschlagen und war alleine an Orte gegangen, wo sich die Polizei ohne Hundertschaft im Rücken kaum noch hintraute. Er hatte mit Kampfhunden gerungen und sich mit albanischen Messerstechern geprügelt. Er hatte halbtote Kinder aus perversen Elternhäusern geholt, sich von AIDS-kranken Junkies bedrohen lassen und Schießereien mit der ukrainischen Mafia gehabt. Aber bei dieser Lektüre überkam ihn Entsetzen.

SPIEGEL ONLINE, 27. Januar 2002
LEICHENFUND – Ritualmord in London?
London. Die Leiche, deren Kopf und Gliedmaßen abgetrennt waren, trieb in der Themse, als ein Spaziergänger sie im September nahe der Tower-Brücke mitten in London sichtete. Vermutlich hatte der Torso des fünf bis sechs Jahre alten schwarzen Jungen zu dem Zeitpunkt bereits zehn Tage im Wasser gelegen. Inzwischen entdeckten die Ermittler am Ufer des Flusses auch ein Bündel von sieben halb abgebrannten Kerzen, die in ein weißes Tuch eingeschlagen waren. Auf den Stoff war der Name Adekoye Jo Fola Adeoye geschrieben, der Name war auch in die Kerzen eingeritzt, teilte ein Sprecher von Scotland Yard mit. Ein südafrikanischer Gerichtsmediziner, der auf die Untersuchung von Ritualmorden spezialisiert ist, soll in der kommenden Woche den Torso erneut obduzieren. Die Tatsache, dass kein

Kind als vermisst gemeldet wurde, auf das die Beschreibung passt, und der Zustand der Leiche haben den Verdacht auf einen Mord durch einen oder mehrere südafrikanische „Medizinmänner" gelenkt, heißt es. Das Kind war mit einer Shorts der Marke „Kids and Company" bekleidet, in die eine deutsche Waschanleitung eingenäht war. Scotland Yard hat umgerechnet rund 82.000 Euro Belohnung für Hinweise ausgesetzt, die zur Identifizierung des Opfers führen.

DIE WELT, 20. April 2002
In das Rätsel um den afrikanischen Jungen, der in London auf „barbarische" Weise getötet wurde, hat sich nun auch Ex-Präsident Nelson Mandela eingeschaltet. Er rief die Bevölkerung in Südafrika zur Unterstützung von Scotland Yard auf, die nun zusammen mit der weltweit einzigen Okkultismuspolizei in Südafrika ermitteln. „Scotland Yard braucht jede Information, die zur Klärung dieses scheußlichen Verbrechens und zur Identifizierung des kleinen Jungen beitragen kann", sagte Mandela, der bis ins „abgelegenste Dorf" appellierte, vermisste Kinder anzugeben. Bisher sind keine Informationen über die Herkunft des Jungen bekannt, der im vergangenen Jahr in London ohne Arme, Beine und Kopf aus der Themse gezogen wurde. Polizisten gaben dem gefundenen Torso den Namen „Adam".
In Südafrika geht die britische Polizei weiterhin Hinweisen auf einen Ritualmord nach. Der Kopf des Jungen war auf ungewöhnliche Weise abgetrennt, und anscheinend hatten die Mörder das Blut des Kindes getrunken. Angeblich soll dieses Vorgehen auf ein Opferritual für eine nigerianische Meeresgöttin hinweisen. Wie unter Ethnologen bekannt ist, wird bei einem solchen Ritual das Trinken von Blut als eine Art Transfer von Reinheit und Kraft vom Opfer auf den Trinkenden gesehen. Da Kinder als besonders rein und frei von Schuld und Sünde gelten, ist ihr Blut besonders wertvoll.
[…]

Es gibt zahlreiche Rituale, auch zu bestimmten Jahreszeiten. Auf die Spur, dass der grausame Mord eine Art Opferritual sein könnte, kamen die britischen Ermittler durch Credo Mutawa, der als Naturheiler und traditioneller Medizinmann bekannt ist. Mutawa glaubt, dass an „Adam" das Tötungsritual „Obeh" vollzogen wurde und der Junge aus Nigeria stammt.

dpa, 30. Juli 2002
21 Festnahmen nach Ritualmord
London. Die Londoner Polizei hat im Zusammenhang mit einem grausigen Ritualmord an einem afrikanischen Jungen 21 Menschenhändler festgenommen. Die Bande soll Tausende Kinder von Afrika nach England geschmuggelt haben, wo sie als Sklaven oder Sexobjekte missbraucht werden.

SPIEGEL ONLINE, 13. Mai 2005
ERMITTLUNGEN ZU RITUALMORD – 300 Jungen in London spurlos verschwunden
Scotland Yard hat eine schockierende Entdeckung gemacht: Zwischen Juli und September 2001 sind in London Hunderte Schulkinder afrikanischen Ursprungs verschwunden. Die Untersuchungen standen im Zusammenhang mit einem grausigen Leichenfund. Damals wurde der Torso eines nigerianischen Jungen in der Themse entdeckt. … Der Junge fiel Polizeiangaben zufolge damals einem Ritualmord zum Opfer. Scotland Yard befragte im Zuge der Ermittlungen sämtliche Londoner Schulen, wie viele männliche Schüler schwarzer Hautfarbe im Alter von vier bis sieben zwischen Juli und September 2001 nicht mehr zum Unterricht erschienen waren. Das jetzt veröffentlichte Ergebnis: Allein in diesem Zeitraum waren 300 afrikanisch-stämmige Kinder verschwunden. Die Polizei befürchtet nun, dass jährlich Tausende solcher Kinder ohne jede Spur in der Metropole verschwin-

den. Den Angaben zufolge sind diese Verschwundenen in der Regel nicht die Opfer von Gewaltverbrechen, sondern von Kinderhandel. Die Kleinen werden aus ihrer afrikanischen Heimat nach Großbritannien geschickt, um mit ihnen Geld bei den Sozialbehörden zu erschleichen, sie als Sklavenarbeiter auszubeuten oder auch sexuell zu missbrauchen, sagten Kinderschutzorganisationen. Unzureichende Aufzeichnungen der Einwanderungsbehörden und das Fehlen der Meldepflicht in Großbritannien machten es nahezu unmöglich, die Spuren der vermissten Kinder zurückzuverfolgen, sagte ein Sprecher von Scotland Yard. Anfragen bei den afrikanischen Polizeibehörden vor Ort blieben zumeist ohne Antwort.

NEUE ZÜRCHER ZEITUNG Online, 19. März 2008
Der Warlord Charles Taylor – ein Kannibale?
Seit dem 7. Januar sind im Kriegsverbrecherprozess gegen den früheren liberianischen Präsidenten Charles Taylor in Den Haag bereits 20 Zeugen gehört worden. Dies waren sowohl sogenannte Insider als auch Opfer, die von Zwangsarbeit, sexueller Gewalt, Mord, Amputationen von Gliedmaßen und Plünderungen berichteten und Taylor zum Teil schwer belasteten. Keinem dieser Zeugen gelang es jedoch, den früheren liberianischen Staatschef aus der Ruhe zu bringen, der immer tadellos gekleidet im dunklen Anzug mit Krawatte konzentriert Notizen machte und seinen Anwälten Anweisungen gab.
Dieses Bild eines unbescholtenen Staatsmannes hat jetzt erste Risse bekommen. In sachlichem Ton berichtete der Zeuge Joseph „Zigzag“ Marzah von unzähligen Morden, Vergewaltigungen und anderen Greueltaten in Sierra Leone, Liberia und Guinea, die er alle auf Befehl Taylors begangen haben will. Besonders ausführlich schilderte Marzah kannibalische Akte. Der einstige Warlord hörte mit angewiderter Miene den überzeugend wirkenden Ausführungen Marzahs zu kannibalischen Ritualen eines Poro (Geheimbundes) zu, dessen

Anführer er, Taylor, gewesen sein soll. Auf Anordnung des Warlords wollte der Zeuge auch getötete oder hingerichtete Feinde verspeist haben, unter ihnen gefangengenommene Soldaten der nigerianischen Friedenstruppe. Marzah beschrieb, wie Taylor und seine engsten Vertrauten bei Ritualen ihrer Poro-Gesellschaft die Herzen ermordeter Konkurrenten gegessen und im Jahre 1995 ein okkultes Ritual auf dem Strand außerhalb Monrovias veranstaltet hatten. Bei diesem Ritual soll eine schwangere Frau lebendig begraben und ein lebendes Schaf von den anwesenden Kämpfern mit bloßen Händen in Stücke gerissen worden sein. Auf Nachfrage von Taylors Anwalt, Courtenay Griffiths, sagte Marzah, er bereue nichts, da er auf Anordnung seines „Führers" Taylor gehandelt habe.

[…]

Es gibt keinerlei Hinweise auf Kannibalismus in diesen regulären Poro-Geheimbünden. Jedoch gab es seit dem späten 19. Jahrhundert immer wieder Berichte über in noch größerer Verborgenheit operierende Geheimbünde, die sogenannten Leopardmenschen oder Alligatormenschen, die angeblich magischen Kannibalismus praktizierten, um ihre mentalen und physischen Kräfte zu mehren. Berichte über die Aktivitäten dieser Geheimbünde sind auch im 20. Jahrhundert immer wieder aufgetaucht, es kam auch zu vereinzelten Prozessen in beiden Ländern. Seit dem 16. Jahrhundert spielte in dieser Region eine weitere Form von Geheimbünden eine wichtige Rolle bei der Kriegsplanung und -führung. Diese exklusiven Vereinigungen waren nur ausgewählten Mitgliedern der regulären Poro-Bünde vorbehalten; sie praktizierten nach zeitgenössischen Berichten magischen Kannibalismus in ihren Kriegszeremonien.

Domogalla stöhnte und nahm das nächste Blatt zur Hand – einen Ausdruck aus dem Online-Blatt TELEPOLIS vom 24. 3. 2008.

General Butt Naked: Für ihn kämpfte unter anderem der Kriegsverbrecher Milton Blahyi alias „General Butt Naked". Er entstammt der mit den Krahn verwandten Volksgruppe der Sapo. Die bizarre Kleidung seiner Soldaten stellte sowohl die Phantasien John Fords in „The Searchers" als auch die von Jack Cardiff in „The Mercenaries" in den Schatten. Seiner 2006 veröffentlichten Autobiographie nach war Blahyi ursprünglich ein traditioneller religiöser Spezialist. Dem „South African Star" sagte er, dass er bereits im Alter von 11 Jahren regelmäßig an rituellen Tötungen teilgenommen hätte – nicht unter Zwang, sondern aus eigenem Willen.
Entgegen dem europäischen Klischee wurden „Kindersoldaten" in den beiden liberianischen Bürgerkriegen keineswegs ausschließlich zum Dienst gepresst. Teilweise gab es synkretistische Effekte, in denen traditionelle Übergangsriten, durch die junge Männer ihre Tapferkeit beweisen sollten, mit Diensten bei Milizen ersetzt wurden. Für andere junge Männer war die Gelegenheit zum Plündern nicht nur Versorgung und Schutz, sondern auch eine wirtschaftliche Gelegenheit, die man beim Schopf packen wollte. Ein dritter wichtiger Grund waren magische Kräfte, welche manche Führer ihrer Gefolgschaft versprachen. In Europa gibt es eine bemerkenswerte Bereitschaft, alles außer dem Spezialfall der Zwangsrekrutierung auszublenden und jede nur denkbare Tat zu entschuldigen, solange der Täter dabei bloß minderjährig war. Auch in der SS und der Wehrmacht gab es solche „Kindersoldaten" – die Alliierten gingen mit ihnen häufig weniger einfühlsam, aber vielleicht auch gerade deshalb gerechter mit ihnen um.
Der Wahrheitskommission, welche die Kriegsverbrechen der zwei liberianischen Bürgerkriege zwischen 1989 und 2003 aufarbeiten soll, nannte Blahyi die stolze Zahl von etwa 20.000 Menschen, die seine Truppen wahrscheinlich getötet hätten. Das Risiko, das er mit seiner Aussage einging, ist gering: Das Gremium kann weder Urteile noch Strafen verhängen, sondern lediglich Sachverhalte aufklären.

Nur ein Teil von Blahyis Opfern waren Soldaten Charles Taylors – ein anderer waren Zivilisten, darunter auch Kinder, die Blahyi einem der BBC gegebenem Interview zufolge vor Schlachten rituell opferte. Angeblich wurden ihnen dabei die Herzen herausgerissen, um dann vom „General" und den Führungskräften seiner Truppe verspeist zu werden. Als Motiv gab er seine damaligen religiösen Vorstellungen an, weshalb er diese Zeremonie auch nicht, wie ihm manche seiner Kampfgenossen rieten, im Verborgenen durchführte, sondern als öffentlichen Akt. Seine Schutzgottheit Nyanbe-a-weh, so der Kriegsverbrecher, verlangte Ritualopfer. Mittlerweile gibt Blahyi an, dass sich seine religiösen Vorstellungen verändert hätten: Als evangelikaler Prediger verteilt er das Menschenfleisch nur noch in symbolischer Form. Seine damaligen Taten entschuldigt er damit, dass sein damaliger Schutzgott eigentlich der Satan aus der christlichen Mythologie gewesen sei.

Domogalla trat in Alexas Büro und legte die Blätter auf ihren Schreibtisch. Dann ging er zum Schrank und holte ihren teuren Whisky raus. Er goss sich ein gutes Glas ein und trank es auf ex. Als Alexa ihr Büro betrat, schenkte er nach.

„Sie plündern meine Whiskyvorräte."

„Mundraub. Reiner Mundraub." Er stellte die Flasche mit einem neuen Glas auf ihren Schreibtisch. „Sie werden auch einen brauchen, wenn Sie das gelesen haben. Das Kinderzimmer hat mächtig angebaut. Wir haben ganz tief in die Jauchegrube gegriffen."

20

Gill fuhr am Sarlinger Feld auf den Standstreifen und blickte auf die leicht ansteigenden Weiden hinaus. Einige Pferde grasten. Er dachte an die Schlusszene aus „Asphaltdschungel" mit Sterling Hayden, in der er vor dem Untergang ebenfalls Pferde betrachtete. Seine Stimmung sank beständig. Kündigte sich etwa ein Depressionsschub an? Seit einigen Jahren war er anfällig für solche Stimmungsschwankungen – besonders nach Situationen, die sein Adrenalin hochgepeitscht hatten. Er griff ins Handschuhfach und nahm ein paar Pillendöschen heraus: Prozac und Trazodon. Aus letzterem warf er drei Pillen ein. Jetzt bloß keine lähmende Depression!

Wenn ihn die Sinnlosigkeit des Lebens an der Gurgel hatte, dachte er nicht mal an Selbstmord. Er saß nur unbeweglich in einem dunklen Raum, ließ schwermütige Gedanken auf sich lasten und ehrte die Greuel der Trostlosigkeit. Mehr als einmal hatte ihn die Katze da rausgeholt. Wirkungsvoller als alle Pillen. Jetzt hatte er die verdammte Pflicht, den Katzen etwas zurückzugeben und Henry vor dem Abschaum der Menschheit zu bewahren. Folter war etwas, das er nicht verstand. Tiere zu foltern schon gar nicht. Auch zur Informationsgewinnung war Folter so gut wie nie effektiv, da der Gefolterte einem dabei immer erzählt, was man hören will – oder glaubt, dass man hören will. Er wird sich jeden Unsinn ausdenken, um den Schmerz zu beenden. Nur Sadisten und Vollidioten glauben an die Effektivität der Folter. Erpressung war viel besser. Man musste jemanden etwas zu verlieren geben, wenn man ihn sauber erpressen wollte.

Er stieg aus. Mit weit über hundert Stundenkilometern und laut aufgedrehten Bässen raste ein Geisteskranker an ihm vorbei. Gill hatte kurz den Impuls, ihm die Reifen zu zerschießen. Harlan Ellison hatte schon recht: Die Elemente, die im Universum am häufigsten vorkommen, sind Wasserstoff und Blödheit. Er ging zum Weidezaun und atmete tief durch. Ein Pferd drehte ihm den Kopf zu und musterte ihn. Dann graste es stoisch weiter. Gill zündete sich eine Reval an. Was für ein Leben. Er dachte an das Essen mit Alexa. Sollte er vielleicht doch mit ihr schlafen? Er verwarf die Idee gleich wieder. Das wäre jetzt nur Ablenkung von seinen Problemen. Nein, die Frau verdiente es nicht, auf diese Weise benutzt zu werden. Es gab schließlich noch andere Möglichkeiten. Action. Er musste sich ein wenig Bewegung verschaffen. Erst Henry holen und abends ein Zehn-Kilometer-Lauf.

Wie er in der Zwischenzeit herausgefunden hatte, lag „Lokis Welt" am Rande des Annener Industriegebiets. Im Internet hatte er sich kundig gemacht: ein Laden, der auf irgendwelche spinnerte Esoterik spezialisiert war.

Gill setzte sich wieder in den Wagen und hörte die Droogs: „Set My Love On You" und dann gleich „Only Game In Town". Klassiker und absolute Knaller des Eighties-Garagenrocks. Er begann sich gleich besser zu fühlen. Es gibt sie eben, die Art Songs, die eine Energie versprühen, der man sich nicht entziehen kann, und die die Batterien aufladen, damit man durch den nächsten Scheißhaufen kommt. Außerdem hatte man Gill nicht darauf dressiert, seine Seelenlandschaft zu betrachten und sich ihr lange hinzugeben. Er war dazu abgerichtet worden, sich durch Willenskraft zu beherrschen. Die Fähigkeit schmolz jedes Jahr etwas ab; aber noch war sie vorhanden, mobilisierbar, wenn es einen Job zu erledigen galt. Die wunderbare Zukunft, die täglich ein Stück zurückwich!

Gill bog hinter einer Ampel von der Hauptstraße in einen kleinen, trostlosen Weg ab, der vor ein paar Jahrzehnten brutal durch ein völlig intaktes Weidengehölz gestampft worden war. Er fuhr an mehreren flachen, langweiligen Bauten vorbei, in denen irgendwelche Firmen das Ende der Rezession erhofften oder auch von der Krise profitierten. Dann hatte er gefunden, was er suchte – einen genauso langweiligen, zweistöckigen Bau, der aber noch vergammelter aussah. Er hielt ein Stück entfernt davon an und ging zum düsteren Eingang.

Der Raum, den er betrat, bekam durch die schmutzigen Fensterscheiben nur wenig Licht. An den Wänden standen Regale, vollgestopft mit Steinen, Figuren, Masken und Büchern. Wahrscheinlich irgendwelcher Voodookram oder Pülverchen, um die Geister der eigenen Zweizimmerwohnung milde zu stimmen. In der Mitte ein Tisch, auf dem Bücher gestapelt waren, und eine Pappkiste mit alten Schallplatten. Esoterischer Krempel. Auf einem Poster war zu lesen: „ODIN STATT JESUS". Keine Kunden. Wahrscheinlich lebte der Laden vom Versandhandel mit Kätzchen. Hinter einem Verkaufstresen trank eine kleine, junge Frau einen Tee und blätterte in einem Buch mit Runen. Sie trug ein langes, altmodisches Kleid. Wahrscheinlich von der Oma, die beim BDM noch Hitler zugejubelt hatte. Als Gill auf sie zuging, schloss sie ihre Lektüre.

„Hi, kann ich dir helfen?"

„Möglich. Was ist das für ein Laden?"

„Wie?"

„Was verkauft ihr?"

„Hauptsächlich esoterische Dinge. Wir glauben an die alten germanischen Götter und huldigen der Natur. Alles, was dein Leben weiterbringt und aus den christlich-jüdischen Fesseln befreit, kannst du bei uns kaufen."

„Also Atombomben."

Sie lachte über ihr ganzes kleines Gesicht und zeigte dabei hübsche Fältchen um die Augen. „Du bist lustig."

„Ich möchte eine schwarze Katze. Einen kleinen Kater."

„Du bist wirklich lustig. Wir sind doch keine Zoohandlung."

„Da habe ich aber was anderes gehört."

„Du bist echt zu lustig."

Gill grinste sie an. „Ich glaube nicht, dass du weißt, was hier gespielt wird. Gibt es so eine Art Geschäftsführer in Walhalla?"

Sie war etwas beleidigt. „Wieso? Ich kenne hier alles. Du musst mir nur sagen, wonach du suchst."

„Kleine, ich suche nach dem Geschäftsführer oder einer Katze. Gib mir die Katze, und schon bin ich weg. Wenn du nicht verstehst, worum es geht, hol mir den Geschäftsführer."

„Nenn mich nicht Kleine. Ich heiße Gunnhild."

Gill stöhnte und fuhr sich mit der Hand durch das kurze graue Haar. Er bekam Kopfschmerzen. „Darauf hätte ich wetten können. Gunnhild. Klasse Name. Wenn du mir nicht gleich den Geschäftsführer holst, säge ich Yggdrasil ab."

„Hahaha, du bist lustig. Kannst du gar nicht. Yggdrasil ist die Weltesche."

Gegen Gunnhild war Mr. Universum wirklich kein Problem gewesen.

„Schön. Dann sehe ich mich mal etwas um in eurem nordischen Marktstand."

Er wollte gerade um den Tresen zur hinteren Tür gehen, als ein Mann durch sie eintrat. Der Typ war etwa so groß wie Gill, hatte aber einen Bauchansatz. Er trug eine Militärjacke und um den Kopf ein breites Stirnband, das sein langes Haar bändigte. Dünner Vollbart und tiefliegende Augen. Nicht ganz so tief waren die Falten von der Nase zum Mund, die der Bart nicht verbergen konnte. Sein Gesicht drückte verlebten Fanatismus aus.

„Was ist hier los?"

„Nichts, Ansgard. Der Typ ist unheimlich lustig."

„Bist du der Geschäftsführer?"

„Könnte man sagen. Auf dem Papier bin ich es jedenfalls.

Aber ich habe eine andere Berufung. Ich bin eher eine Quelle des Lichts. Ich kann dir zeigen, wie du nicht entfremdet leben kannst, im Einklang mit der Natur. Wenn du von guter Art bist, könnte ich dich in unsere Sippengemeinschaft aufnehmen. Alles nordisches Blut."

„Schön. Wo ist die Katze?"

„Welche Katze?"

„Ganz wie du willst. Gehen wir in deine Kemenate."

„Spinnst du? Bei Thors Hammer! Dieses Privileg muss man sich verdienen. Nicht mal Gunnhild darf in alle heiligen …"

Gill ging um den Tresen, drehte Ansgard herum und schubste ihn in den Flur zurück, von dem mehrere Bürotüren abgingen.

„Das ist Hausfriedensbruch. Ich hole die Bullen."

„Hast du etwa die Handynummer von Thor verbummelt? Wo ist dein Büro?"

„Da vorne …"

„Du hast heute ein schlechtes Horoskop: Die Waschmaschine steht direkt in Odins Arsch."

Sie betraten ein kärglich eingerichtetes Büro. Ein paar Regale, Schreibtisch, drei Stühle. Auf dem Tisch häuften sich Papiere. Ansgards kleines, aber einflussreiches Revier. Von hier aus steuerte er die lokalen Aktivitäten des regionalen Neo-Germanentums und seines Wikingerklubs – ein Milieu, in dem er etwas darstellte und gelegentlich Frauen abbekam.

„Setz dich, Ansgard. Willst du mir etwa vormachen, die Götterboten hätten dir noch nicht mitgeteilt, was heute nacht bei deinen Freunden von Atarme los war?"

„Bei Odin! Du warst das?"

„So wahr mir Sleipnir helfe. Ich bin ein Drachentöter und suche meine Prinzessin, die ein böser Fluch in einen kleinen Kater verwandelt hat."

„Verarsch mich nicht. Ich …"

„Ja, was seid ihr eigentlich für ein Verein?"

„Wir glauben an die Kraft des Blutes und an die göttliche Natur. Wir glauben an Wotan und die alten germanischen Götter, die wiederkehren werden. Steht alles in den Runen. Der Christengott ist am Ende. Die Rückkehr der Asen steht bevor, nach über zweitausendjähriger Unterdrückung. Das wird ein Fest für alle Menschen guter Art."

Die Kopfschmerzen nahmen zu. „Ich bin ein bisschen gestresst. Ich glaube, ich brauche zwei Aspirin und etwas Ruhe. Deshalb schlage ich vor, du gibst mir die Katze und bist mich los. Natürlich musst du mir dein germanisches Ehrenwort geben, nie wieder eine Katze für irgendwelchen Ritualscheiß zu kaufen. Sonst komme ich wieder und entfache einen Weltenbrand. Oder ich tue dir weh, bis du auf meinen Vorschlag eingegangen bist. Und anschließend ziehst du um in eine Holzkiste."

Ansgard liebte es, durch die Wälder zu tollen, Schwachsinn in den Himmel zu brüllen und sich für seinen direkten Draht zu den nordischen Göttern bewundern zu lassen. Ansonsten zog er den Weg des geringsten Widerstands vor. Eigentlich war er nicht besonders mutig. Er gab den wilden Nordmann nur so lange, bis sein Gegenüber nicht mehr zu bluffen war. „Okay, ist gut. Deswegen lasse ich nicht den Betrieb stören."

„Du bist weise wie ein Druide."

Der Möchtegern-Wikinger erhob sich. Sie gingen den Flur entlang und stiegen eine Treppe zu einer Lagerhalle hinauf. Zwischen Krempel und Büchern sah Gill sofort einen grünen Katzenkorb. Er beugte sich hinunter und erblickte hinter dem Gitter große ängstliche Augen. Ein kleiner Kater drückte sich in die äußerste Ecke des Korbs. Zur Sicherheit zog Gill das Photo von Michael raus.

„Henry?“

Ängstliches Miauen. „Henry, alter Junge. Deine Queste ist zu Ende. Du gehst zurück zu deinem Michael.“ Wieder quiekte der Kater. Als er seinen Namen hörte, kam er etwas näher zum Gitter. „Kein Zweifel, du bist Henry.“

Gill hob den Korb hoch. „Besten Dank, Ansgard. Wenn du dir etwas Mühe gibst, wird aus dir bestimmt noch ein liebenswerter Staatsbürger.“

„Ich hasse dieses Land. Sie haben damals die Falschen in die Gaskammern geschickt. Was Substanz hatte, wurde auf den Schlachtfeldern geopfert. Übriggeblieben sind Kleinbürger, die nur die Krämerei im Kopf haben. Sie würden dasselbe tun wie ich, wenn sie nur etwas mehr Mumm in den Knochen hätten und Mut in ihren kleinen Seelen. Das Land der Germanen ist zu einem Vorort mit Gartenzwergen geworden. Dagegen hilft nur Kameradschaft, Freundschaft deutscher Herzen und nordischer Glaube.“

„Freundchen, heute ist dein Glückstag. Statt zu renovieren, muss ich das Kätzchen nach Hause bringen. Aber wir sehen uns bestimmt noch mal. Es leben ja viele auf der Überholspur, aber du bist jetzt garantiert auf dem Seitenstreifen gelandet. Ich komme wieder. Das kannst du auch deinem Chef erzählen. Ich zwakke etwas von meiner kostbaren Freizeit für euch ab. Du bist jetzt auf meinem Radar. Ich habe jetzt nur nicht die Zeit für autoritäre Erziehungsmaßnahmen.“

„Mein Chef ist Odin!“

„Du hast nicht zufällig ein paar Aspirin?“

21 Alexa und Igel warteten im Verhörraum der Landesjustizanstalt Siegburg auf Mark Schmeichel. Die Sonne versenkte nur wenige Strahlen in den kalten Raum. Igel wusste nicht so recht, was er hier sollte – nur, dass dieser Schmeichel was mit dem Kinderzimmer zu tun hatte. Wahrscheinlich fürchtete sich die blöde Kuh davor, mit einem Massenmörder alleine zu sein. Musste ein gewiefter Bursche sein, wenn er all diese Kinder umgebracht hatte. Hatte er das wohl vor seinem Haftantritt erledigt? Aber Igel würde ihn schon auseinandernehmen. Serienkiller waren seine Spezialität. Er hatte alle Hannibal-Lecter-Filme auf DVD. Obwohl … so gut waren die gar nicht. Die Realität sah anders aus. Da wurden solche Typen nicht von diesem Schrottweib Moore und der Lesbe Foster erwischt, sondern von knallharten, systematisch vorgehenden Männern wie Igel.

Alexa sah nochmals Schmeichels Akte durch. Der Häftling konnte kein Idiot sein; das merkte man schon an seiner merkwürdigen Karriere. Er stammte aus gutsituierten Verhältnissen. Als Jugendlicher war er erstmals auffällig geworden, weil er ein Auto für eine Spritztour gestohlen hatte. Studium der Wirtschaftswissenschaften und Mathematik. Anschließend hatte er mehrere Unternehmen, Wirtschaftsagenturen und Coachingfirmen für das mittlere Management gegründet. Damit war er stets gescheitert und pleite gegangen. Dann war er in die Produktion von Pornofilmen eingestiegen, hatte aber in dem hart umkämpften Markt keine Lücke gefunden. Also hatte er sich kurz und erfolglos der Kinderpornographie zugewandt. Und Drogengeschäften.

Die Stahltür wurde geöffnet, und ein Wärter brachte Mark Schmeichel herein. Alles an ihm war schmal: Schultern, Gesicht, Taille. Er wirkte jünger und verletzlicher als auf dem Polizeiphoto. Unter seinen flink umherblickenden Augen lagen tiefe Schatten. Bekam er etwa nicht genug Schlaf? Der Wärter brachte ihn zum Stuhl vor dem Tisch, hinter dem Alexa und Igel Platz genommen hatten.

„Lassen Sie uns alleine."

„Wie Sie wollen", sagte der Beamte unbeteiligt. Schmeichel fiel ganz sicher nicht unter die Kategorie „gefährlich".

„Ich bin Kriminaldirektorin Bloch. Vielleicht kann ich Ihnen ein vorteilhaftes Angebot machen."

„Und wer ist das?"

„Kommissaranwärter Igel. Er protokolliert unser Gespräch. Er sieht nicht so aus, aber er kann lesen und schreiben", antwortete Alexa, die mit dieser Volte sofort eine gewisse Kumpanei zwischen Schmeichel und sich herstellen wollte.

„Und zwar besser als du, blöde Fotze", dachte Igel, ohne dabei in die Irrwege eines Schachtelsatzes abzugleiten.

„Was können Sie mir anbieten?" fragte der Häftling.

„Das mindeste ist eine Einzelzelle. Sie sehen so aus, als würden Sie ziemlich hart rangenommen."

„Seitdem ich hier bin, werde ich jede Nacht vergewaltigt. Ich liege mit vier anderen auf einer Zelle für zwei. Mein Anwalt hat mehrere Eingaben gemacht. Sinnlos." Mark Schmeichel schien längst resigniert zu haben. Das war keine gute Grundlage. Alexa musste ihm eine Perspektive eröffnen. Hoffnung schaffen, sonst würde er nicht mithelfen.

„Sie warten auf Ihre Revision. Ich bin der Meinung, dass das Strafmaß zu hoch ist. Ich könnte natürlich auch da etwas für Sie tun."

Schmeichel lachte freudlos. „Freund und Helfer. Aber sicher. Sobald Sie haben, was Sie wollen, vergessen Sie jede Abmachung."

„Deshalb habe ich einen Protokollführer mitgebracht. Nach Ende des Gesprächs kommt Ihr Anwalt herein und bekommt eine von Ihnen und mir unterschriebene Kopie."

„Und warum darf er nicht schon jetzt dabeisein?"

„Erstens, weil das Teil meiner Bedingung ist. Und zweitens würden sich daraus ein paar Probleme ergeben, die ich nicht brauchen kann. Und wenn es schlecht für mich ist, ist es auch schlecht für Sie."

Er zuckte mit den Schultern. „Im Grunde habe ich nichts zu verlieren. Mein einziger Spaß wäre, Sie zu ärgern. Aber das gibt mir keinen Kick mehr. Nee, nicht mehr. Könnten Sie mich auch verlegen lassen?"

„Auch das. Falls Sie wirklich kooperativ sind, verbringen Sie bereits die heutige Nacht in einer Einzelzelle. Und morgen bringt man Sie nach Dortmund oder Hagen."

Igel kam kaum mit. „Chefin, ich bin erst bei den vier Vergewaltigern …"

Alexa stöhnte. Warum hatte sie bloß diesen Idioten mitgenommen? Sie hätte ihm nie glauben sollen, als er behauptet hatte, Steno zu können. Sie stand auf, ging zur Tür und klingelte. Der Wärter öffnete sofort. „Sagen Sie bitte dem Direktor, dass ich doch seine Sekretärin brauche – und zwar schnell."

Die Tür wurde wieder geschlossen, und Igel sah Alexa entgeistert an. Wozu war er denn hier? Hatte die Frau etwa ihre Tage und wusste nicht mehr, was sie wollte? Vielleicht hatte die Fotze ja auch vor, ihn auf der Rückfahrt zu vernaschen. Es gab da so Gerüchte über ihre Mannstollheit …

Alexa nahm ihre Zigaretten aus der Handtasche und bot Schmeichel eine an. Er nahm sie langsam und zögernd. „Ausgerechnet Menthol."

„Ich nehme an, Ihre Zellengenossen haben Ihnen Ihre abgenommen."

„Die haben mir alles abgenommen."

„Scheint ein rauher Haufen zu sein."

„Djangos. Eine Motorradclique. Sitzen wegen Betäubungsmitteln."

Alexa tat ehrlich entsetzt. „Wie konnte man jemanden wie Sie mit denen zusammenlegen?"

Wieder zuckte Schmeichel nur resignierend die Schultern. „Überbelegt. Wie jeder andere Knast auch. Wenn du nicht Terrorist oder Kindermörder bist, hast du keine Chance auf eine Einzelzelle." Er lachte bitter. „Das hätte ich machen sollen: Terrorismus. Dann hätten die mir vielleicht auch einen eigenen Knast gebaut wie der RAF."

Die Tür wurde geöffnet, eine junge Frau in einem dunklen Hosenanzug trat ein. Sie hielt einen Stenoblock in der Hand und nickte Alexa zu. Dann wartete sie, bis Igel seinen Platz am Tisch für sie geräumt hatte. Der Kommissaranwärter verließ den Raum. Sollten sich die Weiber doch ohne seinen männlichen Schutz von dem irren Killer umbringen lassen.

„Fangen wir an."

„Von mir aus."

„Dann mal gleich konkret. Bei Ihnen wurden Kinderpornos und Snuff-Filme sichergestellt. Sie haben sich zwar nie dazu schuldig bekannt, was zur Strafverschärfung geführt hat, aber die Beweise sind eindeutig."

„Ich weiß, dass auch solches Zeug dabei war. Ich habe so ziemlich mit allem gehandelt. Aber ich habe mir nichts davon angesehen. Ich habe es günstig bekommen und mit Profit weiterverkauft. Meine legalen Geschäfte gingen kaputt, als mir die Bank in einer kritischen Situation den Kreditrahmen gekündigt hat. Ich sah keine andere Möglichkeit mehr, als mit geringem Kapital in etwas zu investieren, das den meisten Profit abwirft. Ich wollte damit nur genug Geld machen, um wieder ein legales Unternehmen aufzuziehen. Letztlich ist das Zeug doch von der Gesellschaft gewünscht. Wäre die nicht so geil auf alles Illegale, müsste ich am großen Wall Bratwürste verscherbeln. Nicht ich bin das Verbrecherschwein, ich bin nur der Großhändler für ihre perversen Wünsche. Mir läuft nicht der Sabber aus dem Maul, wenn ich Kinderpornos sehe. Sie – ich meine nicht Sie persönlich – und Ihresgleichen wollen diesen Dreck. Und da wir in einer freien Marktwirtschaft leben, wird es immer einen wie mich geben, der den Leuten gibt, wonach ihre kranken Seelen lechzen. Jeder Skorpion hat mehr natürlichen Anstand als der deutsche Spießer. Wissen Sie überhaupt, warum ein alter Sack ein Kind fickt? Weil kleine Kinder das einzige sind, dem er sich überlegen fühlen kann. Wissen Sie, wie diese Säcke das nennen? Unser schönes Hobby."

„Sie waren in der satanistischen Szene aktiv."

„Dieser ganze metaphysische Mumpitz stößt mich eher ab."

„Wieso arbeiten Sie dann für Satan?"

„Das waren einige Geschäftspartner unter vielen. Aber es gibt da schon ein paar Dinge, die ich sehr an ihnen mag. Satanisten sind absolute Soziopathen. Sie bemühen sich darum, ihren Genuss völlig gewissen- und reuelos auszuleben. Sie sind daran interessiert, ihre niedrigen Triebe zu befriedigen. Sie wollen Macht und Gewalt über andere ausüben, hemmungslos, ohne sentimentale Schuldgefühle. Abgesehen von ihrem ideologischen Brimborium verkörpern sie genau das abstrakte Individuum der freien Marktwirtschaft. Und das gefällt mir als Anhänger des Neoliberalismus."

„Wie eng sind oder waren Ihre Beziehungen zu diesen Leuten?"

„Rein merkantil. Ich habe bestimmte Produkte durch sie bezogen. Aber ich habe nie an schwarzen Messen teilgenommen oder einen Vertrag mit dem Teufel unterschrieben."

„Was für Produkte?"

„Die Kinderpornos."

„Waren die Snuff-Filme auch darunter?"
„Ja."
„Von wem haben Sie das Zeug bezogen?"
„Wenn ich das sage, könnte es mein Todesurteil sein. Ihnen ist offensichtlich nicht klar, wie vernetzt die Szene ist. Sie erkennen ja nicht einmal die Morde, die auf das Konto der Satanistenszene gehen – außer es handelt sich um ein paar Bekloppte wie dieses Wittener Paar, das aber mit der harten, organisierten Szene nichts zu tun hatte. Oder nur wenig."
„Wollen Sie wieder in Ihre Zelle und Ihre Hausfrauentätigkeit aufnehmen? Wenn Sie an diesem Punkt nicht kooperieren, gibt es kein Angebot von mir."
„Ich spiele mit meinem Leben."
„Sie sind Risiken gewohnt. Um diese Aussage kommen Sie nicht herum. Denken Sie genau nach und überlegen Sie, wie groß Ihre Überlebenschancen als Punchingball der Djangos sind."
„Sie sind ganz schön hart. Aber ich habe mir schon gedacht, dass es auf Erpressung hinausläuft."
„Erpressung ist nun einmal Teil unseres Systems."
„Okay. Lokis Welt?"
„Wie bitte?"
„ ‚Lokis Welt'. Das ist so ein gammeliger Esoterikladen im Wittener Industriegebiet."
„Darum soll sich Igel kümmern. Das müsste er noch einigermaßen hinkriegen", murmelte Alexa.
„Ich habe meinen Teil erfüllt. Jetzt sind Sie dran. Wann komme ich auf Bewährung raus?"
„Langsam. Warten Sie ab. Rom wurde auch nicht an einem Tag erbaut."
„Das ist nur eine Theorie."

22

Gill fühlte sich unwohl. Die attraktive Frau vor ihm auf dem Sofa hatte zu tief ins Glas geschaut und ließ alkoholtypische Spruchblasen ab. Sie hatte gar nicht richtig begriffen, weshalb Gill hier war, sondern war schon lange vorher in ihren delirierenden Kosmos abgetaucht. Aber das wurde durch das Glück ausgeglichen, das im oberen Stockwerk herrschte. Dort tobten Henry und Michael und feierten ihr Wiedersehen. Das Staunen und die Freude in den Augen des kleinen Jungen, als Gill ihm den Tragekorb mit Henry überreichte, waren alleine die Sache wert gewesen. Gill staunte über sich selbst. Wurde er langsam weich? Wie Henry seinem Freund das Gesicht abgeleckt hatte, das war eine der rührendsten Szenen, die der Ex-Agent je erlebt hatte. Die kam ab jetzt gleich hinter seiner Lieblingsszene aus „Angels With Dirty Faces", als James Cagney gefragt wird, was seine letzten Worte auf dem elektrischen Stuhl wären: „Einmal schneiden und rasieren."

Michaels besoffene Mutter wollte Gill nicht gehen lassen. Zum Alkohol gesellte sich die Einsamkeit. Ein Trinkkumpan zum Suffgelalle war alles, was sie zur Flasche brauchte. Einen mittelmäßigen Whisky hatte sich Gill bereits aufnötigen lassen.

„Isch kann's einfach nich glauben, dass mein kleiner Junge zu einem Privatdetektiv gegangen iss. Isch kann's nich glauben. Noch einen Schluck, Herr… wie heischen Sie noch?"

Zum x-ten Mal sagte er seinen Namen. „Danke. Aber ich muss jetzt wirklich gehen. Ich habe noch zu tun."

„Bleiben Sie doch zum Abendessen. Mein Mann muss Sie kennenlernen. Es gibt Pizza aus der Truhe … die iss wirklich gut …"

„Klingt verlockend. Aber ich muss leider trotzdem ablehnen, ich habe noch eine Menge …"

„Mein Mann wird Sie unbedingt kennenlernen wollen."

„Sehr nett. Vielleicht ein anderes Mal."

„Dass mein Kleiner zu einem Privatdetektiv gegangen iss … ohne es der Mama zu sagen. Noch ein Schluck, Herr … wie war doch gleich wieder …“

Die Haustür des kleinen Einfamilienhauses wurde geöffnet. Gill hörte Geräusche im Flur. Dann trat ein Mann ins Wohnzimmer. Anfang vierzig, Haarausfall, bleiches Gesicht, in das die Zornesröte stieg. „Was zum Teufel ist hier wieder los? Reicht es nicht mehr, dass du dich jeden Tag vor dem Fernseher besäufst? Holst du dir jetzt deine Saufkumpane auch noch von der Straße? Damit die mein schwerverdientes Gehalt durch ihre Pennerkehlen jagen?“

„Hallo, Walter … Dasch isch …“

„Ich kann mir schon vorstellen, wer das ist!“

Gill setzte sein Glas ab und stand auf. „Ich darf mich verabschieden.“ Er wollte das Wohnzimmer verlassen, aber Walter verstellte ihm den Weg.

„Warte mal, Bursche. Woher kennst du meine Frau?“

„Bitte gehen Sie mir aus dem Weg.“

„Kaum bin ich aus dem Haus, zur Arbeit, tauchst du auf, was, Freundchen?“

„Dasch isch Herr … wie war … o ja, isch weiß. Dasch isch der Herr Gill! Der arbeitet doch für Michael.“

„Gott, bist du wieder blau. Aha, der Herr Gill.“

„Bitte lassen Sie mich vorbei.“

„Esch isch nich, wassu denkst.“

„Was denke ich denn? Ich denke doch nicht etwa, dass du, kaum bin ich weg, die Tür sperrangelweit aufmachst und alle Dortmunder Säufer einlädst? Kommt rein, die Bar ist wieder geöffnet – mein Trottel von Ehemann bezahlt für alle!“

Walter hatte sich in Rage geredet. Gill bekam wieder Kopfschmerzen und wurde langsam sauer. Das konnte doch wohl nicht wahr sein, dass er diesen Hornochsen niederschlagen musste. In dem Moment kam Michael mit Henry im Arm herein. Angesichts dieser Horrorfamilie wurde Gill noch deutlicher, wie wichtig der kleine Kater für den Jungen war.

„Vati! Vati! Guck mal, wer wieder da ist!"

Walter drehte sich verblüfft um. Sein Sohn hielt ihm den grinsenden und sichtlich zufriedenen Henry entgegen, der bereit war, Walters hochrotes Gesicht abzulecken.

„Das ist ja … Henry! Wo warst du denn, du Schlingel?"

Zärtlich streichelte Walter dem Kater über den kleinen Kopf. Dafür konnte ihm Gill einiges verzeihen. Nicht alles. Nicht, dass Walter aus Arbeit- und Geldgier einen Sauhaufen aus seiner Familie machte. Er war einer dieser Typen, die Angst davor hatten, dass die Zukunft anders wird als die Vergangenheit.

„Gill hat ihn mir zurückgebracht. Er ist der beste Detektiv der Welt!"

„Wie bitte? Henry war doch …"

„Gangster haben ihn entführt. Aber Gill hat ihn befreit."

„Rede nicht so einen …" Er wurde unsicher. Er hatte erlebt, wie sein Sohn in den letzten Nächten weinend aus dem Fenster gesehen hatte, immer in der Hoffnung, dass der kleine Kater in den Garten gerannt käme. Zerknirscht wandte sich Walter an Gill. „Ich wusste ja nicht … Ich glaube, ich … Ich muss mich wohl bei Ihnen entschuldigen. Sie haben Henry…"

„Schon gut. Bitte lassen Sie mich jetzt durch. Ich möchte gehen."

Walter stand immer noch im Weg. Sein Kopf verfärbte sich von wut- in schamrot.

„Ähhh …"

„Kein anderer hätte das geschafft. Generalkommissar Igel hatte recht: Nur Gill kann das. Vati, Gill soll bleiben und mit uns spielen. Darf Gill noch bleiben?"

„Ähhh, ja, aber selbstverständlich ..."

„Wollnse nochn Schluck, Herr ... Herr ..."

Gill schob Walter sanft, aber entschieden zur Seite und ging in den Flur hinaus. Sofort kam ihm Michael mit Henry nachgerannt. „Warte, Gill. Du darfst nicht gehen!"

Gill blieb stehen und sah Michael ernst an. „Ich muss gehen, Michael. Ich muss arbeiten. Auch andere Katzen möchten wieder nach Hause."

Dem Kleinen traten Tränen in die Augen. „Ich weiß. Aber ich möchte so gerne, dass du noch etwas bei Henry und mir bleibst."

„Ein anderes Mal. Ich kann dich ja mal besuchen. Und ... lass dich von dem hier nicht zu sehr beeindrucken. Lass das nicht zu nahe an dich rankommen."

„Was meinst du?"

„Nichts."

Er streichelte Henrys Kopf. Der Kater schnurrte. „Pass gut auf Henry auf. Er braucht dich."

„Besuchst du mich wirklich?"

„Oder du besuchst mich. Nach der Schule. Aber ohne Henry, hörst du? Den schleppst du nicht in der Stadt herum. Sonst verläuft er sich."

„Bestimmt nicht. Auf Wiedersehen, Gill."

„Mach's gut, Michael." Sie schüttelten einander die Hände. Dann sprang Michael mit Henry im Arm die Stufen zum ersten Stock hinauf. Gill hatte gerade die Haustür erreicht, als Walter ihn einholte. Er hatte einen Fünfzig-Euro-Schein in der Hand.

„Einen Moment bitte, Herr Gill. Es tut mir wirklich leid, dass ich mich so dumm aufgeführt habe." Walter hatte seine Fassung zurückgewonnen und war wieder in seiner Welt angekommen. Einer Welt, in der man mit Geld alles regeln konnte. Noch dazu mit wenig Geld. Er streckte Gill den Geldschein entgegen.

„Bitte, nehmen Sie. Ich bin ja so froh, dass Michael seinen Kater wieder hat. Er hat nur noch geweint …“

Gill hob die Hände. „Das ist völlig unnötig. Ich wurde schon bezahlt.“

Walter hatte nicht verstanden. „Ich bestehe darauf. Für Ihre Unkosten.“

Gill drückte die Türklinke hinunter. Er wollte nur noch raus. Da versuchte Walter ihm den Schein in die Tasche seines Blousons zu stecken. Mit einer schnellen Drehung des Arms schlug Gill Walters Hand weg und trat dicht an ihn heran. „Versuch nie wieder, mich zu berühren, wenn ich es dir nicht erlaube, du Versager. Was bist du bloß für eine armselige Kreatur! Du hast einen liebenswerten Jungen, der durch dich vielleicht zu einem Riesenarschloch wird. Du kannst ihm nicht mit Geld zu einer Kindheit verhelfen. Du kannst nicht alles mit Geld ausgleichen. Du kannst nicht mal deine Frau lieben. Sie säuft? Ja, das tut sie. Zu fünfzig Prozent ist sie selbst daran schuld. Die anderen fünfzig Prozent gehen auf dein Konto. Nein, halt lieber dein Maul. Ich muss hier raus und ein paar Abgase in die Lunge kriegen. Wenn ich die Luft in deinem Haus noch länger einatme, kotze ich dir noch auf die Fünfhundert-Euro-Schuhe.“

Er drückte Walter gegen die Garderobe, ging hinaus und atmete tief durch. Das Kohlenmonoxid tat gut.

23

Alexa fuhr die Wittbräucker Straße hinunter. An der Kreuzung nach Herdecke wendete sie und fuhr den Berg wieder hinauf. Etwas zurückgesetzt von der Straße standen einige alte Herrenhäuser und Villen, durch dichten Baumbewuchs vor Blikken geschützt. Festungen des Wohlstands. Wer hier wohnte, hatte Geld und wollte seine Ruhe haben.

Erik Zaran hatte Geld. Seine erste Million hatte er bereits vor dem dreißigsten Lebensjahr gemacht – als Koproduzent eines italienischen Films, der den Goldenen Löwen von Venedig gewonnen hatte. Er war ein Mann mit vielen Interessen, wie Alexa im Internet recherchiert hatte. Eine Zeit lang war er ordentlicher Professor in Cambridge gewesen und hatte Religionsgeschichte und französische Geschichte des späten Mittelalters gelehrt. Heute war die internationale akademische Welt so scharf auf ihn, dass er nur noch als Gastprofessor dies- und jenseits des Atlantiks Seminare gab. Zu seinen Bekannten zählten der Papst ebenso wie mehrere britische Premierminister und die Bankenlords der Londoner City. Regelmäßig veröffentlichte er Bücher zu Aspekten des Mittelalters, die im englischen und französischen Sprachraum sofort auf die Bestsellerlisten kamen. Trotz dieser Verpflichtungen fand er noch Zeit, Dokumentationen für die BBC zu produzieren und als Sektenbeauftragter ehrenhalber der katholischen Kirche zu assistieren. Ein wenig zwielichtig war seine Funktion im Zusammenhang mit der wissenschaftlichen Bearbeitung der Qumran-Rollen. Ernstzunehmende Forscher behaupteten, dass Zaran im Auftrag des Vatikans die Erforschung und Veröffentlichung der historischen Dokumente sabotierte.

Der beruflich so erfolgreiche Mann hatte im Privatleben einige Schicksalsschläge hinnehmen müssen. Seine Eltern waren ermordet worden, als Erik vierzehn Jahre alt war. Er war in Internaten und bei einem Onkel aufgewachsen, der als Vormund das ererbte Vermögen verwaltet hatte. Vor einigen Jahren war seine Frau, Erbin eines amerikanischen Kosmetikkonzerns, an Leukämie gestorben. Daraufhin hatte er sich zurückgezogen und seine akademische Tätigkeit eingeschränkt. Man munkelte, dass er sich im nächsten Jahr ganz von seinen bisherigen Aktivitäten verabschieden würde und nur noch Bücher schreiben wollte.

Was hatte einen so polyglotten Menschen wie ihn ausgerechnet ins Ruhrgebiet verschlagen, wenn er doch Wohnungen in London, New York, Wien und Paris besaß? In einem Interview hatte er als Grund dafür den letzten Urlaub mit seinen Eltern angegeben, den er in den Wäldern um Herdecke verbracht hatte. Außerdem gebe es für einen Weltmann wie ihn hier so gut wie keine Ablenkungen, kaum gesellschaftliche Ereignisse oder Verpflichtungen, die seine Anwesenheit erforderten – anders als in den High-Society-Großstädten, wo jeder Gastgeber durch seine Abwesenheit gekränkt gewesen wäre. Und dann seien da noch die Germanen, besonders die Sachsen; eines seiner Spezialgebiete, über das er von hier aus bestens forschen könne.

Der Eindruck, den Zaran in allen Interviews vermittelte, war der eines Süchtigen, eines Wissenssüchtigen. So empfand es Alexa zumindest. Zaran gehörte zu den Menschen, die von Forschung und Wissensdurst besessen waren. Ob er ein Buch über Kriege schrieb, über die Sachsen, den Hexenwahn oder Thebens Heilige Schar – immer brachte er sich mit Haut und Haaren, mit ganzer Seele ein, bis er alles über sein Thema erforscht hatte. Diese Bandbreite machte Alexa etwas misstrauisch. Zaran war reich genug, um sich jede Menge *leg men* zu leisten. Andererseits beruhte sein Erfolg auf neuen Ansätzen und einem originellen, unprätentiösen Stil. Sicher wäre er ein guter Kriminalist, der sich in einen Fall verbeißen könnte. Sie freute sich auf eine interessante Begegnung.

Alexa bog von der Straße ab. Das Anwesen lag, getrennt durch die vierspurige Wittbräucker Straße, ein paar nuttigen Kleinbürgervillen gegenüber. Sie durchfuhr ein breites Tor, registrierte die Alarmanlage an der Mauer, glitt dann zwischen dichtstehenden Bäumen und Büschen hindurch. Über ihr berührten sich die Baumkronen, sie fuhr durch einen schattigen grünen Tunnel. Nach einer Kurve sah sie das große, weiße Haus vor sich: ein vierstöckiger wilhelminischer Bau, bullig wie eine Burg. Vor dem Haus stand ein Rolls-Royce. Erik Zaran konnte sich schon aus der Portokasse problemlos das Allerbeste leisten. Sie stellte ihren Wagen daneben ab, ging die breite Steintreppe zum Hauptportal hinauf und drückte den breiten Klingelknopf neben der massiven Holztür. Nach einer Minute wurde ihr von einem Mann geöffnet, der irgendwo zwischen zwanzig und vierzig sein musste. Der Hausherr war er garantiert nicht; sie hatte Bilder von Zaran im Netz gesehen.

Ihr Portier hatte das Gesicht eines verlebten Engels, umrahmt von blonden Locken. Der Mann war schön wie ein Filmstar. Er hatte leuchtend grüne Augen, trug hautenge Radlerhosen und ein verschwitztes T-Shirt, die seine geradezu hellenische Figur betonten. Alexa entschied für sich, dass er älter war, als er aussah. Ein Dorian Gray. Um den höhnischen Mund lag ein verderbter Zug. Alexa mochte diesen eitlen Kerl auf Anhieb nicht. Sein arrogantes Auftreten schien zu verkünden, dass jeder zarte Jüngling nur für seine samengetränkte Matratze bestimmt war. Er wirkte nicht wie ein Hausbediensteter, Sekretär oder gar ein Wissenschaftler – eher wie ein in die Jahre gekommener Stricher, dessen Kontakte, Aussehen und Fitness ihm aber noch ein gutes Auskommen garantierten.

„Sie müssen verzeihen. Ich habe gerade meine Übungen gemacht und konnte mich noch nicht säubern und anziehen."

„Mein Fehler. Ich bin etwas zu früh dran."

„Das sind Sie, in der Tat. Bitte kommen Sie herein. Der Professor wird Sie sofort empfangen."

Alexa betrat die Eingangshalle aus schwarzem Marmor. Es war angenehm dunkel und kühl. Die Absätze ihrer Pumps knallten auf dem harten Boden. Dorian Gray wandte sich zu ihr um. „Entschuldigen Sie, Frau Kriminaldirektor. Ich bin durch meine Übungen wohl noch ein wenig unkonzentriert. Sie erlauben, dass ich mich vorstelle? Ich bin Guido von Prelatis, der persönliche Sekretär von Professor Zaran. Oder besser gesagt: Mädchen für alles."

„Das muss ein aufregendes Leben sein, nach allem, was ich über den Professor gehört habe."

„O ja. Es ist ungeheuer inspirierend, mit einem … für einen so brillanten Menschen zu arbeiten. Ich habe mehrere Kontinente mit ihm bereist, aber momentan ist es etwas ruhiger. Der Professor arbeitet an einem neuen Buch. Wir beschränken uns weitgehend auf geistige Reisen."

Sie hatten die Halle durchquert und einen holzgetäfelten Flur erreicht. Der schöne Guido öffnete eine Tür. „Die Bibliothek. Wenn Sie bitte einen Moment warten wollen, der Professor ist gleich bei Ihnen. Darf ich Ihnen eine Erfrischung anbieten? Champagner? Einen Cocktail – ich bin, mit Verlaub, ein recht begabter Barmixer."

„Sehr liebenswürdig. Etwas Erfrischendes wäre schön."

„Haben Sie einen bestimmten Wunsch? Oder vertrauen Sie sich mir an?"

„Ich vertraue mich niemandem an. Aber ich überlasse Ihnen die Wahl. Sie werden sicher das Richtige für mich finden."

„Mit oder ohne Alkohol?"

„Ein wenig Alkohol kann ich bei dieser Hitze schon vertragen. Aber bitte nicht zu stark."

War Guido vielleicht der Lebensgefährte von Zaran? Dass er verheiratet gewesen war, hieß schließlich gar nichts. Sie kannte genügend Ehemänner, die nebenbei homosexuellen Neigungen nachgingen. Und sie hatte immer mal wieder ein Phänomen beobachtet: Männer, die ihr ganzes Leben lang heterosexuell gewesen waren, entdeckten in der Lebensmitte plötzlich homophile Tendenzen.

„Sehr gerne. Dann entschuldigen Sie mich. Ich lasse Sie in der Bibliothek alleine."

„Keine Ursache. Ich kann mir zur Not mit Lesen die Zeit vertreiben."

Alexa betrat die Bibliothek, und Guido schloss leise die Tür hinter ihr. Es war die größte Privatbibliothek, die Alexa je gesehen hatte. So groß wie ein halbes Fußballfeld. Die Bücherregale reichten bis unter die hohe Decke, die oberen Reihen waren nur über Schiebeleitern zu erreichen. Am hinteren Ende des Raumes befand sich ein massiver Schreibtisch, auf dem sich Bücher und Papiere stapelten. Schwere, lederne Sitzgruppen im Raum sorgten für englische Klubatmosphäre. Die breiten Fenster an der Außenwand ließen strahlendes Licht herein, das aber nicht den ganzen Raum ausfüllte und einige Ecken in einem angenehmen Dunkel beließ.

Alexa entschied sich für eine Sitzgruppe im Schatten. Der Aschenbecher auf einem niedrigen Tisch deutete darauf hin, dass hier keine rauchfreie Zone war. Alexa zündete sich eine Kool an und schritt die Bücherwände ab. Sie waren systematisch nach Sachgebieten geordnet. Alleine Zarans Werke in den unterschiedlichsten Ausgaben und Sprachen füllten mehrere Regalbretter. Interessiert blieb sie stehen, als sie die okkulte Abteilung entdeckte. Sie überflog einige Buchrücken: „The Black Arts" von Richard Cavendish, „The Book of God's Madness" und „The Secret

Country“ von Ralph Chubb, „Book of Lies“ und „Magick“ von Aleister Crowley, „Obscure Religious Cults“ von Shashibhusan Dasgupta, „Sexuality, Magic and Perversion“ von Francis King, „Geschichte der Magie“ von Eliphas Levi, „Sex and the Supernatural“ von Giuseppe Tucci, „Essay on the Worship of Priapus“ von Richard Payne Knight, „Là-bas“ von Joris-Karl Huysmans, „Wotans Jünger“ von Franziska Hundseder, „Raising Hell“ von Michael Newton, „Cannibalism and Human Sacrifice“ von Garry Hogg, „The Satanic Bible“ von Anton LaVey, „Schwarzbuch Satanismus“ und „Der Satan von Witten“ von Guido und Michael Grandt, „Der Mann, der Hitler die Ideen gab“ von W. Daim und Hunderte mehr.

Alexa zog ein Buch aus dem Regal: „Philosophie für alle“ von Meister Therion. Sie überflog die Seiten und las: „Lass Blut in meinem Namen fließen. Stampf die Heiden nieder, sei auf ihnen, o Krieger, ich werde dir von ihrem Fleisch zu essen geben. … Deshalb sollen die Könige der Erde Könige für immer sein; die Sklaven sollen dienen. Es gibt niemanden, der gestürzt oder erhoben werden wird: Alles ist immer, wie es war. … Wir haben nichts gemein mit den Ausgestoßenen und den Untauglichen: sie sollen in ihrem Elend sterben. Denn sie fühlen nicht. Mitleid ist das Laster der Könige: tretet nieder die Unglücklichen & die Schwachen: dies ist das Gesetz der Starken: dies ist unser Gesetz und die Freude der Welt. … Ich werde euch zu Sieg und Freude bringen: ich werde im Kampf bei euren Waffen sein, & ihr werdet Lust am Töten haben. Erfolg ist euer Beweis; Mut ist eure Rüstung; voran, voran, in meiner Kraft; & vor nichts sollt ihr euch zurückwenden! Gnade lasst sein: verdammt die, welche mitleidig sind! Tötet und foltert; schont nicht; kommt über sie.“

Die Tür wurde geöffnet, und ein großer, sehr schlanker, muskulöser Mann trat ein. Zielsicher erkannte er aus der Entfernung das Buch in Alexas Händen. „Aleister Crowley. Meister Therion ist das große Biest Aleister Crowley. Es kommt nicht auf den Gegenstand des Kultes an. Es reicht, dass es Priester gibt." Er war eine blendende Erscheinung. Seine agilen Bewegungen erinnerten eher an einen Ex-Tennisprofi als an einen Gelehrten. Sein markantes Gesicht wirkte gleichzeitig konzentriert und verträumt. Alexa war selten Männern mit solchem Charisma begegnet. Selbst wenn seine Bücher schlecht wären, würde man ihm zu Füßen liegen. Sein Eintreten veränderte die Atmosphäre des Raums. Die staubige Bibliothek wurde zu einem magischen Ort, an dem sich die Bücher mit Energie aufluden und geradezu danach verlangten, studiert zu werden. Das Haus, die Bibliothek – alles um ihn herum wirkte wie nach seinem Maß gefertigt. Sie sah ihm in die Augen, spürte seine Energie und war fasziniert. Sie konnte nicht anders, als sich zu fragen, wie er wohl als Liebhaber wäre. Als schiene er ihre Gedanken zu lesen, verminderte er durch ein hinreißendes Lächeln den Energiefluss, kam auf sie zu und deutete einen galanten Handkuss an. „Verehrte Frau Direktor. Als Diener Ihrer Schönheit hoffe ich Ihnen nützen zu können."

„Was ich über diesen Crowley weiß, ist nicht viel. Er war eine Art Fanatiker."

„Ein Fanatiker ist ein Monstrum, das aus Pflichtgefühl Menschen zerreißt."

„Ich habe Ihre Bücher gesehen. Die Zahl ist beeindruckend."

„Die Übersetzungen und unterschiedlichen Ausgaben blenden. Aber man sollte sich so intensiv wie möglich beschäftigen, um das Leben auf diesem Planeten erträglich zu machen. Je älter ich werde, um so notwendiger erscheint mir die Arbeit an sich. Auf Dauer bereitet sie das größte Vergnügen und ersetzt die Illusionen."

„Sie haben einen beachtlichen Ruf."

„Aber bitte, Frau Kriminaldirektor, der Ruf ist ein wertloses

Gut. Ein Dummer findet immer noch Dümmere, die ihn bewundern. Er entschädigt uns nie für die Opfer, die wir ihm bringen müssen. Sie sehen phantastisch aus. Was für ein Kostüm! Dior? Ich gratuliere."

„Kleidung gehört zu meinen teuren Lastern."

„Die Kleidung einer Frau kann sie mehr in Verruf bringen als zwanzig Liebhaber."

Alexa hatte sich gefasst. „Sie können mir vielleicht helfen, ein bestialisches Verbrechen aufzuklären oder zumindest zu verstehen."

Neben seiner Energie verbreitete er auch die Ruhe und die Kompetenz eines Kapitäns zur See. Alexa schilderte ihm den Fall.

„Könnte sich um Muti-Opfer handeln?"

„Was ist das?"

„Zauberrituale, die Sie überall in Westafrika finden. Bei Muti-Morden geht es nicht darum, den Geistern zu opfern, sondern Körperteile für eine Zaubermedizin zu bekommen. Man will eine Buschmedizin herstellen, die dafür sorgt, dass der Mann, der sie nimmt, Macht bekommt oder die Frau, die er begehrt. Erst sucht man ein Opfer für das Ritual, bevorzugt Kinder. Auch Albinos sind beliebt. Sie werden entweder gekauft oder an einen geheimen Ritualort verschleppt. Dort quält und foltert man sie ..."

„Warum? Genügt es nicht, sie umzubringen?"

„Je größer ihre Schmerzen sind, um so stärker wird die Medizin. Dann schneidet man Körperteile aus ihnen heraus: Lippen, das Skrotum, Augenlider, Ohren, was auch immer. Die werden mit ausgesuchten Pflanzen vermischt, und dann hat man die teure Zaubermedizin."

Alexa fiel ein Kriminalroman von Mo Hayder ein, den sie gelesen hatte und in dem Muti eine Rolle gespielt hatte. Er trug den treffenden Titel „Ritualmord".

„Die Kinder waren nicht durchgehend verstümmelt. Und keines so, wie Sie es beschreiben."

„Vielleicht satanistische Menschenopfer. Das ist verbreiteter, als die Öffentlichkeit weiß."

„Ich fürchte, Sie müssen mir auf die Sprünge helfen."

„Der Teufel hat viele Namen: Satan, Aiwass, Luzifer, Scheitan, Ahriman, Azazel, Set oder Sar. Baphomet ist der Name für einen hermaphroditischen Teufel, der bei den Templern eine ungeklärte Rolle spielt. Das griechische ‚Diabolos' steht für den Durcheinanderwerfer, Verleumder, Verdreher. Es gibt auch im Buddhismus ein teuflisches Wesen, Devadatta, das seit vielen tausend Wiedergeburten alles versucht, um Buddha Schaden zuzufügen. Da der Teufel der Gegenspieler Gottes ist, wird also von den Satanisten die Bibel größtenteils als Wahrheit akzeptiert. Die Kainiten, eine im zweiten Jahrhundert entstandene Sekte, meinten, dass man nur durch Wollust und Laster zur ewigen Seligkeit gelangen könne, dass jedes Verbrechen, jede Greueltat einen eigenen Schutzengel habe, den sie anbeteten und durch scheußliche Ausschweifungen verehrten. Faszinierend, dass die eschatologischen Themen immer auch von apokalyptischen begleitet werden."

„Ich habe mich informiert: Statistische Daten zu Ritualmorden liegen beim BKA nicht vor. Morde werden in der Polizeilichen Kriminalstatistik lediglich differenziert nach ‚Mord in Verbindung mit Sexualdelikten' und ‚Mord in Verbindung mit Raub'. Da der Gesetzgeber Ritualmorde nicht eigens definiert hat, werden sie auch nicht gesondert von den Landespolizeidienststellen an das BKA übermittelt. 1995 erklärte die Landesregierung von Baden-Württemberg nach einer großen Anfrage der CDU-Fraktion, dass eine Gefährdung der Gesellschaft durch Okkultismus und Satanskulte bestehe. Aber kriminaltechnisch hatte das keine Folgen. Das ist merkwürdig."

„Darüber bin ich bei meinen Forschungen ebenfalls gestolpert. Der berühmteste Geheimbund, der mit Satanisten in Verbindung gebracht wird, ist wohl Skull & Bones. Ihm gehörten mehrere amerikanische Präsidenten an. Gegründet wurde er 1832 von Richter Alphonso Taft, dem Vater des siebenundzwanzigsten US-Präsidenten, an der Yale-Universität. Davies und Golso schrieben bereits 1968 in ihrem Buch ‚Secret Societies', dass die Bones die beängstigendsten Initiationsriten betreiben. Man schätzt, dass etwa sechshundert der einflussreichsten Persönlichkeiten der USA Mitglieder sind. Nicht zu vergessen, dass die CIA vorzugsweise ihre Führungsleute in Yale rekrutiert. George Bush senior war bekanntlich CIA-Direktor; sein Bones-Name ist Magog. 1926 hatte Prescott Bush, der Großvater von Bush junior, den Söldner Emil Holmdahl beauftragt, ihm den Schädel des mexikanischen Nationalhelden Pancho Villa zu beschaffen. Nach erfolgreichem Grabraub erhielt Holmdahl fünfundzwanzigtausend Dollar für die Trophäe. Bush selbst hatte 1918 eigenhändig den Schädel des Apachenhäuptlings Geronimo aus Fort Sill geraubt. Beide spendete er Skull & Bones, wo die Schädel bis heute verehrt werden. Proteste der Apachen oder die Forderung nach Rückgabe wurden arrogant ignoriert."

„Faszinierend. Aber mich interessiert die Lage bei uns."

„Sie müssen das in größerer Dimension betrachten. Satanismus ist kein isoliertes Phänomen, ebensowenig wie der Katholizismus. In Italien breitet er sich seit Jahrzehnten beängstigend aus. Ein Zentrum der Teufelsanbeter ist Rom, wie der Katholische Nachrichtendienst meldete. ‚Hier gibt es eine größere Offenheit für den Teufel', zitierte man den bekannten Exorzisten Pater Gabriele Amorth. In dem traditionell katholischen Land sollen schätzungsweise achthundert satanistische Gruppen mit mehr als sechshunderttausend Anhängern existieren. Im vergangenen Jahrzehnt wurden auch Morde mit dem Satanismus in Verbindung gebracht. Erst 2006 verurteilte man fünf Teufelsanbeter wegen Ritualmorden zu langen Gefängnisstrafen. Die Gruppe nannte sich ‚Bestien des Satans' und hat bei einer schwarzen Messe ein Pärchen getötet – abgestochen, mit Hammerschlägen verstümmelt und lebendig begraben. Sie soll auch noch andere Morde begangen haben."

„Was sind das für Menschen? Glauben sie wirklich an Teufelsanbetung und Menschenopfer als Kraftquelle?"

„Menschenopfer sind nicht auf den Satanismus beschränkt, sondern natürlich viel älter als das Christentum. Mit Jesus Tod am Kreuz sollte diese Tradition ein für allemal beendet werden – ein eher sympathischer Aspekt des Katholizismus. Sie kennen sicher die berühmten Blutopfer der Azteken, die von unvorstellbarer Grausamkeit waren. Es wurden so viele Menschen geopfert, dass das Blut über die Tempelstufen bis in die Stadt floss. Jährlich wurden zehn- bis zwanzigtausend Gefangene rituell getötet. Das Opfer wurde von vier Priestern auf einen Steinblock gelegt. Ein fünfter Priester führte mit einem Steinmesser einen schnellen Längsschnitt über die Brust des Opfers und durchtrennte dabei Brustbein und Rippen. Das schlagende Herz wurde herausgerissen und der Sonne entgegengehalten. Danach tränkte man die Götzenbilder mit dem Blut. Die Opfer für den aztekischen Frühlingsgott Xipe Totec wurden an einen Pfahl gefesselt und mit Pfeilen durchbohrt. Danach zog man ihnen die Haut ab, die danach zwanzig Tage lang vom Priester getragen wurde. Aber auch die europäische Geschichte hat da einiges zu bieten. Griechen, Germanen, Etrusker – bei allen sind Menschenopfer dokumentiert."

„Geschichte. Was natürlich nicht heißt, dass es Gruppen Verwirrter nicht heute noch gibt."

„Überall auf der Welt strebt man nach Profit und Prestige. Das heißt, dass unsere Beziehungen zueinander durch Konkurrenz bestimmt werden, also durch Gewalt und Asozialität. Der Satanismus ist in gewisser Hinsicht eine kompromisslose Ausdrucksform dieser Lebensweise. Unsere Zivilisation feiert das Oberflächliche. Ziel der gesamten Existenz ist der Erwerb von Konsumgütern und Prestige. Deshalb passen mordende Satanisten und Serienkiller so gut in unsere Zeit. Für sie sind das Schlachten oder Opfern von Menschen die Taten von Konsumenten, die menschliches Leben lediglich als Objekte ihrer Bedürfnisse ansehen."

Zaran ging zu einem Regal, musterte die Bücher, zog eines heraus und blätterte darin.

„Dieser Bericht über den Trophäenkult der Kelten stammt von Diodoros aus Argyrion, der im ersten Jahrhundert vor Christus lebte. Inhaltlich übereinstimmende Beschreibungen gibt es außerdem von griechischen und römischen Gelehrten wie Poseidonos von Apameia, Polybios von Megalopolis, Strabon und Titus Livius. Ich zitiere: ‚Den gefallenen Feinden schlagen sie die Köpfe ab und hängen diese ihren Pferden an den Hals; die erbeuteten Waffen übergeben sie ihren Dienern, und obwohl sie blutverschmiert sind, führen sie die Trophäen unter Hymnen und Siegesgesängen mit sich. Diese Kriegsbeute nageln sie dann an die Eingänge ihrer Häuser, gerade so, als ob sie auf der Jagd Wild erlegt hätten. Die Köpfe der vornehmsten Feinde balsamieren sie ein und bewahren sie sorgfältig in einer Truhe auf. Wenn sie sie den Gastfreunden zeigen, brüsten sie sich, dass für diesen Kopf einem ihrer Vorfahren, ihrem Vater oder auch ihnen selbst, viel Geld geboten worden sei, sie es aber nicht genommen hätten. Einige von ihnen sollen sogar damit prahlen, dass sie Gold im gleichen Gewicht für den Kopf nicht angenommen hätten: damit beweisen sie eine barbarische Art von edler Gesinnung. Denn die Beweisstücke der Tapferkeit nicht zu verkaufen ist noch kein

Zeichen von edler Art; aber Verhalten wilder Tiere ist es, gegen Wesen gleicher Gattung noch nach ihrem Tod feindselig zu sein.'

Leise trat von Prelatis ein, ging zu Alexa und stellte ein großes Glas neben sie. Sie nahm es, sog am Strohhalm. Es war ein köstlicher Longdrink, der erfrischend nach Minze schmeckte.

„Danke, Herr von Prelatis. Der Drink ist wunderbar."

„Darf ich Ihnen auch etwas bringen, Herr Professor?"

„Nein, danke, Guido."

Von Prelatis verbeugte sich knapp, nickte Zaran zu und ging leise hinaus.

„Guido ist wie ein Sohn für mich. Ich bin in meiner Arbeit fast abhängig von ihm. Er hält mir den Rücken frei, recherchiert für mich und sorgt dafür, dass ich drei Mahlzeiten am Tage bekomme. Ich neige nämlich dazu, so in meiner Arbeit aufzugehen, dass ich Zeit und Raum um mich vergesse. Der Inbegriff des zerstreuten Professors. Guido ist mehr als ein Sekretär oder Chauffeur. Er ist ein Freund, der sein komplettes Leben in meine Dienste gestellt hat. Ich sage ihm immer wieder, er soll sich eine angenehmere Arbeit suchen – aber er lehnt es immer ab. Er ist mein Adlatus."

„Er scheint ja alles für Sie zu tun. Wirklich alles?"

Zaran setzte wieder sein charismatisches Lächeln auf. „Ah, Ihnen ist selbstverständlich aufgefallen, dass er homosexuell ist. Ich verstehe Ihre Anspielung, meine Liebe. Und ich möchte Ihnen sagen, dass mich das überhaupt nicht stört. Guido hat ein Anrecht auf Liebschaften, die übrigens keinen Einfluss auf seine Arbeit oder unsere Beziehung haben."

„Dann sind Sie nicht der eifersüchtige Typ?"

Jetzt lachte Zaran laut. Es klang merkwürdig schrill. „Endlich habe ich begriffen. Nein, liebe Frau Kriminaldirektor. Legen Sie die Indizien nicht falsch aus. Ich bin nicht homosexuell. Ich bin an allen Spielarten der Heterosexualität interessiert. Aber der Zugang zur Homo- oder Bisexualität ist mir leider nicht gegeben."

„Leider?"

„Ja, sicher – leider. Ich muss dadurch auf Erfahrungen verzichten. Aus rein theoretischen Überlegungen hätte ich natürlich gerne auch in der Sexualität ein breiteres Spektrum. Aber was soll ich machen? Es ist mir eben nicht möglich. Und nur um meinen Erfahrungshorizont auszudehnen, werde ich nicht die eigene Natur vergewaltigen."

„Ich wollte Ihnen nicht zu nahe treten."

„Wie bedauerlich."

Er sah Alexa tief in die Augen. Ihr Magen zog sich zusammen, und sie spürte, wie sie erregt wurde. Zaran zog ein neues Buch hervor. „Nitibus beschreibt die Vorbereitungen für eine schwarze Messe: ‚Im Laufe dieser Tage isst man nur einmal pro Tag nach dem Sonnenuntergang schwarzes Brot mit Blut. Wenn man schon seit fünf Tagen fastet, darf man zum Essen ein Glas Wein trinken, in dem man zuvor fünf Stunden lang fünf Kapseln des schwarzen Mohns und fünf Unzen Hanfsaatgut ziehen lassen und ihm dann den Unterwäsche-Inhalt einer unzüchtigen Frau beigemischt hat … Zuerst wählt man einen einsamen Ort, der in schlechtem Ruf steht, so wie ein Friedhof, eine einsam gelegene Ruine … oder ein Ort, an dem ein Mord verübt wurde. Das Fell des abgestochenen Opfers soll man in Streifen schneiden; aus diesen Streifen legt man den inneren Kreis aus und befestigt sie mit vier (Sarg-)Nägeln. Zwischen die Nägel, aber außerhalb des Kreises stellt man den Katerkopf, den Menschenschädel, die Ziegenbockhörner.' Und in ‚Satanische Magie' von Gregorius, Fraternitas Saturi, heißt es: ‚Nun liegt auf dem Altar der nackte Leib einer Frau, auf dem der Priester seine Handlungen verrichtet und den Kelch und die heiligen Geräte stellt. Man bedient sich wiederum des Blutes neugeborener Kinder, die man vorher durch Halsaderschnitt schächtet, um die Hostien damit zu durchtränken.‘ Die Hämatophilie ist weiter verbreitet, als man gemeinhin annimmt.“

„Die was?“

„Die Liebe zum Blut. Blut gilt als Lebenskraft. Blut zu trinken heißt vielen, die Lebenskräfte des Opfers auf sich zu übertragen. Laut Anton LaVey, dem Gründer der kalifornischen Church of Satan, ist Blut, das im Todeskampf vergossen wird, besonders effektiv. Im Todeskampf entlädt sich angeblich bioelektrische Energie. Das Opfer wird geschächtet, und das Blut ergießt sich über ein kopulierendes Paar. Das ist einer der Riten bei schwarzen Messen, die im Namen des altägyptischen Satans Set oder im Namen Baphomets, des Bocks von Mendes oder sonst eines Dämons veranstaltet werden. Das Blutopfer ist wirksamer, wenn auch gefährlicher – und für alle Zwecke ist das menschliche Opfer das Beste.“

„Wie bitte?“

„Ich zitiere Aleister Crowley, der das Buch geschrieben hat, das Sie gerade in der Hand halten.“

„Das gilt dann auch für rituellen Kannibalismus?“

„Ja. In gewisser Hinsicht ist der Katholizismus auch ritueller Kannibalismus.“

„Das ist mir zu hoch. Sie sagten doch gerade, dass er das religiöse Menschenopfer abschaffte.“

„Schon. Aber was sind Hochämter, in denen Wein als Christi Blut und Oblaten als das Fleisch des Heilands zum Verzehr gereicht werden, anderes als ritueller Kannibalismus?“

„Du meine Güte! So habe ich das noch nie gesehen.“

„Der magische Kannibalismus ist bei afrikanischen Geheimgesellschaften, etwa den Poro-Societies, zu denen auch die Leopardenmenschen von Sierra Leone gehörten, in der Zielsetzung identisch mit dem europäischen oder nordamerikanischen Satanismus. Durch das Einverleiben eines getöteten Menschen will man sich dessen Kraft aneignen. Im rituellen Satanismus steht die individuelle Selbsterhöhung, der Glaube an sich als göttliches Wesen, im Mittelpunkt. Während im klassischen Satanismus das Weltbild der Bibel akzeptiert und umgekehrt wurde, befasst sich der Neo-Satanismus, der auf Aleister Crowley zurückgeht, mit Wunsch und Willen des satanischen Menschen. Tu was du willst, sei das ganze Gesetz, lautet das Credo. Überschneidungen mit der rechtsradikalen Szene sind nichts Ungewöhnliches. Hitler und seine Schergen hatten intensive Bindungen ans Okkulte. Herrenmenschentum und satanistische Selbsterhöhung schließen einander nicht aus, sind eher verwandt.

Dazu habe ich gleich noch ein Zitat für Sie. Es stammt von Lincoln, Baigent und Leigh aus ihrem Buch ‚Das Vermächtnis des Messias'. Hören Sie zu: ‚Interessanterweise kommt keiner der vielen okkulten Aspekte Nazideutschlands in dem umfangreichen Beweis- und Dokumentarmaterial der Nürnberger Prozesse vor. Warum nicht? Die Ankläger wussten nur zu gut Bescheid. Sie hatten Angst vor ihrer Tragweite. Sie fürchteten die psychologischen und geistigen Konsequenzen im Westen, wenn öffentlich bekannt wurde, dass ein Staat des zwanzigsten Jahrhunderts sich auf der Grundlage solcher Prinzipien hatte etablieren und solche Macht erlangen können.' "

Alexa zog den Strohhalm aus dem Glas und nahm einen tiefen Schluck, „Satanismus stammt aus einer prätherapeutischen Kultur."

„Das ist mir zu einfach – es hieße, das Böse zu leugnen und therapierbar zu machen. Sie wollen mir doch nicht sagen, dass Sie bei Ihrer Arbeit nicht schon mit dem Bösen konfrontiert wurden? Mit etwas, dass sich jeder rationalen Analyse entzogen hat … Es gibt ein Böses, das nicht dem Sinn der Geschichte entspringt, das nicht im christlichen Sinne der Vorbereitung des Guten dient. Es verweist nur auf sich selbst."

„Ich habe das immer anders gesehen: Um der Verzweiflung zu entgehen und um mich mit der Welt auszusöhnen, suche ich in den furchtbarsten Verbrechen nach einer Bedeutung. Sei es mit psychologischen, kriminologischen oder soziologischen Erklärungsmodellen."

„Wunderbar. Als echtes Kind der Aufklärung frönen Sie dem Panlogismus."

Alexa hatte sich immer für recht gebildet gehalten. Es gefiel ihr überhaupt nicht, dass sie sich von Zaran schon wieder etwas erklären lassen musste. Aber sie fühlte Bewunderung und Hochachtung für diesen ungewöhnlich gebildeten Mann mit dem Körper eines Sportlers. Sie begann ihm zu vertrauen. Er gefiel ihr von Minute zu Minute besser.

„Es tut mir leid, dass Sie sich mit einer ungebildeten Polizistin unterhalten müssen. Aber was bedeutet bitte Panlogismus?"

„Aber ich bitte Sie! Mir würde es genau ergehen, wenn ich bei einer Ihrer Untersuchungen mit Ihrem kriminologischen Fachchinesisch konfrontiert würde. Es ist wahrlich keine Schande, die Terminologie, mit der ich mich beruflich dauernd befasse, nicht zu kennen. Panlogismus nennt man die Lehre von der logischen Struktur des Universums, nach der das Weltall als Verwirklichung der Vernunft aufgefasst wird. Meines Erachtens eine äußerst kühne Theorie, der ich mich nicht anschließe."

„Also akzeptieren die Satanisten die christliche Ideologie als Voraussetzung. Sie drehen sie nur um."

„Etwas vereinfacht ausgedrückt, aber die Grundthese ist richtig. Der Satanismus ist eine fast klassische Reaktion auf die Sexualfeindlichkeit der Kirche. Im Zentrum einer schwarzen Messe steht das Zelebrieren von Geilheit in extremer Perversion. Der exkommunizierte Abbé Boullan, einer der Vorläufer der Sexualmagie von Aleister Crowley, besorgte die ideologische Grundlage: Da der Sündenfall durch einen schuldhaften Liebesakt bewirkt wurde, kann durch religiöse Sexualakte in satanistischer Spielart die Erlösung erreicht werden. Seit Freud nehmen wir die Nähe zwischen Sex und Tod als gegeben an. Ein Akt, an dessen Ende der Tod des Partners – verzeihen Sie: Partner ist nicht das richtige Wort – des Objekts steht, wird als satanistische Opferung gedeutet, die den Ausführenden der Erlösung durch den Höllenfürsten näherbringt. Das ist genauso primitiv wie der Glaube der Poros oder der Leopardenmenschen. Kannibalismus kann übrigens ebenfalls Bestandteil des Satanismus sein. Um zum Ausgangspunkt zurückzukehren: Der Satanismus orientiert sich auf pervertierte Form an der Bibel."

„Die Bibel, das Märchenbuch des Vatikans. Jetzt haben Sie mir eine Menge Hintergrundwissen geliefert. Aber mehr interessiert mich die aktuelle Realität. Was wissen Sie über die hiesige Satanistenszene?"

„Abgesehen von ein paar jugendlichen Modesatanisten ist da nicht sehr viel bekannt. Wie Sie selbst festgestellt haben, gibt es keine speziellen Untersuchungen der Polizei, keine zentrale Stelle, die sich mit Ritualverbrechen beschäftigt – im Gegensatz zu England übrigens. Die Szene schottet sich ab. Nichteingeweihte haben keinen Zugang. Aussteiger gibt es kaum, weil sie keine Unterstützung finden, außer bei der katholischen Kirche. Verschiedentlich wurden Satanisten ermordet, weil sie gegen die Arkandisziplin verstießen; das ist der Verrat von Interna."

„Haben Sie Statistiken über die Szene? Gibt es Schätzungen für Deutschland?"

„Satanisten stehen nicht gerade Schlange, um von einer Volkszählung erfasst zu werden. Über ganz Deutschland verteilt gibt es mehrere satanistische Gesellschaften, die untereinander vernetzt sind. Sie unterhalten natürlich auch Kontakte zu anderen europäischen Gruppen. Eine Internationale des Bösen, die den nordamerikanischen Raum ebenfalls einschließt. Man kann davon ausgehen, dass es Satanisten gibt, die gesellschaftlich hohe Stellungen einnehmen und dazu in der Lage sind, ihr Treiben zu vertuschen. Gehen Sie ruhig davon aus, dass sie jedes Jahr Morde begehen, um in ihren schwarzen Messen Menschenopfer zu vollziehen. Wichtigste Daten sind die Nacht vom 30. April zum 1. Mai, die Walpurgisnacht, die als Satans Geburtstag gilt. Am 29. Oktober feiern sie das Blutfest, bei dem ebenfalls Menschen geopfert werden. Der 30. Oktober ist allen heiligen Säften geweiht, und es werden satanische Blut- und Sexualriten mit Menschen- und Tieropfern abgehalten. Ziel ist die Vereinigung im Blutrausch mit Satan und den Dämonen. Der 31. Oktober ist das Fest des Biestes. Wenn Sie wollen, suche ich Ihnen meine Unterlagen dazu heraus. Aber das geht nicht so schnell."

Zaran zog eine Zeitschrift aus dem Regal. „Hier. Selbst der ‚Spiegel' berichtete 1996 in Heft achtzehn: ‚Wie viele Anhänger schwarzer Gruppen es in Deutschland gibt, vermag niemand seriös zu schätzen. … In straffen Hierachien gegliedert und nach außen abgeschottet sind die Gruppen der Satanisten. Die feiern, oft gewalttätig, schwarze Messen und terrorisieren Christen. … Da wird sehr vorsichtig agiert. Bei Gruppen, deren Kern ältere Leute sind, werden aber stets neue Sklaven für deren perverse Ideen gesucht. … Der Aussteiger Thomas, 24, im Interview: Unsere Gruppe hatte einen Führer, der sich auf Aleister Crowley berief. … Es gab Reisen und Schulungen. Später organisierte ich schwarze Messen. Leute, die nach oben wollten, habe ich auf ihre Prüfungen vorbereitet, mit Satanisten aus England, Frankreich, den

USA und Skandinavien organisierte ich Treffen. ... Die Szene ist schon ordentlich vernetzt.' "

Alexa sah eine Möglichkeit, den Kontakt mit Zaran zu intensivieren. „Für Ihre Unterlagen wäre ich Ihnen sehr dankbar. Bis wann könnten Sie sie mir heraussuchen?"

Zaran lächelte unwiderstehlich. „Für Sie mache ich mich noch heute an die Arbeit. Bis morgen abend?"

„Das ist wunderbar von Ihnen."

„Ich lasse alles andere stehen und liegen. Aber Sie müssen mir ebenfalls einen Gefallen tun."

Alexa runzelte die Stirn. Aha, wahrscheinlich die Falschparktickets wegschmeißen ... „Wenn ich kann."

„Sie können, oder könnten, wenn Sie wollen. Nämlich mit mir zu Abend essen und anschließend tanzen gehen. Dazu komme ich nur noch selten."

Alexa konnte es kaum fassen: ein Mann, der freiwillig tanzen wollte. So jemand war ihr schon eine Ewigkeit nicht mehr begegnet. „Mit größtem Vergnügen. Sagten Sie wirklich tanzen?"

Zaran lachte wieder. „Ja, ich bin ein leidenschaftlicher Tänzer. Und in dieser Hinsicht nützt mir mein Assistent und Freund Guido leider gar nicht. Sie müssen aber Nachsicht mit mir haben. Ich bin ein wenig aus der Übung."

Alexa trank ihr Glas leer und stand auf. Sie reichte Zaran ihre Hand. Er ergriff sie. Sein Händedruck war kühl und fest. „Dann bis morgen. Ich freue mich darauf." Dann lächelte er verschmitzt: „Aber denken Sie daran: Wer den Teufel an die Wand malt, dem tritt er in sein Leben."

24

„Dieser Gill war im Verteilergeschäft und hat eine Katze rausgeholt."

„Was ist das für ein Schnüffler?"

„Ein ehemaliger Geheimagent. Söldner. Ein echter Versager."

„Können wir ihn durch unsere Freunde ausschalten?"

„Soll ich nachfragen?"

„Ja."

„Er ist mit Kriminaldirektorin Bloch befreundet."

„Haha. Na und?"

„Wenn er weiter rumschnüffelt, wird er irgendwann entdekken, dass ich hinter den Firmen stecke, zu denen auch der Wittener Laden gehört. Dieser Kretin Schmeichel hat geredet. Er hat erzählt, dass er das Video aus ‚Lokis Welt' bezogen hat."

„Sind die Lager inzwischen geräumt?"

„Ich habe alles in die neue Halle in Wetter bringen lassen. Die finden sie nicht. Sie läuft über die Firma in Jersey."

„Sie werden genug entdecken, um dich an die Wand zu nageln. Und dann bin ich ebenfalls in der Schusslinie. Wir müssen sie ausschalten. Die Bloch und Gill und alle seine Mitwisser."

„Dieser Gill ist ein gefährlicher Mann."

„Wir nehmen Profis. Keine Amateure aus der Rotte."

„Also nicht opfern?"

„Nein. Das muss schnell und unauffällig erledigt werden. Das heißt ... die Bloch ... mit der habe ich etwas anderes vor. Aber Gill und seine Mitwisser müssen zu Staub werden. Welcher Contractor ist der Beste, der zu haben ist?"

„Blaise. Aber er ist gerade Green Badger für die CIA in Pakistan. Claas Cools, Luther Tank ..."

„Luther Tank oder Cools. Am besten beide."

„Falls sie zusammenarbeiten. Ich glaube, die können sich nicht ausstehen."

„Wenn der Preis stimmt, arbeiten sie zusammen. Versuche sie zu verpflichten."

„Ich rufe unseren Mann in Brüssel an."

„Tu das. Oder fahr lieber selbst hin."

„Heute noch?"

„Nein. Ruf erst einmal den Kommissar in Brüssel an. Er soll ein Treffen zwischen Cool, Tank und dir organisieren. Und besorg dir beim BND die Akte von diesem Gill."

25

Es war noch früh, und die Bar hatte gerade erst geöffnet. Im Hintergrund sang Amy Winehouse und sorgte für melancholische Atmosphäre. Der Keeper wusch Gläser. An den Mahagoniwänden hingen die üblichen Fotos von B- und C-Prominenten, deren Halbwertszeit fast abgelaufen war. Eine Bar für Wohlhabende und Bluffer. Ein misslungener Versuch, etwas internationales Flair in die Stadt zu bringen.

Gill und Klaus saßen am Tresen vor ihren Martini-Cocktails. Cobra hatte sich mit einem Comic-Heft in eine Nische verflüchtigt. Er war ein begeisterter Leser der „Fantastic Four". Besonders der Galactus-Zyklus und der Silver Surfer hatten es ihm angetan. Er verstand rein gar nichts von dem, was der Silver Surfer vertrat. Das faszinierte ihn. Der Silberling musste wirklich von jenseits von Alpha Centauri kommen. Die Gier des Galactus hatte dagegen gar nichts Utopisches.

Missmutig starrte Klaus in seinen Drink. „Wenn die eine Betriebsprüfung machen, bin ich dran. Oder ich rotte das gesamte Finanzamt aus. Man sollte in diesem Land endlich die Pestfahne hissen. Diese ganze Zivilisation ist für den Arsch, oder?"

„Kann ich nichts zu sagen. Ich habe sie noch nicht kennengelernt."

„Wenn sie mich drankriegen, hau' ich hier ab."

„Knall deinen Steuerberater ab. Du lallst mir doch immer die Ohren voll, dass du dich auf Barbados zurückziehen willst."

„Wenn ich in Rente gehe. Aber momentan macht es mir noch zu viel Spaß."

„Wieso kommt die Steuer gerade jetzt auf dich? Hätte viel früher passieren können."

„Schark steckt dahinter. Er will mich fertigmachen und meine Geschäfte übernehmen oder liquidieren. Wenn er mich los ist, kann er in der Region machen, was er will. Keine Konkurenz mehr."

„Der Monopolkapitalismus schreitet voran."

„Rede nicht immer so einen Scheiß."

„Was hast du wegen ‚Lokis Welt' unternommen?"

„Ich habe Berti drauf angesetzt. Er versucht übers Internet die Firma rauszukriegen, die hinter dem Laden steht. Ist schwierig. Hat mir gesagt, dass alles ziemlich verschachtelt ist. Wenn er eine Firma ermittelt hat, stößt er sofort auf eine andere. Puppe in der Puppe. Er ist schon um die ganze Welt gesurft. Firmen in Jersey, Monaco, Sierra Leone und sonstwo. Darunter so Mistfirmen, die billige Jeans im Orient produzieren und bei uns an Kik oder Woolworth verscherbeln. Keine erkennbare Struktur dahinter. Wird keiner schlau draus. Eigentlich will ich das gar nicht wissen. Wahre Weisheit verlangt Grenzen der Kenntnisse."

„Ich mache die alle dicht. Mein persönlicher Räumungsbeschluss."

„Und warum? Bist du Katzenbeauftragter der UNO?"

„Ich verdiene meinen Lebensunterhalt damit, anderen ihr Leben zu versauen."

„Unsinn. Du hast keinen Auftraggeber."

„Dann eben das alte Männerproblem, still und ruhig einfach nur alleine in einem Raum zu sitzen. Das ist nichts für mich."

Gill trank den Martini aus und gab dem Keeper ein Zeichen. Der nickte und lächelte. Gills erster Martini ging immer aufs Haus. So bedankte sich der Barmann dafür, dass Gill ihm die Romane von Ross Thomas empfohlen hatte. Seither träumte er davon, eine eigene Bar mit dem Namen „Mac's Place" zu eröffnen. Er wusch den Shaker mit etwas Malt-Whisky, und gab dann im Verhältnis eins zu drei Noilly Prat und Beefeater hinein, fügte etwas Eis dazu und schüttelte alles elegant und kräftig durch.

„Ich muss zu einer Beerdigung", sagte Klaus und bestellte ebenfalls noch einen Martini.

„Familie?"

„Von der hab' ich mich schon vor langer Zeit verabschiedet. Aber ja, in gewisser Hinsicht. Er war mein Vetter. Ich habe ihn immer gemocht. Der einzige in meiner Scheißfamilie, den ich leiden konnte."

„Wann hast du ihn das letzte Mal gesehen?"

„Zwanzig Jahre her. Vielleicht länger. Als Kind habe ich bei ihm und seiner Mutter immer die Sommerferien verbracht. Am Ammersee. Das waren schöne Zeiten. Sie hatten nur ein sehr kleines Häuschen, und ich musste im Zimmer von Oluf schlafen. Er war zehn oder fünfzehn Jahre älter als ich und lernte Fernsehtechniker. Gibt's so was überhaupt noch? Sonntags hatte er frei, aber ich ließ ihn nicht ausschlafen, schlug ihm, sobald ich wach war, mit meinem Kissen eins über die Rübe. Und dann bin ich zu ihm ins Bett, und wir haben uns gekloppt. Er war natürlich viel stärker. Aber es war lustig. Bis meine Tante uns hörte und wütend unsere Balgerei beendete. Hat dann immer Oluf zusammengeschissen, obwohl ich angefangen habe."

„Und du hattest nicht mal einen Anwalt."

„Später bekam ich raus, warum meine Tante auf unser Gebalge so gereizt reagierte. Oluf war schwul."

„Frauen nutzen dich nur aus. Wann wirst du das endlich begreifen?"

„Er hat mich nie angefasst. Nie. Wir haben uns nur gebalgt. Wie das Kinder eben so tun."

„Lebt deine Tante noch?"

„Nein. Ist letztes Jahr gestorben. Mit über neunzig. In meiner Familie wird man alt."

„Oluf wohl nicht."

„Er lebte bei meiner Tante. Liebte sie abgöttisch. Wie das bei Schwulen oft so ist. Nach ihrem Tod war klar, dass er es nicht mehr lange machen wird. Ohne seine Mutter war das kein Leben für ihn. Habe nie jemanden erlebt, der so an einem anderen Menschen hing. Kann sein, dass er sich umgebracht hat. Vielleicht unbewusst. Ich fahre da hin."

„Mach das. Bei der Beerdigung deiner Tante warst du nicht?"

„Scheiße. Nein. Hätte ich machen sollen. Die Alte war nicht so übel."

„So ist das mit dem Älterwerden: Nicht alle werden mit einem älter. Dann hast du jetzt auch keine Familie mehr. Vielleicht solltest du Cobra adoptieren."

Theatralisch erhob Klaus sein Glas: „Trinken wir also auf uns drei. Trinken wir auf unsere Gesundheit, das Gedeihen, ein langes Leben, Glück und Wohlergehen, und dass wir lange die stolze Stellung bewahren, die wir in unseren edlen Berufen selbst errungen haben, und die Ehre und Liebe in unseren Herzen."

Als sie beim dritten Martini waren, kam Alexa. Sie trug ein schwarzes Cocktailkleid, schwarze Strümpfe und hochhackige Schuhe. Klaus grinste anzüglich. Sie gab Gill einen Kuss auf die Wange.

„Du siehst phantastisch aus. Alles für uns?"

Alexa lachte. „Ihr glaubt doch nicht wirklich, dass ich mir für einen Zug um die Häuser mit euch auch nur schminken würde! Nein, ich bleibe nur auf einen Drink. Dann muss ich weg. Ich bin zum Abendessen verabredet. Mit einem der faszinierendsten Männer, die ich je kennengelernt habe."

„Der Ärmste. Morgen liegt er unterm Sauerstoffzelt." Klaus wandte sich wieder seinem Martini zu.

„Sie hätten allen Grund, zuvorkommend und liebenswürdig zu mir zu sein. Aber das würde einen schmierigen Zuhälter wohl überfordern."

Zornesröte trat Klaus ins Gesicht. Gill drückte seinen Arm. Alexa schwang sich auf den Barhocker und ließ ihre langen Beine baumeln.

„Was willst du trinken? Vielleicht einen trockenen Martini?"

„Von mir aus auch einen nassen. Ich habe mit meinem Bekannten im Finanzamt gesprochen. Ihre Betriebsprüfung fällt aus. Man lässt Sie in Ruhe. Aber Sie sollten den Steuerberater wechseln."

„W... was? Wie bitte?"

„Ich habe es bestimmt nicht für Sie und Ihre dubiosen Firmen getan. Gill hat mich darum gebeten. Bedanken Sie sich bei ihm. Meinetwegen könnte man aus Ihrem miesen Hasenhaus einen Schweinestall machen."

Klaus sah dumm aus der Wäsche. „Danke. Sie haben was gut bei mir."

„Bitte, keine Drohungen."

„Danke, Alexa. Erzähl mal von deiner neuen Eroberung."

„Er gehört mir noch nicht. Aber ich starte gleich meine Großoffensive."

„So, wie du aussiehst, hat der Kerl keine Chance. Nicht die geringste."

Klaus wollte freundlich sein: „Ich wette, Sie blasen ihm einen noch vor dem Hauptgang. Und dann vögelt er Sie sofort auf dem Tisch. Was gibt es eigentlich?"

Gill und Alexa stöhnten gleichzeitig auf.

„Schaut mich nicht so an, als hätte ich mir mitten auf dem Marktplatz einen runtergeholt."

Ein weiteres Aufstöhnen. Alexa bekam ihren Martini und erzählte von Zaran und dem, was er ihr mitgeteilt hatte. Sie berichtete Gill auch von ihrem Besuch bei Schmeichel.

„Das ist ein merkwürdiger Zufall. Ich war heute in ‚Lokis Welt'. Die scheinen eine breite Angebotspalette zu haben. Klaus hat einen Hacker darauf angesetzt. Die gehören zu einem ziemlich verflochtenen Firmenverbund. Da stimmt was nicht."

„O Gott! Und ich habe Igel darauf angesetzt. Da muss ich wohl auf eure Ergebnisse warten. Das packt der fette Halbidiot doch nie."

„Ich glaube nicht an Zufälle. Du erfährst es, sobald wir's wissen."

„Aber bitte nicht heute. Heute widme ich mich ganz Professor Zaran."

„Und du bist sicher, dass er nicht schwul ist? Er und dieser …"

„Guido von Prelatis. Nein, ich glaube nicht, dass Zaran schwul ist. Da hätte mein Instinkt angeschlagen. Er hat mir deutlich zu verstehen gegeben, dass er scharf auf mich ist. Vielleicht ist er ja bi, das ist mir egal. Aber ich glaube nicht. Der wird ein hübsches junges Ding wie mich noch heute vernaschen."

Sie redeten noch über das Kinderzimmer, dann verabschiedete sich Alexa. Klaus hatte inzwischen seinen sechsten Martini hinuntergekippt. „Irgendwas stimmt nicht mit den Dingern. Ich weiß auch was: Buñuel hat gesagt, dass ein Martini die letzten Sonnenstrahlen einfangen muss. Nur dann ist er richtig gut."

„Versuch's mit einer Höhensonne. Wie sieht's aus? Gehen wir noch woanders hin?"

„Klar. Aber nicht in ‚Schwiegermutters Alptraum'. Der Azteke hat den Flipper zusammengehau'n."

„Schade. Habe selten soviel Niveau auf so engem Raum gesehen. Eine Zierde der Gastronomie. Und wohin?"

„Irgendwohin, wo es wirklich übel ist. Ich fühle mich durch Alexas Großzügigkeit so besudelt, dass ich in der Gosse saufen will."

„Bis zur Bundestagskantine ist es ein bisschen weit. Aber das kulturelle Angebot des Ruhrgebiets wird deinen Wunsch sicherlich erfüllen."

Sie zogen durch üble Kaschemmen, und Cobra prügelte die letzten Flipper ins Nirwana. Sie redeten über alte Zeiten auf die Weise, wie das nur durch Alkohol hervorgerufen wird. Erinnerungen, die sie längst vergraben wähnten, stiegen auf und wurden breitgetreten. Nacht und Rausch enthüllten Gedanken, die nüchtern und bei Tageslicht für sich behalten worden wären. Für ein paar Stunden waren sie von der Realität suspendiert.

Als Klaus' Handy klingelte, krochen ungute Vorahnungen wie Nebel in die Spelunke, in der sich eine räudige Gesellschaft auf den Bierbänken lümmelte und ihr Salär vertrank.

26

Die Wirkung, die Alexa erzielen wollte, war nicht ausgeblieben. Komplimente jaulend, hatte Zaran sie in die schummrig beleuchtete Bibliothek geführt. Hier wollten sie den Aperitif nehmen und darauf warten, bis Guido und Zarans Koch das Dinner im Speisezimmer servierten.

„Was darf ich Ihnen mixen? Süß? Sauer? Oder bevorzugen Sie Wein oder Champagner?“ fragte Zaran, während er eine versteckt in der Wand eingelassene Bar öffnete – eines der wenigen Wandstücke, vor dem keine Bücher standen.

„Bitter.“

„Aperol Royal?“

„Wunderbar.“

Zaran gab einen Eiswürfel in einen Champagnerkelch, goss den Aperol darüber und füllte das Glas mit einem 1995er Krug, Clos du Mesnil, auf.

„Ist das nicht obszön? Einen Clos du Mesnil für einen Cocktail herzunehmen? Soweit ich weiß, wurden davon nur zwölftausend Flaschen hergestellt.“

Zaran sah sie verblüfft an, dann setzte er wieder sein charmantes Lächeln auf. „Sie sind wirklich erstaunlich, meine Liebe. Es sind genau zwölftausendzweihundertvierundsechzig Flaschen.“

„Nennen Sie mich Alexa oder Kriminaldirektor. ‚Meine Liebe‘ kann ich nicht ausstehen.“

„Dann sehr gerne Alexa. Ich bin Erik.“

„Ich weiß.“

„Ich konnte mir genügend von diesem Jahrgang sichern. Und etwas Geringeres würde ich Ihnen nicht vorsetzen. Ich käme mir wie ein Trottel vor, wenn ich ihn verstauben ließe, anstatt ihn in so einem Moment zu genießen. Mit oder ohne Zitrone?“

„Keine Obstschorle.“

Er lachte und brachte ihr das Glas.

Sie setzten sich einander gegenüber auf schwere Ledersofas, und Zaran konnte kaum den Blick von ihren Beinen wenden.

„Ich habe nie eine größere Bibliothek gesehen."

„Und trotzdem ist sie zu klein für unser Gespräch. Aber wenigstens fragen Sie nicht, ob ich all diese vielen Bücher gelesen habe."

„Ich lebe selbst mit Büchern und weiß, wie man mit ihnen umgeht und eine Fachbibliothek nutzt."

„Leider muss ich hier oft gering gebildete Menschen empfangen."

„Politiker, nehme ich an."

„Lässig sprechen Sie es aus. Und wenn mal diese unvermeidbare Frage kommt, ziehe ich irgendein Buch heraus und sage: nicht alle, dieses noch nicht."

„Geradezu spitzbübisch."

„Als ich jung war, war ich jähzornig. Hatte aber ein gutes Herz."

Alexa trank ihr Glas aus. „Phantastisch. Ich hätte gerne noch einen."

„Kommt sofort."

Während Zaran den Drink zubereitete, machte er weiterhin belanglos-amüsante Konversation: „Eine Freundin eines Bekannten wollte mich mal mit ihrer Tochter verkuppeln. Obwohl ich noch am Anfang meiner zweifelhaften Karriere stand, galt ich bereits als kommende Zierde der Wissenschaft, was für die Dame mit Liebe zu Büchern gleichbedeutend war. Also zeigte sie mir das Kinderzimmer ihrer Tochter. Darin befand sich auch ein größeres Bücherregal voller pubertärer Basisschriften."

„Was sind pubertäre Basisschriften?"

„Oh, davon quellen die Bücherpaläste über. Kann ich gar nicht alles auflisten. Dumme Unterhaltungsromane von Günter Grass oder Simmel …"

„Da machen Sie keinen Unterschied?"

„Doch. Ich will fair sein: Simmel ist weniger pervers. Damals waren wohl diese ‚Angelique'-Romane in Mode. Eben solches Zeug – Anne Golon, die ich historisch für äußerst fragwürdig halte. Sartre, Konsalik, Steinbeck, Freud … dieser merkwürdige Mischmasch, der das komplexbeladene Bürgertum gar nicht wirklich interessierte, dem es aber aus lauter Eitelkeit zugewandt war. Doch die Pointe kommt erst."

„Das war sie noch nicht?" fragte Alexa, während sie provozierend die Beine übereinanderschlug.

„Wie? Sie machen sich ein wenig über mich lustig, Frau Kriminaldirektor. Herrlich! Jedenfalls sagte die unbedarfte Frau zu mir: ‚Das Kind liest ja zu gern. Es gibt kaum ein Buch, das sie nicht gelesen hat.' "

Er reichte Alexa ihr Glas. Sie nahm es und strich dabei mit ihren Fingern über seine kühle Hand.

„Warum setzen Sie sich nicht neben mich?"

„Das Dessert zum Aperitif?"

Zaran wirkte keineswegs verunsichert. Das passierte Alexa nicht oft, wenn sie offensiv einen Mann anging. Es erregte sie. Sie zog ihn an seiner Krawatte neben sich. „Wissen Sie, Herr Professor, es gibt kaum ein Buch, das ich nicht gelesen habe." Ihre Lippen näherten sich, ihre Hand glitt seinen Oberschenkel hinauf …

Die Tür wurde geöffnet, und Guido von Prelatis trat ein. Die Situation, die er vorfand, beeindruckte ihn nicht. „Es tut mir wirklich leid, Sie zu stören, Herr Professor. Etwas Dringendes. Wirklich wichtig."

„Schon gut, Guido." Zaran erhob sich mit einer eleganten, fließenden Bewegung und ging zur Tür, die er hinter sich schloss. Alexas Augen verengten sich zornig. Sie nahm ihr Glas.

Vor der Bibliothekstür wartete Guido aufgebracht. „Ich habe eine Nachricht von Shield."

„Unserem Abschirmprogramm?"

„Ja. Jemand durchforscht unser Firmensystem."

„Das ist wasserdicht."

„Sie wissen, wo es endet?"

„Natürlich, Guido. Bei dir. Aber so weit kommt niemand."

„Offensichtlich ist Shield nicht so gut, wie wir geglaubt haben. Ich bin aufgeflogen."

„Unmöglich … wie … oder wer …?"

„Ganz in unserer Nähe. Dieser verfluchte Internet-Pirat surft aus einem Puff. Dem Hasenhaus. Kaum zehn Kilometer entfernt. Das Puff gehört einem Klaus Danner."

„Sagt mir nichts."

„Ein Freund von diesem Gill."

„Verdammt! Und Gill ist ein Freund von dieser Nutte. Die Sache ist ernst. Der Stützpunkt wird sofort geschlossen. Diese verfluchte Hure! Das wird sie mir büßen. Das werden alle büßen."

Guido war nervös. „Wie gehen wir vor? Was machen wir jetzt? Sie wollten doch morgen nach Sierra Leone …"

„Daran ändert sich nichts. Nur fliege ich jetzt gleich und nehme die Nutte mit. Das wird ihre Strafe. Pass auf, das ist jetzt alles nur eine Frage des Timings. Sag Bolt, er soll mit dem Wagen bereitstehen. Dann rufst du am Flughafen an und lässt die Gulfstream startklar machen. Du säuberst alles, und anschließend fährst du nach Brüssel. Verpflichte jeden Profi, den du kriegen kannst. Sie sollen Gill und seine ganze Bande auslöschen. Niemand, der auf unserer Spur ist, darf überleben."

Zarans Gesicht glühte vor diabolischem Hass. Er war jetzt ein völlig anderer Mann als der, der vor einer Minute mit Alexa geplaudert hatte. Jetzt strahlte seine schwarze Seele durch die Augen. Glühende Kohlen, direkt in der Hölle entzündet. Als säße ein Dämon in seinem Schädel und blickte zu den Augenhöhlen hinaus.

„Wir haben genug Verbindungen hier, oder?"

„Ja. Wir säubern und lassen eine Weile Gras über alles wachsen. Wenn möglich, sollen sie alles diesem Gill in die Schuhe schieben. In ein paar Monaten interessiert sich niemand mehr für die Schlampe. Ich nehme sie mit zur Brutfarm."

Guido lachte. „Das wird ihren Horizont erweitern."

„Die Sache ist in den Griff zu kriegen. Trotzdem ärgert mich etwas maßlos."

„Dass wir die Kinder nicht woanders entsorgt haben?"

„Quatsch. Mit ihrem Kinderzimmer oder wie diese Halbidioten das nennen, bringt uns niemand in Verbindung. Nein. Wir verdanken diesen ganzen Mist nur einer Katze. Bei Beelzebub! Das bleibt nicht ungesühnt. Ich werde diese Kreaturen ausmerzen. Das wird eine meiner Aufgaben in den nächsten Jahren. Ich werde alle Katzen auf diesem Planeten ausrotten. Niemand ärgert Satans Stadthalter."

Er ging in die Bibliothek zurück. Sein dämonisches Gesicht wich der Maske des charmanten Mannes von Welt, als er auf Alexa zuging. Sie lächelte ihm verführerisch entgegen. Ein schwerer Faustschlag krachte in ihr Gesicht, zertrümmerte ihre Nase und ließ zwei Vorderzähne brechen. Den zweiten Schlag spürte sie nicht mehr. Sie war sofort bewusstlos.

„Wenn ich mit dir durch bin, werf' ich dich den Schweinen zum Fraß vor."

Ein Hüne mit zu kleinem Kopf trat ein. Er hatte auf beiden Wangen afrikanische Stammesnarben, obwohl er ein Weißer war. Seine Augen hatten eine ungesunde rotgelbe Färbung. Er trug einen Maßanzug, unter dem sich das Spiel seiner Muskeln abzeichnete.

„Schmeiß sie in den Kofferraum, Bolt", sagte Zaran und goss sich ein Glas Champagner ein. Grunzend befummelte der Hüne

Alexa. Seine Pranke glitt unter ihren Rock, fuhr brutal über die Strümpfe nach oben. Er knetete ihren Unterleib.

„Dafür ist später Zeit. Verdammt noch mal, tu gefälligst, was ich dir sage. Oder brauchst du die Peitsche?“

Der Hüne zog die Hand zurück und warf sich Alexa über die Schulter. Er ging mit ihr hinaus.

27

Klaus steckte das Handy weg und sah Gill versteinert an. Er war auf einen Schlag nüchtern.

„Was ist passiert?“

„Das war Berti. Er hat rausgekriegt, bei wem die Nahrungskette dieser Schachtelfirmen endet.“

„Guter Mann. Ich wusste, dass er es schaffen würde. Schnelle Arbeit ... Was ist, Klaus? Hat er sich dem Finanzamt als Informant angeboten?“

„Guido von Prelatis.“

„Der ... oh, verflucht. Wann wollte Alexa zu diesem Zaran?“

Beide sahen gleichzeitig auf ihre Uhren. „Vor zweieinhalb Stunden.“

Klaus warf einen Schein auf den Tresen, rief Cobra, und sie liefen auf die wenig belebte Straße. Kein dichter Verkehr um diese Uhrzeit. Gill zog sein Handy und ließ es Alexas Nummer wählen. Gespannt lauschte er. Klaus und Cobra sahen ihn an. Es klingelte, bis sich die Mailbox meldete. Gill sagte: „Ich bin es. Du musst da sofort raus.“

„Die blöde Kuh hat es abgestellt. Verfluchte Scheiße! Verfluchte Scheiße!“ Klaus knallte seine Faust gegen ein geparktes Auto und hinterließ eine Beule.

„Wo ist dein Wagen?“

„Der Daimler steht noch bei unserer ersten Destille.“

„Das ist näher als mein 190er."

Sie rannten durch dunkle Querstraßen zu der Bar zurück, in der sie sich getroffen hatten. Ihre schnellen Schritte hallten durch die nächtliche Stadt, vorbei an lauten Pubs, schallgedämpften Discos, übel stinkenden Fast-food-Stationen. Als sie die Brückstraße überquerten, rannte Klaus in einen betrunkenen Fußgänger. Der Typ flog über die Straße, als hätte ihn ein Quarterback erwischt. Endlich erreichten sie den abgestellten Mercedes. Cobra setzte sich hinter das Steuer. „Wohin?"

„Richtung Herdecke."

Die schwere Limousine setzte sich kraftvoll in Bewegung. Wie ein turbogetriebener Wal durchpflügte sie die Straßen der Stadt, die boshaft leuchtete.

„Hast du die genaue Adresse?"

„Nein. Domogalla." Gill rief Domogallas Handy an. Er meldete sich beim dritten Klingeln.

„Hier Gill. Wo bist du?"

„Ich bin noch im Revier. Wollt ihr mich einladen? Hätte große Lust auf ..."

„Hast du die genaue Adresse von diesem Zaran?"

„Nee. Steht auch nicht im Telefonbuch oder im Internet. Alexa hat sie. Wollte sie da nicht heute hin?"

„Ich brauche sie sofort."

„Dann muss ich an ihren Computer. Dauert eine Minute."

„Mach. Ruf mich sofort zurück. Und anschließend ... nein. Zuerst schickst du den nächsten Streifenwagen dahin. Sie sollen sich nicht abwimmeln lassen und Alexa sagen, dass sie mich sofort anruft. In Gegenwart der Beamten. Auf keinen Fall in das Haus zurückgehen. Offensichtlich stecken Zaran und sein Handlanger hinter dem Snuff-Film. Und es gibt direkte Verbindungen zu den Satanisten."

„Ich pack' es nicht. Okay, bis gleich."

Cobra raste mit rücksichtsloser Geschwindigkeit durch die Innenstadt Richtung Herdecke. Rote Ampeln interessierten ihn nicht. Insekten klatschten gegen die Windschutzscheibe. Auf dem Wall trat Cobra das Gaspedal durch und jagte den Mercedes auf hundertfünfzig Stundenkilometer hoch. Entspannt lenkte er den Wagen zwischen anderen Verkehrsteilnehmern hindurch, die auf den verschiedenen Fahrspuren stillzustehen schienen. Wie in einem Computerspiel schlängelte er sich meditativ durch den Verkehr. Sollte sie eine Polizeistreife bemerken, wäre es nur wünschenswert, wenn man sie verfolgte.

„Und sein Vater ist noch auf einem Muli geritten", lachte Klaus, der sich nicht angeschnallt hatte und auf dem Beifahrersitz saß. Gill zündete sich eine Reval an.

„Mein Himmel! Der wird eklig gelb davon! Dein Nikotin saugt sich in meine Polster. Das kriege ich nie wieder raus."

Gills Handy meldete sich. Domogalla. „Ein Streifenwagen ist unterwegs. Dürfte gleich da sein." Er gab Gill die genaue Adresse von Zaran. Die Außenbezirke flogen an ihnen vorbei. Cobra drängte ein behinderndes Auto auf den Bürgersteig ab. Ein wütendes Hupkonzert verfolgte sie einen Moment, dann waren sie schon außer Hörweite.

„Das ist doch wieder so ein Scheiß, bei dem kein Dollar rumkommt", maulte Klaus.

28

Die blutrote Gulfstream V funkelte auf dem nächtlichen Flughafen. Die ukrainischen Piloten ließen die beiden Rolls-Royce-Triebwerke warm laufen. Sie checkten die Maschine auf ihren sechs Multifunktionsbildschirmen. Das fünfunddreißig Millionen Dollar teure Flugzeug hatte eine Reichweite von mehr als zehntausend Kilometern und flog mit einer Geschwindigkeit von achthunderteinundfünfzig Stundenkilometern in einer Höhe von fünfzehntausendfünfhundert Metern. Die fast sechzehn Meter lange Kabine hatte Zaran nach seinen Bedürfnissen mit allem Komfort ausstatten lassen. Es gab eine Bar, eine Sitzgruppe, im hinteren Bereich ein abgeteiltes Schlafzimmer und eine Leinwand für Filme.

Bolt fuhr mit der Limousine so nahe wie möglich an das Flugzeug. Er stieg aus und öffnete Zaran die Tür. Zaran winkte den Piloten zu und ging an Bord. Eine hübsche Stewardess in einer figurbetonten grünen Uniform empfing ihn. Nur die Pupillen verrieten, dass sich in ihrem Hirn mehr Chemie tummelte als bei BASF. Sie war geradezu überglücklich, ihn zu sehen: „Wieder eine wundervolle Reise nach Sierra Leone, Meister? Wie ich mich freue!“

„Wir haben nur einen kurzen Aufenthalt, Anita. Und du lässt dich von den Negerschwänzen nur mit Gummi durchficken. Sonst muss ich dich ausmustern.“

Entrüstet entgegnete ihm die junge Schwedin: „Außer mit Ihnen mache ich es immer nur mit Gummi. Aber das wissen Sie doch …“

Bolt zog die bewusstlose Alexa aus dem Kofferraum, warf sie sich über die Schulter und folgte seinem Herrn und Meister. Achtlos ließ er Alexa auf den Teppichboden der Kabine fallen. Dann verließ er das Flugzeug und brachte die Limousine zum Parkplatz im Hangar. Er nahm Zarans Aktentasche und ging zum

Flugzeug zurück. Sie mussten noch zehn Minuten warten, bis sie ihre Starterlaubnis erhielten.

Anita servierte Zaran einen Drink, blieb vor ihm stehen und zog den Rock bis zu den Hüften hoch.

„Sehen Sie, ich befolge Ihre Regeln, Kanonicus Docre."

„Wenn wir unsere Flughöhe erreicht haben, darfst du mir den Schwanz lutschen."

Ihre Wangen glühten voller Vorfreude. Diesem Mann verdankte sie ein exzessives Leben und den wahren Glauben. Durch ihn war sie von jeder bürgerlichen Spießigkeit befreit. Er hatte ihr alles gezeigt, sie gedrillt bis zur Gehirnwäsche. Sie liebte es, ihm dienstbar zu sein.

Langsam rollte die Gulfstream zur Startbahn, wartete noch drei Minuten, rollte an, beschleunigte auf ihre Anfangssteiggeschwindigkeit von einundzwanzig komma drei Meter pro Sekunde und schoss dann in den Himmel.

Bolt betrachtete Alexa voller Gier. Zaran hatte es sich auf der Sitzgruppe bequem gemacht. Die Geilheit seines Handlangers amüsierte ihn. „Wir warten, bis sie wach ist." Quasimodo sah seinen Herrn begeistert an und grunzte zustimmend.

Aus dem Lautsprecher sagte der Pilot: „Sierra Leone. Kambeni, Herr Zaran?"

„Ja, mein Lieber. Kambeni. Besorgen wir uns etwas schwarzes Gold. Können Sie die Boys erreichen und ihnen sagen, dass ich einen Tag früher komme?"

Der Pilot lachte: „Sie überschätzen das Zeitgefühl dieses Abschaums. Die wissen nicht einmal, welches Jahr wir haben."

„Sagen Sie ihnen trotzdem Bescheid."

29 Mit quietschenden Reifen hielt Cobra vor Zarans Villa. Ein Streifenwagen stand davor.

„Alles bestens. Die Kavallerie ist schon da."

„Ich sehe weder Bullen noch Alexa."

„Schauen wir nach."

Sie stiegen aus und gingen zur Eingangstreppe. Gill drückte die mächtige Klingel. Sie warteten eine Minute. Nichts. Keine Reaktion. Cobra schlich an der Hauswand entlang, suchte nach Bedrohungen. Gill sah sich die Tür an. Er richtete den Ministrahler, den er an seinem Schlüsselbund hatte, auf das Schloss. „Das ist eine Festung. Kann man nicht mit der Glock knacken. Das Schloss ist geschützt."

Fröhlich schlenderte Klaus zum Mercedes und öffnete ein Geheimfach im Kofferraum. „Ich weiß nicht, was Dr. Best empfiehlt. Aber ich empfehle die F-1 aus russischer Produktion. Wird zwar nicht mehr hergestellt, aber das kluge Kläuschen hat sich ein kleines Kontingent gesichert. Weil er die so mag. Aber aufgepasst! Wir sollten mindestens hundert Meter Abstand halten. Cobra, fahr den Wagen weg. Ich will keine Kratzer im Lack." Die eiförmige Handgranate hatte tiefe Rillen im gusseisernen Körper. Cobra fuhr mit dem Mercedes die baumumsäumte Auffahrt hinunter.

„Wozu brauchst du sowas?"

„Ich bin es leid, immer nur den netten Jungen zu spielen. Wenn die Iwans mir an den Arsch wollen, kegel' ich ihnen was Heimatliches vor den Latz. Blase sie bis zum Ural."

„Ist es so ernst?"

„Ich habe nicht mein Leben lang hart gearbeitet, um dann mein Lebenswerk an Putins beschissene Kosaken zu verschenken."

Klaus klemmte die Granate zwischen Klinke und Tür. „Wir haben vier Sekunden. Geh schon mal in Deckung."

Gill rannte zu einer Baumgruppe und legte sich auf den Bauch. Adrenalin durchströmte ihn und ließ nichts anderes in sein Bewusstsein als die Gegenwart. Klaus löste den herausschraubbaren Zünder, sprang die Treppe hinunter und jagte über den Vorplatz. Er hechtete neben Gill unter die Baumgruppe. Ein schwaches Surren, Sekundenbruchteile, bevor die kombinierte Menge aus Trinitrotoluol und Zyklotrimethen-Trinitramin zur Detonation gebracht wurde, um mit einer Geschwindigkeit von mehreren tausend Metern pro Sekunde einen vernichtenden, vulkanischen Schlag geballter Schockwellen auszusenden. Holz- und Eisensplitter regneten durch die Luft. Wo zuvor die Haustür gewesen war, gähnte jetzt ein qualmendes Loch.

„Vielleicht mache ich einen Schlüsseldienst auf." Sie erhoben sich. Gill zog seine Glock und Klaus seine SIG Sauer P226. Cobra stand im Rauch neben dem Türloch, in der Hand seinen langen, spitzen Dolch.

„Großer Zauber vom weißen Mann. Da staunt der Azteke, was?" Gill war besorgt, aber Klaus war bester Laune. Den ganzen Tag auf dem Hintern zu sitzen und auf Monitore zu starren war nicht alles, was er sich vom Leben erhoffte. Er wollte sein früheres Leben zurück, sein Leben als ewige Sturm-und-Drang-Phase. Aus der Pubertät direkt in die Rente.

Vorsichtig traten sie durch den Qualm in die Eingangshalle. Auch hier hatte die Granate Schaden angerichtet. Der Marmor war gesplittert und aufgerissen. Vor ihnen lagen zwei Männer in Polizeiuniform in ihrem Blut.

„Ach du Scheiße. Ich habe die Bullen erwischt."

Gill kniete sich vor die Leichen und drehte sie um. „Nein. Die waren schon tot. Erschossen. Hier wird mit harter Währung gezahlt."

Jetzt machte er sich noch mehr Sorgen. Wer vor Polizistenmord nicht zurückschreckte, war zu allem bereit – und musste sich sehr, sehr sicher fühlen.

„Das Haus ist riesig. Und wir wissen, dass Bewaffnete auf uns warten. Sichere du nach hinten ab. Wir nehmen den Gang rechts und gehen Zimmer für Zimmer durch." Er winkte Cobra an seine Seite. Sie bewegten sich vorsichtig durch den Flur bis zur Bibliothekstür. Gill ging in die Knie und stieß die Tür auf. Vorsichtig sah er hinein. Die nächste Deckung war eine der Sitzgruppen. Gill sprang hinter sie und brachte die Glock über dem Ledersofa in Anschlag. Klaus blieb im Gang zurück und behielt beide Seiten im Auge.

„Hier nichts. Leer", sagte Cobra, der seinem Instinkt vertraute.

Nach dem Gang kam ein riesiger Speiseraum.

„Ich gehen oben", sagte Cobra und verschwand lautlos. Gill durchsuchte den Speiseraum, während Klaus ihn sicherte. „Negativ."

Anschließend kam die Küche dran. Bewundernd sah sich Klaus die Etiketten der Weinflaschen an, die auf einem Regal neben den voluminösen Kocheinrichtungen angebracht waren. „Hier kocht man sogar mit guten Tröpfchen."

„Mach nicht auf Mann von Welt. Auf einmal der große Weinkenner."

„Man trinkt sich hoch."

Neben der Küche war noch ein Raum, bestückt mit Kühlregalen voller Getränke. Nichts.

Plötzlich hörten sie Gekreische. Sie rannten den Gang zur Halle zurück. Cobra kam die Treppe herab und zog Guido von Prelatis an den blonden Haaren hinter sich her. Der Kerl schrie vor Schmerzen. „Sonst niemand da. Nur schöner Mann."

„Du darfst ihn erst skalpieren, wenn wir mit ihm durch sind", sagte Klaus.

Cobra stellte von Prelatis auf die Beine. Er atmete heftig. Trotzdem verwandelte sich sein Gesichtsausdruck sofort in eine Mischung aus Arroganz und Befriedigung. Er sah Gill höhnisch an. „Sie sind dieser Gill. Sind wir uns schon mal begegnet?"

„Wenn es so wäre, wüssten Sie es."

„Hat diese Witzfigur etwa die Bullen abgeschossen? Unglaublich", sagte Klaus, der besser aussehende Männer prinzipiell nicht mochte.

„Wo ist Alexa?"

„Sie meinen die Frau Kriminaldirektor?"

Klaus knallte ihm mit voller Wucht die Faust in den Magen. Hinter seinem Schlag lag die geballte Kraft aus jahrelangem Sandsack- und Hanteltraining. Guido klappte zusammen, fiel auf die Knie und kotzte. Klaus sprang erschreckt zurück. „Nicht auf meine Zweitausend-Euro-Schuhe, du Sau." Prelatis stöhnte eine halbe Minute, dann richtete er sich wieder auf, ein befriedigtes Grinsen auf seinem Gesicht. „Wunderbar, meine Herren. Machen Sie doch noch ein bisschen weiter. Ich verspreche Ihnen auch, dass ich nicht auf Ihre teuren Schuhe abspritze."

Klaus sah Gill an. „Der Typ ist ein Maso! Für die habe ich eine Folterstube im Hasenhaus. Hast du die je begriffen? Ich kann mir das kaum ansehen, wenn die sich von Yvonne den Arsch versohlen lassen oder sie Gewichte an ihre Eier zwickt."

„Sie sind Guido von Prelatis?"

„Stets zu Diensten."

„Der Kerl, über den die ganzen Firmen laufen. Der mit den Snuff-Movies. Der zieht in eine Holzkiste, dieses lebenskranke Stinktier."

Guido lachte fröhlich. Gill trat so nahe an ihn heran, dass sich ihre Nasen fast berührten. „Sie sollten das nicht auf die leichte Schulter nehmen. Das wird nicht so enden wie in einem Darkroom. Ich habe nicht viele Prinzipien, aber ein paar doch. Eines davon ist, dass ich loyal bin und mich um meine Freunde kümmere. Davon gibt es nicht viele. Deswegen werde ich verdammt sauer, wenn man ihnen etwas antut."

„Ersparen Sie mir Ihre Kinomonologe. Schlagen Sie mich."

„Ich lehne es ab, zu foltern. Folter ist für mich das Widerwärtigste, was Menschen einander antun. Aber heute könnte ich eine Ausnahme machen. Ich habe keine Zeit. Es geht nicht um Politik oder schwachsinnige Machtspiele, sondern um eine Freundin. Ihr Leben steht über meinen Prinzipien. Also, tun Sie uns beiden das nicht an. Ich werde irgendwie damit leben können. Aber wenn wir mit Ihnen fertig sind, ist es zweifelhaft, ob Sie überhaupt noch leben wollen. Vielleicht bitten Sie mich, Sie sofort zu töten. Ich bin in einem dreckigen Geschäft."

„Ihr Gerede ist die reinste Folter, Sie kleingeistiger Bourgeois."

„So kannst du diesen satanistischen Katzenquälern nicht kommen, Gill. Das mit der Hölle müsste ihm gefallen. Er pflegt doch beste Beziehungen zum Eigentümer."

„Herrlich, einfach wunderbar, meine Herren. Könnte mich einer von Ihnen nochmals schlagen?"

Klaus verdrehte die Augen. Dann knallte er ihm die Faust auf den Schwanz. Guido brach wieder zusammen. Diesmal blieb er länger unten.

„So läuft das nicht. Bringt uns keinen Schritt weiter."

Als Guido wieder hochkam und voller Geilheit lachte, zog Klaus Cobra neben sich. „Dieser sensible Herr ist mein Freund und Geschäftspartner Ramon Cobra. Er ist ein Nachfahre der Azteken und hält dieses Erbe in Ehren. Besonders diesen Menschenopferscheiß. Er verwandelt Menschen in Blutwurst."

Guido atmete schwer, lächelte aber unbeeindruckt. Gill musste seine ganze Selbstdisziplin aktivieren: „Wie ich Ihrem Körper ansehe, sind Sie ein sportlicher Mensch. Ein Narziss, der auf seine Fitness achtet. Trainieren jeden Tag vor dem Spiegel. Ihr Masochismus beschränkt sich darauf, Qualen kontrolliert zu erleben, die aber keine irreparablen Schäden hinterlassen. Im Nahen und Mittleren Osten wird in Gefängnissen eine Praxis angewandt, die sehr wohl für irreparable Schäden sorgt: Man nimmt eine Eisenstange und schlägt dem Häftling so lange auf die Unterschenkel, bis alles kaputt ist. Alles. Jeder Knochen zertrümmert, jeder Muskel zerfetzt. Danach kann kein Arzt auf der ganzen Welt mehr etwas tun, dass Sie je wieder laufen können. Sie sind für immer auf Krücken oder einen Rollstuhl angewiesen. Sie gehen wegen zweifachen Polizistenmordes in den Knast als hilfloser Krüppel. Da werden Sie bei Ihren sexuellen Neigungen kaum auf Ihre Kosten kommen."

„Da irren Sie sich. Ich komme immer auf meine Kosten."

Gill nickte Cobra zu. „Wir müssen nicht in der Halle rumstehen. Das wird ziemlich laut werden. Außerdem könnte nach der Explosion ein Nachbar die Ordnungshüter angerufen haben. Bring ihn in den Keller und nimm ihn dir vor."

„Ja", sagte von Prelatis, „gehen wir in den Keller. Der wird Ihnen gefallen. Da ist eine versteckte Tür, die ihr Dummköpfe übersehen habt. Gleich neben der Bibliothek in der Vertäfelung."

Klaus öffnete die Geheimtür. Er tastete nach dem Lichtschalter, fand ihn und knipste eine Lampe an. Nur spärliches Licht beleuchtete eine breite Treppe aus schwarzem Marmor, die in den dunklen Schlund des Hauses führte.

„Ich gehe vor. Er hat uns das ein bisschen zu bereitwillig erzählt. Vielleicht wartet unten eine Überraschung." Gill stieg als erster mit der gezogenen Glock die Stufen hinunter, Klaus hinter ihm. Cobra zerrte den an Händen gefesselten Prelatis an den Haaren hinter sich her. Im trüben Licht ließ sich nicht erkennen, wie tief es hinunterging. Sie sahen nur die jeweils nächsten Stufen. Gill und Klaus meinten mit jedem neuen Schritt eine zunehmende Atmosphäre des Bösen zu fühlen. Cobra war dafür unempfindlich. Er war in einem Land geboren und aufgewachsen, wo Drogenhändler wie Adolfo de Jesus Constanzo gleichzeitig Sektenführer waren, die genauso brutale Menschenopfer darbrachten wie einst die Mayas oder Azteken. Er hatte Matamoros und Mexiko für immer verlassen, weil er zu spät gekommen war, um seine Schwester vor Constanzos grausigen Ritualen auf der Rancho Santa Elena zu retten. Aber vorher hatte er noch den Mord an Constanzo besorgt. Seitdem hatte er oft getötet, manchmal aus Notwendigkeit, manchmal aus Hunger, manchmal grundlos. Nein, wer als Dreijähriger an den Opfersteinen der Vorfahren gespielt hatte, damit er nicht mit anderen Kindern zusammensein musste, den konnte die mitteleuropäische Villa eines Satanisten nicht beeindrucken.

Je tiefer sie kamen, desto beklemmender wurde die Luft. Man schien vertrocknetes Blut einzuatmen. Gill hatte jedes Gefühl dafür verloren, wie weit sie bereits unter dem Haus waren. Die Treppe schien endlos. Licht und Luft staubig. Dumpfheit erstickte die Schritte. Endlich erreichten sie das spärlich beleuchtete Ende. Fassungslos betrachteten sie, was vor ihnen lag – soweit es sichtbar war. Mächtige dunkle Säulen umgaben ein dreistufiges Amphitheater. Es war um etwas angelegt, das sie als die Perversion eines christlichen Altars identifizierten. Daneben befand sich ein Pool mit brackigem Wasser. Das Ende des Beckens lag irgendwo in der Dunkelheit. So wirkte es wie ein See, der sich tief in die Finsternis erstreckte. Dies war ein Ort des Bösen, in seiner uralten, mystischen Form. Rationalität und Aufklärung hatten diesen Raum nie berührt. Hier spürte man Kräfte, die es nicht geben sollte. Die dicke Staubluft, durchsetzt mit Partikeln unvorstellbarer Kulthandlungen, raubte Gill und Klaus fast den Atem. Guido dagegen blühte auf: „Willkommen im Reich des Herrn. Nirgendwo auf der Erde gibt es einen Ort, wo man Satan näher ist." Dann schrie er laut: „Heil Satan!"

„Der Typ muss dringend aus dem Verkehr gezogen werden. Schon aus ästhetischen Gründen", brummelte Klaus, der viel von seiner Dreistigkeit und guten Laune verloren hatte.

„Ich habe nicht die geringste Angst vor dem Sterben. Ihr solltet Angst haben. Ich gehe zu meinem Meister. Und er wird mich zurückschicken, damit ich Rache an euch üben kann. Furchtbare Rache", kreischte von Prelatis hysterisch. „Keiner entgeht seinem Schicksal. O Beelzebub, Schaitan! Ich rufe dich an! Hilf deinem treuen Diener in dieser Stunde der Not!"

„Als nächstes wird er Fliegen fressen. Ich komme mir vor wie in so einem alten Scheißfilm mit Christopher Lee. Bringen wir es hinter uns."

Sie gingen auf den Altar zu. An den Seiten der Säulen waren Halterungen für Fackeln angebracht. Der Boden war fleckig. Vertrocknetes Blut von den kultischen Metzeleien? Der Keller hatte die Dimensionen des gesamten Grundrisses der Villa. Oder führte er sogar bis in den dahinterliegenden Berg? Die Kultstätte nahm nicht einmal ein Viertel der Fläche ein, schätzte Gill. Was mochte sich in der absoluten Finsternis befinden? Der Eingang zur Hölle? Gills Rationalität war auf dem Prüfstand. Die Atmosphäre dieses schrecklichen Ortes war mächtig. Sie saugte alles Rationale auf und relativierte es. Wahrscheinlich hat es mit dem verbrauchten Sauerstoff zu tun, sagte sich Gill. Das schwefelige Licht ließ keine weite Sicht zu. Klaus kam sich vor wie in einer Story von Clark Ashton Smith.

„Sollen die Bullen diesen Bastelkeller doch auseinandernehmen. Lass uns abhauen. Wir nehmen uns Guido oben vor. Verdammt, die Luft hier macht mich krank." Klaus war in Afghanistan als Sklave in einer Höhle gehalten worden. Klaustrophobischer Dunkelheit ausgesetzt zu sein, machte ihm zu schaffen. Gill nahm eine Fackel aus der Halterung und entzündete sie mit seinem Sturmfeuerzeug. Sofort wurde es strahlend hell um sie herum, und ein Teil des schrecklichen Ortes verlor an Grauen.

„Oder wolltest du sie anzünden? Oh, ich vergaß: seit du Nichtraucher bist, hast du bestimmt kein Feuerzeug bei dir. Und jetzt stecke ich mir erstmal eine Reval an, um was Sauberes in meine Lungen zu kriegen."

„Du warst und bist ein Arschloch."

„Kümmert ihr euch um unseren freundlichen Zeugen? Ich sehe mich mal um."

„Was glaubst du denn zu finden? Einen verlorenen Eingeborenenstamm? Alles, was hier rumliegt, ist irgendwelcher satanistischer Dreck."

„Ich bin ein wissbegieriger Mensch."

„Bring mir 'ne Cola mit."

„Du sein vorsichtig. Wir beobachtet." Klaus und Gill sahen Cobra erstaunt an. Aber sie wussten genau, dass auf seine Instinkte absoluter Verlass war. Gill hob die Glock. Dann ging er zum dunklen Ende der Kultstätte. Als er die letzte Säule hinter sich gelassen hatte, beschlich ihn für einen Moment das Gefühl, im Nichts zu stehen. Er schwenkte die Fackel. Nur eine staubige Halle. Vorsichtig ging er weiter. Ganz langsam, immer mit der Fackel den Abstand ausleuchtend, den er als nächstes überwinden wollte. Staub und die schwere Luft schluckten seine Geräusche bis auf das Flackern der Flamme, die rote Löcher in die Finsternis brannte. Er hatte sich fünfzehn Meter vom Satanstempel entfernt, als er etwas hörte. Er blieb stehen und lauschte angespannt in die Finsternis. Es klang wie leises Wimmern. Ganz leise. Er ging in die Richtung des Geräuschs, aber nicht schneller als zuvor. Vor jedem Schritt leuchtete er die Umgebung mit der Fackel ab. Das Wimmern wurde deutlicher. In was für einen bescheuerten Horrorfilm war er da geraten?

Sekunde um Sekunde kam er den erbärmlichen Jammern näher. Taumelte er in eine geradezu klassische Falle? Der Ort hatte seine Nerven überreizt. Dieser satanistische Schabernackstempel, die ungesunde Luft, so tief unter der Erde zu sein – das setzte Urängste frei. Er musste sich wieder zur Rationalität zwingen. Das hier war nur ein Spielkeller für Durchgeknallte, der dringendst gelüftet und gesäubert werden musste. Am besten mit ein paar Handgranaten. Mehr nicht, verdammt. Hier wohnten keine Höllenkreaturen aus Bosch-Gemälden …

Es stank. Warum musste ihm gerade jetzt auch noch Hieronymus Bosch einfallen? Das Wimmern war ganz nahe, der Gestank wurde immer intensiver. Ein Gestank, der selbst diese üble Luft durchdrang. Jetzt kamen die klagenden Laute aus unmittelbarer Nähe – aber nicht mehr von vorn, sondern von oben. Von der hohen Kellerdecke. Er hielt die Fackel hoch über sich und brachte die Glock in Anschlag. Einen Meter über ihm schwebte ein Viereck, etwa einen Quadratmeter groß. Es bewegte sich, pendelte leicht hin und her. Er ging zwei Schritte zurück, um bessere Sicht zu haben, und hob die Fackel, so hoch er konnte.

Was er sah, zog ihm alle Gedärme zusammen. Seine Nackenhaare richteten sich auf. Er stand unter dem Boden eines Käfigs. Ein Käfig, der leicht hin und her schwang, weil er nicht leer war. Er sah ein dünnes schwarzes Bein heraushängen. Und darüber erblickte er fast leblose Augen in einem Kinderkopf. Die Augen sahen zu ihm herunter. Der kleine schwarze Junge wimmerte vor sich hin. Er starrte Gill nur an.

Gill war gelähmt von den Augen, die ihn aus einer anderen Dimension ansahen. Es war nicht mal mehr Leid in ihnen. Das hatten sie längst hinter sich gelassen. Gills Hals war von der Luft ausgetrocknet. Jetzt tat beinahe schon das Atmen weh. Seine ganze Aufmerksamkeit richtete sich auf diese Augen, die zwischen den Käfigstangen zu ihm herunterstarrten. In diesem Moment sprang ihn etwas mit unglaublicher Wucht an. Er wurde zu Boden geschleudert, die Glock fiel ihm aus der Hand, rutschte durch den Staub. Was ihn auch angesprungen hatte, es stank widerlich. Der Schmerz des Aufpralls zuckte durch seinen Rücken. Eine eiserne Hand drückte ihm die Kehle zu. Es hat Hände. Es ist menschlich, durchzuckte es ihn. Die zweite Hand krallte sich in sein Hemd, zerriss es. Gill schlug mit der Faust dahin, wo er das Gesicht seines Angreifers vermutete. Er traf auf etwas Weiches. Die Faust sank ein, verlor etwas von ihrer Durchschlagskraft. Der Typ musste eine Menge Haare auf dem Schädel haben. Der Druck um die Kehle verstärkte sich. Dabei hatte er schon vorher Probleme mit dem Atmen gehabt …

Er riss das Knie hoch, ohne etwas zu treffen. Krallenhafte Finger hatten sein Hemd zerfetzt und gruben sich über seinem Herzen ins Fleisch. Er spürte spitze Nägel in die Haut dringen. Gill konnte nichts sehen. Als er zu Boden geworfen wurde, hatte er nicht nur die Glock verloren; auch die Fackel war seiner Hand entglitten und weit hinter ihn gerutscht. Nutzlos beleuchtete sie den Staub und verbrannte ihn stinkend. Gill riss wieder sein rechtes Knie hoch, das nicht vom Körper des Angreifers auf dem Boden gehalten wurde. Er traf ihn nur seitlich. Harmlos. Der Angreifer drückte ihn in den Dreck, fixierte seine Hilflosigkeit. Gill schlug mit beiden Fäusten gleichzeitig auf den Schädel ein. Aber seine Schläge hatten nicht genug Kraft, um Wirkung zu erzielen. Seine Kehle wurde immer stärker zusammengequetscht. Er spürte, wie ihm die Sinne schwanden, wie die Energie seinen Körper verließ ... Die Finger gruben sich haut- und fleischzerfetzend ins Fleisch, auf eine merkwürdige Art routiniert. *Er will mir das Herz herausreißen!* Gill bäumte sich mit aller verbliebenen Kraft auf, um den Angreifer abzuschütteln. Es gelang ihm nicht. Der Druck um seine Kehle wurde noch stärker. Gleich würde er die Besinnung verlieren. Er hatte nur noch Sekunden, dann wäre alles vorbei. Bereit für die nächste Inkarnation. Ein weiteres Aufbäumen. Damit hätte er nicht mal ein Kind abschütteln können. Das war also das Ende: ermordet in einem stinkenden Satanistenverlies ...

Plötzlich spritzte ihm etwas ins Gesicht, ein Strahl warmer Flüssigkeit. Instinktiv versuchte er den Kopf wegzudrehen. Aber die stählerne Hand um seinen Hals ließ das nicht zu. Erst Stunden später, so kam es ihm vor, erschlaffte die Kralle und gab ihn frei. Hustend röchelte er nach Luft, während sich weitere Flüssigkeit über ihn ergoss. Er kannte den Geruch: Blut. Aber nicht seines. Der Körper des Angreifers wurde von ihm heruntergezogen. Gill drehte sich zur Seite, hustete, röchelte. Plötzlich kam ihm die staubige und stinkende Luft wie eine erfrischende Meeresbrise vor.

„Du okay?" Cobra. Oder vielleicht ein Engel. Eine Stimme wie Musik. Sphärenklänge. Besser als die Rolling Stones.

„Cobra", krächzte Gill schwach. Dann wurde es hell. Gill erkannte Klaus' Beine vor sich. Klaus ging in die Knie. Mit einer Hand hielt er eine Fackel, die andere griff nach Gills Gesicht. „Alles in Ordnung? Bist du in Ordnung?" Gill brachte ein schwaches Nicken zustande, pumpte weiterhin Luft in sich hinein. Seine Lunge ratterte. Klaus stand auf. Das Licht der Fackel entfernte sich etwas, und er hörte Klaus sagen: „Welcher Kloake ist der denn entstiegen? Sowas Hässliches habe ich ja noch nie gesehen. Warum hast du ihm die Kehle durchgeschnitten? Wenn wir den als Ausstellungsstück verkauft hätten, wären da mindestens fünfhunderttausend bei rumgekommen. Gegen den sieht Westerwelle ja aus wie George Clooney."

Gills Kräfte kehrten langsam zurück. Er erhob sich auf die Knie. Klaus packte ihn unter der Achsel und riss ihn hoch. Schwankend suchte er festen Stand.

„Du willst doch hier nicht beten und Satans Partykeller entweihen? Nicht, wenn Ehrenkardinal Danner zugegen ist."

Gill deutete nach oben. Die Wucht des Angriffs hatte beide Kämpfer ein paar Meter von dem Käfig wegbefördert. Klaus fuhr suchend mit der Fackel durch die Dunkelheit. Dann sah er den Käfig. Und die Augen des Kindes. „Ach du Scheiße. Das gibt es doch gar nicht. Was ist das hier für ein verfluchter Alptraum?! Ich glaub', ich spinne."

Gill sah sich seinen Angreifer an. Er lag hingeklatscht auf der Erde. Ein nackter schwarzer Körper. Aber auch merkwürdig bleich. Der Kopf schien fast nur aus Haaren zu bestehen, das Gesicht versank in dem Haarwust. Der Kopf war in unnatürlichem Winkel vom Hals weggeklappt. Cobra hatte ihm so tief die Kehle durchgeschnitten, dass der Kopf fast komplett abgetrennt war. Noch immer sickerte Blut aus der Wunde. Das hässlich verzerrte Gesicht war voller Stammesnarben.

Gill sah Klaus an: „Was meinst du?"

„Ich persönlich gebe seinen Eltern die Schuld."

„Oh Mann."

„Black is beautiful", höhnte Klaus. „Sehen wir zu, dass wir die Kinder aus dem Käfig kriegen."

Jetzt erst wurde Gill klar, dass es sich um zwei Kinder handeln musste. Natürlich. In einem solchen Winkel hätte der Knabe kaum über sein Bein schauen können.

„Ihr habt Prelatis alleingelassen?"

„Du hast Sorgen! Cobra begann gerade mit seinen Schnitzarbeiten, als er plötzlich erstarrte. Wahrscheinlich sprachen seine Götter zu ihm. Dieser Apache hat ein unglaubliches Gehör. Ich hab' nichts gehört. Absolut nichts. Er sagte nur: Kampf. Da Kampf. Und weg war er. Schoss los wie der Flash. Ich dachte mir, vielleicht gibt es da ja was Interessantes zu sehen, und habe Guido mit der Knarre eine übergestrichen. Außerdem ist er gefesselt. Aber ich bin dann doch eine Weile in der Dunkelheit rumgetapert. Bin ja kein beschissener Indianerscout. Bis ich das Licht der Fackel gesehen habe. Guido wird auf uns warten. Er weiß ja, dass er noch gebraucht wird. Ich hole jetzt die Halogenlampen aus dem Wagen. Das mit dem Licht hier ist doch Scheiße."

„Du hast auch Lampen dabei?"

„Wieso nicht? Was machst du denn, wenn du in finsterer Nacht mit der Karre 'ne Panne hast? Ich kann mit geschlossenen Augen meine Wumme auseinandernehmen und wieder zusammensetzen, aber bestimmt keinen Reifen wechseln."

Gill ging mit unsicheren Schritten zu Cobra. „Danke."

„Ja."

„Du hast den Kampf gehört?"

„Ich schon gehört, wie du auf Boden fallen. Geräusch wie Wegweiser."

„Ich hätte es nicht geschafft. Ich war schon so gut wie hinüber."

„Er sehr stark. Verrückte oft sehr stark. Er Stammeskrieger. Nur leben für Blut. Kommt aus andere Welt. Er viel Drogen. Wie heißen? Drogen machen kaputt. Er jetzt endgültig kaputt."

Gill sah auf die klaffende Wunde. „Der ist hin. Das lässt sich kaum verleugnen."

„Kommt ihr jetzt mit zum Tempel der satanischen Glückseligkeit? Oder bleibt meinetwegen im Dunkeln zurück und haltet Händchen. Ich brauche jedenfalls die Fackel, um zur Bar zu finden."

30 Als Alexa aus ihrer Ohnmacht erwachte, spürte sie sofort den Schmerz. Automatisch tastete ihre Zunge nach den abgebrochenen Zähnen. Ihr Mund war voller Blut. Die eingeschlagene Nase spürte sie zuerst nicht. Es dauerte einige Sekunden, bis die Erinnerung klar wurde. Und es dauerte weitere Sekunden, bis sie begriffen hatte, dass sie in einem Flugzeug durch den Himmel jagte. Sie öffnete die Augen und sah, dass sie auf dem Teppichboden eines luxuriösen Privatjets lag. Ein paar Meter weiter sah sie Zaran auf einem weichen Sofa sitzen.

Vor ihm kniete eine Blondine in eindeutiger Position. Zaran hatte die Augen geschlossen und stöhnte wohlig. *Was zum Teufel sollte das alles?* Was war in diesen charmanten und kultivierten Mann gefahren? Ihr Kopf wurde trotz der Schmerzen klarer. Die Situation konnte nur eines bedeuten, so absurd sich das auch anhörte: Zaran steckte hinter den Kindermorden. War das überhaupt denkbar? Aber welche andere Erklärung gab es sonst für sein Verhalten? Der Satanistenbeauftragte des Vatikans war selbst ein Satanist. Offenbar war dieses Hornissennest größer und gefährlicher, als sie auch nur geahnt hatte. Wieso hatte er sie nicht gleich umgebracht? Was sollte sie in diesem Flugzeug? Er hatte irgendwas mit ihr vor, das ihr das Leben garantierte – vorerst. Doch was er mit ihr beabsichtigte, war mit Sicherheit nichts Erfreuliches.

Zaran stöhnte laut auf, als er kam. Dann bemerkte er, dass Alexa aus ihrer Bewusstlosigkeit erwacht war und zu ihm herübersah.

„Die Frau Kriminaldirektorin weilt wieder unter uns. Bolt!"

Der Hüne hatte außerhalb von Alexas Blickfelds gesessen. Er packte sie von hinten am Genick und zerrte sie zu einer Sitzreihe. Sie sah Handschellen, die an einer Lehne hingen. Bolt riss brutal ihre Hände zu den Schellen und ließ sie um ihre Gelenke klinken.

Hilflos kniete sie vor dem Sitz und blickte Zaran hasserfüllt an. Ihre Zuneigung hatte sich in Säure aufgelöst. Der natürliche Lebensraum dieses Mannes war die Finsternis einer schwarzen Seele. Sie sah in ein Gesicht, das unbegrenzte Grausamkeit ausdrückte. In diesem Antlitz des Bösen erkannte sie ein Geschöpf, das den Schmerz von Menschen und Tieren mehr genoss als alles andere.

„Hochmut kommt vor dem Fall." Alexa wollte in ihrer Hilflosigkeit, Angst und Wut ihren Peiniger provozieren.

„Das ist keine esoterische Drohung, sondern eine Empfehlung, sich geschmeidig in einer Gesellschaft zu bewegen, die hierarchisch organisiert ist, Sie ungebildete Halbidiotin."

„Sie haben keine Chance. Niemand kann so einfach verschwinden. Schon gar nicht eine Kriminaldirektorin."

„Ach, wir haben schon ganze Kulturen verschwinden lassen."

Ohne weiter darauf zu achten, ließ er sich den Schwanz lecken.

„Warum müsst ihr kleinen Spießer euch um Dinge kümmern, die ihr nicht begreift? Wieso glauben so viele Menschen an das Gute in der Welt? Obwohl doch gar nichts gut ist ... Man muss selbstherrlich leben. Ich bin das Gesetz, der Souverän. Ich bin meine Religion. Ich nehme das Leben viel intensiver wahr als die Menschen, weil in mir der Gott-Teufel wohnt. Ich leide nicht unter der Verstopfung menschlicher Moralbegriffe. Ich kenne die Natur der Existenz, die Wahrheit hinter den Lügen. Der Sinn der Existenz liegt darin, alles zu tun, was mächtig ist und Macht ausübt. Die Befriedigung des Verlangens, jedes Verlangens, ist Gesetz und höchste Form. Und die Gebundenen und Gefesselten zu zertrampeln ist Ausdruck höchster Lebensfreude. Allein ihre physische Ähnlichkeit beleidigt mich und meine gott-teuflische Existenz. Welche Freude, die Unglücklichen ausgeweidet zu sehen und sich an Metzeleien geschlechtlich zu erregen. Sie kennen nicht das Wohlgefühl, das im Hass auf den Tag, im Verlangen nach der Nacht liegt, ohne deren finsteren Schauer kein Verbrechen süß ist. Sie kennen nicht die Lust, sich in Greueln ohne Ende zu wälzen. Ich werde glücklich an all meinen Lastern sterben, die in der mir zugeteilten Lebenszeit möglich sind. Sie leben nach Regeln, die sich andere ausgedacht haben, die Sie nicht einmal kennen. Das nenne ich Sklavenexistenz."

Das Sprechen fiel Alexa schwer. Blut tropfte auf den Boden. „Sie … Wahnsinniger. Sie haben alle diese Kinder missbraucht und getötet …"

„Es gibt etwas, das sich vom menschlichen Leid ernährt. Die Menschheit ist mein Rohstoff. Sie steht mir zur Verfügung für Wohlstand und Vergnügen. Kinder, die man nicht vermisst, werden auch nicht gesucht. Das nennt man Risikominimierung. Leider ist die Entsorgung nicht optimal gelaufen."

„Fahr zur Hölle!"

„Lieber in der Hölle herrschen als im Himmel dienen. Sie werden sehen: Ihr neues Heim hat durchaus Ähnlichkeit mit der Hölle. Nur die Luftfeuchtigkeit ist höher." Er lachte. „Wir tragen alles in uns, auch den inferioren Menschen mit seinen Begehrlichkeiten und kaputten Gefühlen. Von dieser Last kann man sich nur durch beträchtliche Anstrengungen befreien. Dieser geistig begrenzte Nietzsche wollte den Übermenschen. Lächerlich! Ich bin mein Gott."

„Im Knast werden Sie von Ihren Erinnerungen zehren können."

„Ich bin mein Gott, und der Teufel ist mein Werkzeug." Für einen Moment wurde er apathisch, starrte vor sich hin und murmelte: „Nur die menschliche Eitelkeit pflanzt sich auch in die Zukunft fort und lügt sich noch für den Tod ein Leben vor, indem sie mal Unsterblichkeit der Seele, bald Wiedergeburt oder ein Leben in der Unterwelt annimmt. Diese süße Selbsttäuschung zerstört die größte Wohltat der Natur, den Tod. Sie verdoppelt die Todesfurcht, weil sie den dummen Menschen auch noch mit den Gedanken belastet an das, was da noch kommen wird."

„Sie glauben doch gar nicht wirklich an diese Scheiße! Das macht Sie noch mehr zum Monster."

„Ich habe die Gegenwart perfektioniert." Zaran schnippte mit dem Finger. Bolt trat vor. „Jetzt kannst du sie haben. Es soll weh tun. Anita, bediene mich. Ich möchte das in vollen Zügen genießen."

Die Blondine kniete sich wieder vor Zaran und begann ihn sexuell zu stimulieren. Bolt zog vor Alexas Augen die Hose runter und grunzte. Sie erblickte eines der größten Geschlechtsteile, das sie je gesehen hatte. Dann kniete sich Bolt hinter sie, schob ihren Rock hoch und drückte ihr brutal die Beine auseinander.

„In meinem Haus, dessen Zugang Gott verweigert ist, besitze ich einen Raum, in dem die letzten Zuckungen Sterbender meiner Lust geopfert werden. Genehmigen Sie sich einen Vorgeschmack auf künftige Wonnen." Zaran lachte, während seine Erregung wuchs. „Was ist der Sinn von Bolts kleinem Leben? Mir zu dienen, meine Feinde auszulöschen und dem Wehklagen ihrer Weiber zu lauschen."

Alexa schrie vor Schmerz auf, als Bolt in ihren Anus eindrang.

31 Gill hatte die beiden Jungen abgeduscht. Sie mochten Tage oder Wochen in ihrem eigenen Kot in den Käfigen dahinvegetiert haben. Stumm und apathisch hatten sie alles über sich ergehen lassen. Wahrscheinlich standen sie noch unter Drogen. Darum musste sich ein Arzt kümmern. Nachdem er sie abgetrocknet hatte, legte er sie in ein Bett in einem Raum im ersten Stock der Satansvilla. Das Schlafzimmer war ganz in Schwarz und Rot gehalten und machte einen düsteren Eindruck.

Gill zog die Vorhänge zurück. Die Schwärze der Nacht war anheimelnder als die Schwärze dieses Raums. Die Kinder lagen still unter der Decke und sahen Gill mit großen Augen an. Wie junge Hunde. Gill knipste alle Lichtquellen an. Aus der Küche hatte er Cola und Wasser geholt, auch etwas zu essen, das er auf einen Nachttisch stellte. Er lächelte sie an und unterdrückte dabei die Wut auf ihre Peiniger. Die Kinder erwiderten sein Lächeln nicht.

Er würde Domogalla sagen, dass er unbedingt einen Arzt mitbringen müsse. Aber noch konnte er ihn nicht anrufen – nicht, bevor alles erledigt war. Durch die dicken Wände konnte man Guido von Prelatis' erbärmliches Gebrüll nicht hören. Gill verließ das Schlafzimmer und trat in den Flur hinaus. Gedämpft nahm er jetzt die Schmerzensschreie des Gefolterten wahr. Er hatte nicht das geringste Mitleid mit ihm. Er zündete sich eine Reval an und sog den Rauch tief in die Lungen. Seine linke Schulter und sein linker Oberarm schmerzten von dem Kampf. Er wusste zu wenig über Satanismus, um beurteilen zu können, was hier wirklich ablief. Aber es interessierte ihn auch herzlich wenig. Das einzige, was ihn interessierte, war Alexa. Sie befand sich in den Händen von Prelatis' perversem Chef. Er musste wissen, was dieser Kranke mit Alexa vorhatte. Und dann Alexa raushauen. Je schneller, je besser. Es galt, keine Zeit zu verlieren. Jede Minute verlängerte ihr Martyrium – falls sie nicht schon tot war. In diesem Fall würde

Gill Rache üben und dem Kerl final das Handwerk legen. Aber letzteres war sowieso beschlossene Sache. Er hatte sich schon zu tief in die Geschichte eingelassen. Und er machte keine Gefangenen.

Nachdem er aufgeraucht hatte, trat er die Zigarette achtlos auf dem samtenen Bodenbelag aus. Dann ging er den langen Flur entlang zu dem Zimmer, in dem Cobra und Klaus sich von Prelatis vornahmen. Ein wilder, markerschütternder Aufschrei, dann herrschte wieder Ruhe in dem Raum. Gill hatte die Foltermethode der indischen Pindaris-Sekte vorgeschlagen: heiße Asche in einen Beutel, den man dem Opfer vor Mund und Nase band. Dann schlug man ihm auf den Rücken, bis es die Glutasche inhalierte. Aber Klaus meinte, das würde zu lange dauern, und Cobra käme schneller ans Ziel.

Gill trat ein. Ein Herrenzimmer mit Kamin. Ein freundlicher, heller Raum. Hier hatte Zaran wohl auch Gäste empfangen, die nicht zu seiner erbärmlichen Sekte gehörten. Guido von Prelatis war nackt an einen Schrank gefesselt. Er war blutüberströmt, und unter ihm breitete sich eine Pfütze aus Blut aus. Der Gefolterte war ohnmächtig. Cobra säuberte sein Messer an einem Sesselbezug; sein Gesicht war ausdruckslos wie immer. Die Augen von Klaus glühten. Die Folter mitanzusehen war selbst für einen hartgesottenen Burschen wie ihn schwer zu verkraften. Er rettete sich in seinen Zynismus, als er sagte: „Ich mag Satanisten. Was auch immer man ihnen antut, man fühlt sich gut dabei. Das ist der Idealist in mir."

„Hat er geredet?"

„Hat lange gedauert. Ich dachte, dem Azteken gehen die Tricks aus. Aber er hat mir alles erzählt, seit seiner Schulzeit."

Cobra lächelte Gill an und verließ den Raum. „Ich Blut abwaschen."

„Zaran ist unterwegs nach Sierra Leone. Eine neue Ladung Kinder abholen. Alexa hat er dabei. Sie soll auf die Brutfarm."

„Brutfarm?"

„Da kommt sein menschlicher Nachschub her. Er kauft Kinder von den Wild Side Boys. Das sind irgendwelche übriggebliebenen Gangstermilizen aus dem Bürgerkrieg. Sie entführen Kinder und junge Frauen. Bringen sie dann in ihr Dorf oder Lager, was weiß ich …"

Klaus' Stimme zitterte. Sie waren auf eine Welt gestoßen, die noch vor ein paar Stunden keiner von ihnen für möglich gehalten hätte. Und sie hatten immer gedacht, sie würden ihren Kosmos aus Gewalt, Verrat und Menschenverachtung kennen.

„Die Frauen müssen Kinder austragen, nachdem sie von den Arschlöchern vergewaltigt wurden. Sie werden als Sklaven gehalten. Zaran hält es für ein besonderes Vergnügen, Alexa dahin zu bringen. Das Gute daran ist: Er will, dass sie ein Kind für ihn austrägt. Also wird er sie auch nicht umbringen."

„Trotzdem haben wir keine Zeit zu verlieren."

„Nein."

Von Prelatis kam röchelnd zu Bewusstsein.

„Ihr … verdammten … Schweine."

Mit glasigen Augen sah er zu Gill. „Ihr werdet meiner Rache nicht entkommen. Ihr werdet euch den Tod als Erlösung wünschen."

Klaus trat zu ihm und tätschelte ihm die aufgeschnittene Wange. „Siehst du, man fühlt sich gleich besser, wenn man die Wahrheit sagt."

Dann hob Klaus seine Sig Sauer und schoss ihm ins Gesicht. Seine Dorian-Gray-Schönheit spritzte durch den ganzen Raum. Alles, was sein krankes Hirn sich an Abscheulichkeiten ausdenken konnte, klatschte hinter ihm gegen den Schrank.

„Verdammt, Klaus. Wie erklären wir das Domogalla?"

„Ich weiß nicht, was du hast. Hast du es etwa nicht gesehen? Ich musste um mein zartes Leben bangen. Reine Notwehr. Was glaubst du, wie die Bullen über Polizistenmörder denken? Denkst du, die freuen sich, wenn er grinsend aus der Verhandlung schlendert und für lächerliche zwanzig Jahre in Vollpension geht, um sich mit anderen Jungs zu amüsieren? Da hätte er alles, was er sich mit seiner kranken Phantasie schon immer erträumt hat. Bestrafen macht mehr Spaß als vergeben."

„Ich rufe jetzt Domogalla an. Dann fahren wir."

2. TEIL:

DIE FINSTERNIS

Ich habe noch nie von einem so schurkenhaften oder schändlichen Ort gehört wie Sierra Leone. Ich weiß nicht, wo der Teufel zu Hause ist, aber sicher irgendwo in Sierra Leone …

Aus: „Wanderings in West Africa", von Sir Richard Francis Burton

32

Der Mercedes jagte mit zweihundert Stundenkilometern über die Autobahn. Cobras wahnwitzige Überholmanöver verbreiteten Angst und Schrecken unter den wenigen Fahrern, die um diese Uhrzeit unterwegs waren. Ein heftiger Platzregen setzte ein, knallte gegen die Frontscheibe. Cobra stellte den Scheibenwischer an. Auf dem Rücksitz rauchte Gill schweigend eine Reval nach der anderen. Klaus schwieg ebenfalls. Jetzt wandte er sich zu Gill um. „Was hat er genau gesagt? Lass uns das unmissverständlich klären."

Gill sah aus dem Fenster. Das Ruhrgebiet flog an ihm vorbei.

„Er bringt Alexa nach Sierra Leone. Mit seinem Learjet. Yendema River. Kambeni ist bestimmt ein Ort, der am Yendema liegt."

„Er ist unterwegs."

„Ja."

„Was machen wir?"

„Ich fliege sofort nach Freetown. Geht am schnellsten über Brüssel. Heathrow ist zu umständlich und dauert länger."

Klaus sah zu Cobra. „Also los, Rothaut. Knall die Karre nach Brüssel."

„Nein." Gill drückte die Zigarette aus.

„Was heißt nein? Willst du uns nicht dabeihaben?"

„Hinter dem steht eine Organisation. Wir müssen mit dem Schlimmsten rechnen und brauchen mehr Feuerkraft. Denk an diese Bürgerkriegs-Gang. Die haben ein Lager. Du fliegst mit Cobra nach London und organisierst ein Team."

„Sandline?"

„Gibt es nicht mehr. Spicer hat als Nachfolge AEGIS aufgemacht. Aber an den kannst du dich nicht wenden. Der hat einen Millionenvertrag im Irak in der Tasche. Da riskiert er keine illegale Söldneraktion. Sonst kriegt er dieselben Schwierigkeiten wie mit Sandline und kann wieder dichtmachen."

„Wer dann? Ich habe in London keine Kontakte."

„Ich schon … besser, ich kündige dich an."

„Besser."

Gill ließ sich Klaus' Handy geben und wählte eine Londoner Nummer. Es dauerte eine Weile, bis am anderen Ende abgenommen wurde. „Gill hier … Ganz gut. Ich hoffe, dir auch. Ich brauche ein Rescue-Team für Sierra Leone. Nein, schneller. Sofort. Ein Freund von mir kommt in ein paar Stunden nach London und weist es ein. Klaus Danner. Codewort Sankoh … Ja, das passt. Der ist übern Jordan. Ich gebe die Landezone mit GPS durch. Zwei Helikopter, möglichst Lynx, aber zur Not gehen auch russische Mi-8 oder was ihr eben habt. Acht gute Männer außer den Piloten … Ich weiß nicht … aber zwei Bordschützen sind bestimmt nicht verkehrt. Danke, ich melde mich … Klaus Danner, ein Glasauge. Bye."

Klaus sah Gill schmollend an. „Was soll der Scheiß mit meinem Glasauge? Das merkt keiner."

„Dann nimm's raus und zeig es ihm. Er ist vorsichtig. Die Nummer ist gespeichert. Freddie erwartet dich in den nächsten Stunden. Ihr fahrt sofort zum Flughafen, ich nehme dort ein Taxi, fahre zu mir und dann nach Brüssel. Wann geht die erste Maschine nach London?"

„Von Dortmund?"

„Ja. Wenn es zu lange dauert, chartere eine."

„Das dauert doch ewig, bis ich die Genehmigungen zusammenhabe."

„Dann machst du einmal in deinem Leben etwas Illegales. Schmier wen oder entführ eine. Du weißt, was sie in diesem Moment mit Alexa anstellen."

„Dafür müssten sie nicht extra nach Afrika."

„Der Kerl kann Deutschland als Wohnsitz vergessen. Das hat er Alexa zu verdanken. Er arbeitet international und hat garantiert Rückendeckung. Er gehört zu den Beratern von mächtigen Leuten und sitzt überall im Speckgürtel."

„Soll ich dir die Glock in Einzelteilen postlagernd nach Freetown schicken?"

„Nein. Dauert viel zu lange und könnte Probleme geben. Egal, wie korrupt die sind, ich kann nicht riskieren, aufgehalten zu werden. Wenn sie da unten außer Diamanten was genug haben, dann Waffen. Der Bürgerkrieg ist zwar offiziell zu Ende, aber ich habe irgendwo gelesen, dass sich in der Provinz wieder militärische Gruppen bilden. Rebellen oder Gangster, sowieso dasselbe. Da unten kommen auf jede Kokosnuss zwei Kalaschnikows."

„Diamanten. Mit Südafrika und Kongo das Diamantenland. Aber die sind inzwischen unter Kontrolle von PMCs."

„Unsere Chance. Es tummeln sich so viele Contractors in Afrika, dass man mit den richtigen Verbindungen innerhalb von ein paar Stunden ein Team zusammenstellen kann. Wird kein Problem sein, sich vor Ort mit Waffen einzudecken."

„Klingt nach einem Land, in dem Cobra gern Urlaub machen würde."

„Dort Dschungel. Ich Dschungel kennen", knirschte der Indianer.

„Arme Alexa … Ich meine nur, dass sie ein verfluchtes Schicksal hat. Sie büßt wirklich alle Sünden ab."

Mit kaum erkennbaren Lächeln meinte Cobra: „Klaus glauben an Karma?"

„Karma? Das ist eine Scheißverurteilung ohne ordentliches Gerichtsverfahren."

Kurze Zeit später erreichten sie Wickede und den Flughafen. Sie parkten den Wagen direkt vor dem Eingang. „Sie werden ihn abschleppen und sicher unterstellen", sagte Klaus grinsend. Ohne Verabschiedung gingen Klaus und Cobra in den Terminal. Gill sprang ins nächste Taxi und ließ sich zu seiner Wohnung fahren. Er versprach dem Fahrer einen Hunderter extra, wenn er die Straßenverkehrsordnung vergaß. Der junge Mann war sichtlich erfreut, in die Fußstapfen seines Idols Schuhmacher treten zu dürfen.

***

Kuching kam durch das Fenster gesprungen und maulte beleidigt, als Gill die Wohnung betrat. Er strich der Katze über den Kopf. „Keine Zeit. Du musst dich ein paar Tage selbst versorgen." Er ging in die Küche, öffnete ein paar Büchsen mit Katzenfutter und riss einen Beutel Brekkies auf. „Bedien dich." Dann ging er in sein Büro und zog die Geheimtür auf. Bevor er den schwarzen Bergen Bag zu füllen begann, nahm er aus seiner Apotheke die Packung Lariam und schluckte die nötige Dosis mit Mefloquin-Wirkstoff als Malaria-Prophylaxe. Das Mittel war stärker als Tetracyclin oder Chloroquin. Aber Gill wusste, dass auch dieser Wirkstoff im Kampf gegen die Mutationen des Malariaparasiten, der Anophelesmücke, längst auf verlorenem Posten stand. Dann packte er den Bergen mit einer Hunderterpackung Micropur Forte zur Wasserentkeimung, Chlor, Dr. Hessel's Vakuumpumpe zum Reinigen von Stich- und Bissverletzungen, Bekleidung mit Vektorenschutz, einer im Stoff sitzenden Schutzschicht gegen Insekten, seinem Taschenmesser Swiss Tool Spirit

Plus im silbernen Nylonetui mit neununddreißig Funktionen (unter anderem Schraubenzieher in Zwei- und Drei-Millimeter-Stärke, Drahtschneider, Metall- und Holzsäge, Hartdrahtschneider, Ratsche und Stech-Bohr-Nähahle), Dschungelstiefeln mit austauschbarer Vibramsohle, einem Toiletry-Kit mit Zahnbürste, Toilettenpapier, Messer und Tütensuppen, Goldmünzen, einem Garmin-GPS-Kompass mit gespeicherten Landkarten, einer Stablampe, Moskitonetz, leichten Baumwollsachen, darunter ein paar Wollsocken und Unterhosen, einem Vinylponcho und mehreren Einkaufstüten aus Plastik, Fernglas mit Nachtsichtfunktion, Erste-Hilfe-Kit, Survival-Kit mit einer Pfeife, Power-Riegeln, Angelschnur mit Haken, Kerzen, Schmerztabletten, einem kleinen Magneten, Magnesiumanzünder, zwei eisernen Wasserflaschen und einem Kurzwellenradio. Zum Schluss verpackte er vorsichtig sein ATN Night Cougar, die beste Nachtsichtbrille auf dem Markt. Da die Batterien maximal zwanzig Stunden hielten, legte er noch vier dazu. Er tauschte seine Rolex gegen eine Casio-Uhr mit Kompass. Plötzlich fiel ihm ein gerahmtes Photo entgegen. Er bückte sich und hob es auf. Eine Blondine lächelte den Betrachter an. Die Augen blieben kalt. Marla. Ein heftiger mentaler Schmerz durchzuckte Gill. Dann warf er das Bild in den Papierkorb.

***

Gill verließ das Haus und ging drei Straßen weiter. Hier hatte er seinen 190er höchst eigenwillig geparkt. Gereizt sah er, dass zwei Männer und eine Frau einen Wahlkampfstand vor der einzigen Ausparkmöglichkeit aufbauten. Es war Energie in ihnen, aber keine Vitalität. Parteiarbeit war ihre letzte Chance für ein Leben, das gelebt und nicht nur abgewickelt wurde. Ein Leben, ganz der empörten Feigheit gewidmet.

Gill ging zu einem gehetzt wirkenden Latzhosenträger mit fettigem Haar. „Das ist mein Wagen. Ich fahre jetzt weg. Schiebt den Tisch einen Meter nach vorne.“ Die Latzhose legte einen Stoß debiler Prospekte, euphemistisch Informationsmaterial benannt, auf den bereits vollgepackten Tisch. „Pech, Kumpel. Wir haben genau für diesen Standort eine Genehmigung, und du stehst im Parkverbot. Haste Glück, dass sie dich noch nicht abgeschleppt haben. Jetzt musst du bis heute Nachmittag warten, bis wir abbauen.“

„Du lebst einen Traum.“

„Fahr mal wieder Fahrrad. Dann tust du was für die Umwelt und für dich …“

„Und ich bekomme eine so perfekte Figur wie Cohn-Bendit?“

Solche Respektlosigkeit gegenüber dem kartoffelnasigen Europaabgeordneten mit der Physiognomie eines bretonischen Bauernknechts gefiel der schwitzenden Latzhose gar nicht. „He! Bist du ein Fascho? Wir sind die einzigen, die sogar die Interessen von Typen wie dir vertreten.“

„Ich werde von Heckler & Koch vertreten.“

Gill wurde immer gereizter. Er stieß Latzhose zur Seite und ging zu seinem Mercedes, stieg ein und startete. Latzhose starrte blöde hinter seinem Tapeziertisch auf den 190er. Gill legte den Rückwärtsgang ein und ließ die Kupplung kommen. Mit Wucht erwischte die stahlverstärkte Stoßstange den Tisch, der krachend umstürzte. Latzhose konnte sich mit einem Sprung retten; um ihn herum flog Papier durch die Luft. Gill setzte auf die Straße, fuhr vor und blieb neben Latzhose stehen. „Ich halte es dann doch mit der FDP: Freie Fahrt für freie Bürger.“ Dann gab er Gas und fuhr in Richtung Ruhrschnellweg.

Am Bochumer Kreuz wechselte er die Fahrbahn und raste in Richtung Wuppertal, Köln, Aachen, Brüssel. Der erwachende

Berufsverkehr und die schrottplatzreifen LKWs besorgten ihm einige Staus, die er zum Teil mit hoher Geschwindigkeit auf der Standspur bewältigte. Ein wütender Lastwagenfahrer fuhr vor ihm rechts rüber, um die Spur zu blockieren. Gill bremste scharf und sah, dass der Fahrer ihm den Stinkefinger zeigte. Er zog die Glock und hielt sie mit herabhängendem Arm aus dem Fenster. Der LKW beeilte sich, die Standspur freizugeben.

Auf der Rheinbrücke aktivierte Gill die Freisprechanlage und rief den Brüsseler Airport National an. Er hatte Glück und konnte auf die Zwölf-Uhr-zehn-Maschine der Belgischen SN nach Freetown gebucht werden. Dann wählte er die Nummer 004471722210. Einen Moment später meldete sich eine Frauenstimme: „Specialists Risk Management." Gill nannte ihr einen Namen und ließ sich mit einem alten Bekannten verbinden.

„Lange nicht gesehen, Gill."

„Ja. Ist 'ne Weile her. Du musst mir einen Gefallen tun."

„Deswegen gehe ich jeden Tag überhaupt ins Büro."

„Ich brauche ein Visum für Sierra Leone."

„Wann?"

„In spätestens drei Stunden am Brüsseler Flughafen."

„Verdammt, Gill ..."

„In drei oder vier Stunden. Es ist wichtig. Ich fliege mit der Zwölf-zehn."

„Wir sind nicht Sandline und haben nichts mehr zu tun in SL."

„Ihr seid da unten. Ted ist immer noch dein Boss, oder? Ihr habt immer noch die richtigen Kontakte. Freddie kommt gleich und redet mit Ted. Freddie hält Aktien von euch."

„Es ist zu knapp."

„Wenn ich Zeit hätte, würde ich zur Botschaft gehen. Scheiße, als ich für euch nach Nigeria ging, hatte ich das Visum schneller, als ich eine Reval paffen konnte."

„Es wird am SN-Schalter liegen."
„Danke. Glückwunsch zu eurem Irak-Kontrakt. Damit ist Ted wieder ganz oben."
„Kam im richtigen Moment. Wir sind übrigens auch in Leone an was dran."
„Vielleicht sind eure und meine Interessen nicht deckungsgleich."
„Kimberlit? Wir sind an einem Explorationsprojekt von zwei Kimberlit-Komplexen interessiert, für einen ziemlich guten Kunden."
„Nein. Auch nicht an Diamanten. Könnte sein, dass ich in Opposition zur lizenzvergebenden Regierung gerate. Was ich aber nicht glaube."
„Wen interessiert das? Da hat eine amerikanische Holding den Daumen drauf. Das ist ein harter Brocken. Aber Ted hat sich geeinigt."
„Ted hat ein Talent, sich zu einigen."
„Hast du Kontakte?"
„Nein. War noch nie so weit südwestlich."
„Ich schick' dir ein Briefing ins ‚Mammy Yoko'."
„Danke."
„Egal, was die Medien für einen Mist verzapfen, über die Rückkehr der Demokratie … du bist in Schwarzafrika. Da ist immer irgendwas los. Lass dich nicht einlullen."
„Keine Sorge. Du kennst mich."
„Viel Glück."
Er raste weiter über die Autobahn, fraß Kilometer um Kilometer. Gill erinnerte sich an das Gespräch mit einem Contractor, der religiös geworden war. Sie hatten sich in einer schwülen Nacht bei chinesischem Whisky über die Natur des Bösen unterhalten, während sie auf die Sulu-See hinaus starrten.

„Das Böse ist nichts, was erschaffen wurde, sondern etwas, das durch die Abwesenheit von etwas anderem existiert. Genauso wie Dunkelheit die Abwesenheit von Licht ist", hatte der Contractor gesagt. „Licht besteht aus Partikeln und Wellen. Existente Dinge. Nimmt man sie weg, ist Dunkelheit. Die Ursachen für Licht sind erschaffen worden, die für Dunkelheit nicht. Genauso ist das bei der Temperatur: Kälte ist die Abwesenheit von Wärme. Das Böse ist also lediglich die Abwesenheit von Gutem."

Gill hatte an einen Mitarbeiter gedacht, dem man in Nigeria einen benzingetränkten Reifen über den Kopf gestülpt und den dann angezündet hatte. Zur Belustigung seiner Peiniger war er elend und schreiend verbrannt. Er dachte an die Folterknechte, die er im Laufe seines Lebens kennengelernt hatte. An die Politiker, die geschützt in ihren Palästen saßen und mit einem Federstrich Kriege oder Wirtschaftsinteressen auslösten, die Millionen Menschen in Tod und Elend stürzten. Dann hatte er gesagt: „Das ist Unsinn. Das Böse ist aktiv und wird jeden Tag auf diesem Planeten neu erschaffen. Es ist nicht die Abwesenheit von irgendwas, sondern entsteht durch bewusste Entscheidungen."

33

Blaulichter blinkten durch den Sonnenaufgang. Polizisten und Sanitäter betraten und verließen Zarans Villa. Auf Tragbahren wurden die Kinder zum Krankenwagen gebracht. Die toten Polizisten waren in Leichensäcken abtransportiert worden, ihre Existenz zur bloßen Erinnerung herabgestuft. Domogallas Gesicht drückte Staunen und Entsetzen aus. Neben ihm stand Igel, von keiner Emotion belastet. „Negerkinder. Die Indizien häufen sich. Das hat alles mit dem Kinderzimmer zu tun. Der Fall ist bald gelöst, das habe ich im Gefühl. Hast du den Toten oben gesehen? Den haben sie noch gefoltert. Ich sag' dir, das waren Freimaurer."

„Quatsch. Der Tote ist Prelatis. Er ist der Mörder unserer Kameraden. Jemand hat uns die Arbeit abgenommen, indem er den Drecksack exekutiert hat. Sonst hätte ich es gemacht. Oder ein anderer von uns."

„Ehrlich? Das geschieht ihm recht. So eine Missgeburt. Polizistenmörder kann ich nicht ab. Das rüttelt an unserer Zivilisation."

„Das tust du auch."

„Woher weißt du das?"

„Ich kenne dich 'ne Weile.

„Ich meine das mit dem Mörder."

„Hat man mir gesteckt. Bin gespannt, was die Chefin dazu sagen wird."

Igel zog ein belegtes Brötchen aus dem Mantel. „Hab' noch nicht gefrühstückt."

„Wie kannst du hier fressen?"

„Ich sag' dir, was in zehn Jahren ist. Du säufst mehr, sogar eine Menge mehr. Und Leichen und missbrauchte Kinder oder tote Junkies sind dann längst nicht mehr so wichtig wie die Frage, wo du zum Essen hingehst."

34

Gill erreichte den Flughafen, stellte den Daimler ab und legte die Glock ins Handschuhfach. Er nahm den Bergen, ging in den Terminal und orientierte sich. Sein Ticket bezahlte er mit Kreditkarte. Das Visum lag bereit. Überall rannten bemitleidenswerte Geschöpfe herum, die in ihre Handys blökten, um wichtig zu erscheinen. Da er noch genug Zeit hatte, betrat er die internationale Buchhandlung. Er kaufte den neuen Scholl-Latour, ein Buch über Sierra Leone und ein paar afrikanische Zeitungen. Dann trank er Kaffee und las, bis es Zeit wurde, zum Schalter zu gehen. Nach einer Stunde des Wartens und der Sicherheits-Checks saß er endlich auf seinem Platz an Bord des Airbus.

Die Passagiere waren fast ausschließlich Weiße. Männer in Anzügen. Ganz sicher keine Touristen. Ein Zeichen dafür, dass man Sierra Leone wieder legal aussaugen durfte. Auf dem Platz neben ihm breitete ein dicklicher, älterer Mann mit gegerbter Tropenhaut Börsenzeitungen über seinen Schoß aus. Er lächelte Gill an. „Ich möchte nicht unhöflich erscheinen, aber ich muss ein paar Stunden Zeitungen lesen. Sozusagen meine Hausaufgaben machen."

„Keine falsche Scham. Ich bin der schweigsame Typ." Er hob das Buch von Scholl-Latour. „Und ebenfalls des Lesens mächtig."

„Welch glückliche Fügung. Vielleicht nehmen wir beide nachher einen Whisky?"

„Gerne."

Sie schnallten sich an und lasen, beachteten den Start der Maschine nicht. Innerlich fluchte Gill über das Rauchverbot. Als sein Nebenmann einen Kaffee bestellte, schloss sich Gill an. Schweigend lasen sie die nächsten Stunden.

35

Nachdem sie ein paar Minuten dem Flußlauf gefolgt war, setzte die Gulfstream zur Landung im Tal an. Am Rande der ehemaligen Gummiplantage hatte man eine behelfsmäßige Piste gebaut. Als Leuchtmarkierungen für Nachtlandungen hatte man in unregelmäßigen Abständen Tonnen voll brennbarem Material plaziert. Die Plantage lag vor einem Sumpfgebiet hingekauert wie ein giftiges Untier. Sumpf und der Fluss schützten es von drei Seiten. Zu Land war es nur von der schmalen Dschungelseite zugänglich, durch die ein Pfad lief. Ungepflegte Gummibäume und verwahrloste Kieswege führten zwischen den bunkerähnlichen

Hütten zu einer Villa im Kolonialstil. Daneben befand sich von Stacheldraht eingezäuntes Gelände mit mehreren Lehmhütten und einem Brunnen: die Brutfarm. Kinder und Frauen hockten apathisch vor den Hütten und sahen zum Flugzeug. Zaran würde einige von ihnen in ein anderes Land, in ein unvorhersehbares Schicksal entführen. Der hirnvernebelnde Gestank des Wahnsinns und der Verzweiflung lag über dem Camp.

Bei der harten Landung rollte Alexa ein paar Meter durch das Flugzeug. Zerschunden und fast ohne Bewusstsein lag sie nackt auf dem Boden. Blut rann ihr über die Schenkel. Zaran hatte sich angeschnallt und war bester Laune.

„O mein Gott", stöhnte Alexa vor Schmerzen.

„Gott ist heute nicht hier", höhnte Zaran. „Er ist anderweitig beschäftigt, der große himmlische Faschist!" Sie spürte eine furchtbare Angst, dass er ihr die Seele aus dem Körper saugen könnte. Angst ist nichts anderes als erschöpfter Wille, sprach sie sich selbst Mut zu.

Ein paar Wild Side Boys hatten sich am Rand der Piste versammelt. Wüste Gesellen, die im Drogenrausch mit ihren AK-47-Sturmgewehren herumwedelten. Einige der Kalaschnikows waren mit leuchtender Neonfarbe eingesprüht. Der Geruch nach Fett und Fäulnis umgab die Männer wie eine zweite Haut. Ihr brutaler Anführer ließ sie die Landung bejubeln. Unbeschwert ballerten sie in den Himmel, begeistert von ihren motorischen Fähigkeiten. Hiroshima Bomb trug einen schwarzen Brillenrahmen ohne Gläser, was ihm ein insektenhaftes Aussehen verlieh. Ins krause Haar hatte er kleine Spiegel geflochten. Darauf saß ein zerbeulter Zylinder. Großangriffe leitete er von einem Regiestuhl aus, umgeben von Bodyguards und einer riesigen Hi-Fi-Anlage, die amerikanische Rap-Musik plärrte. Er hatte in England studiert und eine Weile in London gelebt. Er ließ keine Gelegenheit aus, um auf die Briten zu schimpfen und zu lamentieren, welchen Verbrechen gegen die Menschlichkeit er ausgesetzt gewesen war. Die schlimmste Misshandlung hatte er erdulden müssen, als ein Polizist sein Auto angehalten und ihn gebeten hatte, die Rap-Musik in seiner tausend Pfund teuren Stereoanlage leiser zu stellen. Aus England hatte er die Angewohnheit mitgebracht, überallhin mit einem geöffneten Regenschirm zu gehen. In der Trockenphase schützte er ihn vor der Sonne, in der Regenzeit vor dem Regen. Mit erweiterten Pupillen stand er grinsend da, während seine Seele schon auf dem Weg ins Schattenreich war. Ein echter Posterboy für den Ku-Klux-Klan.

Zaran verließ als erster das Flugzeug und umarmte Hiroshima Bomb. „Mein Bruder! Ich habe dir ein paar neue Spielzeuge mitgebracht. Und ich hoffe, du hast auch was für mich."

Der Anführer der Boys gluckste begeistert. „Hi, Mega Therion, du großes Tier! Drei Babys, zehn Jungen und drei kleine Mädchen."

Bolt hatte Alexa aus dem Flugzeug gezerrt und warf sie neben Zaran. Aus der Perspektive eines Kriechtiers erblickte sie ihre neue Heimat: einen halben Hektar Hölle. Zaran beugte sich zu ihr herab und deutete auf die Boys. „Sieh dir all diese grässlichen Schurken an. Sie sind glücklich. Du gehörst nicht dazu. Sieh nur all diese zugedröhnten, glücklichen Menschen."

Alexa sah hoch zu den wilden Gesichtern. Deren Lächeln war ein anzügliches Grinsen, eingebrannt in von Drogen verwüstete Gesichter voll dumpfer Grausamkeit. Sie sahen aus wie ein Rudel wilder Hunde. Ihre Hirne waren zerbombt von all dem Zeug, das sie in sich hineinpumpten.

Das Schicksal hatte mit spitzgefeilten Zähnen zugebissen. Wie ein plötzlicher Schmerz schoss ihr ins Gehirn, dass sie diesen Monstern völlig ausgeliefert war und nichts, absolut nichts, daran ändern konnte. Sie war Tausende von Kilometern entfernt von ihrer Zivilisation. Tausende Kilometer von dem letzten Menschen, der wusste, dass sie existierte. Bevor der Schmerz in ihr explodierte, war sie so alleine wie nie zuvor.

Der völlig durchgeknallte Hiroshima Bomb sagte zu Zaran: „Ich werde genauso wie die USA, Frankreich oder Großbritannien einen Sitz in der UNO haben. In jeder Botschaft werde ich eine Suite haben und mit den Botschaftern des arroganten Westens Karten spielen."

„Und man wird jubilieren und dich anbeten. Aber sicher."

Bolt lud einige Kisten mit Waffen und Munition aus.

„Ich will, dass ihr dieser Schlampe ein Kind für mich macht. Fangt noch heute damit an. Sie bleibt so lange am Leben, bis ich ihr Balg hole. Dann könnt ihr mit ihr machen, was ihr wollt."

„Sie wird bei mir im Haus wohnen. Im Keller." Kreischendes Gelächter. Die Frauen und Kinder mit den toten Augen sprangen erschreckt ein paar Schritte weiter hinter den Zaun zurück. Sie wussten, was passierte, wenn dieses Flugzeug kam. Es riss Kinder endgültig von ihren Müttern fort. Es war das Ende aller Hoffnungen.

Alexa hatte es mitangehört. Zaran und seine Kumpane hatten keine Ahnung, dass sie sterilisiert war. Das bedeutete Zeit. Würden sie es erfahren, wären ihre Tage gezählt. Noch funktionierte ihr Überlebenswille. Aber wie lange noch?

36 Nach ein paar Stunden legte der ältere Mann stöhnend seine Zeitungen weg. Er musterte Gill von der Seite. Gill ließ sein Buch sinken. Sein Sitznachbar streckte die Hand aus: „Pieter Zorgenfreij."

Gill drückte sie. „Gill."

„Drinks?"

„Unbedingt."

Sie ließen sich Whisky kommen und orderten in den nächsten Stunden einige Male nach.

„Also Freetown. Ich habe Sie dort noch nie gesehen …"

„Aha, man kennt sich dort also? Nein, es ist mein erster Besuch."

„Was wissen Sie über Sierra Leone?"

„Wenig. Fast zwei Jahrzehnte Bürgerkrieg. Finanziert, wie im Nachbarstaat Liberia, durch Blutdiamanten. Eigentlich derselbe Krieg. Sankoh und Taylor haben ihn koordiniert. Ein Staat, den die Engländer ihren freigelassenen Sklaven geschenkt haben. Liberia war ein Geschenk der Amerikaner."

„Ein Danaergeschenk."

„Natürlich halten die Imperialmächte weiterhin den Daumen auf die Rohstoffe. Immer dasselbe Lied. Ansonsten das Übliche: In beiden Staaten wurde der Bürgerkrieg mit unvorstellbarer Grausamkeit geführt. Kindersoldaten, die Arme und Beine abhackten. Samuel Doe, ein ehemaliger Präsident Liberias, ließ einen General, dessen Putschversuch gescheitert war, in Stücke hacken. Die zerstückelte Leiche wurde der Bevölkerung gezeigt, bevor sie vor Zeugen von Does Männern gefressen wurde. Später wurde Doe von Prince Johnson weggeputscht. Es gab da eine legendäre Pressekonferenz: Vor internationalen Journalisten trat Prince Johnson mit einer Reggae-Band auf und spielte ‚Rivers of Babylon'. Anschließend zeigte er dem verdatterten Publikum ein Video, auf dem Doe gefoltert wurde. Doe wurde ein Ohr abgeschnitten, und die Folterknechte zwangen ihn dazu, es zu essen. Einmal fuhr Prince Johnson in der Stadt herum und schoss in ein Auto mit einem europäischen Ehepaar. Der Mann war sofort tot, die verletzte Frau wurde von seinen Leuten weggeschleppt. Man hat sie nie wiedergesehen, weder lebend noch als Leiche. Das sind die Sachen, die ich über diese beschissene Ecke der Welt weiß."

„Sie haben Ihre Hausaufgaben gemacht."

„Gerade angelesen."

„Doe war auch ein Mistkerl, der Gemetzel liebte. Außerdem hatte er es mit Hexerei und schwarzer Magie. Er schenkte CIA-Direktor William Webster einmal einen Beutel mit Zauberstaub. Aber Liberia ist landschaftlich sehr schön. Nirgendwo gibt es dichteren Regenwald."

„Na wunderbar. Wird abgeholzt. Völkermord und die Ausplünderung der Ressourcen durch Multis. Angeblich sind die willkürlich gezogenen Grenzen, die verfeindete Stämme in dasselbe Staatsgebilde zwingen, Schuld an diesen Genoziden."

„Der schlimmste afrikanische Völkermord wurde von einem Landsmann von mir begangen."

„Sie sind Belgier?"

„Ja. Zwischen 1885 und 1912 ließ König Leopold von seiner Privatarmee zehn Millionen Kongolesen töten, verhungern oder zu Tode arbeiten."

„Das ist lange her."

„Wo Menschen in tiefster Armut leben, bedeutet Gewalt eine Form von Freiheit."

„Aber diese unnötigen Grausamkeiten ... Zehnjährige wurden dazu gezwungen, ihren Eltern die Arme abzuhacken. Das ist schwer erklärbar. Das schwarze Herz Afrikas."

„O nein! Nicht schon wieder Conrad! Dann erklären Sie mir mal die Greuel auf dem Balkan, wo der Nachbar den Nachbarn geschächtet hat. Oder was die Nazis im hellen Herzen Europas angestellt haben."

„Sie sind ein Sophist."

„Das Abhacken von Händen hat Leopold eingeführt. Seine Beamten ließen den Untertanen die Hände abhacken, wenn sie nicht genug Kautschuk gesammelt hatten. Negerhände aus Schokolade sind noch heute eine gern gegessene Köstlichkeit in meinem Land. Wissen Sie, was indirektes Regieren heißt?"

„So haben die Briten ihre Kolonien verwaltet. Indem sie die Verwaltung mit Einheimischen besetzten."

„Das hieß in Afrika, dass die Kolonialherren einer Minderheit die Macht verliehen, um die Mehrheit auszubeuten. Sie suchten sich kleine Stämme, machten sie zu Vasallen und belohnten ihre Treue damit, dass sie andere Stämme mit der mächtigen Unterstützung der Kolonialmacht terrorisieren durften. Aber nicht nur die Europäer. Im Sudan haben die nördlichen Araber seit Jahrhunderten einen afrikanischen Stamm gegen den anderen ausgespielt. Sie haben sogar ein Sprichwort dafür: Aktul al-abid bil abid."

„Töte die Sklaven durch Sklaven."

„Mr. Gill! Sie sprechen Arabisch?"

„Nur wenig."

„Es ist im Grunde eine simple Staatskunst. Die Kolonialmächte errichteten Staatsstrukturen, die nur ihnen und einer kleinen, dominanten Gruppe dienten. Für die Mehrheit hatte dieser Staat keine Gerechtigkeit, nicht einmal ein funktionierendes Rechtssystem. Die meisten Menschen waren der Tyrannei ausgesetzt, absoluter Willkür. Sie fanden nur innerhalb des eigenen Stammes Sicherheit. Das hat überhaupt nichts mit der oberflächlichen Tribalismusdiskussion zu tun, die von bleichgesichtigen Historikern so gerne als Erklärung verbreitet wird. Die heute zum Ausbruch kommende Anarchie ist eine Form der Tyrannei."

„Teile und herrsche."

„Caesars unsterbliche Weisheit, fortgeschrieben von Machiavelli. Tribalismus löste das Problem, wie man die größtmögliche Menge mit möglichst geringem Aufwand ausbeutet. Dabei betonte man Stammesunterschiede, die zuvor keine Rolle gespielt hatten."

„Und so wurde der Hass zwischen den Stämmen festgesetzt, der sich heute extrem auswirkt."

„Quatsch. Die meisten Stämme Afrikas leben trotzdem friedlich nebeneinander. Ich gebe Ihnen ein Beispiel: Die Grenze zwischen Liberia und der Elfenbeinküste bildet ein schmaler Fluss. Auf beiden Seiten leben Krahn und Gio. Während sich die beiden Stämme auf liberischer Seite massakrierten, lebten sie auf der anderen friedlich einen Kilometer voneinander entfernt. Aber Sie haben mich noch gar nicht gefragt, was ich in Freetown mache."

„Wer dorthin fliegt, will wahrscheinlich nicht danach gefragt werden."

„Sehr sensibel. Ich arbeite seit vielen Jahren für einen multinationalen Konzern und habe einen Logenplatz in der Hölle."

Gill war verdutzt, dann lachte er. Sie stießen an.

„Auf die Barbarei."

„Es ist Blödsinn, afrikanische Kriege als barbarisch zu bezeichnen. Krieg ist immer barbarisch, ob er nun mit High-Tech oder Macheten geführt wird, mit neuesten Panzern oder chinesischen AK-47-Nachbauten. Wirklich dahinter steht nur, dass afrikanische Kriege billig sind. Wo steigen Sie ab?"

„Im ‚Mammy Yoko'."

„Natürlich. Es ist wieder wunderbar hergerichtet, nachdem die Rebellen dort gehaust haben. Ich gebe Ihnen für alle Fälle meine Karte. Ich lebe seit mehr als zwanzig Jahren mit Unterbrechungen in Freetown."

„Sehr freundlich."

„Haben Sie diesen merkwürdigen Putschversuch in Äquatorialguinea verfolgt?"

„Der von Simon Mann, in den auch der Sohn von Margaret Thatcher verwickelt war? Nur oberflächlich."

„Woher bekamen die den Tip, dass die Söldner unterwegs waren – damit man sie gleich vom Flugzeug weg verhaften konnte?"

„Angeblich vom südafrikanischen Geheimdienst."

„Und wer hat den in der Tasche?"

„CIA."

„Und wessen Knechte sind das?"

Sie grinsten einander wissend an.

„Cheers."

„Cheers."

„In Harare möchte ich den Knast nicht mal als Freund des Präsidenten besichtigen."

„Als Feind schon gar nicht. Man sagt, Obiang bevorzugt es, seine Gegner zu fressen. Aber sein Onkel, den er weggeputscht hat, war auch nicht besser. 1975 hat er hundertundfünfzig vermeintliche Regimegegner ins Fußballstadion getrieben und von seiner marokkanischen Leibwache erschießen lassen. Dazu spielte die Palastband ‚Those Were the Days'."

„Er fördert mehr Öl als Saudi-Arabien."

„Und das gehört meinen Arbeitgebern."

„Finden Sie es nicht etwas unvorsichtig, sowas einem zufälligen Mitreisenden zu erzählen?"

„Ach was. Wen interessiert das schon? Wer das wissen will, weiß es. Oder glauben Sie etwa noch an den entsetzten Aufschrei der Öffentlichkeit, der alles ändert?"

„Nicht in meinem Land, wo ein Ex-Bundeskanzler sich heute als Helot der russischen Mafia verdingt."

„Ihr wunderbarer Schröder! Ein kleiner Mann, der ans große

Trinkgeld gekommen ist. Ein guter Vasall. Politiker begeistern mich. Ihr Mangel an Wissen über so ziemlich jedes Thema dürfte beinahe vollkommen sein."

„Proll-Gert. Mich erinnert er an einen Schiffsschaukelbremser, der in einem NSU-Prinz mit Fuchsschwanz an der Antenne von Kirmes zu Kirmes fährt."

„Der sah im teuersten Brioni-Zwirn immer noch wie ein Penner aus. Schrecklich, wie der mit den Händen in den Taschen langlatschte auf der Suche nach einem Bierzelt."

Gill faszinierte der Mann. „Was hält Sie in Afrika?"

„Ich bin meinen Jugendträumen hinterhergezogen. Zu viele Tarzan-Comics, zuviel Rider Haggard, zuviel Conrad. Hier lebt man am Rand der Dinge. Oder, um es mit Graham Greene zu sagen: Mit einunddreißig Jahren habe ich mein Herz an Afrika verloren. Ich fing bei der belgischen Rex Mining an; die gehört dem Milliardär Raymond Boulle. Sein Name fällt sofort, wenn Sie von einer afrikanischen Krise hören. Dann haben mich die Amerikaner abgeworben. Ich wollte unbedingt in Afrika bleiben."

„Trotz all der Schrecken und des Elends?"

„Je tiefer Sie hineingehen, umso verderblicher wird Afrika. Afrika ist die Dritte Welt der Dritten Welt. Auch der liebe Gott macht es nicht allen recht", gluckste er zynisch und trank den Whisky leer. „Die Hoffnung kann ebenso quälen wie die Verzweiflung. Das müssten Sie verstehen. Sie sind ein Mann mit einem Geheimnis. Und ein Mann mit einem Geheimnis ist ein einsamer Mann."

***

In der Elfenbeinküste wechselten sie am Abidjan-Airport das Flugzeug und flogen durch den gleichgültigen Himmel Afrikas weiter ins Herz der Finsternis. Die Maschine schwenkte in einer Rechtskurve vom Atlantik auf die Küste zu. Vor Gill lag das kleine, gerade mal knapp zweiundsiebzigtausend Quadratkilometer umfassende Land. Sierra Leone! Bis auf die vierhundert Kilometer Küstenstreifen mit den schönsten Stränden Afrikas besteht es zu neunzig Prozent aus dichtem Regenwald, in dem drei Viertel der sechs Millionen Einwohner in düsterem Schrecken verharren. Niedergekauert unter undurchdringlichem Blattwerk, verwildern sie im Busch. Die Portugiesen hatten das Land „Löwengebirge" getauft, weil das Küstengebirge der Halbinsel von Freetown mit den zwei runden Bergen vom Meer aus an einen schlafenden Löwen erinnert. Das Inland wird von vielen Flüssen durchzogen, von denen nur sechshundert Kilometer schiffbar sind. Das Straßennetz ist kaum eine Alternative: Von den fast zwölftausend Kilometern sind nur neunhundert gepflastert, und das in schlechtem Zustand. Mitte Mai beginnt in Sierra Leone die Regenzeit, mit täglichen Gewittern und oft tagelangen, ununterbrochenen Niederschlägen. Sie dauert bis Oktober. Im Januar bringt der Harmattan aus der Sahara für einen Monat kühle Luft in das Treibhaus. Aber mit ihm kommt auch der Staub, der in jede Pore und Ritze dringt und Maschinen lahmlegt. Außerhalb der Hauptstadt liegt eine unzugängliche Welt, in der die Stämme der Mende, Temme und Limba abgeschnitten von der Zivilisation ihren alten Göttern huldigen. In den Dreißigern des zwanzigsten Jahrhunderts waren die ersten Diamantenfelder entdeckt worden, die man problemlos im Tagebau ausbeuten konnte. Wie im weniger begüterten Nachbarstaat Liberia wurden sie zum Schicksal; die Blutdiamanten finanzierten die Bürgerkriege. Dieser glitzernde, fast wertlose Dreck, der lediglich zum Schneiden harter Substanzen taugt, ist zum Fetisch einer dekadenten Zivilisation geworden. Worin besteht der Unterschied, ob sich ein

Papua einen Wildschweinzahn durch die Nase zieht oder Mick Jagger einen Diamanten in den Schneidezahn einsetzen lässt? Der Wert der gepressten Kohle wird vom Diamantenkartell De Beers durch künstliche Verknappung aufrechterhalten. Diamanten gibt es nämlich nicht nur in Afrika im Überfluss. Würden sie alle auf den Markt gelangen, gäbe es in kürzester Zeit einen atemberaubenden Wertverfall.

Sie näherten sich dem Lungi International Airport. Gill sah hinaus auf die groteske Hölle, die man Freetown, Stadt der Freien, nannte. Hier hatten die Briten mit schlechtem Gewissen freigelassene Sklaven ans Ufer gekippt. Wegen der industriellen Revolution waren sie kostspielig und unnötig geworden. Ein Eitergeschwür von Stadt. Die schwülste Hauptstadt der Erde, in der die Luftfeuchtigkeit selten unter fünfundachtzig Prozent fällt und die Nächte mindestens sechsundzwanzig Grad haben. Irgendwo unter ihnen lag die ausgebrannte Ruine des Hauses, in dem Graham Greene während des Weltkriegs als Spion gelebt und „Das Zentrum des Schreckens" geschrieben hatte. Zwischen Gloucester und George Street, noch angefüllt mit geräumten Sandsackstellungen der UNO.

An der Destruction Bay herrschte ein Durcheinander von Hochhäusern; aus der Bucht ragten halbversunkene Schiffsrümpfe. Freetown krallte sich zur Seeseite hin in den Berg, während ihr Arsch schon im Dschungel verschwand. Die bewaldeten Hügel umklammerten die Stadt. Hütten aus Abfall klebten an den Hängen und zogen sich bis zum Meer. Der Dschungel begann an den Außenbezirken und führte ohne Unterbrechung an die Grenzen von Liberia und Guinea. Über einigen Stadtteilen hing selbst bei Nacht der Himmel wie Rauch über einer Müllkippe. Ein Gewimmel aus primitiven Hütten und unübersichtlichen Gassen schlängelte sich bis an den Rand des Lungi-Airports.

Nach der Landung brachte ihn Zorgenfrij schnell und unkompliziert durch den Zoll. Die verschlossenen Gesichter der schwarzen Soldaten machten Gill endgültig klar, dass er jetzt in der heißen Landezone war. Vor dem Flughafen warteten Zorgenfrijs Chauffeur und eine bewaffnete Leibwache.

„Ich bringe Sie gerne zum Hotel, aber mit dem Hubschrauber-Shuttle sind Sie schneller."

„Danke. Ich wünsche Ihnen alles Gute."

„Ich Ihnen auch." Zorgenfrij gab Gill seine Karte, dann fuhr er in die Nacht hinein.

***

Der Flughafen lag auf der nördlichen Seite des Sierra Leone River; Taxis und Busse mussten mit einer Fähre übersetzen. Die Fahrt in die Stadt dauerte mindestens eine Stunde. Mit einem russischen Hubschrauber der Paramount Airlines flog Gill für achtunddreißig Dollar nach Aberdeen, den westlichsten Stadtteil, der durch die Brücke an der Cockle Bay mit Freetown verbunden ist. Die Erinnerung an den Krieg hing noch immer wie ein Nebel über Sierra Leone, durchdrang und lähmte alles, schien unauflöslich.

Nach zehn Minuten landete der Helikopter am wunderschönen Lumley Beach, vor dem „Mammy Yoko"-Hotel. Es war nach der „Kleopatra von Sierra Leone" benannt, die von 1849 bis 1906 gelebt und den Briten beim Niederschlagen eines Aufstandes ihrer Landsleute geholfen hatte. Angeblich beging sie aus Lebensüberdruss mit siebenundfünfzig Jahren Selbstmord. Das Hotel war 1980 erbaut worden und hatte während des Bürgerkriegs als Hauptquartier der UN-Beobachter gedient, weil es die besten Sicherheitsvorkehrungen hatte. Der Inhaber, Roger Crooks, kassierte von der UNO jedes Jahr zwei Millionen Dollar Miete.

1997 hatten die Rebellen der RUF die Cockle Bay überschritten und waren macheten- und AK-47-schwingend vor dem Hotel aufgetaucht. Die britischen Offiziere Will Scully und Lincoln Japp hatten vom Dach aus, nur mit einem MG bewaffnet, das Hotel gegen die heranflutenden Sobels („Soldiers by day, rebels by night") verteidigt. Das „Mammy Yoko" beherbergte eines der besten Restaurants der Stadt.

Gill bekam ein Zimmer im vierten Stock. Sofort stellte er die Klimaanlage aus. Je schneller er sich akklimatisierte, desto kürzer würde er unter der Hitze leiden. Er warf den Bag in die Ecke und goss sich einen Whisky ein. Dann rief er Klaus mit seinem Satellitentelefon an.

„Wie sieht es aus?"

„Deine Freunde hier haben mir die richtigen Kontakte gemacht. Wir sind schneller als die SAS, verdammt. Hätte nie gedacht, wie rasant das abläuft, wenn die Kohle stimmt. Sind gerade dabei, das Team zusammenzustellen. Sie meinen, zehn Leute und zwei Hubschrauber reichen. Wir fliegen morgen nach Conakry, das ist in Guinea ..."

„Weiß ich."

„Soll ziemlich übel sein. Aber wie alles da unten: korrupt bis in die Knochen. Dort warten die Hubschrauber und die Piloten auf uns. Mit denen segeln wir nach Freetown. Scheint nicht so weit zu sein. Sind nachts da und warten auf dein Go."

„Gut. Vorher bin ich auch nicht in der roten Zone. Was ist mit Cobra?"

„Der ist in Dortmund. Kümmert sich ums Geschäft und versucht rauszukriegen, wohin sich Zaran absetzt. Dann fängt er ihn ab. Falls er nicht die letzten Flipper in NRW zertrümmert."

„Sehr gut."

„Wie ist es da unten? Ich höre hier nur Gruselgeschichten."

„Bin gerade erst angekommen. Dir wird es gefallen. Bestes Klima für Leute mit Übergewicht."

„Ich habe kein Übergewicht."

„Wieviel hast du denn zugenommen, seitdem du nicht mehr rauchst?"

„Ich habe zu tun. Ich bin es, der den ganzen Scheiß organisieren muss, während du blöde grinsend in der Sonne liegst."

Klaus legte auf. Gill duschte, dann setzte er sich mit dem Whisky auf den Balkon und genoss die Brise vom nahen Ozean. Er schloss die Augen, lauschte der Brandung und den Tönen Afrikas. Nach dem nächsten Drink hatte er endlich das Gefühl, angekommen zu sein. Er dachte an Alexa, die ihm einmal das Leben gerettet hatte. Er wusste nicht, wieviel Zeit er hatte, um dasselbe für sie zu tun. Aber er war bereit. Die Mission konnte beginnen.

37

Wie Säulen aus der Hölle loderten die Feuer der Wild Side Boys in den Nachthimmel. Die Bande steigerte sich in das erstrebte Ausmaß drogenbedingter Hemmungslosigkeit hinein, begierig auf neue Tiefpunkte abstoßenden Verhaltens. Dazu brüllte aus mehreren Ghettoblastern Rap. Alexa lag im Schatten und wimmerte vor sich hin. Gelegentlich zog sie ein Boy am Fußgelenk zu einer Gruppe, die sie missbrauchte. Zaran und Bomb saßen an einem der Feuer und tranken billigen Aldi-Schnaps, den Zaran mitgebracht hatte. Bolt stand hinter seinem Herrn und starrte blöde in die Flammen.

„Ich rekrutiere Soldaten und gehe plündernd und mordend nach Freetown. Ich verbreite Angst und Schrecken. Ich werde wie ein Termitenschwarm über Freetown herfallen und dem Land die Freiheit schenken. Ich fege die korrupte Regierung und die Nigerianer weg, wie man mit der Hand ein paar Mücken wegfegt."

„Du kannst ein großer Führer werden. Nein, du bist ein großer Anführer. Die Aufgabe wartet. Du musst sie beginnen, wenn die Zeit dafür da ist."

„Ich fühle, dass die Zeit reif ist. Nichts kann mich aufhalten. Ich bin Poro. Keine Kugel kann mich treffen. Das ist mir oft passiert. Wenn sie Kugeln auf mich schießen, halten die vor mir an und fallen zu Boden wie Wassertropfen."

„Du bist ein mächtiger Poro, und die Götter wollen es."

„Ja, die Ahnen wollen es. Ich werde alle Ausbeuter aus meinem Land jagen. Das Volk wird weinen und singen. Es wird frei sein und glücklich. Die Leute werden mir ewig dankbar sein, und wenn ich unter sie gehe, werden sie sich freuen und meine Fußspuren küssen. Sie werden mich in alle Ewigkeit als ihren Befreier verehren, der sie glücklich macht. Sie werden singen und arbeiten, und die ganze Welt wird nach Sierra Leone blicken und fragen: Warum kann es nicht auch bei uns so sein? Ich werde vor der UNO sprechen und denen dort erklären, was es heißt, in Freiheit zu leben unter glücklichen Menschen. Und die falschen Propheten werden zu Asche zerfallen, wenn ich sie mit glühenden Augen ansehe."

„Du bist ein mächtiger Mann – so mächtig wie dein Kampfname: Hiroshima Bomb."

„Ich bin die menschliche Atombombe. Noch größer und mächtiger. Ich bin die alles reinigende Apokalypse, die jedes Leben veredelt. Löwen und Krokodile werden zu meinen Füßen sitzen. Es wird das Paradies sein. Ich werde den Menschen das Paradies bringen."

„Ich weiß, dafür kämpfst du. Deswegen bringe ich dir die Waffen."

Bomb zündete sich einen neuen Joint an, in dem Tetrahydrocannabinol der geringste toxische Bestandteil war. Plötzlich sah er

Zaran wild an und fuchtelte mit dem Joint: „Ich brauche Kampfhubschrauber und Piloten. Du musst sie mir endlich geben."

„Du hast mir noch nicht genug Diamanten gegeben. Ich brauche mehr, um sie für dich zu kaufen."

„Wieviel noch? Nur mit Kampfhubschraubern beherrscht man Afrika. Hätte Taylor nur zwei Kampfhubschrauber gehabt, hätte er den Bürgerkrieg nicht verloren und wäre noch heute der Herrscher Liberias, statt in Den Haag zu sitzen. Sie haben ihm alles gegeben, aber keine Hubschrauber. Nur durch die Hubschrauber wurde Sankoh bezwungen. Ich brauche Himmelsfeuer und schnelle Mobilität. Ich werde nicht wie Taylor enden. Oder Sankoh."

„Das wirst du bestimmt nicht, mein Poro-Bruder."

„Wenn du mir keine Helikopter gibst, werde ich mich gegen dich wenden und dich verfluchen. Ich werde dich zerstören. Ich werde dich und deine Seele fressen." Bomb geriet in Rage. Er sprang auf und redete wild auf Zaran ein. Er hüpfte mit rhythmischen Bewegungen ums Feuer, fluchte und stöhnte und zeigte dabei immer wieder mit gespreizten Fingern auf Zaran, der ihm regungslos zusah. Bomb sprang vor seine Füße, kniete sich hin und schob sein Gesicht ganz nahe an Zarans. „Ich könnte dich sofort töten und dein Herz essen. Ich könnte dich aus dem Universum entfernen, und jede Erinnerung an dich würde zu Meteoritenstaub. Ich kann zu anderen gehen mit meinen Kindern und Diamanten. Es gibt viele, die mir helfen wollen, mein Volk zu befreien!"

Zaran gab ein kurzes Handzeichen, und Bolt schlug Bomb nieder. Er landete im Feuer, kroch aber blitzschnell heraus. Ein paar aufgeregt schnatternde Boys griffen ihre Kalaschnikows und sprangen hinzu. Sie schrieen vor Wut und richteten die Gewehre auf Zaran und Bolt. Zaran ließ das völlig kalt, als kenne er dieses

Ritual nur zu gut. Bomb wälzte sich lachend auf dem Boden. Seine Kretins sahen ihn erwartungsvoll an.

„Keine Angst, mein Bruder. Niemand tut dir etwas, wenn ich es nicht will. In meinem Reich geschieht nichts ohne meinen Willen. Aber ich kenne deine Macht und deine Freundschaft." Blitzschnell federte er in die Knie und umarmte Zaran lachend, während die Boys in das Gelächter einstimmten.

Zaran packte Bomb am Hals und zog seinen Kopf zu sich heran. Er starrte ihm tief in die Pupillen. Bombs Augen weiteten sich vor Angst. „Du wirst nicht enden wie Charles oder Foday. Glaube mir. Meine Liebe ist in dir."

Dann biss er den vor Schreck erstarrten Bomb in die Unterlippe.

38

Im Zimmer läutete das Telefon.

„Ja?"

„Mr. Gill? Hier ist ein Gentleman für Sie."

„Er soll mich in der Bar treffen."

Gill schlüpfte in eine dünne Jeans, zog ein Doors-T-Shirt über und leichte Slipper an, fuhr hinunter und ging in die Bar. Die meisten Gäste waren entweder auf ihren Zimmern oder im „Terry's" oder sonstwo. Ein einzelner Mann stand am Tresen. Gills Kontakt. Wenn der Kerl einen leeren Raum betrat, war der auf Anhieb möbliert. Er war um die sechzig, schlank und schien in guter Form. Die Augen im braungebrannten Gesicht wurden trotz der nächtlichen Stunde von einer Sonnenbrille verdeckt. Dahinter befanden sich Pupillen wie zugespitzte Pfeile. Schnitte auf der Wange – ein Gesicht, gegerbt von südlicher Sonne und Dritte-Welt-Kriegen. Er trug einen perfekt geschnittenen Seidenanzug. Offensichtlich ließ er nicht zu, dass das Klima seinen

Kleidungsgeschmack ungebührlich beeinflusste. Er rauchte eine Montecristo, die er gerade angezündet hatte, und nahm einen Schluck Bier. In jeder Bar der Welt wäre er aufgefallen, aber nirgends belästigt worden. Er war ein Löwe, den die Jungtürken noch nicht herauszufordern wagten, aber misstrauisch belauerten. Gill stellte sich neben ihn.

„Mr. Gill, nehme ich an“, sagte der Mann, ohne sich Gill zuzuwenden. Typischer Afrikaans-Akzent.

„Sie kommen von Freddie?“

„Waren Sie mal in Sulu?“

„Nordspitze von Kalimantan. Lange her.“

Der Mann drehte sich ihm zu und betrachtete ihn interessiert. Er setzte die Brille ab und zeigte strahlende, grüne Augen – mächtiger Zauber in jedem Dschungel.

„Dann sind Sie der Gill.“

Gill sah ihn nur an.

„Ich war auf der anderen Seite. Sie haben damals gewonnen.“

„Ein Pyrrhussieg.“

„Besser als gar keiner.“

„Sind Sie … waren Sie beim Scorpion King?“

„Dem Sie den Stachel gezogen haben.“

„Ist das ein Problem für Sie?“

„Kein Problem. Hätte ich einem Deutschen nie zugetraut. Ich bin nicht sonderlich beeindruckt von Ihren Landsleuten. Hatte immer wieder mit einigen zu tun. War ziemlich enttäuschend. Das deutsche Organisationstalent reicht gerade mal zum Judenzählen.“ Der Mann trank sein Bier. Gill bestellte sich einen Kaffee.

„Sie kannten Rollins?“

„Er war einer meiner Leute in Nigeria.“

„Dort ist er draufgegangen.“

„Ich war dabei. Wäre der nächste gewesen.“

„Nigeria ist Scheiße. Habe eine Menge Freunde für Shell verloren. Absoluter Dreck. So ist das mit dem Älterwerden. Nicht alle werden mit einem älter."

„Nicht in unserer Branche."

„Ich bin nicht mehr der Jüngste. Aber alte Männer können ziemlich schlau sein. Sie kennen mehr Tricks. Das Leben zwingt uns dazu, ständig Sachen zu tun, die keiner mehr rückgängig machen kann."

„Wie soll ich Sie nennen?"

„Ich bin Roelf Vanderwolf. Einfach Roelf. Hier gibt es keine Förmlichkeiten. Und Sie?"

„Gill. Einfach Gill."

„Oh, ein Mann ohne Vornamen, aber mit Vergangenheit. Legendär. Freddie hat mir gesagt, Sie brauchen jemand, der sich hier auskennt."

„Stimmt. Ich war noch nie wirklich in Westafrika. Nur im Norden Nigerias und kurz im Delta."

„Scheiße. Das Delta ist ein anderer Planet, nicht Afrika."

„Ja, da sieht man, dass nicht alles schlecht ist im Kapitalismus."

„Das unaufhörliche Tröpfeln des Todes. Es ist ein vergiftetes Land voller vergifteter Menschen. So wird die Erde aussehen, wenn die Ölindustrie mit ihr fertig ist. Nicht mal in Astronautenmontur würde ich das Delta betreten. Momentan ist es hier ruhig. Auch in Liberia. Dafür herrscht Krieg in der Elfenbeinküste. Und es wird wieder losgehen. Wenn alle genug Palmwein gesoffen haben, um zu vergessen. Wenn sie mit dem Kongo durch sind. Hört erst auf, wenn man aus dem ganzen Kontinent einen Parkplatz gemacht hat. Hier endet jede Illusion. Weiße Gier gegen schwarzes Juju. Apokalypse. Gott hat diesen Kontinent längst verlassen."

„Welchen nicht? Warum sind Sie noch hier?"

„Ich kam mit Executive Outcomes. Habe mich als Contractor selbstständig gemacht und Leone und Liberia als Spezialgebiet. Gibt genug Aufträge."

„Von der Firma?"

„Auch. Ist das ein Problem für Sie?"

„Nein."

„Freddie meint, ich soll Sie nicht nur briefen, sondern auch zur Verfügung stehen."

„Das wäre gut. Ich brauche jemanden, der mich ins Innere bringt."

„Ich koste vierhundert Dollar am Tag. Freundschaftspreis. Für Freddie. Wie lange brauchen Sie mich?"

„Ich muss in die Nähe von Kambeni. Zum Yendema."

Roelf zog an der Zigarre, stieß den Rauch aus und grinste über das ganze Gesicht. Das gab ihm einen kalten Charme. „Da haben Sie sich aber einen schönen Flecken ausgesucht. Wo der Dschungel noch Dschungel ist. Höchste Luftfeuchtigkeit. Gar nicht gut für den Teint. Insekten, die kein Tropeninstitut kennt. Giftige Pflanzen, giftiges Wasser, giftige Menschen. Wild-Side-Boys-Gebiet. Keine Regierungstruppen. Keine Blauhelme. Kindersoldaten und Menschenfresser. Nicht im TUI-Katalog. Ich berechne Ihnen eine Woche Arbeit für zweitausend Dollar. Ich bringe Sie an einem Tag hin, aber für diesen Job muss ich solche Konditionen verlangen. Sonst lohnt sich das nicht für mich. Ich lebe mein niederes Leben auf hohem Niveau."

„Sofort?"

„Ja. Ich gebe nie Kredit. Nicht mal Freddie."

Gill zog ein Bündel mit Banknoten aus der Tasche und zählte zweitausend Dollar ab. Roelf steckte sie lässig in die Innentasche seiner Anzugjacke und murmelte: „Dead presidents." Die Bezeichnung für Dollarnoten unter alten EO-Kämpen.

„Ich gebe Ihnen mal einen kurzen Überblick. Nominell herrscht Frieden, aber das ist nur eine diplomatische Umschreibung für einen sehr labilen Waffenstillstand. Natürlich wollen alle daran glauben: die Einwohner, die UNO und vielleicht sogar die meisten Rebellen. In verschiedenen Regionen hat die Regierung offiziell wieder Macht und Kontrolle, aber in Wirklichkeit herrschen dort Söldner, die den Diamantenabbau kontrollieren, Warlords mit ihren Kinderbanden und natürlich die Wild Side Boys. Die glauben nur an Massaker und Plünderungen. Sie lassen sich gegenseitig in Ruhe. Sogar Kony wollte mal einen Abstecher nach Leone machen, hat sich dann aber mit der LRA lieber dem Kongo zugewandt. In den Coltanminen und auf den Diamantenfeldern haben Konzerne das Sagen. Sie beuten die Einheimischen als Arbeiter aus wie schon die Rebellen. Ihre Claims lassen sie durch private Sicherheitsfirmen schützen. Haben sich regelrecht eingeigelt und ihre eigene Infrastruktur mit kleinen Flugzeugen, Stacheldraht und so weiter.

Grundsätzlich gilt: Nichts ist wirklich sicher. Nicht mal Freetown. Es gibt Zonen, da traut sich die UNO nachts nur in Kompaniestärke hin. Die Gegend um Kambeni ist reines Wild-Side-Boys-Gebiet, mitten im Busch. Nur eine beschissene Straße und das verdammte Dorf. Im Busch verändert sich nichts. Fressen und gefressen werden."

„Ein bisschen wie das Oktoberfest. Was muss ich über die Wild Side Boys wissen?"

„Entstanden aus der ehemaligen Bastard Brigade der RUF. Es waren Waisenkinder. Wer keine Waise war, musste als Aufnahmeritual dafür sorgen, dass er eine wurde. Heute sind viele erst um die fünfzehn und rekrutieren weiterhin Drei- bis Achtjährige. Kindersoldaten sind brutaler und bewusstseinsloser als Erwachsene. Sie haben kein politisches Anliegen. Sie machen das einzige, was sie im Leben kennen: sich zudröhnen, morden, foltern, plündern, vergewaltigen. Hören dauernd Gangsta-Rap und verehren Tupac Shakur als Gott. Da muss man bekloppt werden. Ihr Feind ist jeder, der kein Gewehr hat und nicht mordet, foltert, vergewaltigt und sich zudröhnt."

„Gangsta-Rap? Mir bleibt wohl nichts erspart. Nur Kinder und Jugendliche?"

„Nein, sie haben ihre alten Führer, die sie als Väter ansehen. Ihr Boss nennt sich Hiroshima Bomb. Komischer Typ. Trägt einen schwarzen Brillenrahmen ohne Gläser. Vor einem Mikro lallt er natürlich den üblichen Mist: er sei Freiheitskämpfer, gegen die Korruption, liebe sein Land. Was BBC-World-Hörer eben so brauchen. Die Boys werden von einer Bande ungebildeter Gangster angeführt und verfolgen keine politischen Ziele. Außer plündern. Wann wollen Sie aufbrechen?"

„Morgen früh."

Roelf seufzte. „Dann müssen wir heute nacht noch einkaufen."

„Ich habe nichts mitgenommen außer meiner Tropenausrüstung."

„Klar. Hoffentlich haben Sie Ihren Safarihut nicht vergessen. Wir können die Straße nur bis Mittag benutzen. Zu viele Kontrollstellen. Spätestens mittags sind die Posten so zugedröhnt, dass es unangenehm wird. Egal, ob Boys oder Regierungstruppen."

„Sie kennen die Regeln. Ich nicht. Deshalb brauche ich Sie. Gehen wir einkaufen. Ich habe noch achttausend in bar bei mir. Kommen wir damit hin?"

„Sicher. Sie sind in Afrika, dem größten Waffendiscounter der Welt. Sie wollen ja keinen Panzer kaufen. Ein sowjetischer T-55 kostet übrigens fünfundsiebzigtausend Dollar, weniger als eine Luxuslimousine."

„Nehmen wir noch einen zu uns, bevor wir losziehen."

Roelf zuckte mit den Achseln. „Erzählen Sie mir etwas über die Leute, die Sie hassen. Vielleicht kann ich Ihnen dabei helfen, sie zu hassen."

Gill tat es.

„Sie kann längst tot sein."

„Das hoffe ich nicht."

„Hoffnung kann einen Mann umbringen."

39

Der Abschied nahte und verlangte nach einer weiteren Festlichkeit. Drei Wild Side Boys vergewaltigten Alexa neben der Landebahn. Dann schleppte man sie weg. Durch einen Nebel aus Schmerz und Erniedrigung hörte sie Zaran hinter ihr herrufen: „Das hier wird nicht schnell vorbei sein. Und du wirst es nicht genießen." Sie sperrten Alexa in den Keller der verfallenden Villa.

Die Kinder wurden in den Frachtraum der Gulfstream verladen. Das Flugzeug war für den Transport menschlichen Leids eingerichtet wie einst ein Sklavenschiff. Zur Feier des Abschieds wurde eine junge Frau geopfert. Man stach ihr erst die Augen aus und goss anschließend Batteriesäure hinein. Mit grölendem Lachen erfreuten sich die menschlichen Bestien an den Qualen. Während des Bürgerkrieges hatte sich die Revolutionary United Front als höchst einfallsreich und innovativ erwiesen, wenn es darum ging, Menschen zu quälen und auf möglichst schmerzhafte Art zu töten.

Handflächen und Teile des Herzens des Opfers brachte man Zaran ehrerbietig dar. Er kannte Kommandanten, erzählte Bomb, die immer einen Sack voll frischer Menschenherzen mit sich herumtrugen. Einer habe sie jeweils in gleich große Stücke geschnitten, Gin darübergegossen und sie gerecht an seine Leute verteilt.

Ein anderer, Colonel Fuck Care, habe gesagt, er esse, wann immer möglich, zwei ganze Herzen zum Frühstück. Bomb schwelgte sentimental in Erinnerungen an den Bürgerkrieg. Die meisten Kämpfer, erzählte er, trügen Amulette aus Testikeln. Wenn man sie einem Bauern abgeschnitten hatte, wurde er anschließend gnädig erschossen. Feindliche Kämpfer habe man leben lassen, damit sie länger litten. Die Hoden wurden zwei oder drei Tage im Ofen geräuchert, wie Fische, bis sie klein und hart waren und man sie um den Hals oder die Hüften hängen konnte. In seiner Einheit habe damals ein Mädchen gekämpft, Ma Nut Bearer, das hieß „Mama Nußträgerin" – eine Vierzehnjährige, die vor den Einsätzen männliche Genitalien gekocht und gegessen hatte. Viele Wild Side Boys waren drogensüchtig: Crack, Kokain, Heroin, Amphetamin. Sie waren auch süchtig nach Folter, denn wenn man eine gewisse Grenze überschritten habe, brauchte man den Kick, egal wie, den Rausch, den Blutrausch.

Während die meisten Wild Side Boys um die Feuer herumtorkelten, beklagte Zaran das Schicksal seines geliebten Freundes Charles Taylor, der in Den Haag vor einem internationalen Gerichtshof stand. Nun hatte auch noch ein ehemaliger Mitkämpfer gegen ihn ausgesagt und die geheimen kannibalistischen Poro-Rituale verraten. Bomb verstand nicht wirklich, warum sich die Europäer deswegen aufregten.

Um den Abschied hinauszuzögern, holten sie eine weitere Frau aus dem Lager und verbrannten sie.

40

In Roelfs Toyota fuhren sie die kurze Strecke zu „Terry's", das über dem Sandstrand von Lumley Beach lag. Lange Schatten krochen aus dem Nirgendwo herauf. Auf dem Parkplatz lungerten kleine Straßenhändler herum, die Marihuana oder angebliche Diamanten anboten. An einem Auto verblich die Schriftfarbe eines aufgemalten Statements: „In God We Trust, But Executive Outcomes is Our Savior". Die verdächtigen Gestalten hielten Abstand vom Toyota. Ein Mann, beide Arme bis zum Ellenbogen amputiert, nur an einem Stumpf eine eiserne Prothese, kam auf Gill zugehumpelt. An seiner Seite ging ein kleines Mädchen, ihre winzigen Finger um die Eisenhand gelegt. Der Mann war blind. Während das Mädchen – wohl seine Tochter – Gill aus freudlosen Augen anstarrte, bat der Mann um Geld. Im selben Moment kam ein halbnackter Parkplatzwächter mit erhobenem Panga angerannt. Die Kleine schrie ängstlich auf, und Gill stoppte den augenrollenden Messerschwinger mit der flachen Hand. Verdutzt sah der Wächter zu, wie Gill in die Tasche griff. Roelf packte ihn hart am Arm. „Nichts. Gar nichts. Nichts, das wir ändern können. Lassen Sie das. Sonst haben wir gleich die ganze Bande am Hals. Sie haben nicht genug Geld, um das Elend dieses Landes zu beenden, und wir können uns nicht mehr frei und unbeobachtet bewegen."

Gill riss sich brutal los und zischte: „Weiß ich selbst. Ich bin nicht das erste Mal in so einer hübschen Touristengegend. Wir hauen morgen ab, und in ein paar Tagen werde ich Freetown verlassen haben. Ich muss mich hier nicht unbeobachtet bewegen."

Roelf sah regungslos zu, wie Gill ein paar Scheine hervorzog und dem Mann in die Hemdtasche stopfte. Schnell gingen sie zum Eingang von Freetowns legendärem Nightspot.

„Fassen Sie mich nie wieder grundlos an", zischte Gill.

Bar und Disco zugleich. Ein riesiges Zelt aus Palmblättern und

Bambus, voll dröhnender Bässe und mit zwei Tresen, einer Bühne, einem Satellitenfernseher, aufgetakelten Huren, Geschäftemachern, Geheimdienstlern und vielen Russen. Die Russenmafia hatte sich noch unter Präsident Momoh in Freetown festgesetzt, um vom Diamantenhandel zu profitieren. Kurzum: weißer und schwarzer Abschaum. Sie gingen an eine Bar, und Roelf brüllte einem der Keeper etwas ins Ohr. Eine Schwarze im Minirock und mit grellgelb gefärbten Haaren fixierte Gill und bohrte sich dabei in der Nase. Der Keeper nickte, und Roelf wandte sich wieder Gill zu, der fassungslos die nasenbohrende Hure betrachtete.

„Sie macht Ihnen ein eindeutiges Angebot. Warten Sie hinten. Ich bin in fünf Minuten wieder bei Ihnen."

Roelf stürzte sich in das ohrenbetäubende Getümmel, und Gill ging zu der offenen Brüstung an der Meerseite, einer angenehmen Brise entgegen. Man sah die am Strand zerschäumenden Wellen. Abgesehen von der grausamen feuchten Hitze könnte es das Paradies sein. Er zündete sich eine Zigarette an und versuchte nicht daran zu denken, was Alexa in diesem Augenblick durchmachte. Das war also Freetown. Er rekapitulierte, was ihm Roelf auf der Fahrt erzählt hatte.

***

Hier hatten die Briten im Jahre 1787 achtzig Quadratkilometer Land vom Stamm der Temme erworben, auf dem sie die Freigelassenen ansiedelten, die im amerikanischen Unabhängigkeitskrieg auf ihrer Seite gekämpft hatten. Weitere sollten folgen, nachdem die Sklaverei offiziell abgeschafft worden war und die Briten Sierra Leone 1807 zur Kronkolonie erklärt hatten. Die neuen Ansiedler stiegen sofort in den Sklavenhandel ein, fingen Einheimische und verkauften sie an die Araber. Die Briten machten natürlich auch weiterhin munter mit und rekrutierten den Stamm der Kru als Sklavenjäger.

In den dreißiger Jahren des zwanzigsten Jahrhunderts hatte man im Dschungel die ersten Diamanten gefunden, die man nur aus dem Boden kratzen musste. Der Fluch war geboren. 1961 war Sierra Leone in die Unabhängigkeit entlassen worden. Nach dem Tod des ersten Präsidenten Milton Morgai wurde geputscht und revoltiert, bis sich Generalmajor Joseph Momoh durchsetzte und fast zwei Jahrzehnte einem maßlos korrupten Regime vorstand. Im Ostteil hatten sich bereits Aufstandsbewegungen gebildet, als sich der erst fünfundzwanzigjährige Captain Valentine Strasser an die Macht putschte. Kein ganz übler Kerl, der sich Mühe gab, Straßen baute, nach einer sanitären Grundversorgung strebte und die Lebensmittelversorgung der Bevölkerung sicherte, wenn er nicht gerade randvoll mit Kokain war. Überhaupt: Kokain! In ganz Schwarzafrika wachsen weder Opium noch Coca. Kokain und Heroin gehörten trotzdem zum Alltag jedes Rebellen und Kindersoldaten, da die Blutdiamanten die Russenmafia dazu angeregt hatten, eine Koks-Pipeline von den Ausmaßen des Suezkanals zu legen.

Ab 1994 begannen die Rebellen der Revolutionary United Front alias RUF unter dem ehemaligen Photographen und Armeekorporal Foday Sankoh ihren Siegeszug, der sie bis Freetown und mehrmals bis in die Vororte brachte. Die schrecklichsten Elemente der RUF waren die Small Boy Units – vollgedröhnte Kindersoldaten, die Arme und Hände von Feinden und Zivilisten abhackten. Ihren barbarischen Offensiven gaben sie Namen wie „Operation Pay Yourself", „Clean Sweep" oder „No Living Thing". Rastlos, gesetzlos und herzlos streiften sie durch das gefolterte Land. Den Menschenschlächter Sankoh betrachteten diese Kinder als ihren Vater und folgten begierig seinen Anweisungen zu Folter und Kannibalismus. Er war ein Mann ohne Gewissen, zu den abscheulichsten Untaten fähig. Um das Scheitern der sinnlosen Friedensverhandlungen zu verhindern, telefonierte sogar der amerikanische Präsident Bill Clinton – dessen Veto in der UNO zuvor dazu geführt hatte, dass der Genozid in Ruanda nicht gestoppt wurde – mit ihm. Dem unbeeindruckten Dschungelsatan bereitete er damit großes Amüsement: „Welcher Anführer einer Rebellenarmee wurde je zuvor vom amerikanischen Präsidenten angerufen?"

Wie sein ebenfalls in Lybien ausgebildeter liberianischer Kumpel Samuel Taylor besetzte Sankoh als erstes die Diamantengebiete. Taylor war die treibende Kraft hinter Sankoh, da er auf die Diamanten aus Sierra Leone angewiesen war, um seinen eigenen Krieg zu führen. Strasser holte die vielgeschmähte Söldnerfirma Executive Outcomes zu Hilfe, die in einem zweiwöchigen Feldzug mit nur zweihundert Mann die mehrere Zehntausend zählende Rebellenarmee bis zur Landesgrenze zurückdrängte. Der Aufschrei der westlichen Welt, die sich die Blutdiamanten in den Arsch schob, bis de Beers auf sein Monopol der künstlichen Verknappung pochte, sorgte dafür, dass die Söldner verschwinden mussten. Immerhin war es noch zu in Afrika typischen Wahlen gekommen, die 1996 Ahmed Tejan Kabbah gewann.

Weitere Barbareien folgten, die von den Medien kaum zur Kenntnis genommen wurden. Die Organisation der westafrikanischen Staaten unter dem Kommando Nigerias und die UNO schickten schließlich Dritte-Welt-Truppen, um den Frieden wiederherzustellen. Das gelang zwar nicht – doch die fremden Soldaten erfreuten sich an der Korruption und fraternisierten mit der RUF, bis hin zum gemeinsamen Plündern, Morden und Vergewaltigen. Als die Revolutionary United Front sich wieder auf Freetown zubewegte, stand zwischen ihr und der Bevölkerung kaum mehr als ein einzelner Pilot: Der Exsöldner Neal Ellis flog mit seiner Mi-8 bis zu acht Einsätze täglich, um Himmelsfeuer über die Rebellen zu bringen. Nachdem endlich die einstige Kolonialmacht Großbritannien eingegriffen hatte, kam es 2001 zu einem Friedensschluss, der den Bürgerkrieg offiziell beendete und einige Schlächter dem internationalen Gerichtshof zuführte. Mehr als zehn Jahre lang hatten die verrohten Elemente in einer Orgie des Lasters und Verbrechens geschwelgt, bevor sie im blutigen Nebel der Niederlage des ständigen Randalierens müde wurden. Die bewusst nicht ausgetretene Flamme des afrikanischen Brudermordes war inzwischen in die Elfenbeinküste und den Kongo vorgezüngelt, wo der nächste Bürgerkrieg seinen Tribut forderte, während internationale Konzerne die Ressourcen ausbeuteten.

Die Todeszuckungen eines von Lemmingen bevölkerten Planeten interessierten Gill weniger als seine Zielsetzung, ein einziges für ihn wichtiges Leben zu retten.

***

Roelf kam zurück. „Okay, die Ladenöffnungszeiten sind verlängert. Gehen wir einkaufen."

Es war immer noch schwül, gut dreißig Grad, als sie – von den Schatten der Stadt verschluckt – langsam durch das Gassengewirr von Freetown fuhren. Die leichte Meeresbrise reichte nicht bis in die von Autowracks und Schutt verstopften Straßenschluchten, durch die Roelf auf zahlreichen Umwegen manövrieren musste. Sie fuhren durch Schmutz und Chaos, vorbei an Ruinen und verbarrikadierten Steinhäusern. Ein Gewirr aus Pappkartonhütten, Schlamm, Holzhäusern, Blechdächern und vom Krieg gezeichneten Hochhäusern. Der Gestank nach Rauch und geräuchertem Fisch hing über allem. Sie passierten Teenager, die mit ihren ramponierten Ghettoblastern ohrenbetäubenden Lärm machten. Kaum eine Straßenlaterne funktionierte, und aus den Elendshütten flackerte der Schein der Öllampen. Den Lichtern gelang es nicht, die abgrundtiefe Finsternis der Stadt zu erhellen.

Die Straßen waren zu Müllkippen verkommen und bildeten die perfekte Kulisse für einen Alptraum. Alles fiel auseinander. An einer Kreuzung glühte ein LKW-Wrack. Dahinter war Bewegung. Glühende Augen starrten aus der Dunkelheit, und Gill erkannte menschliches Strandgut in verschmutzten Lumpen. Die Gesichter von Drogen und Fusel verzerrt, kauerten sie vor den zerstörten Gebäuden und brabbelten zusammenhangloses Zeug über Hoffnungen, die niemals wahr werden konnten. Eine Stadt, die nicht ruhte, eine Stadt ohne feste Schlafenszeit. Freetown war trotz des Gelärms in einigen Discos die Heimat der Toten, voller Zombies und Krüppel, die überall herumirrten.

Der Toyota erreichte eine scheinbar bessere Gegend mit ummauerten Grundstücken an den Hügelhängen. Je höher man kam, um so ansehnlicher wurden die Häuser. Hier oben, wo einen die Meeresbrise erreichte, lebten die Wohlhabenden. Vor einigen Villenzufahrten hingen aus den Angeln gerissene Tore.

Roelf hielt vor einer Toreinfahrt. Drei mit Maschinenpistolen bewaffnete Männer bewachten sie. Der Söldner wechselte ein paar Worte mit ihnen und winkte in die Überwachungskamera. Man ließ sie passieren. Eine kurze Auffahrt durch dichte Dschungelpflanzen führte zu einer Villa im Kolonialstil, die vor einer langen Halle mit Zinkdach stand. Gill war durchgeschwitzt und müde. Vor der Villa stand ein grinsender Weißer in den Dreißigern, hinter ihm ein Schwarzer mit Maschinenpistole. Roelf hielt, stieg aus und schüttelte dem Weißen die Hand. „Sehr freundlich, dass sie für mich die Geschäftszeit verlängert haben, Mr. Munn."

„Für Geschäfte habe ich immer Zeit."

Gill musterte den Mann. Er hatte eine durchtrainierte Boxerfigur, deren untere Hälfte in einer Designerjeans steckte. Munns muskulöser Oberkörper war nackt, seine Gesichtszüge levantinisch. Ein Angehöriger der begüterten Schieberklasse. Gill stieg ebenfalls aus. Die Luft war angenehmer und trockener, der Gestank hatte sich unterhalb der Hügel festgesaugt.

Nachdem Gill vorgestellt worden war, gingen sie in die Halle. Das erste, was Gill dort sah, war ein mit Planen abgedeckter Panzer. An den Seiten standen Regale, vollgestopft mit Sturmgewehren, Panzerfäusten, Minen und allem anderen, was das Herz eines Kriegstreibenden erfreute.

Ein Bewaffneter reichte dem grinsenden Munn einen Milchshake. Gill lehnte ab. Mr. Munn sah ihn an: „Laut UNO arbeite ich in der größten Branche der Welt. Der Waffenhandel setzt jedes Jahr achthundert Milliarden Dollar um. Weit abgeschlagen kommt dahinter der Drogenhandel mit vierhundert Milliarden. Das ist immerhin mehr, als die Auto- oder die Ölindustrie umsetzen. Bedienen Sie sich, Mr. Gill."

„So ein Lager habe ich das letzte Mal in Weißrussland gesehen. Sie müssen eine Menge Kunden haben."

„Wir haben immer Konjunktur. Ich bin ein großer Fan der Amerikaner. Habe ihnen viel zu verdanken. Ich bewundere sie. Washington rührt die Scheiße an, kocht sein Süppchen, verschwindet und lässt andere den Saustall aufräumen. Das ist der American Way of Life. Damit bringt man mich ins Geschäft."

Gill wählte als erstes eine AK-58, eine Weiterentwicklung der AK-47 mit bis zu fünfundsiebzig Schuss pro Magazin. Die AK-47, besser bekannt unter dem Namen des Konstrukteurs Michail Kalaschnikow, wurde seit ihrer Erfindung 1947 mehr als sechzig Millionen Mal verkauft. Alle Nachbauten mitgerechnet, dürften mehr als hundert Millionen im Umlauf sein. Mit ihr wurden mehr Menschen umgebracht als mit der Atombombe. Sie wird von fünfzig Armeen verwendet und kann vierhundert Schuss in der Minute mit einer Mündungsgeschwindigkeit von siebenhundert Metern pro Sekunde verschießen. Mechanismus und Verarbeitung aus geprägtem Blech und wenig gewalztem Metall sind absichtlich primitiv. Deshalb rattert sie auch so unverkennbar, wenn sie automatisch feuert. Ihr Vorteil ist, dass sie fast nie Ladehemmung hat, auch wenn sie verschmutzt oder nicht korrekt zusammengesetzt ist. Der einzige Nachteil ist das laute Klicken, wenn man entsichert oder auf Einzelfeuer stellt. Sie ist die Lieblingswaffe von Rebellen und wurde zum Symbol bewaffneter Aufständischer. Als einzige Waffe fand sie Aufnahme in ein Staatsemblem: Die AK-47 ziert die Flagge von Mosambik.

„Eine 58? Ich hätte Sie für mehr sophisticated gehalten", grinste Mr. Munn sein Dauergrinsen. „Die lege ich als Bonus dazu."

Gills AK stammte aus russischer Produktion und war robuster, mit einem besseren Abzug als die chinesischen oder tschechischen Nachbauten.

„Ich ernähre mich gern aus dem Land. Dürfte kein Problem sein, dafür Munition zu finden."

„No. Die schießt sogar mit Negerscheiße."

Gill legte zwanzig Magazine dazu. „Glock?"

„Ah."

Mr. Munn ging in einen Seitengang und kam mit einer Glock 17 und einer 19 zurück. „Offener Verschluss mit Pufferpatrone. Das Verschluss-System ist von Browning-Petter. Nach jedem Schuss in teilvorgespanntem Zustand, durchgeladen und feuerbereit. Glock Safe Action. Siebzehn Kugeln im Magazin. Ich habe auch Einunddreißig-Schuss-Magazine für die Glock 18, die passen problemlos."

„Sie benutzen bestimmt auch eine 18 oder 18L."

„Ich liebe die Glock. Benutze selber die 17L, eine 23c und eine 18C, die Metalle mit Ausnahme der Schlittenführung mit Tenifer oberflächenbeschichtet. Hohe Korrosionsfestigkeit und niedrige Reibung. Für diese Breitengrade nicht ganz unwichtig … Eine 18 – Sie wollen die Vollautomatik."

„Mit zehn Einunddreißiger- oder Dreiunddreißiger-Magazinen."

„Okay. Sonst noch was?"

„Claymores?"

„Ich glaube, ich möchte Ihnen in nächster Zeit nicht im Weg stehen. Kommen Sie mit."

Mit hallenden Schritten gingen sie die Regalwände entlang.

„Ich wäre im Grunde auch über ein paar Molotowcocktails nicht erhaben."

„Ich bitte Sie, Mr. Gill! Als Weißer müssen Sie schließlich auch einen gewissen technologischen Vorsprung repräsentieren."

In einem langen Fach lagen sauber gestapelt die M18A1-Antipersonenminen. Munn nahm eine heraus. „Norman MacLeod, der diese Teufelsdinger entwickelt hat, benannte sie nach dem Claymore-Schwert. Wiegt drei komma fünf Kilo, davon sechshundertfünfzig Gramm schönster Plastiksprengstoff. Vor den Sprengstoff sind siebenhundertfünfzig Stahlkugeln gepackt, die bei der Explosion in einem Sechzig-Grad-Winkel nach vorne schießen. Auf fünfzig Meter Breite und zwei Meter Höhe macht sie alles platt. Maximale Reichweite zweihundertfünfzig Meter. Damit auch der Dümmste damit umgehen kann, steht vorne drauf: ‚Front Toward Enemy'. Aber selbst damit waren die Analphabeten von den Rebellen überfordert. Hahaha. In Vietnam wurden ein Drittel der GIs zu Opfern ihrer eigenen Waffen. Der Vietcong hatte die Claymores einfach umgedreht. Großartig! Gibt nichts Blöderes als Amis. Wie viele wollen Sie?"

„Drei reichen. Ich kann nicht zuviel Gepäck mitschleppen."

„Nur ein Kurzurlaub in unserem schönen Land? Na ja, Sie wissen jetzt jedenfalls, wo es unbegrenzt Nachschub gibt."

„Ich brauche auch eine Machete."

„Ein Panga? Das schenke ich Ihnen. Immer noch das beliebteste Tötungsinstrument in Afrika. Eigentlich zum Zuckerrohrschneiden gedacht, aber bestens zum Arme- und Köpfe-Abschlagen geeignet. Da ist man nah genug dran, um den heißen Atem in den Schreien der Opfer zu schmecken."

„Und dann will ich noch eine Panzerfaust."

„Eine RPG-7. Sehr günstig. Chinesische Herstellung. Eignet sich auch als Flugabwehrgeschoss."

„Mann, wenn Sie das alles alleine durch den Busch schleppen, kriegen Sie Probleme," sagte Roelf.

„Ich kann jederzeit etwas abwerfen. Aber im Busch kann ich mir wohl kaum was Neues bei Amazon bestellen."

Sie luden die Hardware in den Toyota. Einem unbestimmten Gefühl nachgebend, sah Gill zu den Fenstern der Kolonialvilla hinauf. Im zweiten Stock stand eine bekannte Gestalt im Halbdunkel: Pieter Zorgenfreij. Gill nickte ihm zu, Zorgenfreij winkte zurück. Dann bezahlte er, und sie fuhren zum „Mammy Yoko" zurück. Gill steckte nur die Glock ein.

„Ich verstaue alles und hole Sie in zwei Stunden ab, damit wir rechtzeitig rauskommen. Wann haben Sie das letzte Mal geschlafen?"

„Ein paar Stunden im Flugzeug."

„Sie können im Wagen schlafen. Außerdem habe ich Benzedrin und Captagon."

„Darauf komme ich bestimmt zurück."

Gill ging auf sein Zimmer, bestellte den Weckruf und schlief sofort ein. Wie Nebel krochen ungute Vorahnungen in den stikkigen Raum.

41

Es regnete in Strömen, als Roelf mit seinem Toyota-Pickup am „Mammy Yoko“ vorfuhr. Vier Benzinkanister waren hinter dem Führerhaus festgezurrt. Während er sein Bag hinter den Sitz warf, sagte der bereits völlig durchnässte Gill irritiert: „Eine Menge Benzin. Wo haben Sie die Artillerie gelassen?“

„Unter der Ladefläche ist ein Stauraum. Keine Angst. Ihr Zeug ist verladen – und noch etwas mehr. Das spürt kein Kontrollposten auf, falls er so wirklich so dämlich sein sollte, uns zu durchsuchen. Benzin ist immer ein Problem. Sie finden es an den unmöglichsten Orten, wenn Sie lange genug suchen. Der einzige Ort, wo es garantiert keines gibt, ist eine Tankstelle. Machen wir, dass wir hier wegkommen. Möglichst niemals nach Mittag einen Kontrollpunkt passieren. Dann sind die Soldaten komplett betrunken von Palmwein und Bier. Oder sonstigem Scheiß.“

Das Land dampfte unter den Regenfällen, saugte den Menschen die Energie aus den Knochen. Sie fuhren los. „Tür verriegeln und kein Fenster runterlassen“, sagte Roelf.

Der Regen war zu dicht, um die andere Straßenseite zu erkennen. So zügig wie möglich fuhr Roelf durch Freetown, vorbei an von Kugeln und Granaten zernarbten Häusern, an qualmenden Müllkippen, an Hütten, die aus Treibholz zusammengebaut und mit blau-weißen Plastikplanen gedeckt waren. Manche Stadtteile wirkten wie Labyrinthe aus Ruinen. Hier hatte die Zerstörungslust der RUF noch mal Anabolika geschluckt. Die Vergangenheit war wie ein Traum, der nur vage Spuren in den Einschusslöchern der Häuser zurückgelassen hatte. Verlorene Seelen schlichen in zusammengetriebener Hoffnungslosigkeit durch diese Straßen.

„Saranfolie, die vom UN-Hochkommissariat verteilt wurde“, sagte Roelf und deutete abschätzig auf die Plastikplanen. „Hält den Regen ab, verstärkt aber die Hitze im Inneren höllisch. Von Juli bis September ersäuft man im Regen. Im Januar gibt es dann kein Trinkwasser mehr. Afrikanische Städte gehen nicht kaputt wie europäische. Sie werden nicht bombardiert, sondern erstikken in Menschenmassen und ihren Exkrementen."

In einer Straße mit flachen Gebäuden voller rußgeschwärzter Fenster betrieben einheimische und libanesische Händler kleine Läden. Davor standen Gruppen amputierter Menschen in durchnässten Lumpen. Während der Regen gnadenlos auf sie niederprasselte, schrieen und gestikulierten sie mit leeren Hemdsärmeln, die wie Fahnen flatterten. Einer trug ein T-Shirt mit dem Aufdruck: DIAMONDS ARE FOREVER. Sie liefen mit merkwürdig schwingenden Bewegungen vor einem Lebensmittelgeschäft auf und ab. Zwischen ihnen krebsten beinlose Männer auf Brettern mit Rollen am Boden herum. Diese Menschen, die ihr ärmliches Leben in den ruhmlosen Seitenstraßen Afrikas geführt hatten, waren durch Verstümmelungen noch weiter erniedrigt worden. Der Lärm, den sie erzeugten, übertönte sogar den der peitschenden Tropfen. In dieser Straße schlief niemand mehr.

„Was hat das zu bedeuten?"

„Opfer der RUF. Männer, denen man Arme oder Hände oder Beine abgeschlagen hat. Sie können nicht mehr für sich selber sorgen. Ein Krüppel alleine ist dem Untergang geweiht, wenn sich weder Familie noch Hilfsorganisationen um ihn kümmern. Sie haben sich zu Gangs zusammengeschlossen. Eine Gruppe von Krüppeln hat schon eine gewisse Durchschlagskraft. Sie blokkieren Geschäfte, bis der Inhaber ihnen Geld oder Lebensmittel gibt. Kein Laden hält so eine Belagerung lange durch, weil die Kundschaft wegbleibt. Die wollen keinen Spießroutenlauf durch die Elenden. Bezahlt er regelmäßig, belästigen sie ihn nicht mehr. Sozialversicherung auf Sierra Leonisch."

„Es gibt doch Camps für sie."

„Klar gibt es die. Für Journalisten, die Betroffenheitsberichte abliefern und der Weltgemeinschaft zeigen, wie gut doch ihr Geld angelegt ist. Wenn Sie wollen, fahre ich Sie zu einem Camp. Da können Sie dann so viele Armstümpfe schütteln, wie Sie wollen."

Der Regen nahm wieder zu und prasselte so hart auf die Wellblech- und Zinkdächer, dass jedes Gespräch unmöglich wurde. Sie erreichten den Stadtrand. Behausungen mit Blech- und Plastikdächern wichen langsam Lehmhütten, die mit Palmblättern gedeckt waren. Wie ein Häuserfriedhof lag der Vorort im grauen Niederschlag. Dann begann Sierra Leones unendlicher Busch, zerteilt von gelben Flussläufen, über denen Fäulnis hing, und wenigen, schlecht befahrbaren Pisten. Die primitive Straße war von Siedlungen aus Lehm und Wellblech gesäumt. Der Regen endete ebenso abrupt, wie er begonnen hatte. Der Himmel riss auf, und die Sonne brannte sich durch die Wolken. Sie fuhren durch die traumatisierte afrikanische Landschaft. Der Beton brach an vielen Stellen auf, darunter lag die ewig rote Erde des Kontinents. Rot, weil sie von Blut getränkt war, wie die Kontinentalafrikaner sagten. Die Wiege der Menschheit, gezimmert aus fahlen Knochen und blutigem Fleisch. Es wurde schwül und windstill. Die Luftfeuchtigkeit saugte wie ein Blutegel an Gill. Nach ein paar Tagen würde es ihm gehen wie allen hier. Alles drehte sich nur darum, den Tag zu überstehen: der Morgen vorbei, endlich Mittag, bald Dämmerung, genauso feucht und stickig. Der Abend schwitzt vor sich hin, und die Nacht ist ein feuchtes Leichentuch aus den heißesten Ecken der Hölle. Er wusste nicht, wie lange seine Willenskraft das aushalten würde. Ein eiserner Wille zur dynamischen körperlichen Aktion war wichtiger als die AK-58.

Roelf hielt, stieg aus und reckte sich. „Ich muss öfters Pausen machen. Kann nicht zu lange sitzen. Schmerzen von einem alten Unfall bei einem Absprung."

Nach fünf Minuten fuhren sie wieder. Auf der abgegriffenen

Shell Petroleum Road Map, noch immer der besten Karte für Sierra Leone, betrachtete er ihre Route. Roelf hörte sich grinsend Gills Tape an. Gerade lief „If You Want This Love“ von der West Coast Pop Art Experimental Band. Er sah zu Gill.

„Das Inland ist so gut wie unerschlossen. Wäre was für Hippies. Marihuana wächst wild auf Feldern und an Straßenrändern. Palmwein gibt es überall. Hell wie Stroh, schmeckt wie Pisse. Der Alkohol fermentiert sich bereits beim Wachstum. Man kann ihn sofort nach der Ernte trinken. Ungefähr so stark wie Bier, macht aber einen Kater, als hätte man Methylalkohol gesoffen.“

„Was hören Sie für Musik?“

„In meiner Generation gibt es nur zwei wirklich wichtige Musiker: Elvis für Optimisten und Lee Hazlewood für Leute wie mich. Weil wir gerade beim Realismus sind: Die Straßen hier sind schlecht, und man kommt nur sehr langsam voran. Wenn wir die Asphaltpiste hinter uns haben, machen wir vielleicht noch fünf bis zehn Meilen pro Stunde.“

„Wie viele Kilometer bis zur roten Zone?“

„Hier fragt man nicht: Wie viele Kilometer? Hier heißt das: Wie lange brauche ich bei diesem Wetter? Ich schätze, ich werde Sie vor Einbruch der Dunkelheit absetzen.“

Gelegentlich kamen sie an einem einzelnen Straßenschild vorbei. Alle waren von Kugeln durchsiebt, manche regelrecht zerfetzt. „Straßenschilder üben eine ungeheure Faszination auf Schwarze aus, sie ballern geradezu unter Zwang auf sie.“ Von einem der grünen Hügel stieg Qualm in den Himmel. Brandrodung. Oder wurde gerade wieder ein Dorf angezündet?

„Waren Sie mit Executive Outcomes in Angola?“

„Ja.“

„Soyo?“

„Ich war in Soyo dabei.“

„Die Schlacht ist ein Mythos.“

„Jede Schlacht ist ein Mythos – für die Überlebenden. Nichts kann einen Mythos nachhaltiger ruinieren als die Wirklichkeit.“

„Wie lief das in Leone ab?“

„Die UN-Mission war ein einziges Fiasko. Diese Penner bringen nichts auf die Reihe. Sie haben lediglich die Korruption auf ein neues Niveau gehoben. Dann kamen wir 1995 mit EO. Keine zweihundert Söldner. Innerhalb von ein paar Wochen haben wir die Rebellen fertiggemacht. In neun Tagen aus Freetown rausgeschmissen, nachgesetzt und hundertdreißig Kilometer weit gejagt. Sie flohen wie die Hasen, hatten nicht mal genug Zeit, um Hände abzusäbeln oder für ihre primitive Kalo-kalo-Taktik ...“

„Was ist das?“

„Angriff durch zwei Gruppen. Die eine Gruppe eröffnet das Feuer und zieht sich dann zurück. Wenn die Angegriffenen folgen, geraten sie in einen Hinterhalt durch die zweite Gruppe, die ihnen in den Rücken fällt. Das hatten schon die Hunnen drauf. Aber die Armee ist immer wieder darauf reingefallen. Mit uns haben sie das auch versucht, aber es war so leicht durchschaubar. Wir haben die zweite Gruppe einfach mit einem weiteren Zug ins Sperrfeuer genommen. Dann die Diamantenfelder zurückerobert und die RUF bis nach Liberia abgedrängt – bis sie gezwungen waren, zu verhandeln. Clinton hat wieder alles versaut. Wie der bekloppte Munn schon sagt: Washington rührt die Scheiße an und lässt andere den Saustall aufräumen. Denken Sie an Somalia oder den Irak.

Wir hatten insgesamt nur zwei Tote. Der UN-Einsatz kostete jährlich sechshundert Millionen Dollar. EO bekam fünfundzwanzig Millionen und hatte Erfolg. Aber das gefiel den zivilisierten Ländern und ihren Medienkellnern nicht. Sie regten sich darüber auf, dass weiße Söldner schwarze Freiheitskämpfer massakrierten.

Keiner von diesen Arschlöchern dachte an die Zivilbevölkerung. Wir wurden in jedem Dorf weinend und jubelnd begrüßt, weil wir mit dem RUF-Terror aufräumten und sie medizinisch versorgten. Wie heißt es doch immer so schön? Die Herzen gewinnen. Ist ein komisches Gefühl, wenn man als Söldner plötzlich geliebt wird. EO wurde auf Druck des Westens rausgeschmissen. Wir waren kaum im Flugzeug, da begann die RUF ihre nächste Offensive, und das Morden und Händeabhacken ging munter von vorne los. 1999 eroberten sie Freetown. Ein unglaubliches Massaker. Mindestens fünftausend Tote und wer weiß wie viele Verstümmelte."

„Ich hatte in Nigeria zu tun. Aber das hier …"

„In Angola waren die Kämpfe härter. Die UNITA war von uns Südafrikanern ausgebildet, die jetzt mit EO gegen sie kämpften. Also gut trainiert. Nachsetzen, nicht locker lassen und nachts angreifen war das Erfolgsrezept. Afrikaner wollen nachts nicht kämpfen."

„Die Hubschrauber nicht zu vergessen."

„Neal Ellis hat mit seiner sowjetischen Hind ganz alleine Freetown gegen die RUF verteidigt. Hätte Taylor ein paar Kampfhubschrauber gehabt, hätte die LURD nie gewinnen können."

Sie hatten Waterloo und eine Kontrollstelle der Armee hinter sich gelassen. Gill nahm die letzte Reval aus der Packung, zerknüllte sie und warf sie aus dem Fenster. Sofort stürzte sich ein Schwarzer darauf und hob sie auf.

„Außer Menschenleben wird hier nichts verschwendet. Ein vergiftetes Land voller vergifteter Menschen, sag' ich immer."

Ein paar Podah-podahs waren ihnen entgegengekommen, Toyota-Lieferwagen, die vierzig Afrikaner und zwei Tonnen Fracht beförderten.

„Wie lange dauert es, bis man sich akklimatisiert hat?" Er griff zur Wasserflasche. Dann legte er ein neues Tape ein: „A Man Is Not Supposed To Cry“ von John Leyton erklang. Beide Männer grinsten. „Ist doch was für zwei harte Kerle wie uns.“

„Meine Jugend“, sagte Roelf. „Verdammt! Sind wir alle gestorben, ohne es zu merken, und brennen jetzt im Fegefeuer?“

„Die Jugend ist eine falsche Erinnerung.“

„In ein paar Meilen biege ich in den Dschungel ab zu einem Kamajor-Stützpunkt. Habe da was zu erledigen.“

„Ich hoffe, das dauert nicht zu lange.“

„Schlafen Sie etwas. Sie werden es brauchen. Wenn ich Sie am Ziel abgesetzt habe, kriegen Sie nicht mehr viel Schlaf – wenn überhaupt.“

Das endlose Plätschern des Regens war einlullend. Gill machte es sich im Toyota so bequem wie möglich und schlief zu den Klängen von John Leyton augenblicklich ein.

42

Alexa dämmerte fiebrig. Sie ahnte nicht, dass Gill nur noch wenige Kilometer von ihr entfernt war und sich Kilometer um Kilometer an sie heranfraß. Sie tastete in ihrem Kopf nach Gedanken, die ihr Hoffnung spenden konnten. War sie wirklich noch in dieser Welt? Schmorte sie in der Hölle? Wenn das die Welt war, was konnte die Hölle noch Bedrohliches bieten? So lebte der Rest der Menschheit. Opfer oder Täter. Opfer und Täter. Opfer sind Täter, und Täter sind Opfer. Oder? Nein. Sie war jetzt und hier und morgen nur Opfer. „Auch das Kommende wird ein Morgen haben, das es zum Gestern macht“, dachte sie verwirrt.

43

Gill erwachte, als Roelf anhielt und ausstieg. Um sie herum war dichter Dschungel. Nur eine mit Palmenblättern überdachte Hütte stand auf der schmalen Lichtung.

Roelf sprach mit einem Urwalddämon. Der Mann mit dem dunklen, misstrauischen Gesicht trug Shorts und eine mit Muscheln bestickte Jacke. Über seinen umgeschnallten Patronengurten baumelten Halsbänder aus Knochen, an denen kleine Spiegel und ein Kompass hingen. Auf dem Kopf saß eine Mütze aus Affenfell. In den Händen hielt er eine alte Schrotflinte und einen Säbel. Er schien einem anderen Universum entstiegen zu sein und strahlte eine archaische Kraft aus. Ein Kamajor-Medizinmann, Angehöriger des Mende-Stammes. Gill stieg aus und ging zu den Männern.

„Was machen wir hier?"

Dunkel und tief bohrten sich die Augen des Kamajors in Gill. Sie stammten wirklich aus einem anderen Kosmos, brannten sich in Gills Psyche, erforschten seine Seele. Gill musste seine ganze Willenskraft einsetzen, um die dunkle Wolke abzuwehren, die sich in ihm ausbreiten wollte.

„Er soll meine Wasserflasche segnen."

„Was?"

„Ich hatte eine Feldflasche von einem Kamajor-Medizinmann. Er sagte, sie würde zu tropfen anfangen, bevor es zu Kampfhandlungen kommt. Und verdammt, es stimmte. Ich habe sie seither immer bei mir getragen. Sie bewahrte mich und meine Leute davor, in RUF-Hinterhalte zu geraten."

„Das ist nicht Ihr Ernst."

Der Kamajor starrte Gill bedrohlich an und verstärkte seine Bemühungen, in ihn einzudringen. Gill ließ ihn abprallen und konzentrierte sich angespannt auf Roelf.

„Das ist Afrika. Zauberei funktioniert in Sierra Leone. Warum, weiß ich nicht – genausowenig, wie ich weiß, wie ein Flugzeug funktioniert. Irgendwie funktionieren die Naturwissenschaften eben. Genauso wie Zauberei. Der meiste High-Tech-Kram läuft im Dschungel nicht. Magie schon."

„Machen Sie schnell. Ich will weiter ... Wieso brauchen Sie eine neue Wasserflasche?"

„Die alte ist zerschossen worden."

Roelf hielt eine Stange Zigaretten hoch. „Geh nie ohne Geschenk zum Haus eines Afrikaners."

Er gab dem Kamajor die Zigaretten. Der Mann war sichtlich erfreut. Zusammen gingen sie in die Hütte. Gill sah ungläubig hinter ihnen her. Da drin würden sie also ihren Juju abziehen, für eine Wasserflasche. Immerhin brauchten sie ihn nicht als Menschenopfer dazu. Unwillkürlich dachte er, dass Afghanistan doch ein recht zivilisierter Ort war. Allah hatte es wenigstens nicht mit Juju. Offiziell war die Mehrheit der Sierra Leoner Mohammedaner. Die zweitgrößte Glaubensgruppe waren angeblich Christen. Ein weiteres Wunderwerk der Statistik. Gill zündete sich eine Zigarette an, er hatte sich mit Pall Mall eingedeckt. Reval waren nicht zu kriegen. Er starrte auf die Packung und las „In Hoc Signo Vinces". Na, dann konnte ja nichts schief gehen. In den Bäumen hatten gerade noch die Affen geschrieen. Jetzt war es totenstill. Der Juju hatte begonnen. Gill meinte entfernt Trommeln zu hören. Er schwamm richtungslos in der Zeit ...

Er war wie in Trance, als Roelf und der Kamajor aus der Hütte kamen. Der unheimliche Mann stellte sich vor Gill und murmelte Worte in einer unbekannten Sprache. Seine seltsamen Klamotten stanken fürchterlich. Gill wollte ihn zurückstoßen, als Roelf seine Hand festhielt.

„Sie dürfen ihn keinesfalls berühren. Sonst wirkt sein Zauber nicht mehr, und er ist unrein. Bringt uns in Teufels Küche."

„Der Kerl stinkt wie eine Jauchegrube.“

„Die Kamajors dürfen ihre Kleidung nie waschen. Da steckt der Zauber von Jahren drin. Und sicherlich auch das Blut gefressener Feinde.“

Der Kamajor nahm eine Patrone aus dem Gurt, führte sie zwischen seine Lippen und murmelte vor sich hin. Er zog ein kleines Kurzhaarbündel hervor und befestigte es an der Patrone. Dann steckte er sie Gill in die Tasche.

„Solange Sie die Patrone in der Tasche haben, wird keine andere Kugel Sie treffen können.“

„Wenigstens pisst er mich nicht an, um mich kugelfest zu machen. Was sind das für Haare?“

„Von der Scham einer Jungfrau. Das hält Sie gesund. Dies ist Afrika.“

„Warum gibt er sie mir?“

„Er sagt, er hat Ihren Hass gesehen. Die Kamajors sind Männer des Hasses. Sie sind einer von ihnen.“

„Langsam arbeite ich mich in der hiesigen Nahrungskette nach oben, was?“

Nicht ohne Bedauern reichte Gill dem Kamajor zwei Packungen Pall Mall. Der Mann nahm sie lachend an. Roelf verabschiedete sich von dem Dschungelmenschen. Er überreichte ihm ein kleines Päckchen, das dieser entgegennahm. Dann stiegen sie ein und fuhren langsam über den holprigen Pfad zur Piste zurück. Die unbefestigte Straße zog sich endlos durch das dichte Grün.

„Was haben Sie ihm gegeben?“

„Pfeilspitzen, die getötet haben. Mächtiger Juju.“

„Ein schönes Mitbringsel. Wo haben Sie die her?“

Roelf sah Gill einen kurzen Augenblick entgeistert an. „Aus Rebellenkadavern rausgeschnitten natürlich. Glauben Sie, so was kriegen Sie im Wal-Mart?“

„Erzählen Sie mir was über die Kamajors."

„Kamajor ist Mende-Sprache und bedeutet Jäger. Sie sind eine alte Geheimgesellschaft, wie es viele in Schwarzafrika gibt. Etwa die Leopardenmenschen. Für die war Sierra Leone berüchtigt. Die angeblich letzten wurden Ende der Vierziger von den Briten gehängt. Aber es gibt sie natürlich weiterhin. Westafrika ist die Hochburg dieser Geheimgesellschaften, und Sierra Leone und Liberia sind ihre Zentren. Taylor war Chef einer Poro-Gesellschaft und hatte es mit Menschenopfern. Auf seinem Speiseplan standen regelmäßig rituell verzehrte Menschenherzen. Die sind in Den Haag vom Hocker gefallen, als das rauskam. Die Kamajors fressen auch gerne ihre Feinde. Wie in allen Geheimgesellschaften wählt man künftige Mitglieder in jungen Jahren aus. Sie leben von da an außerhalb des Dorfes, wo sie nach den widerlichsten Initiationsriten in ihre Geheimnisse eingeweiht werden. Magie spielt ebenso eine Rolle wie die Jagdausbildung. Ihre Aufgabe ist es, ihr Dorf vor wilden Tieren und Feinden zu schützen. In jedem Dorf gibt es höchstens zwei Kamajors.

Erst der Bürgerkrieg hat eine militärische Organisation aus ihnen gemacht – wenn man das überhaupt so nennen kann. Auf Stammesbasis wurde die Civil Defense Forces ins Leben gerufen, eine Miliz aus Buschkriegern und Medizinmännern. Sie sollten, geschützt durch Zauber, die Dörfer vor der plündernden RUF und den marodierenden Streitkräften bewahren. Executive Outcomes hat sie als erste eingesetzt, weil sie den Busch lesen und den Fährten der RUF folgen können wie Fischer einem Sardinenschwarm. Ihre brutale und gefährliche Lebensweise macht sie absolut furchtlos. Als Truppe sind sie zu undiszipliniert, wie wir feststellen mussten, aber als Dschungelkämpfer sind sie effektiv. Ich habe nie gehört, dass sie mit einem Gefangenen aus dem Busch zurückkamen. Sie sind die einzigen Schwarzen, die gerne nachts kämpfen. Die Rebellen rotteten sich eng zusammen, um sich vor den Dämonen der Dunkelheit zu schützen. Nachts wandeln nämlich die Geister der Vorväter umher. Die Kamajors sind zwar genauso abergläubisch, aber viel mutiger. Nachts rufen sie einander nicht beim Namen, damit die Dämonen sie nicht identifizieren können. Wüssten sie ihre Namen, könnten sie ihre Hütten aufsuchen."

„Mir hängt diese schwarze Magie langsam zum Halse raus. Ob in Europa oder in Afrika."

„Irgendwo in Afrika herrscht immer der Wahnsinn. Das volle Programm. Als Taylor die Macht ergriff, ließ sein General Butt Naked alle dicken Leute erschießen, weil jeder, der gut genährt war, automatisch für die Regierung gearbeitet haben musste."

***

Sie fuhren über grüne Hügel, vorbei an verwahrlosten Plantagen und Feldern, von denen einige wieder bearbeitet wurden. Ein kleines Indiz für die Rückkehr zur Normalität in dem geschundenen Land. „Wenn der Landwirt nicht auf Ordnung hält, die Natur tut's nicht", grinste Roelf. Die Schlaglöcher wurden größer, und Roelf musste das ohnehin geringe Tempo noch reduzieren.

Sie hielten an einem Straßenstand, den eine alte Frau und ein junger Mende betrieben. Der junge Mann hatte primitive Prothesen an beiden Armen, die er geschickt einsetzte. Neben Vinto, einem kohlensäurehaltigen Getränk aus Trauben und Beeren, konnte man hier Palmwein, Flip-Flops und Poster von 9/11 kaufen. Roelf entschied sich für Vinto. Gill passte. Er wollte mit Getränken, an die sein Körper nicht gewöhnt war, kein unnötiges Durchfallrisiko eingehen.

„Hier kriegen Sie leider keine Cola."

„Waren Sie schon mal an einem Ort, an dem es keine Coca-Cola gibt?"

„Im Knast von Atlanta."

Gill nahm die Wasserflasche aus dem Wagen und trank gierig. Das Schwitzen nahm kein Ende. Er sah zu, wie der Amputierte Flip-Flops in einen Korb warf. „Sie fragten damals, willst du kurzärmlig oder langärmlig. Kurzärmlig hieß, die Hand am Knöchel abhacken. Langärmlig – am Ellenbogen. Die RUF hatte es echt drauf."

Hinter den Feldern begann wieder der Busch. Noch höhere Bäume und Dschungelpflanzen, die bis an den Asphalt herankrochen und von beiden Seiten auf die Straße drängten. An manchen Stellen berührten sich die Kronen der Dschungelriesen und machten die Straße zu einer grünen Höhle, in die kaum Sonnenlicht drang. Ein gigantischer Blättertunnel.

„Wie kommen Sie klar – mit alledem, meine ich?"

„Jeder Tag ist einer weniger."

Plötzlich hielt Roelf an, nahm seine Sonnenbrille ab, schaltete den Motor aus und starrte auf den Rand des Dschungels. Ungläubig blickte Gill die Wasserspuren unter Roelfs Feldflasche an. Man konnte keine zwei Meter in das grüne Dickicht hineinsehen.

„Was ist ..."

Mit einer Handbewegung brachte er Gill zum Schweigen.

„Ich sehe nichts", flüsterte Gill, der seine Glock bereits gezogen hatte. Roelf zeigte mit dem Finger. Gill blickte in den Busch, ohne etwas zu erkennen. Dann sah er etwas unnatürlich braun durch das dunkle Grün schimmern. Gill konnte nichts Genaues identifizieren. Baumstämme? Nein. Roelf zog die MP5SD mit integriertem Schalldämpfer aus der Halterung im verdeckten Fußbereich und stieg langsam aus. Gill folgte ihm und legte die Glock über der Motorhaube an, um Roelf nötigenfalls Feuerschutz zu geben. Katzenhaft überquerte Roelf die Straße in Höhe des braunen Schimmerns. Er verschwand im Dickicht, nur sein Kopf war zu sehen. Gill folgte. Er wühlte sich einen Meter durch den Busch. Sie standen vor einem braunen Pickup.

„Ein Technical. Kann nur Rebellen oder den Wild Side Boys gehören."

Der Pickup war zu einem Kampffahrzeug umgebaut worden, wie sie in Schwarzafrika schwer in Mode waren. Mit einer Kettensäge hatte man Dach und Windschutzscheibe abgesägt; auf der Ladefläche war ein Maschinengewehr montiert, das sich ohne diese Stabilisierung nur schwer abfeuern ließ.

„Hier kann man einen Meter von der Straße einen Panzer verstecken."

Roelf fühlte an der Motorhaube. „Der Motor ist noch warm. Sie müssen in der Nähe sein."

„Warum fahren wir nicht einfach weiter?"

„Ich habe nicht gerne Rebellen im Rücken. Warten Sie hier."

„Nein."

„Dann bleiben Sie dicht hinter mir. Lassen Sie mich nicht aus den Augen, sonst verirren Sie sich."

Gill folgte Roelf über glitschige Blätter durch das peitschende Unterholz des Dschungels. Vor ihnen lag ein schmaler Trampelpfad, den man von der Straße aus nicht sehen konnte – ein Tunnel, der aus einer festen Masse Wildwuchs bestand. Roelf bewegte sich parallel zum Pfad langsam vorwärts. Der Pfad machte eine Krümmung. Roelf blieb stehen, lauschte. Das Lachen von Männern. Vorsichtig bewegten sie sich weiter. Dann verharrte Roelf wieder regungslos. Ein paar Meter weiter auf dem Pfad, vom spärlichen Sonnenlicht beschienen, standen zwei Schwarze, lachend. Einer war völlig nackt bis auf eine Halloween-Maske, die von den „Scream"-Filmen inspiriert war, und Nike-Sportschuhe. Der zweite war wie ein durchschnittlicher Berliner Straßenrapper gekleidet. Mehrere Uhren am Arm, die blitzten, wenn er wild mit den Händen gestikulierte. Zwei Kalaschnikows lagen mitten auf dem Pfad im roten Staub. Die Männer sahen immer wieder in höhnischem Spott nach unten. Gill schob den Kopf etwas nach vorne. Da musste so was wie ein Loch sein.

„Wild Side Boys", flüsterte Roelf. Er hatte kaum hörbar gesprochen. Aber der Maskierte stoppte in seinen Tanzbewegungen und starrte in den Wald, in ihre Richtung. Er trat einen Schritt auf den Busch zu und sagte etwas zu seinem Kameraden, der seinen höhnischen Redefluss beendete und sich zu den AKs umdrehte. Die MP5 machte zweimal Plopp, und die Männer fielen schreiend zu Boden. Ihre Körper zuckten, als habe man alle Knochen herausgeholt. Aus tödlichen Wunden schoss Blut, bildete eine Lache auf der roten Erde. Sofort stürzten sich Fliegen darauf. Die aufgeregten Insekten waren so berauscht, dass sie in die Blutpfützen fielen und ertranken. Schnell und geschmeidig löste sich Roelf aus dem umklammernden Busch, sprang auf den Weg und schoss jedem der Männer eine Kugel in den Kopf und Körper. Insekten aus ganz Afrika kamen angebraust. Gill trat auf den Pfad.

Am Rand des Weges war ein Loch in den Boden gegraben. „Ein Jo-jo", sagte Roelf, während er eine Leiche über den Buschrand schleppte und in den Dschungel stieß. Die ihn umschwirrenden Fliegen protestierten laut summend. „Sie tragen gerne Masken. Hinter jeder Maske steckt ein Verrückter." Gill trat an das Loch heran und erblickte unter sich die weit aufgerissenen, angsterfüllten Augen eines Jungen. Der Boden des Loches war voller Glas von zerbrochenen Flaschen. Der Bursche hockte auf blutigen Füßen und blickte furchtsam zu ihm hinauf. Roelf warf die zweite Leiche in den Wald und trat neben Gill.

„Armer Junge. Das machte die RUF, um jemanden zu bestrafen. Die Wilde Side Boys setzen diese schöne Tradition fort. Manchmal müssen die Opfer tagelang im Jo-jo hocken."

Gill streckte dem Jungen die Hand hin, doch der schreckte zurück, presste sich ängstlich gegen die Grubenwand und trat in eine Scherbe. Roelf redete auf Mende.

„Ich … ich verstehe Englisch", sagte der Junge.

„Gib mir deine Hand. Ich ziehe dich hoch. Wir tun dir nichts."

Zaghaft hielt der Junge die Hand hoch. Gill ergriff sie und zog den abgemagerten Knaben aus dem Loch.

„Eine kleine Dschungelratte", sagte Roelf.

Erst redete der Junge aufgeregt auf Mende. Dann sagte ihm Roelf, er solle gefälligst wieder Englisch sprechen. „Dieses Land hatte mal das beste Schulsystem von ganz Schwarzafrika."

Während sie zurück zum Wagen gingen, weinte der Junge, dessen Name Chema war. Gill holte den Verbandskasten und behandelte seine blutigen Füße.

„Sie wollen den kleinen Killer doch nicht mitnehmen?" fragte Roelf erstaunt.

„Was schlagen Sie vor?"

„Hierlassen. Oder erschießen. Er ist voll mit Drogen. Wenn die nachlassen, dreht er durch. Außerdem geht er sowieso zu seiner Bande zurück. Er kann nirgendwohin. In seinem Heimatdorf würden sie ihn sofort lynchen." Roelf zog Chemas T-Shirt hoch. Der Junge erschrak und sah ihn ängstlich. Auf seinem Rücken waren die Buchstaben RUF eingebrannt. „Sehen Sie: garantiert ein Boy. Er hat keine Heimat mehr außerhalb der Gang."

Während Gill ihn behandelte, erzählte Chema seine traurige Geschichte.

44 Chema war nach einer Karriere als Kindersoldat bei einer Gruppe der Wild Side Boys gelandet. Sie nannten sich Termiten-Bataillon, weil sie auf ihrem Weg durch den Dschungel alles niedermachten und nur verbrannte Erde zurückließen. Gestern waren sie in die Nähe von Chemas Heimatdorf vorgerückt. Chema bat den Kommandeur, sein Dorf vor einem erneuten Angriff zu verschonen. Das war ein Zeichen von Schwäche, und zur Strafe wurde Chema in ein Jo-jo gesteckt. Anschließend hätten die Folterknechte ihn wohl getötet.

An dieser Stelle unterbrach Roelf: „Wir müssen weiter. Sie haben ihn verarztet, aber es wäre besser, ihn zu töten. Er ist sowieso verloren. Seine Seele ist längst tot. Er kennt nichts anderes als Morden und wird es immer wieder tun. Diese Kindersoldaten sind völlig amoralisch. Keine echte Kindheit, aber dafür jede Menge Drogen. Sie sind zu jeder Gewalttat bereit."

„Es gibt diese Rehabilitierungsprogramme. Wir könnten ihn in der nächsten Stadt übergeben ..."

Roelf lachte freudlos. „Der Erfolg ist mehr als bescheiden. Außerdem finden Sie nicht in jedem Dorf ein Lager. Die meisten Jungs hauen sowieso wieder in den Busch ab. Was meinen Sie, warum es Banden wie die Wild Side Boys noch gibt? Wir haben doch Frieden. Wenn er Bauern in die Hände fällt, wird er sofort umgebracht. Nach allem, was er getan hat, kann er kein Mitleid erwarten. Nicht im Busch. Hier gibt es keine mitleidigen weißen Bwanas."

„Er ist ein Kind." Gill war über sich selbst erstaunt. Sein Mitgefühl überraschte ihn. Wurde er langsam altersweich? Oder war es dieses furchtbare Land, das ihn aus der Bahn warf?

„Ein Kind? Ich habe seine Kindlichkeit hinreichend erlebt. Er ist kein Kind. Er ist ein Monster. Man hat ihn von klein auf ans Töten und Quälen gewöhnt. Er steht seit Jahren unter Drogen.

Seine einzige Schule war Überfalltaktik und abends Action-Videos. Für die menschliche Rasse ist er verloren. Wie soll er mit seinen Erinnerungen leben können? Ihn zu erschießen ist ein humaner Akt. Finden Sie sich endlich damit ab, dass Sie mitten in die Hölle gereist sind. Nur das Klima ist beschissener."

„Wir nehmen ihn mit und setzen ihn in der Nähe seines Dorfes ab."

„Das ist sein sicheres Todesurteil."

„Ich will seine Geschichte hören."

Roelf resignierte. „Sie bezahlen. Tun Sie, was Sie wollen. Aber behalten Sie ihn scharf im Auge."

***

Und Chema erzählte: Die Rebellen waren im Morgengrauen aus dem Nichts gekommen, hatten wild um sich geschossen und die Menschen aus den Hütten getrieben. Unter der tobenden Soldateska sah Chema Jungen in seinem Alter, kleiner als die Kalaschnikows, die sie hinter sich herzerrten. Wild in die Luft ballernd, tänzelten die Kinder durch das Dorf und trieben die Bewohner zusammen. Sie ließen sie kleine Papierschnipsel aufheben, auf denen verschiedene Tötungs- und Foltermethoden standen: Kopf abhacken, Hände abhacken, erschießen. Ein kleiner Junge wurde an einem Spieß zu Tode geröstet, weil er sich geweigert hatte, seine Mutter umzubringen. Chema war etwa fünf Jahre alt, als sie vor seinen Augen seine Mutter und seine Schwestern vergewaltigten. Das Flehen seines Vaters war vergeblich. Dann wollten sie dem Vater die Hände abhacken. „Bitte nicht. Bitte hackt mir nicht die Hände ab. Verschont mich, bei Jesus", hatte Chemas Vater gebettelt. Der RUF-Führer hatte gelacht und gesagt: „Wenn Jesus hierher kommt, hacke ich ihm auch die Hände ab."

Sie hatten den verängstigten Jungen aus der Ecke gezerrt und ihn dazu gezwungen, seinem Vater die Hände abzuhacken. Das gelang erst nach mehreren Versuchen. Sie erschossen Chemas Schwestern und schubsten den Häuptling zum Dorfplatz, wo er kastriert wurde. Seine Genitalien wurden herumgezeigt und von einer Gruppe singender Rebellen verspeist. Wenn sie jemanden amputierten, verlangten sie, dass er dazu lachte. Sie hackten einem Mann den Kopf ab und zwangen seine Mutter, dem Schädel die Brust zu geben. Bei Schwangeren wetteten sie auf das Geschlecht der Ungeborenen, bevor sie den Fötus herausschnitten. Sie zwangen Väter dazu, ihre Töchter zu vergewaltigen, Söhne, es mit ihren Müttern zu treiben. Mit heißen Bajonetten brannten sie Chema und einigen anderen Jungen, die sie mitnahmen, die Initialen R-U-F in die Haut. Nun waren sie für immer gezeichnet. Sie konnten die RUF nie verlassen, denn Soldaten der Armee oder Zivilisten würden sie sofort töten, wenn sie das Brandzeichen sahen.

Nachdem sie das Dorf geplündert hatten, zogen die Rebellen mit ihren neuen Rekruten und den jungen Mädchen ab. Die Kindersoldaten, die gemordet und gefoltert hatten, sangen und schossen in die Luft. Einige klatschten in die Hände und wiederholten immer wieder singend dieselben Verse: „We want peace. We have come for peace. Sankoh is our father." Durch den Busch zogen sie zu einem Camp. Die jungen Mädchen wurden zu Sexsklavinnen, ihren Mammy Queens. Ein Mädchen, das einen festen Freund oder Mann fand, hatte Glück. Die anderen waren für regelmäßige Gruppenvergewaltigungen da. Chema wurde zur Kampfmaschine ausgebildet. Jeden Morgen bekam er vor dem Frühstück Drogen. Am liebsten hatten sie Brown Brown, eine Mischung aus Kokain und Schießpulver.

Die Kindersoldaten waren wichtig für die Strategie der RUF.

Sie waren furcht- und seelenlos, befolgten die widerwärtigsten Folterbefehle und konnten sich wegen ihrer Größe hinter den kleinsten Büschen verstecken, ganz nah an den anzugreifenden Dörfern; so konnten die Überfallenen kaum ausmachen, woher die Schüsse kamen. Sie waren der gefürchtetste Teil der RUF. Also setzte die Armee ebenfalls Kindersoldaten ein, die sie genauso manipulierte wie die Rebellen ihre. Sie drehten ihre Joints mit Bibelseiten, um „mehr Jesus in sich reinzukriegen". Dieser Jesus verkörperte irgendeine kosmische Macht. War er nicht ein Gott, den man ans Kreuz geschlagen hatte und der dann durch mächtigen Juju in den Himmel aufgestiegen war?

***

Nachts sahen sie sich beim Marihuanarauchen amerikanische Gewaltpornos an. Rambo war ihr Idol. Oder sie schauten Videoclips der Gangsta-Rapper, deren Tanzbewegungen sie nachmachten. Bald war ihr Blick nur noch ein irres Starren aus toten Augen, und sie brüsteten sich nach jedem Überfall mit ihren Gewalttaten. Ein Kamerad von Chema trug immer eine Umhängetasche mit sich, in der er Kinderhände und Füße aufbewahrte. Der Kommandeur hatte gesagt, wenn die Tasche voll wäre, würde er befördert werden. Ein Mann, dem Chema die Arme abgehackt hatte, war mit blutenden Stümpfen hinter ihm hergelaufen und hatte geschrieen: „Töte mich. Du hast mich bereits getötet. Töte mich. Töte mich endgültig!" Damit er ihm nicht weiter folgen konnte, hatte er ihm ein Bein abgehackt. Junge Mädchen wurden nackt auf den Boden gebunden. Ein fetter, weiblicher Soldat aus Chemas Gruppe, nur mit rotem BH, Höschen und Gummistiefeln bekleidet, prüfte lachend mit dem Finger ihre Jungfräulichkeit. Die als solche Identifizierten wurden für die Kommandanten reserviert. Manchmal gossen sie Gefesselten Benzin in den Hals, schlitzten ihre Bäuche auf und legten Feuer in den Eingeweiden. Neue Rekruten mussten ihre Eltern töten oder verstümmeln. Die kleinen Killer bekamen Namen wie „DJ Splatter", „Commander Killthemall" oder „General Rape".

„Diese Typen sind militärische Genies. Vor ein paar Wochen konnten sie noch keine Kalaschnikow halten und dann waren sie plötzlich Colonels oder Generals. Das hat nicht mal Patton geschafft", zischte Roelf und spuckte seine Zigarre durchs Fenster.

Nach den Massakern gab es oft Suppe mit menschlichen Organen. Kannibalismus stand hoch im Kurs. Bei den Kindern wurden systematisch und schnell sämtliche zivilisatorischen Schichten abgetragen. Lediglich Markenklamotten der westlichen Welt konnten sich behaupten. Sie trugen Designerjeans, Turnschuhe von Nike oder Puma und T-Shirts mit Photos ihrer HipHop-Idole. Die Bilder aus dem Herz der Finsternis zeigten nur, dass es dort letztlich um dieselben Ziele ging wie im scheinbar zivilisierten Westen: um Gier nach Statussymbolen, um materiellen Besitz, um die Macht, andere zu unterdrücken und zu tyrannisieren. Die Steinzeitkrieger mit ihren Boss-T-Shirts riskierten nur etwas mehr als die Börsianer oder Konzernmanager, die sie in den Medien mit wohligem Grusel betrachteten, während sie den steigenden Wert von Offshore-Ölaktien im Auge behielten.

Einige der Erwachsenen der RUF kleideten sich beim Überfall in Flip-Flops, Hochzeitskleider und Halloween-Masken. Manche trugen Perücken, Haarteile und Duschhauben, die sich im Dauerregen bewährt hatten. Die Lippen grellrosa geschminkt, sahen sie aus wie Kreaturen aus einem Bild von Hieronymus Bosch. Das Cross-Dressing hatte taktische und abergläubische Hintergründe. Ein aggressiver, bewaffneter Mann in grotesker Kleidung mit Frauenperücke verblüffte und schüchterte ein. Die Kostümierung machte unverwundbar. Wenn man gleichzeitig zwei Identitäten annahm, war eine Kugel viel zu verwirrt, um sich für ein Ziel zu entscheiden – und traf daher nicht. Vielleicht war dieser idiotische Aberglaube gar nicht so weit entfernt von Tarnuniformen und den bemalten Gesichtern westlicher Soldaten.

So hatte Chema jahrelang gelebt. Er konnte kaum schlafen. Alpträume quälten ihn. Dann nahm er Drogen, es ging ihm besser, und er konnte wieder töten und foltern. Er wusste weder, wie alt er war, noch hatte er eine Ahnung, welches Jahr man schrieb. Chema weinte, als er das erzählte. Der Pickup fraß sich langsam über die löchrige Urwaldpiste. Gill plapperte nach, was er in einem Artikel über die Rehabilitierungs-Camps gelesen hatte: „Es war nicht deine Schuld. Man hat dich dazu gezwungen. Du kannst nichts dafür." Es klang hohl und falsch.

„Einige Kinder haben sich lieber töten lassen, statt ihre Eltern zu massakrieren", knurrte Roelf. „Was sagen Sie denen? Sollen diese kleinen Killermaschinen zusammen mit ihren Opfern in einer Reha-Station Mikado spielen? Das wäre doch was: Amputierte spielen Mikado. Klingt nach einer erfolgreichen Fernsehsendung. Da können die Krüppel zusehen, wie ihre Folterer von sentimentalen weißen Arschlöchern für ihre Taten gehätschelt werden …"

„Was wäre aus Ihnen … was wäre aus uns geworden, wenn wir hier geboren worden wären?"

„Das ist mir scheißegal. In meinem Leben gibt es kein könnte, würde, sollte. Ich hätte nicht gedacht, dass jemand mit Ihrem Ruf so sentimental ist. Dieses Land ist so groß wie Bayern. Es hat keine Chance mit diesen tickenden Zeitbomben. Für die ist Töten selbstverständlich, die einzige Währung, die sie kennen."

Bevor Gill antworten konnte, strich ihm Chema vom Rücksitz über das graue Haar: „Du bist ein guter Mann. Du bist ein Mann Gottes."

Gill war kurz wie gelähmt. Plötzlich packte Chema hart zu und riss Gills Kopf nach hinten: „Gib mir Brown Brown. Ich will Brown Brown."

Roelf bremste und knallte Chema die Knöchel seiner Rückhand auf die Nase. Vor Schmerz aufschreiend, ließ der Junge Gill los. Roelf zog seine Pistole, packte Chema an den Haaren und riss ihn aus dem Pickup. Er zerrte den weinenden Jungen an den Rand des Urwalds. Gill hatte sich wieder gefasst und sprang aus dem Auto. „Nicht, Roelf. Nicht schießen."

Roelf stand mit entsicherter Waffe vor dem wimmernden Jungen, der noch immer nach Drogen flehte. „Ja. Ein Schuss verrät uns. Ich mache es mit dem Messer."

„Nein."

„Wollen Sie es machen? Können Sie das überhaupt? Ich habe mich in diesem Land daran gewöhnt, Kinder zu töten, damit sie mich nicht töten. Es gibt nichts, das wir ändern können."

„Wir lassen ihn laufen. Sollen andere über sein Schicksal entscheiden. Ich kann und will es nicht."

„Seine Familie und sein Dorf – oder das, was davon übrig ist – haben ihn verstoßen. Sie nehmen ihn nicht mehr an. Das habe ich schon tausendmal erlebt. Er geht zu seiner Gruppe zurück und berichtet ihnen von uns. Das muss er, wenn er nicht umgebracht werden will."

„Bis dahin sind wir längst in Bo", log Gill. Am kurzen Flackern in Roelfs Augen erkannte er, dass der andere Mann verstanden hatte. Wenn der Junge von ihnen erzählte, würde er eine falsche Richtung und einen falschen Ort angeben, zu dem sie unterwegs waren. Vielleicht war dieser Gill doch nicht so dämlich. „Es ist Ihre Safari, Bwana", sagte Roelf und beförderte den zitternden und weinenden Jungen mit einem kräftigen Tritt in die Blätter des Urwalds. Gill packte etwas Nahrung zusammen, legte ein

Messer dazu und warf den Beutel zu Chema, der tiefer ins Grün kroch.

„Weiter."

Sie sprangen in den Pickup und fuhren schweigend los. Nach ein paar Minuten steckte Gill eine Kassette mit Dylan in den Recorder.

„Dem sein Gejaule mochte ich noch nie", sagte Roelf.

45

Innen war das Haus von einer Atmosphäre des Todes erfüllt. Eine nackte Glühbirne baumelte von der Decke und warf ihr hartes Licht auf die ganze Trostlosigkeit des schmutzigen Kellers. Es roch nach Verwesung und Gleichgültigkeit. Die Luft war fett und schmutzig. Alexa dämmerte im Schwebezustand in ihren Exkrementen dahin. Sie erinnerte sich an eine Weisheit des Mende-Stammes, die sie mal in irgendeinem Reisebericht gelesen hatte: „Solange du lebst, gibt es Hoffnung auf bessere Zeiten und darauf, dass etwas Gutes passiert. Wenn das Schicksal gar nichts Gutes mehr für dich bereithält, dann stirbst du." Ihr Überlebenswille war genauso grausam wie die Folterer. Sie hatte furchtbare Angst. Angst ist nichts anderes als erschöpfter Wille, sprach sie sich selbst Mut zu. In ihr war eine Leere, die sie nie wieder ausfüllen konnte.

Sie kroch auf die Lache aus abgestandenen Wasser und Blut zu. Im Spiegel der Pfütze sah Alexa eine Frau, die sie nicht kannte, die es nicht geben durfte. Schwermut und finstere Niedergeschlagenheit umfingen sie.

Dann hörte sie entsetzt, wie die Tür geöffnet wurde. Sie kamen wieder die Treppe heruntergepoltert. Die Waffen in der einen Hand, den Schwanz in der anderen. Das waren Wesen, die einer anderen Spezies angehörten. „Wir haben besondere Pläne mit dir. Erst machen wir dir ein Kind. Und dann … werden wir dich lebendig schlachten und auffressen."

Selbst in diesem bestialischen Gestank roch sie die Fäulnis und das Fett ihrer verdreckten Leiber, als sie sich auf sie stürzten.

Es musste doch irgendwann vorbeigehen.

Es nahm kein Ende.

46 Vor ihnen lag der sich zum Horizont windende grüne, hügelige Teppich. Der Urwald war ein lebendes Gefängnis unter bleiernen, niedrig hängenden Regenwolken. Risse und Löcher im Asphalt. Schlaglöcher, die kein Geländewagen verkraftete. Man musste um sie herum fahren. Gelegentlich kamen sie durch geschundene Dörfer, Friedhöfe für Hütten und Häuser, die unter Mörserbeschuss gestanden hatten. Sie sahen Leute die Straße entlangziehen, auf ihren Rücken Bündel mit Feuerholz, für den Eigenbedarf und zum Verkauf. Zwischen 1980 und 1990 waren zwanzig Prozent der Urwälder Westafrikas verschwunden. Um Waffen zu kaufen, hatte Taylor das Abholzen des Regenwaldes um tausenddreihundert Prozent erhöht. Der westafrikanische Dschungel ist die Heimat der Hälfte aller bekannten Tiere Afrikas.

„Ist Ihnen aufgefallen, dass es in Afrika kaum Kriege zwischen Staaten gibt? Fast alle Kriege sind Bürgerkriege."

„Wegen der Grenzen der Kolonialmächte?"

„Auch. Aber das größte Übel sind die Warlords. Sie sind gleichzeitig Ursache und Produkt der afrikanischen Krankheit."

„Die sogenannten Präsidenten sind nichts anderes als Warlords – Garanten für billige Ausplünderung."

„Warlords sind meistens Ex-Minister oder -Militärs. Gestützt auf ihren Stamm oder Clan, reißen sie sich ein Gebiet unter den

Nagel und plündern es aus. Der Warlord kämpft weniger gegen andere Warlords oder den Staat. Er ist damit beschäftigt, die Menschen in seinem Sektor auszubeuten. Seine Banden durchkämmen ihn pausenlos auf der Suche nach Beute. Neben Stammesangehörigen und Kindersoldaten bindet er junge Männer an sich."

„Das Problem der arbeitslosen jungen Männer. Das ist weltweit das größte Gewaltpotential."

„Auch da zeigt uns Afrika, was auf die ganze Welt zukommt: junge, vitale Männer ohne Perspektive, Arbeit und Geld. Sie lungern in den Städten herum und sehen, was es alles zu kaufen gibt. Wie herrlich die Reichen leben, während sie selbst nichts anderes zu tun haben, als ihrem knurrenden Magen zuzuhören. Sie haben nichts zu verlieren außer einem Bettlerleben. Ein Warlord kann sie leicht rekrutieren. Er gibt ihnen Waffen und damit Macht. Und er gibt ihnen ein Gemeinschaftsgefühl. Sie gehören zu seiner Familie."

„In Europa hatten wir das auch schon. Die Balkankriege waren, wenn Sie so wollen, tribalistische Auseinandersetzungen. Nachdem die Weltbank die jugoslawische Wirtschaft durch Privatisierung kaputtgemacht hatte, entstand in ganz Jugoslawien ein Heer arbeitsloser junger Männer ohne Perspektive. Das kanalisierte man durch ethnische Sündenböcke. Schuld an der Misere ist bekanntlich immer der andere Stamm, die andere Religion oder sonstwer. Statt die Wall Street in die Luft zu jagen, folterten und töteten sie ihre Nachbarn."

„Die afrikanischen Warlords haben ein Händchen dafür, sich Gebiete auszusuchen, in denen Rohstoffe vorkommen. Damit schwächen sie den Staat, der keinen Zugriff mehr auf Diamanten oder Erze hat. Natürlich machen die Multis sofort ihre Geschäfte mit ihnen, was den Staat zusätzlich schwächt."

„Weltmarktpreise drücken."

„Und wenn sie alles ausgeplündert haben, kommt ihr bester Trick. Aus Sorge um die leidende Bevölkerung berufen die Warlords Friedensverhandlungen ein. Sie ziehen den kompletten Popanz durch, unterwerfen sich Wahlen, die von der UNO beobachtet werden, und stellen die Kampfhandlungen ein. Als Dank dafür bekommen sie Kredite von der Weltbank oder der Staatengemeinschaft. Für jede alte Kalaschnikow, die sie abliefern, kriegen sie Geld, und der Warlord erhält einen Sitz in der neuen Regierung. Das ermöglicht es ihm, modernere Waffen für seinen Clan zu kaufen oder Privilegien anzuhäufen. Irgendwann kommt es zum Streit in der Regierung, und der Tanz beginnt von vorne."

„Keine Hoffnung?"

„In Afrika gibt es nur Opfer oder Monster."

Kurz vor Kambeni überquerten sie verrostete Eisenbahnschienen. Einst hatten Züge Freetown mit dem Hinterland verbunden. Mitte der sechziger Jahre beschloss der Präsident, dass das Land keine Eisenbahn brauche. Dass es in Freetown ein Eisenbahnmuseum mit der größten und schwersten jemals gebauten Schmalspurlokomotive gibt, machte den Witz perfekt. Genauso wie die Frauen, die müde ihr Feuerholz entlang der Trasse schleppten.

Sie fuhren an einem Roadblock vorbei, der mal der letzte Außenposten der UNO gewesen war. So viele Einschusslöcher, dass er nicht mehr als Deckung taugte. Drei gelangweilte Soldaten hielten sie an. Roelf gab ihnen eine Flasche Fusel, und einer der Wachtposten schrieb ihre Namen auf ein Stück abgerissenen Kellog's-Karton, bevor er sie weiterwinkte.

Die Stadt bestand aus staubigen Straßen, zweistöckigen Betonhäusern und Hütten. Kapokbäume warfen ihre Schatten über roten Staub. Die Hauptstraße war von kleinen Ständen gesäumt, an denen faulende Früchte, Sardinendosen und Fledermausflügel feilgeboten wurden. Alle verkauften das wenige gleiche. In den zweistöckigen Betonbauten befanden sich kleine und große Geschäfte, in denen Diamantenaufkäufer lauerten. In der Mitte ein Kreisverkehr, dahinter wieder windschiefe Verschläge mit Blechdächern, Lehmhütten und kleine Häuser aus gekalktem Beton. Ein Gewirr aus Behausungen mit ineinander übergehenden Höfen aus gestampftem Lehm. Zwischen den Hütten stand das Leben still, verharrte in Dunst und Staub. Häuser und Straßen lagen in unruhiger Ohnmacht, niedergedrückt vom Echo des nicht vergessenen Bürgerkrieges. Die verängstigten Menschen hatten zu oft erlebt, wie unberechenbar die Vernichtung über sie herfallen konnte. Trotzdem lachten sie und versuchten, an eine zerbrechliche Zukunft zu glauben.

Hinter der Stadt der Himmel, rauchverhangen. Nicht weit davon ein paar Diamantenfelder, in den Dschungel gegrabene Kiesgruben.

„Willkommen in Kambeni! Die Stadt, die zum Träumen einlädt."

47

„Sie werden die Anordnungen der Herren genauso befolgen, als hätten Sie sie direkt von mir erhalten", sagte der Polizeipräsident und sah Domogalla eindringlich an. „Sie haben schon genug Mist gebaut. Sie haben Ermittlungen nach außen getragen, und ich kann Sie jederzeit ohne Pensionsansprüche auf die Straße setzen."

Es kam nicht oft vor, dass Domogalla sprachlos war. Er starrte den Polizeichef ungläubig an. „Und was ist mit der Chefin? Ich meine Kriminaldirektorin Bloch. Sie wollen mir doch nicht erzählen, dass man ungestraft einen Polizisten entführen kann, Kinder foltern und ermorden und auch noch Kollegen erschießen."

„Das fällt nicht in unsere und schon gar nicht in Ihre Kompetenz. Darum kümmern sich jetzt andere. Sie machen das, was Sie halbwegs können: kleine Dealer hochnehmen und mit Italien telefonieren, wenn die Mafia bei uns was anstellt." Er war ein Mann der Verwaltung und der politischen Kunst und nie so naiv gewesen, nicht zu wissen, dass man keine Karriere macht, wenn man nicht, ohne nachzudenken, sämtlichen von „oben" ausgesprochenen Wünschen folgt. Er hatte Frau, Kinder, ein Haus in bester Lage mit Innenpool – und fand das gut. Niemand würde ihm das nehmen. Er musste nicht alles verstehen, gehorchen genügte vollkommen.

Der Polizeichef öffnete die Tür und zog sie hinter sich zu, eine Wolke teures Aftershave im Büro hinterlassend. Domogalla starrte auf die Tür wie auf einen Friedhofsausgang. Er wusste, dass er bei verschiedenen Leuten auf der Abschussliste stand. Der Job bedeutete ihm viel, Alternativen sah er nicht. Nach einigen Sekunden traten zwei Männer in sein Büro. Arrogante, drahtige Schnösel, die alle Machtmechanismen kannten und einsetzten. Beide trugen die obligatorischen grauen Anzüge. Manikürte Fingernägel, stellte Domogalla angeekelt fest. Solche Typen hatte er schon gerne. In ihren Adern floss Eiswasser. Einer hatte einen gepflegten Vollbart, um seine Individualität zu unterstreichen.

„Gefällt mir nicht. Ein Büro für Subalterne", sagte der Bartträger.

„Dann setzen wir uns gar nicht erst hin."

„Ich bin Bernd Körner, und mein Kollege ist Ralf Henkel. Ich denke, wir duzen uns, was, Domogalla?"

„Soso, ihr seid also Bernd und Ralf. Namen, die zum Träumen einladen."

„Wie bist du eigentlich zu diesem Job gekommen?"

„Ich war zu fett fürs Ballett."

Körner und Henkel sahen einander kurz an und lachten bemüht. „Humor ist immer gut. Ein Zeichen gewisser Intelligenz. Das lässt hoffen."

„Von wo seid ihr? Reichssicherheitshauptamt? SD?"

„Muss dich nicht interessieren."

„BKA? LKA? BND? Eine neue geheime Behörde, die für Jack Bauer die Kastanien aus dem Feuer holt?"

„Wie gesagt: Muss dich nicht interessieren. Das einzige, was dich zu interessieren hat, ist, dass wir weisungsbefugt sind. Das hat dir dein Chef wohl gerade verklickert. Oder müssen wir dir einen Kompass auf die Nase schnallen, damit du weißt, in welche Richtung du zu laufen hast?"

„Und was, wenn nicht? Verliere ich dann meine Staatsbürgerschaft?"

„Du bist ein bisschen korrupt. Wie unser Dossier sagt. Aber das ist in Ordnung. Korruption ist eines der Schmiermittel, die das Unternehmen Bundesrepublik am Laufen halten. Du gehörst zum System, bist nur ein wenig aus der Spur geraten. Wir sind nette Kerle und verständnisvoll, uns ist nichts Menschliches fremd. Die Komplexität der Gesellschaft zu erhalten, gehört zu unseren vornehmsten Aufgaben."

„Es gehört sich nicht, da zu scheißen, wo man frisst. Soweit sollte selbst dein Unterschichtenhirn denken können. Wenn man mit Vorgängen konfrontiert wird, die man nicht versteht, gibt man sie an eine Abteilung weiter, die genau für diese Vorgänge geschaffen wurde. Es ist nur eine dünne Linie, die Hartnäckigkeit von Dummheit trennt."

Domogalla seufzte. Die beiden waren das Ortsausgangsschild. Er musste sich mit ihnen arrangieren. „Leute, wir stehen doch letztlich auf derselben Seite. Wir wollen doch …"

„Du stehst auf keiner Seite. Du bist horizontal und nicht vertikal verpolt. Und zwar ganz tief unten." Henkel schob seinen Kopf nach vorne und versuchte einen Blick, der selbst die Al Quaida zur Kapitulation bringen hätte sollen. „Wir stellen unseren Korb mit schmutziger Wäsche nicht auf einer Pressekonferenz aus."

Domogallas letzter Glaube an das Schöne, Wahre und Gute war seit Stunden im Sinkflug. „Wollt ihr mir wirklich sagen, dass wegen dieses Scheißkerls nichts unternommen wird? Das bei uns Teufelsanbeter Kinder abschlachten können? Ungestraft Polizisten ermorden und eine Kriminaldirektorin entführen? Wollt ihr mir das wirklich sagen? Das würde nämlich bedeuten, dass hier alles endgültig am Arsch ist, wenn es jemandem passt, der Geld hat und die richtigen Telefonnummern. Ich bin wirklich nicht naiv. Ich weiß, was hier gespielt wird, und mach' mir keine Illusionen. Aber das geht selbst mir ein bisschen zu weit. Und euch müsste es genauso gehen. Es geht nicht, wenn auf das Team geschossen wird, das den ganzen Laden schützt."

Körners Stimme war sanft. „Du bist naiv. Jeder ist austauschbar. Die Ersatzbank ist voll von Idioten wie dir oder der Bloch, die eingewechselt werden wollen. Es gibt nun mal einige Perverse unter den Leuten, die wirklich nützlich sind. Die nicht so leicht ausgetauscht werden können. Die das Spiel bestimmen. Die dafür sorgen können, dass du eine Schubkarre für deine Euros brauchst, wenn du Brötchen kaufen willst. Ich meine keine armseligen Politiker. Unter denen gibt es auch perverse Schweine. Hast du nicht mitgekriegt, wie die Dutroux-Scheiße erledigt wurde? Solange alles unter den Teppich gekehrt wird und kein zu großer Schaden entsteht …"

„Es ist nicht so, dass wir damit sympathisieren. Aber wer verantwortungsvoll das große Ganze im Auge hat, muss bei Kollateralschäden auch mal wegsehen können. Selbst wenn es wehtut."

„Kleine Nigger sind kein Schaden. Nicht mal ein Kollateralschaden, kein gar nichts. Verstehst du Idiot das nicht? Sie existieren nicht mal. Sind nie offiziell eingereist oder als Flüchtlinge registriert", musste Henkel seinen Mist dazu geben. Körner setzte wieder an: „Wir müssen es auf deiner Ebene hinnehmen. Auf anderer Ebene wird was passieren. Dieser Zaran ist verbrannt. Wichtige Personen gehen bereits auf Distanz. Jetzt dreht es sich nur mehr darum, wie, wann und wo er in den großen Schlaf gesungen wird. Die Frage ist heute, wie wir die Neuaufstellung mit einem guten Blick nach vorne schaffen, um Frau Kraft zu zitieren. Auf jeden Fall wird das diskret und ohne Presse oder WikiLeaks passieren. Es geht gar nicht, dass du in deiner Blödheit dafür sorgst, dass Zaran als Juror bei einer Casting-Show auftaucht."

„Wir begrüßen ganz herzlich einen der führenden Satanisten. Oder willst du zusehen, wie er vor Gericht gestellt wird und die ganze Sache auf Falschparken runtergehandelt wird?"

„Wer redet von Gericht?"

Körner und Henkel sahen einander wieder amüsiert an und lachten. „Dass du ein paar Figuren rumschieben kannst, macht dich noch nicht zum Schachspieler."

„Du kannst gerne ein paar Junkies oder Albaner abballern. Das ist deine Spielebene. Unser Level hast du nicht erreicht und wirst es auch nicht. Ein so großer Fisch ist viel zu glitschig, um von deinen klammen Händen festgehalten zu werden. Halt einfach die Schnauze und mach dir ein paar Freunde. Ist gut für die Karriere. Vielleicht wirst du sogar noch Polizeichef."

„Oder Weihbischof. Wer weiß."

„Wir behalten dich im Auge. Schließen dich in unsere Gebete ein. Und zu jedem deiner Namenstage überlegen wir uns: Wie könnten wir Domogalla eine Freude machen?"

„Weil ihr mich in der Hand habt."

„Nicht doch! Denk an den großen kapitalistischen Mythos: Jeder ist seines Glückes Schmied."

„Oder seines Pechs."

„Und meine Kollegin?"

„Falls es ein Lebenszeichen von Kriminaldirektorin Bloch gibt, schalten wir uns natürlich sofort ein, um ihr zu helfen."

„Natürlich." Domogalla überlegte eine Sekunde, ob er ihnen von Gill erzählen sollte, verwarf den Gedanken aber augenblicklich. Er hatte Cobra alles mitgeteilt, was er wusste. Und er würde Gills Freunden auch weiterhin jede Hilfe zukommen lassen. Falls er noch an Informationen herankäme. „Ihr habt keine Ahnung, was das für die Truppe heißt. Wenn der Staat zulässt, dass ein Polizistenmörder davonkommt, wackelt die blaue Linie. Sowas spricht sich rum und untergräbt die Moral."

„Hörst du das, Bernd? Die blaue Linie! Die Polizei wacht an der blauen Linie, die Zivilisation vom Chaos trennt. Unsere Wächter in Blau sehen zu, dass diese Linie nicht überschritten wird. Wie romantisch. Ich muss mal wieder einen Wambaugh lesen. Ist schon schlimm, was diese amerikanischen Fernsehserien anrichten."

„Guido von Prelatis war der Mörder, und ihr habt euch außergerichtlich mit ihm geeinigt. Also ist der Fall erledigt. Auch das wird keine Konsequenzen haben."

„Aber für die Bloch tut ihr nichts."

Henkel stöhnte gequält. „Sie ist nicht in unserem Zugriffsbereich. Wahrscheinlich ist sie in niemandes Zugriffsbereich. Wir können nichts machen. Vielleicht ist sie längst im Polizistenhimmel, die Gute. Wir bedauern das auch. Das kannst du uns glauben. Aber es gibt höhere Interessen, und denen sind wir genauso untergeordnet wie du. Kapier das doch mal. Hier geht es um internationale Politik und Wirtschaftstycoons. Dieses weltweite

Netzwerk beschränkt sich nicht auf ein paar zahnlose Hinterwäldler, die in Blockhütten Orgien abziehen. Das ist ein hochsensibles Thema, das genausowenig existiert wie Snuff-Movies oder Nihouls und Dutrouxs Kundenliste. Was willst du noch? Kissinger wegen Völkermordes vor einen internationalen Gerichtshof stellen? Clinton anklagen? Der CIA die Drogengeschäfte untersagen? Russland, Albanien und Kolumbien schließen?"

Körner zog einen Umschlag aus der Jacke und warf ihn vor Domogalla auf den Tisch. „Wir mögen dich doch. Jeder von uns hat das mal mitgemacht. Hier hast du ein bisschen Klimpergeld. Mach ein paar Monate bezahlten Urlaub und nimm den ‚Principe' als Strandlektüre mit. Wir sorgen dafür, dass alles wieder schön ist, wenn du zurückkommst."

„Ihr gebt mir Geld?"

„Das holen wir beim Hütchenspiel wieder rein."

Domogalla hatte das Gefühl, in einer Sackgasse abgestellt zu sein. Dieses Gespräch würde Narben in seinem Gehirn hinterlassen. Alexas einzige Chance war Gill und seine Gang. Der Staat würde keinen Finger rühren. Sollte sie es bis zur Botschaft in Sierra Leone schaffen, würde man sie bestenfalls in den Dschungel zurückjagen. Sie war fünftausendeinhundertachtunddreißig Kilometer weit weg, im Niemandsland. Aber Gill kannte sich mit so was aus. Gill hatte immer nur müde gegrinst, wenn er ihm was von zivilisierten Staaten vorgequatscht hatte. Domogalla kam sich jetzt wirklich blöde vor. Das kam also dabei raus, wenn man sich in Bezirken herumtrieb, von denen sich selbst Gott fernhielt. Aber das würde sich ändern. Er würde die Asservatenkammer plündern und so mit Backpulver vollstopfen, dass die Bullen zur Not eine Bäckereikette betreiben konnten. Your ballroom days are over, baby!

48

Roelf hielt vor einer Bar. An der Wand konnte man noch das hingepinselte „War is my Food" lesen. Sie stiegen aus. Die Hitze legte sich über sie. In Freetown hatte es immerhin noch eine leichte Brise gegeben. Gill hatte sofort einen weiteren Schweißausbruch. Als stünde er in dicker Winterkleidung an einem schwülen Sommertag in der U-Bahn, eingekeilt von einer Horde stinkender und transpirierender Menschen. Sie betraten das Betongebäude und rochen den Duft von heißem Palmöl. An einem der hinteren Tische auf der Veranda saß ein offenbar wohlhabender Schwarzer vor einer Cola. Er sah zu ihnen hin und leckte sich die Handfläche. Das Zeichen, dass er Diamanten zu verkaufen hatte. Roelf schüttelte kurz den Kopf. Aus einem Radio dröhnte vertontes Gammelfleisch. Gill ging sofort zur Toilette hinter dem Haus. Auf der Latrine lag ein Holzdeckel, der das Loch dicht abschloss, damit die Fliegen den Kot nicht in der ganzen Stadt verteilten.

Als er zurückkam, trat der griechische Wirt aus einem Nebenraum und grinste ihn an. Hinter ihm räumte eine ängstliche blikkende Einheimische Getränkekisten weg. Man hatte ihr Nase, Lippen und Ohren abgeschnitten. Wovor hatte sie Angst? Was konnte man ihr noch antun? Er trat zu Roelf an den Tresen. „Alte Wunden. Aus dem Krieg. Damals kann sie höchstens zehn gewesen sein."

Über dem Getränkeregal hing ein rostiges Schild mit der Aufschrift: NO SMOKING OR WHORING IN THE OPS ROOM. Gill zündete sich eine Pall Mall an. Roelf bestellte ein Bier, Gill eine Cola. Sie setzten sich an einen wackeligen Tisch unter einen ächzenden Ventilator.

„Jetzt sind wir fast in der roten Zone. Noch ein paar Kilometer, dann setze ich Sie ab."

„Danke für alles."

Roelf winkte ab und bestellte ein paar Spieße, Gill heißes Wasser für seine Tütensuppe. Erstaunt sah man zu, wie er seine Frühlingssuppe zubereitete. „No risk, no fun“, grinste Roelf.

Ein Weißer betrat die Bar. Er war einer dieser westlichen Geschöpfe voller Egoismus und Gier. Einer diesen weißen Schleimscheißer, die über Afrika herfielen wie Fliegen über Kothaufen. Charmant und effektiv wie ein HI-Virus. Arrogant und besoffen kam er hereingeschlendert, setzte sich ohne Aufforderung zu Gill und Roelf. Seine Augen waren von Hepatitis gezeichnet. Primitive Genussucht hatte sein Gesicht stärker ausgemergelt als das Klima. Der drahtige Körper steckte im typischen Outdoor-Outfit aus Chinos, Anglerweste und Boots.

„Neue Buschpiraten. Ist ’ne ganze Weile her, dass sich Weiße hierher verirrt haben. Die konzentrieren sich mehr auf Kono. Wegen der Diamanten. Hier gibt es aber auch Steine von netter Qualität. Habe mir eure Karre mal etwas genauer angeschaut. Interessant. Hochinteressant. Warum habt ihr so viele Waffen?“

„Wir sind Pessimisten“, sagte Gill unfreundlich.

„Mit ein bisschen Kohle kann man hier bestens zurechtkommen – wenn kein Krieg ist. Ein schönes Haus im Busch kostet mich jährlich zweihundert Dollar. Ein Matchstick, das sind dünn gerollte Kokainzigaretten, kostet nicht mal ’nen Dollar. Eine Frau kriege ich für fünfzig. Eine echt starke Frau für neunzig. Gesund, kein AIDS, große Titten und gehorsam. Die Familie kriegt die Knete, und sie muss mir den Rest meines Lebens zu Diensten sein. Du kannst mit ihr machen, was du willst. Verprügeln, alles. Nur nicht in der Öffentlichkeit. Da sind sie empfindlich. Außerdem kannst du dir so viele Frauen zulegen, wie du willst. Sagen wir drei. Die eine besorgt es dir heute, die andere bläst dir morgen die Flöte, und übermorgen knallst du die dritte von hinten, während du über Schüssel die Bundesliga guckst. Dabei freut sie sich, dass du so aufmerksam bist. Und wenn du richtig gut drauf bist, treibst du es mit allen gleichzeitig und hörst dazu Freddys Heimwehlieder. Gelegentlich nimmst du einen Schluck geschmuggelten Johnny Walker Black Label, siehst auf die Uhr und denkst daran, dass die Kollegen in Deutschland jetzt Mittagspause haben und zur Kantine schlurfen, wo sie einen Fraß in sich reinschaufeln, den hier kein Pavian beschnüffeln würde. Kapiert?"

„Interessantes Lebenskonzept", sagte Gill.

Er halluzinierte weiter seinen Lebenstraum. „Ist ja noch lange nicht alles. Während du in deinem Haus deinen Saft verspritzt, arbeiten Horden von Bimbos auf deinen für zehn Dollar gepachteten Feldern oder durchsieben Sumpfschlamm nach Diamanten. Warum sie das tun? Weil du der weiße Bwana bist und Travellerschecks hast. Jeder davon ist mehr wert, als sie in fünf Jahren verdienen. Wir sind hier nicht in einem Vorort von Düsseldorf. Frauen sind Leibeigene, wilde Tiere. Die Leute hier sind ungebildete, gottlose Ignoranten, die ihren Göttern danken, wenn sie dir für zehn Cent die Füße waschen dürfen. Du bist der Mastah, kapiert? Der Big Boss – und sie wollen das auch. Wenn du nicht auf Boss machst, sind sie nicht etwa glücklich. Nee, sie sind sauer, weil sie nichts von deiner Kohle abgreifen können. Sie sind nicht nur bescheuert, sie sind auf ihre Art echt abgewichst. Ich rede nicht von einer höheren Lebenserwartung oder besseren Lebensbedingungen, das ist auf diesem Scheißkontinent sowieso nicht drin. Ich war schließlich lange genug beim Entwicklungsdienst."

„Du bist schon ein ziemliches Arschloch." Gill kannte diesen ganzen Scheiß und konnte ihn nicht mehr hören. Mit ähnlichem Mist hatten ihm pädophile Frührentner in Asien ein geschwollenes Ohr gequatscht.

„Weiß ich. Und der Gedanke, einen edlen Menschen wie dich vom Pfad der Tugend abzubringen, erfüllt mich geradezu mit unerträglichem Schmerz. Aber niemand zwingt die Leutchen dazu. Wenn ihre freiwillige Lebensweise deine Vorstellungen von menschlicher Würde beleidigt, dann fahr doch nach Hause. In Deutschland geht es allen gut, und alle sind gut drauf, stimmt's? Sie hocken in elenden Mietskasernen in Wanne-Eickel und sehen sich die Fette am Mittag auf Flachbildschirmen an, die sie noch abstottern müssen – in sechzig Monatsraten zu neunundzwanzig-neunundneunzig. Neben ihnen auf dem Sofa sitzt eine vollgefressene Frau, bei der man seit Jahren keinen mehr hochkriegt, und rechnet sich aus, wie das nach der Kündigung mit Hartz vier funktionieren soll. Sie fahren nicht mehr mit dem Auto, weil eine Tankfüllung dreimal soviel kostet wie ein DVD-Player, den kleine Asiaten mit flinken Fingern aus Restmüll zusammengebastelt haben und der genau einen Tag nach dem Ende der Garantiezeit auseinanderfliegt. Sie finden das toll, weil sie mit dieser Scheiße aufgewachsen sind und nie was anderes gesehen haben. Außer Mallorca. Dasselbe gilt für die Bimbos. Du kannst hier keinen europäischen Vorposten errichten und Aldi-Läden aufmachen oder McDonald's, nur weil das die Art zu leben ist, die du kennst. Die können hier fast alle nicht lesen. Müssen sie auch nicht. Gibt zuviel zu arbeiten für den großen, weißen Jäger. Die Leute sind zu sehr mit Diamantenwaschen und Ficken beschäftigt. Mehr haben sie nicht drauf, wenn sie sich nicht gerade gegenseitig abmurksen und Gliedmaßen absägen. Hier war mal so ein Arschloch, der wollte ein Buch über mich und mein schönes Leben schreiben. Dem habe ich gesagt: Dein beschissenes Notebook hat nicht genug Speicherplatz für alle Geschichten, die ich hier erlebt habe. Übrigens, ich heiße Günter."

„Du solltest gelegentlich mal nach Deutschland fahren und dir deine Schrauben nachziehen lassen."

Roelf hatte genervt und schweigend den Redeschwall mitgehört, stand auf und murmelte zu Gill: „Ich geh' mal ein paar Schritte und sehe mich um. Bin spätestens in zwanzig Minuten wieder hier."

Günter brüllte nach einem weiteren Star-Bier. Als der griechische Wirt es ihm hinstellte, lallte er: „Treib mal ein paar Frauen für mich und meinen Freund zusammen."

„Wie viele?"

„So viele, wie in die Hölle passen. Treib sie zusammen. Ich übernehme die Transportkosten. Wenn es mit der Inflation so weit kommt, dass ich mir überlegen muss, wie viele Frauen ich mir pro Nacht leisten kann, wird es Zeit, das Land zu verlassen und weiterzuziehen. Bin ein Tramp d'Amour."

Ein beinamputierter Bettler hatte sich hereingeschlichen, als der Wirt kurz nicht aufmerksam gewesen war. Auf seinem Brett rollte er zu ihrem Tisch und jammerte auf Krio nach ein paar Cents. „Bitte. Nur ein klein Geld. Zehn Cent."

Günter beugte sich zu ihm. „Du glaubst wahrscheinlich, du hast es schwer, was? Okay, die Frau ist krank, die Beine sind ab, die Kinder haben nichts zu fressen. Erzähl mir mal was Neues. Wie würde es dir gefallen, in Herne zu leben? Manche dort haben nicht mal Sky und müssen die Spiele in einem beschissenen Zusammenschnitt in der Sportschau sehen. Nix Sky, nix live dabei."

„Mastah, ich versteh nicht Skaaaai. Gib mir zehn Cent, bitte."

„Genau. Du verstehst nichts. Du weißt gar nicht, wie gut du es hast."

„Könnte es sein, dass du ein verdammter Spitzel der Wild Side Boys bist?" Gills Instinkte waren plötzlich online.

„Ich und Spitzel? Du spinnst. Ich bin gelegentlich Geschäftsmann. Mann, in diesem Teil des Universums macht jeder mal Geschäfte mit jedem. Das ist einfach so: Heute bist du mein schlimmster Feind und drohst mir die Arme abzuhacken, morgen vielleicht mein Geschäftspartner. Klar, ich habe schon mal mit den Boys gedealt ..."

Das Großmaul könnte ein ernstes Problem sein. Sicher meldete er der Gang jedes neue Gesicht in dieser Region, die sie als ihr Territorium betrachteten. Auch für weniger als dreißig Silberlinge.

„Als Geschäftsmann muss man Prioritäten setzen. Ich finde Geld im allgemeinen vulgär. Besonders in kleinen Mengen. Meine erste Priorität ist die Farbe Weiß. Ich bin ein weißer Mann, du bist ein weißer Mann. Du hast genug Geld, um eine kleine Armee auszurüsten. Dann hast du auch genug Geld für HUMINT."

„Für was?"

Gill reichte dem Bettler einen Schein. Voller Lobeshymnen auf den edlen Spender rollte er zum Ausgang, von einem Fußtritt des Wirtes beschleunigt.

„Das ist ein Ausdruck, den die Geheimdienste benutzen. HUMINT heißt Human Intelligence – im Gegensatz zu SIGINT für Signal Intelligence; also Infos durch menschliche Quellen im Gegensatz zu Infos aus technischen Quellen. Kapiert? Geheimdienstjargon. Erste Sahne."

„Interessant. Du kennst dich aus, was?"

„Ich kenne so einiges. Kann man sagen. Ja, ich weiß, wo es langgeht. Also pass mal auf: Ich bin HUMINT für dich. Und dafür lässt du'n bisschen was rüberwachsen. Alles klar?"

„Und wenn ich gar keine Fragen habe? Was sollte ich von dir schon wissen wollen?"

„Wie wäre es mit Diamanten? Ist zwar nicht Kono, aber hier gibt es auch Fett. Jeder ist scharf auf Steine, wenn er nach Leone kommt. Kannste so aus den Löchern schaufeln. Nur mit den Händen. Ich kann dir 'n echt guten Preis machen ... vermitteln. Die Steine sind total sauber. Verkaufste in Antwerpen mit hundert Prozent Gewinn. Sowas von gutem Geschäft."

„Danke. Die nimmt mir der Zoll sowieso weg. Außerdem verstehe ich nichts von diesem Mist."

„Musst du auch nicht. Dafür hast du ja mich. Ich zeige dir die Steine, du bezahlst den üblichen günstigen Tarif. Halber Preis hier, halber Preis in Antwerpen. Ich lass' sie durchrutschen. Du brauchst sie gar nicht durch den Zoll zu bringen. Dir mach' ich einen besonders günstigen Preis. Ich bringe sie über Monrovia raus und – voilà – in einer Woche kriegste sie in Antwerpen aufs Zimmer geliefert. Dann zahlst du den Rest und verkloppst sie mit vierhundert Prozent Aufschlag. Direkt in Antwerpen. Kriegst von mir auch noch 'ne sichere Adresse von nem Käufer als Bonus. Wir Weißen müssen doch zusammenhalten, oder?"

„Ich muss was mit meinem Gesicht machen. Vielleicht eine Schönheitsoperation."

„Was? Wieso das denn? Bist doch ein schmucker Feger."

„Offensichtlich sehe ich so unglaublich blöde aus, dass du mir so eine Scheiße anbietest."

„Quatsch. So läuft das hier. Nur zufriedene Kunden. Kommen immer wieder. Was iss jetzt? Machen wir den Deal?"

„Eher verbringe ich den Rest meines Lebens in einem Tokio-Hotel-Konzert."

Roelf kam zurück und flüsterte Gill etwas ins Ohr. Günter starrte sie aus dummen Augen an.

„Weißt du, warum es in dieser Stadt keine Kinder und keine jungen Frauen gibt?"

„Iss eben was für Männer. Für ganze Kerle. Die älteren Weiber sind sowieso besser. Geht nichts über 'ne fette saftige Niggermuschi. Sind eingeritten und ganz geil darauf, dass es ihr ein weißer Bwana richtig besorgt."

„Okay, du hast mich überzeugt. Lass uns den Diamanten-Deal durchziehen. Jetzt gleich. Wir sind nur auf der Durchreise."

„Na, also. Wusste doch, dass du ein vernünftiges, geldgeiles Arschloch bist. Genau wie ich, Mann. Wir kommen aus derselben Straße."

„Dann fahren wir mal zu dir."

„Bist du bekloppt? Das hab' ich doch nicht zu Hause. Wir müssen zu einem Kumpel. Der ist Libanese."

„Auch gut. Fahren wir."

Roelf und Gill packte Günter von beiden Seiten und rissen ihn aus dem wackeligen Stuhl hoch. Sie schleiften ihn zum Wagen, und Gill verstaute den Krakeelenden mühsam auf dem Rücksitz. Günter sagte, wo es langging. Roelf fuhr sofort los, quer durch die Stadt, bis sie wieder auf der roten Straße durch den Dschungel waren. Plötzlich wurde Günter sentimental und begann mit dem typischen Suffgejammer, das Arschlöcher auf allen Kontinenten so gerne von sich geben: „Was mache ich eigentlich hier? Dieses Scheißland ist nicht meine Heimat. Immer nur Nigger, Nigger, Nigger. Hirne wie Paviane. Zu blöd, was auf die Beine zu stellen. Und ich muss das ausbaden. Ich sollte nicht hier sein. Ich geh' zurück nach Krefeld. Aber richtig reich. Das ist doch alles nur Scheiße. So kann man nicht leben. Hier läuft nur Scheiße, Scheiße, Scheiße! Und ich mittendrin. Ein paar Deals noch, und dann bin ich weg. Ich mag nicht mehr." Um Günters Suffgelaber nicht zu hören, legte Gill ein Tape mit Social Distortion ein.

„Da kommt nach vier Kilometern 'ne Abzweigung. Da müsst ihr lang."

„Ja, und dahinter ist dann ein Roadblock der Boys", knurrte Roelf. „Er verkauft uns."

Nach zehn Minuten hielt Roelf am Rande eines verwilderten Feldes. Sie zogen den protestierenden Günter aus dem Wagen und schleiften ihn ins Elefantengras. Gill zog sein Messer und schnitt ihm ein Stück vom Ohr ab. Günter brüllte vor Schmerz

– so laut, dass ihn AC/DC sofort unter Vertrag genommen hätten.

„Was ist mit den Kindern? Du hast einen Atemzug Zeit, bevor ich dir das andere Ohr abschneide. Und wenn ich mal mit dem Tranchieren angefangen habe, finde ich kein Ende. Gefällt mir zu gut."

Günter war schlagartig nüchtern. „Ich erzähle dir alles, was ich weiß. Hilfe. Ich verblute." Er drückte ein verschwitztes Taschentuch gegen die Wunde.

„Mach voran."

„Die Boys haben sie geholt. Machen Raubzüge durch die ganze Gegend und verschleppen Frauen und Kinder. Die holen sie sogar aus Bo und Freetown. Fahren los und gehen auf Raubzug. Hab' keine Ahnung, warum. Wahrscheinlich halten sie sich die als Sexsklaven. Wie im Bürgerkrieg. Für die ist der nicht zu Ende."

„Und niemand unternimmt was? Keine Behörde, UNO? Nicht mal die Kamajors?"

„Mann, du bist in Leone. Hast du das immer noch nicht begriffen? Hier gab es mal einen Priester, der deswegen Wirbel veranstaltet hat. Ist spurlos verschwunden. Hat man nie wieder was von gehört."

„Du wolltest uns direkt zu den Boys bringen. Die hätten uns ausgeplündert und umgelegt. Du bist ihre Concierge in Kambeni."

„Nein, nein. Ich lass' nicht zu, dass die …"

„Ist immer gut, sich jemandem anzuvertrauen, wenn einem etwas auf der Seele liegt", sagte Gill und schoss ihm in den Kopf.

„Einfach liegenlassen. Morgen ist nicht mehr viel von ihm übrig", meinte Roelf, als Gill ihn fragend ansah. Gill nickte. Sein Geist akklimatisierte sich wieder ans Morden.

49

Sie war völlig hilflos. Sie lag zusammengerollt an der Treppe. Nackt und besudelt vom Dreck, der öligen Schmiere und den eigenen Exkrementen. Gesicht nach unten, die zugeschwollenen Augen geschlossen, der Atem röchelnd. Ein dünnes Blutrinnsal floss aus ihrem Unterleib. Wie lange würde es dauern, bis alles wieder von vorne anfing? Es war ihr sogar versagt, den Verstand zu verlieren. Sie überlegte verzweifelt, wie sie sich das Leben nehmen könnte. Nein. Sie hörte ihren Herzschlag. Sie musste jeden einzelnen Herzschlag überstehen. Tief in ihr war etwas Winziges, das in ihr Gehirn sendete, durchzuhalten. Das kann und wird nicht das Ende sein. Es wird etwas geschehen. Du musst daran glauben, dass etwas geschieht. Etwas noch nicht Vorhersehbares. Nicht nur glauben: du weißt es. Es wird etwas geschehen, das dich rettet ... Und wenn es das Erbarmen des Todes ist.

50

Sie kamen an einem verwilderten Feld vorbei. Roelf zeigte auf verfaulende Mangos am Straßenrand. „Die Dörfler schlagen die Mangos mit Bambusstöcken ab, bevor sie ganz reif sind, und sammeln sie ein. Wenn die Früchte am Wegesrand verrotten, heißt das, es gibt kein Dorf und keine Menschen in der näheren Umgebung. Wir sind bereits mitten im Territorium der Wild Side Boys. Die Faustregel ist: Sind Menschen auf den Straßen, ist die Gegend sicher. Sieht man keine Seele, ist man in einer Problemzone."

Die Straße mutierte von roter Erde zu einem matschigen Hohlweg. Dann wurde der Weg wieder zu einem Tunnel aus Dickicht, das kein Sonnenstrahl durchdringen konnte. Ein paar Meter über dem Weg wuchsen Äste, Zweige und Blätter zusammen. Nur ein paar Monate ohne menschliche Aktivität, und der Dschungel erobert die ganze elende Straße zurück. Sie fuhren in den Busch wie in den Bauch eines riesigen Ungeheuers.

„Der schwarzafrikanische Busch ist ein äußerst schwieriges Terrain für den Kampf. Das Dickicht lässt so gut wie keine Aufklärung über die Zahl der Feinde zu. Fünf Meter von dir können sich Gegner verbergen, ohne dass du sie siehst. Bei einem Feuergefecht gibt nur das Mündungsfeuer Zielorientierung. Automatische Waffen eignen sich bestenfalls auf kurze Entfernung. Das Gewirr aus Zweigen, Stämmen und Büschen lenkt alles ab. Der Dschungel ist immer auf Seiten des Verfolgers. Der Fliehende muss sich mühsam durchhacken und einen Pfad erzwingen, während der Verfolger immer näher kommt, einfach dem gehackten Pfad nach. Wenn Sie vor denen flüchten müssen, werfen Sie ihren Rucksack ab. Sie werden sich um den Inhalt streiten. Das verschafft Ihnen einen Vorsprung."

Hinter einer Kurve machte Roelf eine unerwartete Vollbremsung. Vor ihnen lagen sechs Meter weit Palmenblätter auf dem Weg.

„Die alte Masche", sagte Roelf und stieg aus. Mit dem Stiefel wischte er die vordersten Blätter beiseite. Darunter lagen einander überlappende Wellbleche. „Das ist ihr Frühwarnsystem. Die Bleche machen einen fürchterlichen Lärm, wenn man drüberfährt. Außerdem könnten Minen darunter liegen." Sie gingen vorsichtig um die Bleche herum. Am Rand des Pfades standen Pfähle mit aufgespießten Schädeln. Sie waren noch nicht alle komplett abgefressen. Nicht jeder der Schädel stammte von einem Eingeborenen. Unter einem völlig blanken Totenkopf waren ein Kreuz und ein Rosenkranz angenagelt. Der Priester? Jetzt war Gill wirklich bei Mr. Kurtz angekommen.

Roelf schob ein weiteres Blatt zur Seite. Der Rand eines riesigen Lochs zeigte sich. „Groß genug für einen halben LKW. Ein Fahrzeug, das hier einbricht, kannst du nur mit schwerem Gerät wieder rausziehen. Die Boys sorgen dafür, dass man sich ihrem Lager nicht motorisiert nähern kann. Die Stromschnellen machen einen Angriff vom Fluss her unmöglich. Es gibt nur zwei Wege in ihr Gebiet: zu Fuß und durch die Luft."

Dumpfe Trommeln erklangen, und Gill kam sich vor wie in einem alten Abenteuerfilm. Waren sie etwa an einem Außenposten vorbeigekommen, ohne ihn zu bemerken? Verkündeten die Trommeln ihre Anwesenheit?

„Das kommt aus Lautsprechern, um Einheimische zu erschrekken. Die sind viel zu faul und zugeknallt, um Musik zu machen. Die liegen rum, hören Rap und gucken Rambo-Videos."

Gill holte sein Insektenspray aus dem Bag und wollte sich das Gesicht einsprühen.

„Nein. Tun Sie das nicht. Das riechen die bis auf zehn Meter. Sie haben gute Nasen und leben im Dschungel. Im Dschungel riecht man jemanden, bevor man ihn hört oder sieht. Suchen Sie sich eine Pfütze und schmieren sie sich mit Schlamm ein."

Gill warf die Spraydose ins Auto. „Sie müssen jetzt schnellstens zurück. Und ... danke."

Roelf sah Gill an. „Warum machen Sie das eigentlich?"

„Sie hat mir einmal das Leben gerettet. Die Knochen in ihrem Leib sind mir teuer."

Ein schmales Grinsen. „Ich ... ich könnte mitkommen."

„Nein. Sie haben Ihren Job erledigt. Und der Wagen muss weg. Nichts darf auf meine Anwesenheit hindeuten."

„Das ist richtig. Eine Patrouille entdeckt ihn sofort. Egal, wie gut ich ihn tarne."

„Sie waren eine große Hilfe. Wir müssen uns gelegentlich mal einen Abend vollaufen lassen."

Roelf lachte. „Ich habe mein Leben lang etwas gesucht, wofür ich kämpfen kann, aber nur gefunden, wogegen man kämpfen muss. Irgendwann sollte ich mal was richtig Gutes tun, anstatt nur das Schlechte zu lassen."

Er reichte Gill die AK-58. In die Mündung hatte er aus Vorsicht Watte gesteckt, damit kein Staub eindringen konnte. Dann die RPG. „Verdammt viel zu schleppen." Trotz der mörderischen Schwüle zog Gill seine kugelsichere Weste an. Dabei lief ihm der Schweiß in Strömen aus dem Körper. „Die wird Sie umbringen."

Gill war völlig durchnässt, als er sich sein Bag auf die Schulter schnallte. Er hüpfte ein paar Mal auf und ab, um sicher zu sein, dass nichts an ihm klapperte oder Geräusche verursachte. Roelf reichte ihm die Wasserflasche: „Trinken Sie jetzt, soviel Sie können. Sie haben nicht viel Wasser bei sich und können vielleicht nicht an den Fluss. Dann trinken Sie erst in Ihrer Nachtposition wieder. Ich bleibe über Nacht in Kambeni. Zu spät, um bis Freetown zu kommen. Ich kann nichts mehr für Sie tun. Und ... wenn Sie auf einen Wachtposten treffen, gehen Sie davon aus, dass er nicht alleine ist. In Afrika gibt es keine einzelnen Nachtwachen. Die Nacht gehört den Geistern. Keiner will alleine sein. Rechnen Sie eher mit drei oder vier Männern als mit zweien. Denken Sie daran: Afrika warnt dich nur selten und gibt dir niemals eine zweite Chance."

„Danke für die Tips."

„Vorsicht ist gut. Aber es ist wichtig, kein Spiel ernst zu nehmen. Sonst verliert man."

Roelf stopfte ihm das Medical Kit in den Rucksack. Es enthielt das Nötigste, um ein paar Tage im Busch zu überleben: eine Landkarte, Signalraketen, Blutplasma und ein Serum gegen Schlangengift, das ihm Roelf besorgt hatte. Für trübes Wasser hatte er Jodtabletten dabei.

„Letzte Chance, um es sich anders zu überlegen. Die Kampfhubschrauber können das alleine erledigen."

„Und aus Wut schneidet ihr einer von denen die Kehle durch. Sie können meine Tapes behalten."

Roelf lachte. „Mann, Sie sollten die Boys mit Dylan beschallen. Dann würden sie sich von alleine umbringen. Viel Glück."

„Glück ist für Amateure."

Roelf stieg in den Toyota und lächelte. „Ich steh' früh auf und hör' mir das Feuerwerk an." Dann fuhr er rückwärts los.

Gill ging ein paar Meter den Weg entlang, bis er schließlich lautlos in den Urwald glitt. Der verschluckte ihn sofort.

51

Er ließ die Ungewissheit hinter sich, hatte Zuversicht in und Krieg vor sich. Er war in einer anderen Dimension unterwegs. Der Dschungel nimmt einen entweder an oder lehnt einen ab. Die Dinge um ihn wurden etwas unscharf. Nach einiger Zeit war er lebendiger, wurde eins mit dem Dschungel. Er bewegte sich nicht mehr in ihm, sondern mit ihm. Die Welt hinter ihm verblasste im Adrenalin.

Die Luftfeuchtigkeit saugte jedes Geräusch auf. Vorsichtig und lautlos kämpfte sich Gill durch das Grün. Dieser Dschungel war anders als in Asien. Das Grün schien giftiger. Hatte er die Menschen vergiftet? Oder war er durch die Menschen giftiger geworden? Dornen, die stachen, Blätter, an denen man sich schneiden konnte, Wurzeln, über die man stolperte. Gelegentlich hörte man das Fallen eines vermoderten Baumes, der kleinere mit sich riss. Die Luft war so dicht wie die dumpfe Stille. Verrottete Blätter bedeckten Wurzeln und Erde. Das diffuse Licht drang kaum durch das Blättergewirr. Dunkelheit. Zweige und Dornen griffen nach seinem Rucksack. Sanft entzog er sich den Umklammerungen. Er wanderte wie ein Geist durch die Wirrnis der Schlinggewächse. Er vermied es, Bäume zu berühren. Kleine Bewegungen unten können oben große Wirkungen haben und einem aufmerksamen Wachtposten etwas verraten.

Alle paar Meter sah er auf den Kompass. Ohne den würde er im Kreis laufen. Das GPS konnte er nachts nicht benutzen, da es ein gelbes Licht abgab, das durch die Dunkelheit schimmerte. Keine Lebewesen, keine Tiere oder Menschen. Nur Insekten, die ihre Tyrannei ausübten, stachen, saugten und bissen. Der Gestank von faulenden Pflanzen. Die klebrige Hitze an der Haut. Der Schweißstrom brach nicht ab. Trotz Roelfs Rat nahm er immer wieder kleine Schlucke aus der Feldflasche. Wenn er dehydrierte, wäre alles vorbei. Er verfluchte Gepäck und Weste. Er fühlte sich verweichlicht. Er vermisste nicht mal eine Zigarette. Er warf die RPG weg und sah auf die AK. Sie war ihm bereits vertraut, da er sie und die Glock bei einer Rast mit Roelf eingeschossen hatte. Doch die Waffe lud Schlingpflanzen geradezu magisch ein, sich um sie zu wickeln. Er hätte auf Roelf hören und eine kurzläufige MAC-11 nehmen sollen. Aber die Kalaschnikow war ihm vertrauter. Wenn er sich schon aus dem Land ernähren wollte, konnte er sich auch die Hardware hier besorgen. Missmutig ließ er die AK-58 fallen.

Auf einem Baum saß ein Geier und beobachtete ihn. Er schien etwas zu wissen, das Gill nicht wusste. Die Sonne starb einen schnellen Tod. Unter dem Blätterdach konnte Gill lediglich erahnen, wie die gleißende Feuerkugel hinter den Horizont rollte und den Tag enden ließ. Die Nacht kam schnell und überraschend, tauchte die Welt in absolute Finsternis. Dschungel bei Nacht: merkwürdige Schemen, beängstigende Schatten und überall Geräusche, die man nicht zuordnen kann. Die Nacht in Afrika ist ein anderer Planet. Tagsüber kann man die Umgebung irgendwie beherrschen und Gefahren erkennen. Aber nachts ist man hilflos den Feinden ausgeliefert, die als Menschen, Tiere oder Dämonen auf einen lauern. Die Nacht ist ein Alptraum und versetzt jeden in existentielle Angst, der nicht in einer Gemeinschaft ist, nicht in einem Dorf am Feuer sitzt oder sich in einer lärmenden Stadt befindet, deren Geräusche und Lichter die beklemmende Dunkelheit zurückdrängen.

Er streifte das ATN Night Cougar über den Kopf.

Gill bewegte sich langsam und vorsichtig. Er schaffte zwei bis vier Meter in der Minute. Dann kam der Regen.

52

Die Helikopter brummten über das nächtliche Flugfeld und sanken am äußersten Ende langsam zu Boden. Klaus und der Colonel waren die ersten, die ihre Maschine verließen. Der zweite Heli war ebenfalls gelandet. Das schwarze Gesicht des Colonels schimmerte im Mondlicht. „Geben Sie mir den Geldkoffer. Die afrikanische Krankheit."

„Sind Sie da nicht ein bisschen streng? Was meinen Sie, wie korrupt es in meinem Land zugeht?! Vielleicht fehlt es am britischen Einfluss ..."

Der Colonel sah Klaus fassungslos an. „Britischer Einfluss? Davon hatten wir genug. Von Idi Amin bis Foday Sankoh wurden sie alle von den Briten ausgebildet. Oder den Belgiern. Oder den Franzosen. Einige haben in England studiert oder waren in Sandhurst. Die Kolonialisten haben uns die Korruption hinterlassen, als Ausgleich für die Bodenschätze."

Während die Söldner mit ihrem Gepäck aus den Hubschraubern kletterten, näherte sich ihnen ein Landrover mit dem Flughafenkommandanten. Der Colonel ging ihm entgegen. Der Landrover hielt, der Colonel wechselte ein paar Worte mit dem Kommandanten, übergab den Koffer, und der Wagen wendete. Die Piloten hatten die Motoren abgestellt und begannen sofort mit der Wartung. Klaus sah bewundernd, wie jeder Griff saß und mit welch konzentrierter Ernsthaftigkeit die Männer ihre Arbeit verrichteten. Inzwischen hatte sich die zehn Mann starke Kampftruppe gesammelt und überprüfte ihre Ausrüstung.

„Wir liegen im Zeitplan. Sehen Sie zu, dass wir rechtzeitig die Koordinaten erhalten“, sagte Colonol Njaima, den alle nur als „Colonel Python“ kannten und der in Sierra Leone zur Welt gekommen war. Er war ein stolzer Mann und ein Söldner, der sich die Kontrakte aussuchte. Man konnte ihn nicht kaufen, aber seine Arbeitskraft mieten – wenn ihm der Preis und das Ziel zusagten.

„Ich kriege sie rechtzeitig. Spätestens, wenn wir in der Luft sind. Die Richtung ist bekannt. Yendema River. Kambeni.“

„Sind Sie sicher, dass Ihr Mann noch am Leben ist?“

„Keine Sorge. In sowas ist er gut.“

„Nachts … mitten im Dschungel. Er wird sich nicht besonders wohl fühlen.“

„Männer wie Gill sind nicht auf der Welt, um sich wohl zu fühlen. Er weiß gar nicht, wie das geht. Typen wie er sind dazu da, die Drecksarbeit zu erledigen.“

„Und die Frau? Glauben Sie, sie lebt noch?“

„Niemand verschleppt jemanden fünftausend Kilometer weit, um ihn dann zu töten. Ja, da bin ich ebenfalls sicher. Aber ich bin auch ziemlich sicher, dass es Gill im Vergleich zu Alexa geradezu paradiesisch geht.“

„Dann gehen wir nochmals die Operation durch. Das heißt: Erst will ich meinen Männern zusehen.“

„Wie Sie wollen.“

„Für uns Menschen aus Sierra Leone ist das der schönste Anblick der Welt. Es gibt auf der ganzen Erde nichts Schöneres als einen Kampfhubschrauber.“

Klaus sah den Colonel mit hochgezogenen Augenbrauen an. „Nicht Ihr Ernst."

„O doch. Wenn Sie eingekreist im Dschungel liegen, der RUF hoffnungslos unterlegen, die letzten Magazine eingeschoben haben und wissen, dass Sie in zehn Minuten gefoltert oder zerhackt werden – und plötzlich hören Sie das Jaulen eines Hind, dann glauben Sie wieder an Gott, und die härtesten Männer beginnen zu heulen. 2000 rückten die Rebellen ohne Widerstand auf Freetown vor. Alle Ausländer wurden panisch evakuiert. Die Freetowner erinnerten sich noch genau an die Massaker, die diese Wahnsinnigen im Jahr davor angerichtet hatten. Die Panik war gigantisch. Wäre Neal Ellis mit seiner Hind nicht gewesen, dann hätte die Stadt nicht durchgehalten. Man sollte dem Mann ein Denkmal setzen – aber die Weltbank und die UNO wären garantiert dagegen …

Der Kampfhubschrauber ist das Symbol für Sierra Leones Frieden. Nicht die lächerlichen Blauhelme."

53

Der Regen endete gerade rechtzeitig. Plötzlich sah er zwei Schatten auf dem Pfad. Sie sagten kein Wort, machten keine Geräusche. Sie standen wie Geister im Mondlicht, Linien, die mit der Dunkelheit verschmolzen.

Gill bewegte sich rückwärts, ohne die stummen Schemen aus den Augen zu lassen. Er musste den vorgeschobenen Wachtposten umgehen. Er kroch leise über faulige Blätter, auf denen Patronenhülsen lagen. Eine Schlange streifte seine Wange, als sie sich über Gill hinweg durch die Zweige wand. Er verharrte und hielt den Atem an, bis sie neben ihm in den Blättern verschwunden war. Zentimeter für Zentimeter ging er rückwärts. Dann hörte er den Fluss. Er war von seiner Route abgekommen. Gill stand auf und trat ans Ufer. Das Flusswasser hinter den Stromschnellen teilte sich in mehrere Bäche auf. Einige rannen nur träge dahin, fast bewegungslos; ihr Wasser war vermutlich mit Bilharziose verseucht. Die zahllos herumschwirrenden Fliegen warteten auf Opfer, die sie mit Flussblindheit strafen konnten. Er sah über den Hauptfluss. Neben ihm trank eine Schlange. Sie hielt inne und sah zu Gill, der reglos verharrte. Sie trank weiter und schlängelte sich davon. Leise trat er in den Dschungel zurück und sah einen Pfad im spärlichen Mondlicht schimmern. Der schmale, ansteigende Weg, der sich kurvig durch den Busch wand, wurde breiter. Dann der Geruch nach domestizierter Wildnis: Rauch, Gebratenes, Abfälle.

Er war auf dem Hang. Unter sich sah er das Camp der Wild Side Boys hinter einer Flussbiegung. Feuer in brennenden Öltonnen erhellte das gespenstische Treiben. Gill erkannte die provisorische Landebahn. Kein Flugzeug. Die verfallende Villa schimmerte unnatürlich weiß mitten in dieser Landschaft. Zwischen dem Kolonialgebäude standen die Hütten der Boys. Eine riesige Stereoanlage am Ufer bedröhnte das Lager mit Rap-Musik. Er nahm sein Nachtglas und suchte das Areal ab. Ein Boy zog von den umzäunten Hütten eine Frau hinter sich her. Hinter Stacheldraht waren die entführten Frauen und Kinder untergebracht. Dahinter, am Rande des Dschungels, sah er Tümpel und Gruben. Hier mussten Frauen und Kinder tagsüber Diamanten waschen. Die meisten Boys tanzten. Einige saßen herum, aßen oder tranken und rauchten Joints. Er suchte mit dem Glas das ganze Camp ab, sah Alexa aber nirgends.

Entweder hatte man sie in eine der Hütten gesperrt oder in die Villa. Er tippte auf letzteres. Wäre sie in dem Lager, würde sie sich sichtbar machen. Eine Gruppe Boys ging krakeelend zur Villa. Einer holte unter dem Gelächter der Kumpane seinen

Schwanz aus der Hose. Offensichtlich wollten sie sich sexuelle Entspannung besorgen. Ein weiteres Indiz dafür, dass sich Alexa in der Villa befand. Nach einer Viertelstunde kam die Bande gut gelaunt zurück, gesellte sich zu anderen an ein brennendes Ölfass und kübelte Palmwein und alle verfügbaren Drogen in sich rein. Sie hatten ihr Leben aufs Wesentliche reduziert.

Der Pfad führte hinunter zum Lager. Von hier aus würde er am Morgen seinen Angriff starten. Jetzt musste er sich einen Platz suchen, an dem er unbemerkt die nächsten Stunden verbringen konnte. Vorsichtig tastete er sich den Pfad entlang.

Erst glaubte Gill an einen Irrtum – aber dann konnte er das Brennen nicht länger ignorieren. Die Patrone des Kamajors gab eine unglaubliche Hitze ab. Gill blieb stehen und griff in die Tasche. Er befingerte die Patrone. Eiskalt. Dann schien sie plötzlich heiß wie Feuer. Er war verwirrt. Ein nicht nachvollziehbarer Gedanke brachte ihn dazu, den schmalen Pfad vor sich genauer zu betrachten. Palmblätter lagen einen Meter breit und dicht über dem Boden. Wieder diese idiotischen Palmblätter – und keine Palme weit und breit! Zu ordentlich, zu viele auf einem Haufen. Wie bei der Straßengrube. Er bückte sich und hob ein Palmblatt hoch. Wütendes Zischen. Er sah den Kopf einer Grünen Mamba aus der Grube auf sein Gesicht zustoßen. Aber die Grube war zu tief. Das wütende Reptil erreichte ihn nicht. Gill zog alle Palmblätter zur Seite. Vor ihm war eine in den Boden gegrabene Schlangengrube, die quer über den Buschpfad verlief. Vielleicht einen Meter breit und zwei Meter lang. Im grün fluoreszierenden Licht seiner Nachtbrille sah er mehrere Schlangen, die sich auf dem Boden wanden. Ein Schritt weiter, und er wäre hineingetreten. Mitten in ein Knäuel aufgeregter Mambas, die ihn nicht nur einmal gebissen hätten. Es wäre sein sicherer Tod gewesen. Gegen fünf oder zehn Mamba-Bisse war sein Serum nutzlos. Gibt es überhaupt eine ausreichende Dosis Serum gegen so viel Nervengift? Der Biss der Mamba soll durch die Rinde des Munjahi-Baumes geheilt werden können. Man zerkaut sie, dann schiebt man dem Opfer den Brei in den Mund und streicht ihn auf die Bisstelle. Dreimal. Nach einiger Zeit lösen sich die eingedrungenen Giftzähne mit viel Eiter aus dem Fleisch. Der Patient erholt sich langsam. Funktionierte das auch bei Europäern?

Die Mambas waren so aggressiv, weil man sie ihres natürlichen Lebensraums beraubt hatte. Sie waren es nicht gewöhnt, auf dem Boden oder gar in einer Grube dahinzuvegetieren. Bäume sind der bevorzugte Aufenthaltsort der Grünen Mamba. Von dort herunter schlägt sie Vorübergehenden in die Schulter. Früher war es in Afrika üblich, einen Topf mit heißem Brei oder heißem Wasser auf dem Kopf zu tragen, damit sich die Schlange, wenn sie zuschlägt, verbrennt und von ihren Angriffen ablässt oder stirbt. Bei den Luo im Westen Kenias war es Brauch, lebende Mambas am Schwanz an Bäume neben dem Weg zu binden, den das vorgesehene Opfer nehmen würde. Aus Wut über die Gefangenschaft griffen die Schlangen alles an, was in ihre Reichweite kam. Für die Luo war das eine Methode, sich frisches Fleisch zu verschaffen, denn ein Mambabiss brachte selbst einen ausgewachsenen Büffel um, ohne sein Fleisch zu verderben. Aber natürlich konnte man so auch Rache nehmen oder einen Weg sichern.

Der Vietcong benutzte Giftschlangen, um seine Tunnelsysteme gegen amerikanische „Tunnelratten“ zu sichern. Die Falle bestand aus einem Bambusrohr, das in die Decke eingelassen war und kaum mehr als zwei Zentimeter nach unten herausragte. Die Chinesische Baumviper, deren Biss innerhalb von dreißig Minuten tötet, steckte mit dem Kopf nach unten im Rohr und war ziemlich schlecht gelaunt, da ein Kapokstöpsel am unteren Ende sie an der Flucht hinderte. Durch den Stöpsel war ein Stück Angelschnur gefädelt, das zwischen zwei Pflöcken quer durch den Tunnel gespannt wurde. Wenn ein kriechender GI an die Schnur stieß, zog sie den Stöpsel aus dem Bambusrohr über ihm, und die Schlange landete in seinem Genick.

Wahrscheinlich hatte es in Vietnam nie mehr als dreihundertfünfzig Tunnelratten gegeben – eine kleine Einheit bei den Pionieren der Big Red One und eine entsprechende Einheit von der 25. Division der „Tropic Lightning". Hundert von ihnen kamen nie wieder nach Hause. Weitere hundert wurden schreiend und mit Nervenzusammenbrüchen aus der Gefechtszone geschleppt.

Gill ging um die Grube herum. Nun bewegte er sich noch langsamer voran. Vor jedem Schritt suchte er den Boden nach Hinweisen ab. *Bei diesem Tempo brauche ich wahrscheinlich die ganze Nacht, um einen akzeptablen Rastplatz zu finden,* dachte er. Entschlossen kroch er neben dem Pfad tief in den Wald. Er fand einen Baum, gegen den er sich lehnen konnte. Dann zog er das Satellitentelefon hervor und briefte Klaus. Keinesfalls durften sie die Villa und das abgetrennte Lager mit den Frauen und Kindern unter Beschuss nehmen. Er schloss für einen Moment die Augen. Alles um ihn herum schien zu leben und zu krabbeln. Das hatte er in Asien im Dschungel auch erlebt, aber nicht so intensiv wie hier. Gill verdrängte jeden Gedanken an todbringende Tausendfüßler, Spinnen oder Giftschlangen. Er trank aus seiner halbvollen Wasserflasche. Die größte Angst hatte er vor Viren oder Bazillen. Auf die konnte man nicht schießen.

Noch lange nach dem Regen tropfte es aus dem Blattwerk herunter. Man wurde nie trocken. Und der Gestank. Der lastende Geruch fauliger Vegetation setzte sich in Gills Kleidung fest. Er dämmerte vor sich hin, versuchte Kraft zu tanken und sich für das Kommende zu erholen. Er hatte eine gute Stelle erwischt: keine Ameisen. Die schmerzhaft beißenden Tyrannen hätten ihn sofort weitergetrieben. Filariawürmer fürchtete er ganz besonders, weil die sich in Haut und Organe bohren und man sie vorsichtig vom Kopf her wieder herausziehen muss. Dunkelheit, Lähmung. Alles versank in der Flut der Nacht, ertrank in der dunklen Einmütigkeit. Die Stunden vergingen, ohne dass menschliche Geräusche an sein Ohr drangen. Die Nacht war heiß und schwül. Gill war so kalt wie die Klinge seines Messers.

54

Letztlich ist das, was wir Wahrheit nennen, doch nur die Hypothese, die sich am besten bewährt hat, dachte Alexa verwirrt. Unkontrolliert tasteten sich die Gedanken durch ihr fiebriges Bewusstsein. In klaren Momenten ahnte sie, dass sie wahnsinnig werden musste. Wenn sie ihren geschundenen Körper bewegte, durchfuhren sie Schmerzen. Ein Konglomerat aus Schmerzen, die sie nicht orten konnte. Ihre Tränen waren längst versiegt. Ihr Kopf lag in der fauligen Pfütze. Ab und zu leckte sie mit der Zunge das ölige Faulwasser, um etwas Feuchtigkeit aufzunehmen. Blut hatte sich unter ihrem Leib ausgebreitet und strömte. Eine erneute Massenvergewaltigung würde sie kaum überleben. Nicht ohne unheilbare Verletzungen.

Sie wusste nicht, dass das auch dem Chef ihrer Peiniger klar war. Bomb hatte verboten, sie in absehbarer Zeit nochmals zu missbrauchen. Er fürchtete Zarans Zorn, wenn er seinen Auftrag nicht erfüllte. Sie dachte nicht mehr an Rettung. In weniger als vierundzwanzig Stunden war ihr Wille gebrochen worden. Das hätte sie sich niemals vorstellen können. Nie hätte sie geglaubt, wie schnell es geht, einen Menschen in seiner Substanz physisch und psychisch zu vernichten, ohne ihn zu töten. Sie hatte sich immer für hart gehalten. Sie hatte schon Menschen getötet – in Notwehr, nie aus kalter Berechnung. Ihr einziger kraftspendender Impuls war, Zaran und seine Schergen umzubringen. Dieser Impuls ließ sie leben. Aber wie lange noch? Wie lange noch würde sie sich daran klammern können? Würde ihr Verlangen nach Rache die nächste Vergewaltigung überleben? Soviel Kraft hatte sie nicht.

Sie hörte Tropfen aus einer undichten Leitung auf den Boden fallen.

55

Am Morgen legte sich unheimlicher, nasser Nebel auf den Urwald.

Gill starrte angespannt durch die graugrünen, verblassenden Schleier. Die Dunkelheit wurde durchsichtig. Die Zeit war gekommen, das Tagwerk anzugehen. Nebelstreifen trieben zwischen den Baumkronen und in den Pfaden. Er schluckte eine Captagon gegen die aufkommende Müdigkeit. In den letzten Nächten hatte er zu wenig Schlaf gehabt. Während er auf die einsetzende Wirkung wartete, beschmierte er sein Gesicht und den Hals mit dunklem Matsch. Bereits nach kurzer Zeit setzte die Reaktion des Amphetamins auf seinen nüchternen Magen ein: sein Herzschlag erhöhte sich, sein Gesicht brannte. Seine Augen glühten, Schultern und Beinmuskeln schmerzten. Die Lippen waren aufgesprungen, der ganze Körper fühlte sich zerkratzt an. Das Amphetamin neutralisierte die Körpersignale. Euphorie machte sich breit und verzerrte seine Gesichtszüge. Die Zivilisation verließ ihn wie ein Astralleib. Seine Kehle wurde immer trockener. Er trank alles Wasser, das er noch hatte. Dann band er sich ein olivgrünes Schweißband um den Kopf. Er konnte es sich nicht leisten, im entscheidenden Moment einen Schweißtropfen ins Auge zu bekommen. Er sah schrecklich aus. Gill nahm die Bananenmagazine und klebte sie umgekehrt mit Haftband zusammen, um sie schneller wechseln zu können. Jetzt würde er sich eine Kalaschnikow besorgen. Ohne Rücksicht auf den Preis, den seine Seele dafür zahlen würde, war Gill zum Morden bereit. Inspiriert von einem Hass, der nun endlich mitleidlos toben durfte.

Das Satellitentelefon meldete sich. Der Empfang war besser als das Programm deutscher Fernsehsender. „Softparade an Universal Soldier."

„Universal Soldier hört."

„Waiting for the Sun."

„Universal Soldier verstanden."

Klaus und seine Leute würden mit Sonnenaufgang angreifen. Er sah auf die Casio. Er hatte noch eine Viertelstunde, um das Chaos loszutreten und in die alte Villa zu gelangen, in der sie Alexa gefangenhielten. Er musste sie sichern, damit sie nicht noch in letzter Minute von den durchgeknallten Boys umgelegt wurde. Das konnten die Angreifer im Hubschrauber nicht. Deshalb war er hier. Vorsichtig schlich er durch den Busch den Hang hinunter und umging die Wachtposten. Er arbeitete sich so schnell wie möglich voran und achtete nicht auf die Geräusche, die er verursachte. Dann war der Pfad vor ihm, der abwärts hinter einer Kurve am Lager endete. Er ließ seinen Rucksack liegen und schlich hinauf zu der Kurve, hinter der er die Wachen gesehen hatte. Zwei Gestalten schliefen sitzend, mit dem Rücken zu Gill, vor dem verglimmenden Feuer. Neben ihnen lagen mehrere leere Flaschen. Aus der Schlangengrube hinter ihnen hörte er das wütende Zischen einer Mamba. Er glitt auf die Wachen zu, lautlos wie ein Schatten. Dann stach er mit voller Wucht sein Kampfmesser von oben nach unten in den Hals einer Wache, kurz vor der Schulter. Ein gurgelnder Laut. Die andere Wache fuhr hoch und sah Gill aus großen, ungläubigen Augen an. Der Boy trat zurück und wollte nach seinem Panga greifen. Er war zu überrascht und noch zu berauscht, um zu schreien. Gill traf ihn mit Yop-Chagi in den Magen. Der Mann flog zurück, fing sich, torkelte, verlor das Gleichgewicht und stolperte in die Schlangengrube. Sofort stürzten sich die Mambas auf sein nacktes Bein, stießen innerhalb einer Sekunde mehrmals zu. Mit der Kraft der Todesangst sprang der Mann aus der Grube. Der Aufschrei des Todgeweihten wurde erstickt, weil Gill ihm nachgesetzt war und das Messer in seinen Nacken rammte. Die Klinge trat durch den Mund aus wie eine Zunge aus Stahl. Ohne zu schreien, starb er und biss dabei auf die eiserne Zunge. Gill trat ihn in die Grube zurück. Über seinen Leichnam konnten sich die Schlangen in die Freiheit winden. Wieder was fürs Karma getan.

Er nahm sich eine der Kalaschnikows, die neben dem Feuer lagen. Auf rutschfesten Gummisohlen ging er den feuchten Weg bergab. Der Rucksack, der vor wenigen Stunden so schwer gewogen hatte, war nun leicht wie eine Feder. Er schwitzte überhaupt nicht mehr. Adrenalin knallte bis in die grauen Haarspitzen und sang in seinen Ohren. Kurz vor dem Ende des Pfades nahm er das Bergen Bag ab und holte die Minen heraus. Im Abstand von dreißig Metern setzte Gill die Claymores, die er mit einem Stolperdraht über den Pfad verband.

Er erreichte den Rand des Waldes seitlich von dem Kampfstand, der die Siedlung gegen Norden mit einem RPG-7 sicherte. Die Waffe lag neben einem Wild Side Boy, der seinen Rausch ausschlief. Der Junge war keine fünfzehn Jahre alt. Über seinem T-Shirt hing eine Kette mit menschlichen Ohren. Gill legte die AK geräuschlos zu Boden und zog das Kampfmesser. Wieder schlug er zu wie eine Kobra, fasste den Boy um den Mund und stieß ihm das Messer in den Nacken. Der Feind verendete röchelnd. Erst als er tot war, nahm ihm Gill die Hand vom Mund. Er tötete voll selbstsüchtiger Besorgnis. Jede Handlung, die man verrichtete, war für immer. Man konnte nichts ungeschehen machen. Das waren die Regeln des Spiels. Seine letzten Regungen kapitulierten vor Zorn und Hass.

Gill lauschte. Die erste Morgenröte raste über den Horizont. Schlagartig, wie die Nacht hereingebrochen war, überfiel jetzt der Tag den Dschungel. Letztes Grau wehte über den Busch.

56

Etwa hundert Kilometer entfernt waren genau fünfzehn Minuten zuvor die Schlüssel in die Startvorrichtung der Kampfhubschrauber gesteckt und in die Batterieposition gedreht geworden. Dann auf *ground idle* gestellt – und das Benzin floss in die Kammern. Die Turbinen begannen zu summen, Staub flog durch die Dunkelheit. Männer verteilten sich auf beide Hubschrauber, wo sie es sich neben den Seiten-MGs so bequem wie möglich machten. Die Helikopter waren schwarz gestrichen und trugen keine Kennungszeichen. In den Nasen befand sich jeweils ein Zwölf-komma-sieben-Millimeter-Gatling-System, das viertausend Schuss pro Minute abgeben konnte. Ein Ventilator blies etwas Luft durch die Kabine. Die Piloten rückten ihre Nachtsichtgeräte zurecht und stellten die Position *flight idle* ein. Die Helikopter begannen zu zittern, ihre Rotoren erreichten Fluggeschwindigkeit, sie lösten sich vom Boden und donnerten in Richtung Mond.

Der Tod verließ Lungi-Airport kurz vor Morgengrauen. Die GPS-Positionen für eine exakte Landung in der heißen Zone waren einprogrammiert. Durch die Nachtsichtgeräte wirkte der Dschungel nur wenige Meter unter ihnen fluoreszierend. Für den kurzen Flug waren alle an Bord mit ihren Gedanken alleine, beherrscht von der Hoffnung auf ein gutes Gelingen der Operation.

Gill hatte ihnen einen genauen Lagebericht gegeben und mäßig brauchbare Handybilder gesendet. Sie hatten festgelegt, wo sich jeder Söldner nach der Landung positionieren musste, um ein bestimmtes Quadrat mit seiner Feuerkraft abzusichern. Die heiße Landezone war in Planquadrate aufgeteilt, und die Positionen waren so festgelegt worden, dass niemand in *friendly fire* geraten sollte.

Klaus stieß den schwarzen Söldner neben sich an und schnorrte eine Zigarette. Sein Mund war trocken, seine Hand zitterte unmerklich, als er die Marlboro an der des Spenders anzündete. Sie schmeckte nicht. Die Männer sahen einander an und grinsten. Der Adrenalinspiegel stieg. Einige bekamen feuchte Hände. Ein Schwarzer aus Südafrika sagte: „Fight for your right to party." Er war Moslem und Fan der Hisbollah. Aber er hatte zuviel Mist gesehen, um noch an irgendwelchen religiösen Scheiß zu glauben. Sie lachten verkrampft. Dann war wieder Ruhe, und sie sahen auf den Dschungel unter sich. Für sie gab es keine Eindeutigkeiten. Sie lebten zwischen den Welten, der wilden und der vermeintlich zivilisierten. Keiner von ihnen war bereit, sich einer davon ganz zuzuordnen. Sie waren Wanderer, Suchende, Grenzüberschreitende, die zwischen Kulturen und Wertesystemen orientierungslos hin- und hertaumelten, nur darin frei, ihre Zuwendung und Hingabe zu verkaufen. Wanderarbeiter.

„Ich habe noch nie im Dschungel gekämpft. Ich scheiß' mir gleich in die Hose." Gelächter. „Das geht jedem so, der länger nicht im Einsatz war. Sobald es losgeht, ist es weg. Soldatenlampenfieber", sagte ein älterer Südafrikaner, der lieber im Kampf als in Pomfret sterben wollte, zu Klaus.

Kleine Flüsse bahnten sich ihren Weg durch den Dschungel. Ebenen mit hohem Elefantengras unterbrachen den Busch. Da zwischen Lehmstraßen. Erst flogen sie dreißig Meter über den Gipfeln, dann gingen sie runter auf fünf Meter, erreichten den

Yendema, gingen noch tiefer in den Nebeldunst, der über dem Wasser aufstieg, und folgten dem Flusslauf zum Lager der Wild Side Boys.

Die Männer überprüften zum x-ten Mal ihre Waffen. Der Hubschrauber schüttelte sie etwas durch. Sie kannten sich von den unterschiedlichsten Einsätzen. Manche hatten schon gegeneinander gekämpft. Aber das spielte jetzt keine Rolle. Sie waren Profis und mussten sich beim kommenden Einsatz blind aufeinander verlassen können. Jetzt waren sie allesamt Brüder und zusammen eine einzige Kampfmaschine.

Colonel Python stand auf, reckte die Faust und brüllte, die lauten Rotoren übertönend: „WE ARE GOIN' IN! WE ARE GOIN' IN! WHAT DO WE DO?"

Die Männer rissen ihre Fäuste hoch und schrieen: „WE ARE GOING IN! WE ARE GOING IN!"

„AND WHAT DO WE DO?"

„WE KILL THEM ALL!"

Alle Zweifel und Ängste wurden in Hysterie und Adrenalin aufgelöst. Der Colonel heizte ihnen ein, und Klaus brüllte am lautesten. Er konnte es kaum noch erwarten. Aus dem Cockpit krächzte es: „Heiße Landezone in einer Minute. Viel Spaß, Jungs."

Für einen Moment spiegelte sich die aufgehende Sonne in den wirbelnden Rotorblättern der Hubschrauber. Sie näherten sich wie zwei riesige, hässliche Insekten.

„Wir haben Sichtkontakt."

57

Als Gill das Camp betrat, wurde es still. Kein Geräusch drang aus dem erwachenden Busch. Der sonst übliche Lärmpegel sank nicht etwa langsam ab und wurde leiser – es herrschte Stille. Als hätten die Tiere Gills geistige Frequenz aufgefangen und „Alarm und Flucht" gesendet. Er kam aus der Bedrohlichkeit des Dschungels, als ob er ein Teil von ihm wäre.

Im Dorf war ebenfalls alles still. Aber menschlich still. Nur aus der ihm nächsten Hütte hörte Gill das Husten eines erwachenden Wild Side Boys. Dann vernahm er entfernt das lauter werdende Geräusch eines näherkommenden Rieseninsekts. Furchtbares rollte durch den Himmel heran. Vor der blutrot aufgehenden Sonne zeichneten sich zwei Helikopter wie fette Hummeln ab. Gill nahm die erbeutete RPG-7 und legte auf die Hütte an. Das Husten wurde lauter. Der Mann war aufgestanden, um ins Freie zu gehen. Gill drückte ab. Das raketengetriebene Geschoß machte sich unterwegs scharf und schlug in die Lehm- und Betonmischung. Die Explosion war effektiv. Flammen stiegen in den Morgen. Gill sprach ins Satellitentelefon: „Norden gesichert. Softparade rückt vor."

Jetzt kam Leben ins Camp. Halbnackte stürzten mit AK-47s aus den Hütten und schossen blindwütig um sich. Verkatert oder immer noch vollgedröhnt, rannten sie panisch herum.

Der erste Helikopter überflog Gill in so niedriger Höhe, dass er ihn fast streifte. Gill setzte sich in Bewegung und rannte an der brennenden Hütte vorbei. Zwischen ihm und dem Hügel mit der Villa stand eine weitere mit Blech gedeckte Unterkunft. Gill warf eine Granate, und die Hütte platzte auf wie eine überreife Avocado. Das brennende Blechdach segelte davon. Plötzlich tauchte ein schreiender Wild Side Boy vor ihm auf. Er raste mit erhobenem Panga auf ihn zu, doch Gill schickte ihn mit einer Feuergarbe in den finalen Ruhestand. Sein Schädel zerplatzte wie ein Insekt auf der Windschutzscheibe. Um Gill herum tobte Satans ganze drittklassige Show. Alles verschwamm in einer stinkenden Todessuppe. Die Erde erbebte.

Die Gatling brüllte und verteilte den Tod. Der südafrikanische Pilot war eins geworden mit seinem Helikopter. Wieder dieses Gefühl, unverwundbar zu sein. Nach dem Briefing hatte er zu Klaus gesagt: „Es geht alles gut. Ich weiß, dass ich nicht in einem Hubschrauber sterben werde." Der Pilot glaubte, einem Wild Side Boy direkt in die Augen zu sehen, als der sich in zwanzig Metern Entfernung hinter einem Sandsack erhoben hatte und ein MANPADS direkt auf den Heli richtete. Verschmolzen mit seiner Maschine, war der Pilot in einer völlig anderen Bewusstseinsebene. Kurz bevor die Boden-Luft-Rakete abgefeuert wurde, zog er den Steuerknüppel leicht nach links. Der Hubschrauber kippte sanft zur Seite, während die Rakete mit eineinhalbfacher Schallgeschwindigkeit nur wenige Zentimeter zwischen Rumpf und Kufen hindurchschoss, über den Fluss jagte, in den Dschungel einschlug und einen Feuerball hineinbrannte.

Zitternd verharrten die Helikopter über ihren Landepositionen. Bevor sie noch aufsetzten, sprangen die Söldner heraus, verteilten sich und nahmen in unglaublicher Geschwindigkeit ihre taktischen Positionen ein.

Ein Hubschrauber spuckte zwei weitere Raketen. Zuckende Gestalten tauchten in einem Gewirr aus Wellblech und Betonstaub auf und rannten kreuz und quer über die ehemalige Gummiplantage, die zu einer Plantage der Qual und des Leids geworden war. Sie stießen gegeneinander, schrieen, feuerten. Trümmerhaufen, erstarrte Gesichter, verunstaltete Körper. In wenigen Sekunden war absolutes Chaos entstanden. Die Frauen und Kinder im umzäumten KZ-Gelände kauerten gelähmt in ihren Hütten, hielten einander umfangen, manche brüllten vor Angst. Der Lärm war apokalyptisch. Mogadischu-Musik. Geschosse heulten durch die Luft, schwirrten wie Moskitos über das Gelände. Querschläger spritzten nach allen Seiten. Und durch das alles hindurch klang das mechanische Rattern der AKs. Die Boys hatten nicht die geringste Chance. Sie wurden zwischen den raumkontrollierenden Positionen der Söldner zerrieben. Dann drangen die Söldner in das Camp vor wie Wildschweine in einen Berliner Vorgarten.

Knapp neben Gill hüpften Geschosse in den festgestampften Dschungelboden und zerfetzten vorwitzige Gräser, die zur Sonne strebten. Aus einer Hauswand platzten Stücke, wie von einer stählernen Peitsche herausgerissen. Holz und Laub regneten auf das Lager. Hier wurde nichts eingenommen, nur zerstört.

Die Boys waren total vom Kurs abgekommen. Sie hatten alle Gewalt über ihre zerbröselnden Nervenstränge verloren, brüllten und rannten schießend zwischen den Hütten herum, suchten eine Deckung, die es nicht gab. Drei flüchteten zu dem Pfad, den Gill vermint hatte. Sie verschwanden im Busch und lösten durch den Stolperdraht die Claymores aus. Die Druckwelle schoss die Metallkugeln in fünfzig Meter Breite und zwei Meter Höhe durch Blätter und Zweige. Die Boys erfuhren jetzt am eigenen Leib, dass die Minen auf fünfzig Meter absolut tödlich waren. Die Explosion schleuderte sie hoch in die Luft, ihr Blut und ihre Überreste regneten als Nahrung für die Aasfresser in den Busch. Der Söldner neben Klaus beobachtete das. „Wer keinen Spaß versteht, sollte nicht zu den Soldaten gehen.“ Klaus hatte Anweisung, ihm nicht von der Seite zu weichen und genau in dieselbe Richtung zu feuern. Sie wurden innerhalb einer Sekunde ein Team.

Gill warf die leergefeuerte AK weg. Er hatte keine Zeit, ein neues Magazin einzulegen. Mit der Glock in der Hand stürmte er die kurze Treppe der Villa hinauf, vier Stufen auf einmal. Die Tür des Gebäudes öffnete sich, und zwei Männer kamen heraus:

Hiroshima Bomb und einer seiner Leibwächter. Der Leibwächter riss die Waffe hoch, während Bomb an Gill vorbei die Treppe hinunterlief. Gill drückte ab. Ein Dum-Dum-Geschoss verteilte den Schädel des Muskeltypen über ganz Afrika. Sein Körper klatschte nutzlos gegen die Wand.

Gill nutzte jede Deckung, als er die Eingangshalle und die angrenzenden Räume durchquerte. Niemand erwartete ihn. Seinem Instinkt vertrauend, suchte er nach einem Kellereingang. Die Bauweise der Kolonialvilla deutete darauf hin, dass es ein Untergeschoss gab. Keller, Satanisten und Kannibalen – was für ein Scheiß, dachte er. Er durchsuchte mehrere Zimmer, die sich in unterschiedlichsten Stadien der Zerstörung befanden. Dann führte ihn eine Tür in einen dunklen Raum. Das spärliche Licht, das durch den Türspalt fiel, gestattete ihm einen Blick ins schummrige Innere. Die Fenster waren verschlossen und verdunkelt. Aber durch Löcher und Ritzen tasteten sich Sonnenstrahlen zögernd in den obszönen Ort. Gill konnte die Ecken des unheimlichen Raumes nicht erkennen. In der Mitte stand ein Altar, auf dem Kreuze und abgeschnittene, schwarz verfärbte menschliche Gliedmaßen lagen. Aus den Christusabbildungen hatte man die Gesichter gekratzt, die Wände waren mit merkwürdigen Zeichen beschmiert. Eine Platte für Opfergaben vor dem Altar. Neben einem Gefäß mit Blut lag ein stinkender, halbverfaulter Affenkadaver. Eine Wolke surrender Fliegen hüllte die Kultstätte ein. Leere Flaschen und Jointkippen lagen auf dem Fußboden. Auf eine perverse Art wirkte der Ort lebendig, als bewege sich ein Fluidum des Bösen in ihm. Ihr Oval Office, dachte Gill. Der Gestank aus verrottendem Fleisch und abgestandenem Blut war unerträglich. Er durchquerte das Zimmer und sah eine Tür.

Er öffnete sie. Stufen führten nach unten. Na endlich. Nahe an der Wand ging er die Treppe hinunter und kam an eine primitive

Eisentür. Sie war verschlossen. „Weg von der Tür!" brüllte er und wartete ein paar Sekunden. Dann zerschoss er das Schloss und trat die Tür aus den Angeln. Eine Welle üblen Gestanks überrollte ihn. Er zog das Schweißband von der Stirn unter die Nase. Gegen diese Geruchshölle war sein Schweiß Chanel No. 5. Trübes Leuchten einer Lampenbirne erhellte den Raum. Schmutz, Kot, ein paar Lumpen und Wasserpfützen. Mittendrin lag etwas Großes, das sich kaum merklich zu bewegen schien. Gill ging darauf zu.

Sie war kaum noch als menschliches Wesen zu erkennen, wie sie da in ihrem eigenen Schmutz dahinvegetierte. Ihre Augen waren fast völlig zugeschwollen, die Lippen aufgeplatzt, ein Gemisch aus getrocknetem Blut und Scheiße an ihrem mit Wunden übersäten Körper. Gill kniete sich hin, hob sie sanft an und nahm sie in die Arme. Beunruhigt von der grauen Blässe des Gesichts, schlug er ihr leicht auf die Wangen. „Es ist vorbei, Alexa. Es ist vorbei." Irgendwo tief drinnen schämte er sich für diese Lüge. Nichts würde wieder wie vorher sein. Es war nie vorbei.

„Ich bin es. Gill. Wir gehen hier weg."

Er sah Entsetzen in ihren Augen, das an Wahnsinn grenzte. „Bitte … nicht … bitte … nicht", stammelte sie kaum hörbar. Gill zog ihren Kopf zurück, zwang sie dazu, ihn anzusehen. Ihre geschwollenen Augen waren leicht geöffnet. „Ich bin es. Gill."

Ihr Lächeln kam aus einer anderen Zeit. Schwach und voll tiefer Melancholie. Als hätte sie eine bessere Welt gesehen und wüsste, dass sie niemals wieder in sie zurückkehren konnte. Sie versuchte aufzustehen. Gill stützte sie. „Ich trage dich."

„N… nein. Nicht."

Mit Alexa im Arm schlurfte er durch den Keller. Schwerfällig bewältigten sie die Treppe. Es schien Stunden zu dauern, bis sie oben waren. Der Schock, sie so zu sehen, nahm ihm für einige Momente die Kraft. Das ließ er nur zu, weil er wusste, dass draußen bereits alles vorbei sein würde. Helles Sonnenlicht durchflutete die Eingangshalle der Villa. Alexa musste sich einen Moment ausruhen. Draußen erklangen nur noch vereinzelte Schüsse. Die Söldner gingen wie Zombies durch das Lager und jagten jedem verwundeten Wild Side Boy, der sich auf dem Boden krümmte, zwei Kugeln in Körper oder Kopf. Nie eine, immer zwei. Schmauch stieg aus den Einschusswunden. Keine Worte, kein Mitleid, kein Hohn. Archaische Todesboten mit moderner Technik. In den Pupillen der Verurteilten die traurigste Frage der Welt: Warum muss ich jetzt sterben? Mit verblüfftem Ausdruck fuhren ihre verfaulten Seelen in den Abgrund. Wie gerne hätten sie die Zeit zurückgedreht auf das Elend, dass sie noch vor zehn Minuten genossen hatten. Das Blut der Toten schrie vom Erdboden. Ihre Zahl würde nie ermittelt werden, da sie nicht interessierte. Dies war kein Tag für Statistiker. Ein Wild Side Boy hatte sich hinter einer Strohhütte versteckt. Aber sie hatten ihn bemerkt und jagten eine Salve in Bauchhöhe hindurch. Schreiend brach der Boy zusammen, durchsiebt.

„Du wartest hier. Ich hole den Sani."

„Nein. Ich … gehe …mit …"

„Gut. Halte dich ganz fest."

„Wasser. Zum … Fluss."

„Nein. Der Sani säubert dich."

„Fluss …"

„So schlecht kann es dir nicht gehen, wenn die weibliche Eitelkeit Oberhand gewinnt."

„Fluss."

Gill war ebenfalls verdreckt. Er hob Alexa auf. Sie protestierte nicht. Mit ihr auf den Armen ging er zwischen den Leichen hindurch zum Fluss. Die Zeit war um sie herum zusammengebrochen. Jetzt begann sie wieder ihre unbarmherzige Tätigkeit. Kordit zog in Nebelschwaden durch das Lager.

Er nickte Colonel Python zu, der ihm entgegenkam. Seit dem Beginn des Angriffs waren keine fünf Minuten vergangen.

„Gill?“

„Ja. Rufen Sie bitte den Sanitäter. Verluste?“

„Zwei Verwundete. Nicht schlimm. Das war ein Spaziergang. Sie lernen es nie. Die paar, die entkommen sind, werden sich in Todesangst durch den Dschungel quälen. Die, die nicht flüchten konnten, gehen nirgendwo mehr hin.“

„Der Sani soll zum Fluss kommen.“

Sie erreichten das Ufer. Gill setzte Alexa ins flache Wasser. Sie legte sich hin und drehte sich. Das Wasser um sie herum färbte sich braunrot und floss davon. Gill griff in seine Jacke, holte seine Zigaretten heraus. Er zündete sich eine Pall Mall an. Die erste seit vielen Stunden. Sie schmeckte scheußlich, aber er sog den Rauch begierig ein. Alexas Körper wurde heller. Jetzt sah er ihre vielen Wunden deutlich am nackten Körper. Schließlich fühlte sie sich sauber genug und versuchte aufzustehen. Gill wurde sich der eigenen Verschmutzung bewusst und ging genüsslich qualmend ins Wasser, um sich Blut und Kot von der Kleidung zu waschen. Klatschnass trat er wieder ans Ufer. Alexa stand unsicher da und sah ihn an. Er zündete eine weitere Zigarette an und drückte sie ihr zwischen die aufgeplatzten Lippen. „Die haben hier keine Kool.“ Im ersten Moment zuckte sie zurück, Panik in den Augen.

„Es ist vorbei.“

Er zog seine nasse Kampfjacke aus und legte sie ihr um die Schultern. Dann nahm er sie in den Arm, und langsam schleppten sie sich auf die brennenden Hütten zu. Dahinter warteten die gelandeten Helikopter. Die Bewegung ihrer Rotoren fachte die Flammen an. Ein paar Meter vor sich sah er Klaus. Der stieß gerade einen Schwarzen vor sich her, der die Hände hinter dem Nacken verschränkt hatte. Hiroshima Bomb. Seine Augen waren irre. Er öffnete den Mund unter der zu Brei geschlagenen Nase, um zu atmen. Die Zähne waren blutrot. Dazwischen kleine Fleischfetzen. Gill, der Alexa stützte und weiter Richtung Hubschrauber zog, spürte, wie sich ihre Finger in seinen Arm gruben. „Das … das … Dreckschwein."

Klaus war mit seinem Gefangenen stehengeblieben und sah zu Gill und Alexa.

„Was macht so eine schöne Frau in so einer miesen Gegend?"

„Seit wann nimmst du Gefangene?"

„Er ist der Häuptling. Er soll uns was über Zaran erzählen."

„Und was? Der weiß doch nichts. Kennt nur die Brutfarm."

Alexas Finger krallten sich in Gills Oberarm. Sie hatten Klaus und Bomb erreicht. In den Augen Bombs stand Todesangst. Er bekam kein Wort heraus. Gill löste Alexas Finger von seinem Arm, zog die Glock und drückte sie ihr in die Hand. Er hob ihre Hand und zielte auf den zitternden Mann. Plötzlich drehte Bomb sich um und lief los. Alexa bebte kraftlos. Gill drückte ihre Hand fester, visierte den Rücken des Fliehenden an und zog ihren Finger um den Abzug durch. Das Geschoss krachte in Bombs Rückgrat und schleuderte ihn nach vorne auf den Boden. Es war eine normale Patrone. Gill hatte das Magazin alternierend mit Dum-Dum-Geschossen und konventioneller Munition gefüttert. Vom Schock war Bombs Gehirn betäubt. Als glaubte er instinktiv an eine Chance, in den Busch zu entkommen, kroch er auf den Ellenbogen weiter, die tauben Beine hinter sich her zerrend.

„Wenn er überlebt, wird er als Krüppel leiden und in Angst vor seinen Opfern leben", sagte Gill und sah zu, wie Bomb durch den Staub kroch.

„Er … soll … nicht … mehr … da … sein", flüsterte Alexa.

Gill hob ihre Hand mit der Glock, zielte auf Bombs Hinterkopf, drückte ihren Finger und blies Bombs Schädel in die Botanik.

„Du hast dem Teufel ins Gesicht gesehen, und der Teufel hat die Augen gesenkt", zitierte Klaus dramatisch. Sein Adrenalinausstoß war bereits abgeschlossen. Die Söldner hatten die Wild Side Boys durchgekaut und in die Hölle gespuckt. Die brennenden Hütten, die vereinzelten Schüsse und das blutige Chaos beeindruckten ihn nicht länger.

Colonel Python und ein Söldner rannten zu ihnen. „Wenn Sie nichts mehr aus der Villa brauchen, machen wir jetzt das Licht aus. Abflug in fünf Minuten."

„Nein. Aber irgendwas muss mit den Frauen und Kindern der Brutfarm geschehen. Können Sie die UNO oder besser noch eine nichtstaatliche Hilfsorganisation einschalten?"

„Das machen wir, sobald alles platt ist. Wir radieren jede Erinnerung an die Wild Side Boys aus. Das ist wichtig. Wir sind in Afrika. Nichts darf übrigbleiben. Kein Wohnsitz für Geister. Kein Mythos."

Python und der Söldner sprangen die Stufen zur Villa hinauf und präparierten sie mit Semtex. Der Dschungel würde bald alle Spuren des Massakers verschwinden lassen – nur nicht in den Köpfen der Beteiligten. Zwei Söldner rissen die Zäune der Brutfarm nieder. Dahinter standen immer noch verängstigt Frauen und Kinder, nah aneinandergepresst. „Ihr seid frei. Wir rufen Hilfe für euch. Kehrt in eure Dörfer zurück. Sagt allen, wir kamen, um euch zu befreien und zu beschützen. Wie damals Executive Outcomes. Wer euch etwas tut, dem ergeht es wie den Wild Side Boys. Erzählt es jedem." Die Hoffnungslosigkeit, die über den Hütten gehangen hatte, wehte langsam davon.

Der Sanitäter kam und führte Alexa zu einem Helikopter. Sie

würde ausgeflogen und in eine Klinik gebracht werden. Anschließend würde Klaus sie mit dem Privatjet nach Hause transportieren.

Gill umarmte seinen Freund. „Guter Job."

„Ich habe auch schon mal das Meer geteilt."

„Ich hoffe, sie haben dich nicht über den Tisch gezogen."

„Die haben mich ganz einfach ruiniert. Deine verdammten Freunde haben mich ausgeplündert."

„Ich seh' zu, dass die Russen dich als Toilettenmann im Hasenhaus behalten."

Die Villa explodierte.

„Gib mir mal eine Zigarette."

„Du rauchst nicht mehr."

„Spar dir dein dämliches Gequatsche und gib mir 'ne Reval."

Gill zog die Packung aus der Hosentasche. „Nur Pall Mall im Angebot." Er reichte sie Klaus rüber. „Hast du dir verdient. Darfst du behalten."

Der Gestank des Schlachtfelds blieb in ihren Nasen; die Zigaretten kamen nicht dagegen an. „Ich kann mir das Rauchen jetzt eigentlich nicht mehr leisten. Vielleicht vom Flaschenpfand … Ich glaube, wir haben es uns ganz schön verscherzt mit diesem Zaran. Ich kenn' ihn ja nicht persönlich, aber ich vermute, das ist eher der nachtragende Typ."

Der Sensenmann, der zehn schöne Minuten gehabt hatte, wanderte missmutig weiter. Zurück blieb der Gestank nach heißer Asche. Schwarzer Rauch rollte über den blauen Himmel.

„Es ist noch nicht vorbei. Hier endet es nicht."

„Ich weiß."

3. TEIL:

DAS GRAUEN

Auf die bösen Menschen ist Verlass,
sie ändern sich wenigstens nicht.
William Faulkner

Die Hölle ist leer und alle Teufel sind hier!
Aus: „Der Sturm“, von William Shakespeare

58 Die Maschine ging in den Sinkflug. Die Wolken rissen auf und gaben Gill den Blick auf seine Lieblingsstadt frei. Unter ihm schlängelte sich die Themse durch ein Gewirr von Häusern und Plätzen nach Westen – wie eine silberne Schlange, die sich durch einen Ameisenhaufen windet. Er nahm die Kopfhörer ab. Mit seinem neuerworbenen MP3-Player hatte er sich in der letzten Stunde die besten Songs von Moneybrother angehört. Endlich war jemand ansatzweise in die Lücke des frühen Bruce Springsteen gestoßen – großartig! Er betrachtete missmutig den Player. Wie viele Systemwechsel musste er noch mitmachen, bevor er in die Urne sprang? Vinyl, CD, Cassetten, VHS-Video, DVD, Blu-ray … Scheiße, sein Wohnzimmer sah inzwischen aus wie eine Zweigstelle des Deutschen Museums.

Mit einem kaum wahrnehmbaren dumpfen Schlag setzte die schwere Maschine auf, rollte aus und steuerte langsam auf die Flughafengebäude zu.

Gill hatte seine Waffen und Medikamente in Freetown zurückgelassen und kam mit dem abgespeckten Bag problemlos durch den Zoll. Statt mit dem Flughafenexpress in kurzer Zeit zur Paddington Station zu rasen, entschied er sich für die zivilisierteste Form der Fortbewegung, die Menschen bisher hervorgebracht haben: das Londoner Taxi. Gemächlich näherte sich das alte Ungetüm der Innenstadt, und Gill hatte genug Platz, um die Beine auszustrecken. Er hatte John angerufen, den er in ein paar Stunden in einem Pub im Eastend treffen würde. Bis dahin sollte er sich umhören.

Cobra hatte erfahren, dass Zaran mit seinem Jet von Sierra Leone aus direkt nach England geflogen war. Allerdings wusste er nicht genau, wo der Satanist gelandet war. Möglicherweise auf einem stillgelegten Militärflughafen in der Nähe von London.

Jedenfalls war die Stadt immer der richtige Ort, um Informationen zu sammeln. Und darin war John ein absoluter Profi. Seit einigen Jahren verdiente er seinen kargen Lebensunterhalt als Krimiautor. Seinen ersten Thriller über die Machenschaften der griechischen Olivenöl-Mafia wollte kein englischer Verlag haben; er war zuerst in Deutschland erschienen. Gill hatte John durch Reggie Kray kennengelernt, bei einem Besuch im Knast. Er war nicht der einzige, der dem legendären Gangster seine Aufwartung gemacht hatte. Zu Reggies prominenteren Besuchern hatten Patsy Kensit, Roger Daltrey, Diana Dors, Rick Wakeman, Cliff Richard und Debbie Harry gehört. Und Morrissey hatte den Song „The Last of the Famous International Playboys“ über ihn geschrieben.

Die inzwischen verstorbenen Kray-Zwillinge waren britische Folklore wie Robin Hood. Dämonisiert von der Oberschicht, hatten sie wegen nachgewiesener Gang-Morde von 1969 bis zu ihrem Lebensende im Knast sitzen müssen. Länger als jeder Kindermörder. Noch heute fürchteten Lords und Ladies sowie andere staatstragende Persönlichkeiten ihren Mythos, der mit jedem Jahr hinter Gittern gewachsen war. Die kleinen Leute hatten keinen Grund, vor den Krays Angst zu haben. Frauen und alten Leuten gegenüber waren sie immer respektvoll und freundlich gewesen; schließlich hatte ihre Mutter sie gut erzogen. In den fünfziger und sechziger Jahren waren sie die ungekrönten Könige der Londoner Unterwelt gewesen, dann hatte man sie zu lebenslanger Haft verurteilt. Erst als Reggie Krebs im Endstadium hatte, ließ man ihn raus. Ein paar Wochen später war er tot.

Gill hatte John das letzte Mal auf Reggies Begräbnis gesehen, das nicht so glanzvoll war wie das seines 1996 verstorbenen Zwillingsbruders Ron. Als man Ronnie Kray zur letzten Ruhe getragen hatte, war das gesamte Londoner Eastend auf den Beinen gewesen und hatte die Straßen gesäumt. Dem Gangsterkönig wurde eine finale Ehre zuteil, wie sie sonst nur Könige, Staatsmänner oder Popstars erfahren. Es war die größte Beerdigung auf der Insel seit der Grabtragung von Winston Churchill. Eine gläserne Kutsche mit sechs vorgespannten Rappen war die Straßen heruntergedonnert, dahinter fuhren sechsundvierzig schwarze Limousinen, von St. Matthew's Church in Bethnal Green zum Friedhof von Chingford. Bei der letzten Fahrt des Colonels standen mehr als fünfzigtausend Menschen am Wegesrand. Bei Reggie waren es weniger. Gill hatte mit John, Ducky und Roger die ganze Nacht durch auf Reggie gesoffen. Ducky betrieb ein Underground-Kaufhaus; Roger machte „so dies und das – was gerade anfällt". Natürlich kannten sie die Krays persönlich aus dem Knast. Sie waren aber zu jung, um sie in Freiheit und bei der Arbeit erlebt zu haben. Im Knast hatte Reggie aus einem Königreich ein Imperium gemacht. Ronnies Begräbnis war in die Annalen des Eastend eingegangen – als der Tag, an dem mehr Alkohol umgesetzt wurde als 1966 nach der gewonnenen Fußballweltmeisterschaft. Gill, John und die anderen hatten vergeblich versucht, diesen Rekord zu brechen.

John hatte auch einige Zeit im Knast verbracht. Er war Angehöriger einer linken Stadtguerilla gewesen. In Gegenwart von Reggie schämte er sich fast für sein bisschen Bau ... Gill schwelgte in Erinnerungen. Ja, in London hatte er sich immer wohl gefühlt. Bevor er John traf, würde er einen langen, nostalgischen Spaziergang auf den Spuren der Krays durchs Eastend machen.

Er ließ sich an der Victoria Station absetzen und nahm die U-Bahn. Mit der Victoria Line fuhr er bis Tottenham Court Road und wechselte dann auf die Central Line, die ihn zur Station

Bethnal Green brachte. Als Gill aus dem Untergrund ins Licht ging, atmete er tief durch: Eastend-Luft!

***

Hinter der City beginnt Eastend. Dort wird das bekannte Klischee-London zu einer anderen Welt. Wie Flüsse durch Dschungel ziehen sich die breiten Straßen – die Commercial Road, die Whitechapel Road oder Mile End Road – durch das Viertel. Auf ihnen kann der Klassenfeind in seiner Limousine hastig das Gebiet feindlicher Stämme durchqueren. Hinter den Hauptstraßen, an denen man Pubs und Kramläden findet, die eigentlich unter Denkmalschutz stehen müssten, öffnet sich ein Labyrinth schmaler Gassen voll unbequemer Wohnhäuser, Eckläden, kleiner Märkte, Eisenbahnbrücken und Abbruchhäuser. An manchen Ecken sieht es so aus, als würde die Nachkriegszeit nie enden. Man braucht schon einen Spezialstadtplan (oder „London A-Z" in der dicken Ausgabe), um Bethnal Green, Whitechapel, Stepney oder Poplar verzeichnet zu finden. Die Arroganz der Westender lässt London fast auf jeder Karte hinter Liverpool Street Station enden.

Ein buntes Rassengemisch schiebt sich durch die nicht nur trostlosen Gassen. Das war schon immer so; das Eastend gehört den armen Einwanderern seit Jahrhunderten. Dickens und Marx trieben sich in diesen Straßen herum und fanden genug Stoff, um an einer gottgewollten Ordnung zu zweifeln. Es ist ein mythischer Ort: In den dunklen Gassen von Whitechapel hatte Jack the Ripper seine Opfer gesucht. Und wenn man noch vor ein paar Jahren nach Limehouse ging, hielt man unwillkürlich nach chinesischen Opiumhöhlen Ausschau und hätte sich nicht gewundert, wenn zwischen den maroden Lagerhäusern plötzlich Dr. Fu Manchu mit seinen Halsabschneidern aufgetaucht wäre.

Aber auch das war vorbei. In letzter Zeit wurde teuer renoviert, bis fast zum Westend hin.

1902 hatte sich Jack London hier herumgetrieben. Der nietzscheanische Sozialist lebte in bester Wallraff-Manier mit den Ärmsten der Armen, um seine aufrüttelnde Sozialreportage „People of the Abyss“ zu schreiben. Das Eastend ist eine Welt für sich, die viele Londoner ihr Leben lang nicht betreten. Inmitten von Straßenzügen, die von alten Arbeiterhäusern gesäumt sind, erhebt sich manchmal völlig unmotiviert ein Siebziger-Jahre-Hochhaus. Man weiß nicht, was übler ist: die kleinen abgewrackten Klinkerhäuser, in denen es der Hausschwamm zur Ehrenmitgliedschaft in der Apothekerkammer gebracht hat, oder dünnwandige Menschensilos, die zu Kopfsprüngen aus dem zehnten Stockwerk einladen. Bei Sonnenschein kann man es hier gerade noch aushalten. Aber wenn sich im November schwere, schwarze Gewitterwolken tiefhängend von der Themse langsam nordwärts schieben und die Mile End Road in ein fast strahlend violettes Licht getaucht ist, gibt es wenig faszinierendere Flecken auf diesem Planeten – wenigstens, wenn man nicht gerade Golf-GTI-Fahrer ist und Boss-Anzüge für den Sinn der Zivilisation hält. Gill dachte an die letzte London-Novel, die er gelesen hatte und die den morbiden Zauber des viktorianischen Eastends so schrecklich wie faszinierend beschrieb: „Drood“ von Dan Simmons.

Im Eastend hielt und hält man nicht viel von staatlicher Autorität. Mit dem Staat hat man hier nichts am Hut. Der hat keinem Eastender je was Gutes getan. Hier herrschen eigene Gesetze, wie in dem kleinen, unbesetzten gallischen Dorf. Wenn es Ärger gibt – und den gab und gibt es oft – ruft man nicht nach dem Copper. Das regelt man unter sich. Tatsächlich sehen die Polizeistationen, etwa Bow Police Station, wie verbarrikadierte Steinforts aus. Allerdings sucht man an diesen klirrend stillen Trutzburgen vergeblich nach der Zugbrücke. Bobbys sieht man so gut wie nie die Straße entlangschlendern. Sie wären eine Provokation. Und rauszukriegen ist für die Bullen sowieso nichts; da können sie so viele Fahndungsplakate an ihre eisernen Revierzäune hängen, wie sie wollen. Den „Wall of Silence“ gibt es noch immer.

Während des Zweiten Weltkriegs war das Viertel ein Hort der Fahnenflüchtigen. Zur Armee gingen nur die Jungs, die als Boxchamps schneller vorankommen wollten. Das soziale Netz hieß Nachbarschaftshilfe, und es war Ehrensache, Flüchtigen Unterschlupf zu gewähren. Mile End und das Elternhaus der Krays hatten denselben Spitznamen: Deserter's End. Damals gab es hier mehr Deserteure als Toiletten mit Wasserspülung.

Nirgendwo in England war und ist die Arbeitslosigkeit höher und die Verachtung für die Regierung stärker als im Eastend. Die Männer – wenn sie sich nicht gerade prügeln, Kinder machen oder krummen Geschäften nachgehen – hängen in den Pubs, Wettbuden oder den Social-Clubs herum. Es sind die starken Frauen, die hier das Überleben organisieren, die Brut voller Liebe hochziehen und gelegentlich ein blaues Auge kassieren, wenn der Alte besoffen heimkommt. Hier lebt man mit dem Rücken an der Wand, und ein Wettgewinn wird nie mehr sein als ein paar Tage Freidrinks für die Kumpel im Pub.

Vieles hatte sich seit den neunziger Jahren verändert: Bethnal Green war schick geworden. Davon zeugten renovierte Häuser, in denen sich Künstler und Medienleute einquartiert hatten. Statt billigen indischen Restaurants und Fish & Chips-Buden gab es jetzt teure indische Restaurants und französische Küche. Aber bis sich dieser Abschaum nach Stoke Newington durchgefressen hatte, würden noch ein paar Jahrzehnte vergehen, tröstete sich Gill.

Er schlenderte in die lange Commercial Street, die ihrem Namen alle Ehre machte. Sie führt mitten ins Gewühl von Whitechapel und war eine der wichtigsten Lebensadern des Eastend. Ein altes Manufakturgebäude nach dem anderen – die alten vier- bis sechsgeschossigen Häuser mit ihren ungepflegten Fassaden beherbergten Hunderte von Textilfirmen. An den mit Paketen und Papp-Containern vollgestopften Bürgersteigen wurden LKWs be- und entladen. Hier schlug das Herz der englischen Bekleidungsindustrie, die heute fest in der Hand von Indern, Pakistani und ein paar schwerreichen britischen Moguln ist.

Zwischen Neubauten und alten, verlassenen Fabrikgebäuden mit eingeschlagenen Fenstern führten zahllose Ausgänge auf unübersichtliche Hinterhöfe und in kleine dunkle Gassen. Die Gegend war nicht kontrollierbar – ein Alptraum für jede deutsche Behörde. Ein düsteres Labyrinth, in dem der hässliche Kapitalist der Minotaurus war.

Rechts von Gill lag die schmale, wenig einladende Duval Street, die leider einem Gebäudekomplex hatte weichen müssen. Früher hieß sie Dorset Street, und Detective Sergeant Benjamin Leeson hatte 1934 in seinen Memoiren „Lost London" geschrieben: „Es bleibt offen, ob die Dorset Street oder der Ratcliffe Highway die Ehre für sich in Anspruch nehmen konnte, die schlimmste Verbrecherstraße Londons zu sein. So mancher Konstabler, der einen fliehenden Verbrecher verfolgte, gab die Jagd auf, wenn sich der Missetäter in den Schutz der Dorset Street begab."

In der schmalen Passage Miller's Court, kurz bevor die Duval Street in die Crispin Street mündete, hatte Jack the Ripper Mary Jane Kelly niedergemetzelt. Die alte Kneipe Ten Bells stand noch. Hier hatte die arme Mary ihren letzten Gin getrunken, bevor sie dem Ripper begegnet war.

Die Gegend von Commercial Road bis Brick Lane im Osten und Whitechapel Road im Süden heißt Spitalfields. Noch bis zur Jahrhundertwende war sie der schlimmste Slum der Welt, Ort furchtbarster Armut und schrecklichster Verbrechen gewesen. Als Charles Booth 1889 seine berühmte Armutskarte von London entwarf, zeichnete er Spitalfields schwarz, um es als „sehr arm, unterste Schicht, lasterhaft, halbverbrecherisch" zu bezeichnen. Wenn man die Gegend nachts durchwanderte, schien man immer noch, kaum überdeckt, den Geruch von Armut und üblen Lastern in die Nase zu kriegen – als wäre Spitalfields wirklich ein verfluchter Ort. Tagsüber war das anders. Gill kam sich vor, als würde er in der Kulisse eines Gangsterfilms herumwandern. Das eifrige Treiben der Textilfirmen beim Beladen der Laster hatte irgendwie etwas Illegales, wie Schnapsverschieben während der Prohibition.

Zwischen Bethnal Green Road und Whitechapel Road breitete sich das ganze Spektrum des östlichen London aus: heruntergekommene Straßen neben frisch renovierten, dazwischen in Bahndämme gegrabene Autowerkstätten. Ein paar hundert Meter hinter der U-Bahn-Station Whitechapel befand sich der „Blind Beggar", echte Folklore und der vielleicht berühmteste Pub des Eastend. Auf dem breiten Bürgersteig davor hatten ein paar Dutzend Straßenhändler ihre Stände aufgebaut. Taschen und Textilien. Nachdem der „Beggar" durch Ronnie Kray unfreiwillig eine bestimmte Sorte Publicity bekommen hatte, war er total renoviert worden. Während „The Sun Ain't Gonna Shine Anymore" von den Walker Brothers aus der Musikbox erklang, hatte Ronnie damals geschossen und Cornells Lebenslicht ausgeblasen …

Über dem Eingang hieß es verheißungsvoll „Ruddles Best Bitter Lives Here" – ein guter Grund, einzutreten. Rotes Licht, ein anheimelnder Kamin und nur ein paar Tische an den Wänden. Vor der großen Theke war genug Platz für die sauber gekleideten Geschäftsleute, die nach der Arbeit auf ein Gläschen einkehrten. Das Publikum war gemischt: Subkulturtypen, die immer weiter ins Eastend vordrangen, ein paar Oldtimer, Verkäuferinnen, junge Verliebte. Seinen Namen hatte der Pub nach einem Gedicht aus dem 17. Jahrhundert: „The Blind Beggar of Bethnal Green". Darin ging es um einen Bettler, der eine wunderschöne Tochter hatte. Doch sobald die Jungs, die hinter ihr her waren, erfuhren, dass sie die Tochter eines Bettlers war, nahmen sie Reißaus. Eines Tages kam dann natürlich der obligatorische hübsche Bursche. Ihm waren die wirtschaftlichen und familiären Verhältnisse egal, und er heiratete sie. Umgehend stellte sich heraus, dass der Bettler kein armes Schwein, sondern ein Verwandter des reichen und mächtigen Simon de Montfort war. Der Bettler schwamm im Geld und hatte nur nicht gewollt, dass seine Tochter wegen des schnöden Mammons geheiratet würde. Genau die richtige Story für diesen Ort zerbrochener Träume.

***

Gill holte sich ein Bitter. Englisches Bitter-Bier und verschiedene belgische Biere waren nach seinem Geschmack die besten der Welt. Deutsche Biere, mit Ausnahme einiger bayrischer Dunkelbiere, waren seiner Meinung nach völlig überschätzt und geschmacklich langweilig.

Er setzte sich an einen kleinen Tisch, von dem aus er die Eingangstür beobachten konnte, und hing seinen Gedanken nach. Mit Johns Verbindungen sollte herauszufinden sein, wo sich Zaran aufhielt. Wahrscheinlich glaubte der, Gill würde eher Gott finden als ihn. Doch die Unterwelt-Connections liefen nicht erst seit der Lord-Boothby-Affäre vom finstersten Eastend bis hinauf ins Oberhaus. Man musste nur die richtigen Leute durch die richtigen Leute auf die richtige Weise ansprechen. John war ein guter Kommunikator, da er als Schriftsteller mit linker Vergangenheit auf vielen Ebenen akzeptiert wurde.

Die Tür schwang auf, und John trat ein. Das Haar perfekt geschnitten, ein teures Sakko lässig über der Jeans. Ein gutaussehender Junge. Wahrscheinlich verkaufte sein Autorenphoto auf dem Umschlag mehr Bücher als die Inhalte. John holte sich ein Bier und setzte sich zu Gill.

„Dann erzähl mal: Womit kann ich helfen? Habe meine Quellen auf Standby."

Gill informierte ihn über das Nötigste. John hatte noch nie etwas von Zaran gehört. „Aber ich kenne einen Galeriebesitzer, der keine Party, keinen Empfang, keinen Wichtigtuer und keinen Prominenten auslässt. Fahren wir zu ihm und fragen ihn. Er wird uns weiterbringen."

„Noch was. Ich bin nackt. Da fühle ich mich unwohl."

„Kein Problem. Ich hab' was im Wagen."

Sie verließen den „Blind Beggar" und gingen ein Stück die Whitechapel Road hinunter, zu einem hässlichen Supermarkt, für den Ende der neunziger Jahre die Winthrop Street plattgemacht worden war. Früher hatte die Gasse Buck's Row geheißen und war eine der gemeinsten Hinterstraßen von Whitechapel gewesen. In ihr lag das berüchtigte Barbers-Pferdeschlachthaus, und am 31. August 1888 fand man hier die Leiche von Mary Ann Nichols, dem ersten Ripper-Opfer. John hatte auf dem Parkplatz des Supermarkts sein Auto abgestellt. Gill lachte, als er den bulligen BMW erkannte.

„Du fährst immer noch diese Schrottkarre?"

„Sag kein schlechtes Wort über den Wagen. Groß und stark."

„Und jede Woche in der Werkstatt."

„Ich liebe dieses Auto."

„Tradition der Roten Armeen. Bei uns haben Baader-Meinhof auch BMWs gefahren. Wahrscheinlich dasselbe Modell wie deins. Höchstens eines davor."

„Im Auto hat man sie jedenfalls nicht erwischt. Was willst du? Ich habe eine Desert Eagle und eine Beretta."

„Was für eine? Die 92F?"

„Ja."

„Gib mir die Beretta. Ich bin ein altmodischer Typ."

Sie fuhren nach Mayfair, und John machte das Unmögliche wahr: er fand einen regulären Parkplatz.

Die Galerie war der teuren Geschäftslage entsprechend exklusiv. An den Gemälden gab es keine Preisauszeichnungen. Wer hier einkaufte, interessierte sich kaum für den finanziellen Aspekt – es sei denn, er gehörte zu den Anlegern, die aus Kunst Big Business gemacht hatten. Die Räume waren spartanisch eingerichtet. Aus unsichtbaren Lautsprechern rieselten leise Rockballaden als Sirup für die Ohren. Eine junge Frau bekam von John den Auftrag, den Inhaber herbeizubitten.

Feminin trippelte ein älterer Mann mit blondgefärbten Haaren und einem gelifteten Puppengesicht auf sie zu. Der parfümierte, grellviolette Seidenanzug verstieß gegen die Genfer Konvention. „John, mein Lieber, warum warst du letzten Sonntag nicht auf meiner Matinee für Coleburn? Er ist das Heißeste, was London momentan zu bieten hat. Es war très chic. Ich musste diesen albernen Musiker Doherty rauswerfen. Unangenehm betrunken. Da hätte ich deine Hilfe brauchen können. So ein widerlicher Bub! Alle waren sie da – nur du nicht. So wird das aber nichts mit deiner kleinen Schreiberkarriere. Du musst schon ein wenig mithelfen, um bekannt und beliebt zu sein."

„Ich hatte keine Einladung, Carl."

„Nein? Was bin ich doch für ein böser, böser Bube. Ich könnte im Boden versinken. Aber du hast nicht wirklich etwas verpasst. Nur schlimme Menschen waren da. Alles Analphabeten. Keine ernsthaften Kunstliebhaber wie wir beide."

„Ich hätte mich mit deinem Champagner vergnügt.“

„Ach, ich habe nur Krug aufgefahren. Bin ich nicht ein unartiger Junge? Habe ihnen einfach dieses läppische Sprudelwasser vorgesetzt. Aber die merken ja den Unterschied nicht. Das war schon sehr ungezogen von mir, nicht wahr?“

„Sehr ungezogen.“

„O ja. Ich bin ein schlimmer kleiner Junge geworden. Manchmal graust mir vor mir selbst, so schlimm bin ich. Wenn ich mich nicht bald zusammenreiße, gibt's bestimmt was hintendrauf. Wer ist denn der große, attraktive Mann bei dir?“

Gill hatte sich während des Geplänkels in der Galerie umgesehen und wandte sich nun Carl zu.

„Mr. Gill kommt aus Deutschland. Gill, das ist Carl Bernson. Londons größter Kunsthändler und Galerist.“

„Du schlimmer Schmeichler. Schauen Sie sich bloß nicht um, Mr. Gill. Das ist alles ganz furchtbar. Aber meine Kundschaft will diesen Mist. Die abstrakte Kunst ist doch nur Dekoration. Ein Bild, das nicht gegenständlich ist, hat keinen Bezug zur Realität. Reines Design. Mondrians Bilder sind lediglich besseres Linoleum. Und Albers produzierte Tapeten. Und jetzt dieser junge Schnösel Coleburn. Der wird doch nur geliebt, weil er so jung und so schön ist.“

„Und dir eine Menge Geld bringt, was?“

„Ich bin schon ein Schlimmer. Ja, für das Geld verzeihe ich ihm sogar seine Jugend. Wie bigott und gierig von mir. Ich hasse diese jungen Leute. Ständig erzählen sie einem Sachen, die man schon längst weiß. Und dabei denken sie, sie hätten sie als Erste rausgekriegt.“

„Zaran.“

„Was ist mit meinem Freund Zaran? Ein echter Gentleman. Leider war ich auch schon mal sehr ungezogen zu ihm. Ich bin aber auch zu schlimm. Mit seiner großmütigen Natur hat er es mir nie nachgetragen – aber ich verzeihe mir das nie."

„Wo steckt er? Er ist in London."

„Aber, John! Du gehörst nicht in diese Klasse. Das sind nicht deine Kreise. Ihr wisst doch: Mittelschicht, Oberschicht, Adel, Royals und dann ganz oben. Zaran gehört nach ganz oben. Aber nach ganz, ganz oben."

„Und wohin gehören wir?" John sah Gill fragend an.

„Nirgendwohin. Wir kümmern uns nicht um so etwas."

„Herrlich! Rebellen! Wie in den Sechzigern! John Osborn! Mick Jagger! Haschisch! Ganz wunderbar." Carl sah auf seine manikürten Fingernägel. „Ich habe so das Gefühl, ich könnte in Schwierigkeiten kommen. Es ist gar nicht gut, wenn man Schwierigkeiten mit Professor Zaran hat."

John legte ihm die Hand auf die Schulter. „Du kennst mich, Carl. Du wirst keine Schwierigkeiten bekommen. Ich muss nur wissen, wo Zaran sich aufhält. Keiner erfährt, dass wir es von dir wissen. Alles bleibt unter uns. Und du hast was bei mir gut."

Carl sah ihn resigniert an. „Ich habe da ein klitzekleines Problem mit einem jungen Menschen … richtig unanständige Sache. Ich habe ihn sooo verwöhnt. Wirklich verwöhnt. Und dann rennt er weg und nimmt etwas mit, was mir wirklich an meinem abgrundtief schwarzen Herzen liegt… Ach, warum muss ich auch immer so üble Sachen anstellen?! Ich bin wirklich ein unartiger Bengel …"

„Was es auch ist, ich werde mich darum kümmern. Betrachte das Problem als gelöst." Er tätschelte Carl die Schulter. „Zaran, Carl, nur Zaran."

„Ich muss ein wenig herumtelefonieren. Geht doch an der Ecke in den Pub. Schlimmer Laden. Sobald ich es weiß, komme ich zu euch. Obwohl … ziemlich übles Publikum. Geschäftsleute und Angestellte. Pack. Achtet darauf, dass die Gläser gespült sind. Oder ich gebe euch besser zwei Gläser mit."

„Nicht nötig, Carl. Wir kriegen das schon hin."

59

Der Erzeuger der Ware Opferkind hatte sich mit seinem Großhändler für den britischen Markt getroffen. Der Mann führte neben Menschenopfern auch noch Arbeitssklaven im Sortiment; die bezog er traditionell aus Haiti. Zaran hatte gerade ein Telefonat beendet. Er und sein Geschäftspartner befanden sich in einem Penthouse über der Oxford Street. Zaran benutzte es in London für Besprechungen.

„Diese verfluchten Schweine haben meinen Guido umgebracht! Wo finde ich wieder einen so treuen und fähigen Heloten? Es hat mich Jahre gekostet, bis ich ihn zu dem gemacht habe, was er ist … was er war."

„Alles, was du mir erzählst, klingt nach einer Menge Ärger für dich." Der Großhändler war besorgt. Musste er sich nach einem neuen Lieferanten umsehen? Einige wichtige Leute gingen bereits auf Distanz zu Zaran.

„Unsinn. Die Dortmunder Staatsanwaltschaft wird nicht gegen mich ermitteln. Meine politischen Freunde in Düsseldorf und Berlin drücken die richtigen Knöpfe. Die wissen genau, was aus dem Gulli spritzt, wenn man versucht, mir was anzuhängen. Ich war ebenfalls ein potentielles Opfer. Nur durch Abwesenheit dem Gemetzel entkommen, in dem zwei Polizisten und mein Guido ihr Leben lassen mussten. Sie werden es diesem Gill anhängen. Mehr Sorgen macht mir im Moment Afrika. Ich habe versucht, diesen durchgeknallten Idioten Hiroshima Bomb zu erreichen. Aber ich bekomme keine Verbindung – trotz Satellitentelefon."

„So etwas kann schon mal vorkommen."

Bolt trat ein und hielt Zaran ein Handy entgegen. Er riss es ihm aus der Hand. „Zaran."

„Hier Viktor."

„Viktor, mein Freund! Wie gehen die Geschäfte? Von mir bekommst du auch einen kleinen Auftrag. Ich habe den Boys einen Helikopter plus Piloten versprochen. Und ein paar gepanzerte Fahrzeuge. Spähwagen oder irgendsowas. Ich …"

„Das Konto der Boys ist gelöscht. Ausradiert."

„Bist du sicher? Das nicht auch noch! O nein."

„O ja."

„Was weißt du darüber?"

„Finanziert wurde das Unternehmen von einem Deutschen. Klaus Danner."

„Verflucht."

„Mach's gut. Mehr weiß ich nicht. Ich bin unterwegs nach Thailand."

„Nicht nach Kolumbien?"

„Ich muss etwas vorsichtig sein."

„Thailand ist nicht sicher. Die Amerikaner wollen dich plötzlich. Und ich kann nichts machen."

„Man wird sich einigen. Man einigt sich immer."

Das Gespräch war beendet. Zaran starrte vor sich hin. „Dann haben sie auch die Bloch befreit. Das könnte ein paar Schwierigkeiten bedeuten. Sie wird alle Register ziehen, um sich zu rächen. Besser, ich tauche eine Weile ab. Bolt! Lass den Flieger startklar machen."

Das Handy meldete sich wieder, und Zaran griff sofort danach. Er hörte einen Moment zu und sagte: „Natürlich will ich den Turner noch, Carl. Aber ich bin gerade im Aufbruch und verlasse London. Kannst du ihn bei dir behalten, bis ich dir sage, wohin er soll? Die Rechnung schickst du nach Wien … Nein, ich habe da zu tun. Ich kann nicht für dich zu Janosch gehen! Ich bin doch nicht dein Scout! Sag mal – bist du jetzt endgültig verrückt geworden, du alte Schlampe?“

60

Sie saßen in dem dunklen Pub vor Halfpints Bitter. Höhnisch sah Gill durch das Fenster zu einer Videokamera, die auf der anderen Straßenseite angebracht war und mit ihrem gierigen Auge alles aufsaugte. Keine andere Stadt hatte mehr Kameraüberwachung als London. In keiner anderen europäischen Stadt waren seit dem Zweiten Weltkrieg mehr Bomben hochgegangen.

John tat das, was alle Schriftsteller am liebsten tun: sich über ihre Verleger beschweren und mit glasklarer Logik erklären, wie diese durch fehlendes Engagement und Dummheit die eigenen Bestseller verhinderten. Gill ließ es gelangweilt über sich ergehen, als Carl eintrat und sich zu ihnen setzte. „Ihr bösen, bösen Jungs! Wo habt ihr mich da nur reingehetzt? Aber was tu ich nicht alles aus Liebe. Wenn das rauskommt, ist es um den armen Carl geschehen. Niemand wird mehr ein Bild von mir kaufen und mich einladen …“

John war an diese Litaneien gewöhnt. „Carl, bitte. Gill hat nur wenig Zeit.“

„Ja, ja. Wenn der Mohr erstmal seine Schuldigkeit getan hat. Kommt mal schnell nach London, und der dumme Carl muss springen.“

„Carl, bitte.“

„Na schön. Zaran verlässt London in diesem Moment. Er geht wohl nach Wien. Was für ein Bursche!“ Er warf einen Zettel mit Zarans Wiener Anschrift auf den Tisch. „Manchmal wohnt er auch bei Freunden auf ihren finsteren Ritterburgen. Mehr kann ich für dich nicht tun, Schätzchen. Es ist schon sehr, sehr böse von mir, dass ich dir seine Wiener Adresse verrate. Dafür bist du mir aber etwas schuldig, du deutsches Ungetüm."

„Ist doch klar, du schlimmer Junge."

Carl strahlte. „Ja, das war ganz schön ungezogen von mir, nicht wahr?"

„Wenn das rauskommt, wird's wohl was setzen."

„Um Himmels Willen! Da tut dem bösen Carl jetzt schon sein Popöchen weh."

Gill stand auf, griff den Zettel und umarmte John.

„Ich bring' dich. Kein Problem."

„Kümmere dich lieber um Carls Ratte. Du hast was gut bei mir." Unbemerkt steckte er John die Beretta zu. Dann verließ er den Pub. Auf der Straße zog er sein Handy und buchte sich auf die nächste Maschine nach Wien. Er hatte noch genügend Zeit, um gemächlich nach Heathrow zu gelangen. Während des Fluges würde er sich Girls Aloud auf die Ohren knallen.

61

„Hat die Staatsanwaltschaft inzwischen einen internationalen Haftbefehl gegen Zaran erlassen?"

Klaus saß auf einem Stuhl neben Alexas Bett. Ihr Kopf war verbunden, und sie hing an mehreren Schläuchen. Cobra stand am Fenster des Einzelzimmers in der Essener Privatklinik und sah hinunter in den Park, in dem Patienten herumhumpelten oder auf Bänken dösten.

„Es läuft eine gigantische Vertuschung, um Zaran zu schützen. Das kommt von ganz oben. Innenministerium, Verfassungsschutz, Außenministerium, was weiß ich. Hat mir jedenfalls Domogalla gesteckt. Man muss nicht besonders schlau sein, um zu ahnen, dass sie es mir und Gill in die Schuhe schieben."

„Die toten Polizisten?"

„Sicher. Die auch.“

„Sie können die Kinder doch nicht unter den Tisch fallen lassen.“

„Längst passiert. Existieren nicht mehr. Sind von irgendeiner EU-Hilfsorganisation abgeholt worden. Domogalla konnte gerade noch Kopien der Einsatzprotokolle einsacken, bevor er suspendiert wurde.“

„Wieso wurde er suspendiert?“

„Weil er fahrlässig die toten Polizisten in einen Terrorismuseinsatz geschickt hat. Sie nennen es Urlaub.“

„Damit kommen sie nicht durch. Ich habe auch ein paar Kontakte. So lasse ich mich nicht mundtot machen.“

„Erstmal liegst du ein paar Wochen. Und das ist auch richtig so. Du musst wieder gesund werden. So lange werde ich diese Pisser schon hinhalten und beschäftigen. Ich schalte eine komplette Düsseldorfer Kanzlei ein, die ihnen die Hölle heiß macht.“

Alexa stöhnte. „Ich will schnell wieder auf den Beinen sein. Ohne mich werdet ihr nicht weit kommen.“

„Du redest, als wolltest du einen Job bei mir.“

Sie lachte gequält. „Wo ist Gill?“

„Was glaubst du wohl?“

„Er ist hinter Zaran her.“

„Deine Gehirnzellen funktionieren jedenfalls noch.“

„Zaran wird das wissen … und Schutzmaßnahmen ergreifen.“

„Sobald Gill mich benachrichtigt, schicke ich ihm Cobra.“

„Er wird dich nicht benachrichtigen. Er wird das alleine machen. Er nimmt das persönlich.“

„Ich kriege schon raus, wo er sich rumtreibt. Wir hau'n jetzt ab. Ich muss mich mal wieder ums Geschäft kümmern. Wahrscheinlich haben mir die Weiber schon den Laden ausgeräumt.“

Langsam schob Alexa ihre Hand auf die von Klaus. „Danke, nochmals. Danke, dass du …“

„Hör auf mit dem Scheiß. Ich wollte immer mal nach Afrika. Nur um zu sehen, wie es da so ist. Ziemlich beschissen. Da fahren wir nicht mehr hin. Wenn du das nächste Mal in die Sonne willst, kommst du mit mir in die Karibik. Da ist es echt besser."

„Gib mir noch einen Schluck."

Klaus nahm den silbernen Flachmann aus seiner Innentasche und hielt die Öffnung vorsichtig an Alexas Lippen. Sie schob mit mehreren Schlucken die jüngste Erinnerung in den Mülleimer.

62

Gill passierte den Wiener Zoll ohne Kontrolle. Das war mal eine angenehme Abwechslung: die einzige Weltstadt mit Deutsch als Amtssprache. Kaum hatte er den Zollbereich verlassen, umfing ihn wüstes Treiben. Die Innenhalle des Flughafens erinnerte an einen Basar auf dem Balkan. Stoßend und schubsend wühlte er sich durch die Menge, die zwischen Teppichhandlungen und Schmuckläden herumwuselte. Er ging zur Bushaltestelle. Ein Taxi war um diese Uhrzeit auch nicht viel schneller. Außerdem wollte er langsam nach Wien hineingleiten und die Atmosphäre in sich einsaugen.

Im Gegensatz zu deutschen Städten hatte sich Wien die Würde seiner Geschichte bewahrt. Die heruntergekommene merkantile Anarchie des Balkans verschmolz mit der arrogant aufpolierten Strahlung einer vergangenen Weltmacht. Scheinbare Disziplinlosigkeit ließ einen in dieser Stadt freier durchatmen. Das hatten nicht mal die korrupten Politiker bisher kleingekriegt. Selbst geschmacklose Neubauten wurden vom Charme alter Herren- und Bürgerhäuser erdrückt und damit bedeutungslos. Der Horror der Geschichte kroch durch die Gassen und verdeutlichte die Ambivalenz des Homo sapiens zwischen Kultur und Barbarei. Neben den Prachtalleen verbargen sich schlängelnde Gassen, die dunkle

Geheimnisse bargen, sich aber den Eindrücken oberflächlicher Touristen entzogen.

Wien war gleichzeitig geprägt von südlicher Leichtigkeit und gotischer Brutalität. Jeder der einzelnen Bezirke war ein eigener Kontinent, dessen Eigenheiten sich erst nach genauer Beobachtung ein wenig mitteilten. Die großen Boulevards wurden beherrscht vom Protzkonsum der reichen Schieberklasse oder von der H&M-Kultur des Prekariats, aber in den Seiten- und Nebenstraßen überlebte die Zivilisation. Auch Wien war nicht vor weltweit agierenden Trash-Konzernen verschont geblieben. Überall dieselben McDonald's, Douglas- und Peek & Cloppenburg-Filialen, dieselben Discounter, dieselben Maggitüten, dieselben Cartier-Kioske … Von Gibraltar bis Wladiwostok derselbe geschmacklose Mist. Missmutig dachte Gill: Was ich am Kapitalismus so hasse, ist diese weltweite Gleichmacherei. Das Auslöschen von Kulturen und ihrer Geschichte. Im Gegenzug bekam man eine Gehirnwäsche durch verdummende Medien und Hackfleischbrötchen, um die selbst Scheißhausfliegen einen großen Bogen machten.

Der Flughafenbus fuhr zum katastrophal renovierten Westbahnhof. Dort stieg Gill aus und überquerte den Gürtel, die breite und laute Hauptverkehrsader Wiens, um gleich danach sein Wiener Lieblingshotel zu betreten. Der „Fürstenhof" hatte Patina, bis hin zum gemütlichen Fahrstuhl aus Eisen und Holz. Die Stones waren hier abgestiegen, als sie ihr erstes, legendäres Wien-Konzert gespielt hatten. Das alte Traditionshotel mit seinen großen Zimmern und vernünftigen Schreibtischen war unter Künstlern sehr beliebt. K. & k. meets Chelsea Hotel. Gill schätzte außerdem die perfekte Lage – nur ein paar Schritte vom Shopping-Irrsinn der Mariahilfer Straße entfernt, von der aber zahlreiche Gassen und Seitenstraßen abgingen, in denen man untertauchen konnte.

Und gleich vor der Tür den Bahnhof und perfekte Anschlüsse an U-Bahn, Straßenbahn, Bus und Zug.

Chef-Rezeptionist Meyer erkannte Gill. Sein phänomenales Gedächtnis identifizierte jeden, der hier einmal eingecheckt hatte. Meyer war ein Münchner, den es nach Wien verschlagen hatte und der das nicht bereute. Dafür konnte man in München geteert und gefedert werden.

„Schön, Sie wieder bei uns zu haben, Herr Direktor. Nach Ihrer Reservierung habe ich sofort geschaut, ob Ihr altes Zimmer zur Verfügung steht. Leider …"

„Kein Problem. Ich möchte mal ein neues kennenlernen."

Meyer lachte sichtlich amüsiert. Dann fragte er leise: „Unter welchen Namen darf ich Sie eintragen?"

Gill warf einen Reisepass, der nicht sein einziger war, auf den Tresen. „Quiller. Sie erinnern sich? Mein Name ist Quiller."

„Aber natürlich, Herr Direktor Quiller. Alzheimer. Ich kann es mir nicht anders erklären."

„Zeit macht nur vor dem Teufel halt."

„Und in der Hölle wird's niemals kalt." Jetzt stimmte Gill in Meyers Gelächter ein.

Das Zimmer war ruhig und ging nach hinten hinaus, auf Bäume und eine Grünanlage. Gill erledigte zwei Telefonate, dann stellte er sich unter die Dusche. Danach seifte er sich vor dem Spiegel Wangen und Kinn ein. Er betrachtete sich selten bewusst im Spiegel. Diesmal tat er es – und erschrak ein wenig. Die graublauen Augen lagen tief in den Höhlen. Harte Falten durchzogen sein Antlitz. Zu viele Jahre, zu viele Jobs, zu viele Tote. Zu viel von vielem, zu wenig von wenigem.

Nackt setzte er sich in einen Sessel, trank einen Whisky aus der Minibar und hing düsteren Gedanken nach. Dunkle Wolken einer aufkeimenden Depression schoben sich an ihn heran. Wie oft hatte er schon Menschen erlebt, die ihre Grausamkeit hemmungslos auslebten und darin ekstatische Befriedigung fanden? Was sie alle gemeinsam hatten, war diese Freude am Quälen, die Gill völlig unverständlich war. Er dachte an den Söldner Boris, der mit seinem Messer folterte und tötete – über die aufgeschlitzten Körper seiner Opfer gebeugt, um den Todeskampf genau beobachten und genießen zu können.

Kranke Seelen? Die Macht des Teufels? Das Böse? Metaphysik interessierte ihn nicht. Er nahm einen eher pragmatischen Standpunkt dazu ein: Kamen ihm Feinde oder Bestien in die Quere, vernichtete er sie, bevor sie ihn vernichten konnten. So etwas wie die Banalität des Bösen akzeptierte Gill nicht. Das Böse war nie banal für den, der damit konfrontiert wurde. Er konnte nachvollziehen, dass Menschen zu ihrem Vorteil, aus Not oder Ideologien töteten. Das hatte er selbst getan. Töten war Mittel zum Zweck und in seiner Welt alltäglich. Aber das Gefallen an Folter, Erniedrigung und Lustmord verstand er nicht. Noch nie war ihm ein extremerer Kretin untergekommen als dieser Zaran. Obwohl er den Mann nie gesehen hatte, gierte er danach, sein Leben zu vernichten. Was war ein Leben denn schon wert? In Leone mussten sich die Opfer als Täter ausgeben, wenn sie in ein gefördertes Ausbildungsprogramm wollten. Für die wahren Opfer hatte die UNO keine Programme – außer Prothesenlager. Der Wert des Lebens! Welch schöner, heuchlerischer Begriff. Dahinter standen zweitausend Jahre in Sicherheit und Suff philosophierende Abendländer mit genauen Vorstellungen von Hierarchien. Der Wert des Lebens resultierte wohl eher daraus, wie man es lebte, als aus der bloßen Tatsache, dass man existierte. In Gills Welt hing der Wert des Lebens davon ab, dass man ihn mit Gewalt durchsetzen konnte.

Er rief Klaus an.

„Es geht ihr nicht gut. Wir haben noch kein Ergebnis, aber die Wahrscheinlichkeit ist groß, dass ihr die Kannibalen AIDS verpasst haben."

Gill stöhnte.

„Soll ich rüberkommen?" fragte Klaus.

„Kümmere dich um Alexa. Ich komm' schon klar."

„Cobra?"

„Nein. Ich lasse meine Verbindungen spielen. Wenn ich was brauche, sag' ich es dir."

„Okay."

„Hast du Ärger wegen Prelatis?"

„Nee. Domogalla führt die Untersuchung. Rennt durch die Botanik wie 'ne angeschossene Wildsau. Hat sich alle Computer aus der Villa geschnappt. Berti sitzt grad dran und holt die Daten raus. Wird für einige Leute schwierig werden. Aber die sind noch nicht alle aufgewacht und wissen nicht Bescheid. Er lässt keinen ran. Kein Bulle kommt an die Festplatten. Wenn es ausgewertet ist, geht alles ins Internet. Berti weiß, wie man sowas macht. Er ist bei so 'ner weltweiten Truppe von Internet-Piraten. Keine Medien und keine Politiker können dann noch ihre schützenden Patschehändchen über Zaran halten. Der hat bald keine Freunde mehr. Die müssen ihre eigene Haut retten. Kriegt aber schon ordentlich Druck, der gute Domogalla. Kann sein, dass er seinen Job verliert. Hat mir erzählt, dass ihm zwei Typen von irgendeinem Dienst im Nacken sitzen."

„Welcher Dienst?"

„Keinen Schimmer. CTU, ONCEL, SMERSH, KAOS."

„Damit kommt er klar."

„Bei mir kriegt er Freificken auf Lebenszeit. Noch was: Prelatis hat mit deinem alten Freund Tank Kontakt aufgenommen."

„Was Genaueres?"

„Nix. War nicht rauszukriegen, weshalb. Vielleicht findet Berti noch was.“

„Ich stelle mich darauf ein, dass er auf Zarans Payroll steht.“

„Das wollte ich damit sagen. Was ist mit Artillerie?“

„Klaus – die haben hier die Glock erfunden. Ich kenne Leute.“

„Ich würde so gerne mitmachen. Ich habe ein Recht darauf!“

„Du bist zu kurzatmig, seitdem du wieder rauchst.“

„Arschloch. Immer fliege ich vor dem Happy-End raus. Ich hab' auch meine Fans.“

63

Die nackten Männer und Frauen standen in der Krypta im Halbkreis um den Altar, auf dem ein von Drogen betäubter Knabe lag. Ein anderer Junge stand abgestumpft hinter dem Altar und starrte apathisch vor sich hin. Zaran oder Kanonikus Docre stand ebenfalls nackt vor dem Altar. Sein vor Erregung verzerrtes Gesicht war von den Fackeln rot angestrahlt, als er zu seinem neuesten Sermon ansetzte.

„Höret meine Predigt!

Barmherzigkeit und Brüderlichkeit sind Axiome, die sich Schwächere ausgedacht haben. Kein Starker, das liegt in der Natur der Sache, bedarf ihrer. Das wäre ungefähr so, als würde ein Lamm zum Wolf sagen: Du darfst mich nicht fressen, ich habe genauso vier Füße wie du. Nur der Minderwertige will das lächerliche System der Gleichheit. Er kommt nie zu Höherem – und will uns deshalb zu sich herunterziehen. Nichts haben wir gemein mit den Untauglichen und Verworfenen. Lasst sie sterben im Elend. Mitleid ist das Laster der Kraftlosen. Tritt die schwächlichen Lumpen nieder! Um den Sturm des Bösen aufzuwirbeln und zu beschleunigen, muss man der Schlechteste sein. Ich werde bis zu den Knien des Allerhöchsten hinaufreichen und seinen

Phallus mit den Zähnen zerreißen. Ich werde seine Hoden in einem Mörser zerstoßen und Gift davon machen, die Söhne der Menschheit zu erschlagen. Beginnen wir mit unserer Messe.

Sie dauere an, solange die Körper noch warm sind und man auf ihnen sitzend voller Genuss den aushauchenden Atem zwischen den Beinen fühlt. Das Entschwinden des Lebens so nahe wie möglich, so süß. Erkennt in mir den Propheten eurer Vernichtung."

Nachdem er dem Kind die Kehle durchgeschnitten hatte, stieß er den Ritualdolch in den Bauch des Jungen und öffnete den Körper. Er setzte sich auf den Körper und verspritzte den Samen des Lebens über das sterbende Kind.

„Ich wälze mich in Greueln ohne Ende. Sie führen mich in die geweihte Welt."

Er holte das Herz heraus und schluckte es. Blut tropfte auf Oberkörper und Genitalien. Die Jünger brüllten vor Wollust. Zwei Frauen und Männer stürzten sich auf den Jungen hinter dem Altar. Sie rissen ihn bei lebendigem Leib auseinander und verspeisten seine kleinen Innereien.

„Du bist frei zu tun, wenn du die Macht hast zu tun." Kanonikus Docre kreischte vor Ekstase. „Das Schlimmste ist immer möglich und des Bösen letzter Sinn!"

Bolt führte mehrere unter Drogen gesetzte afrikanische Kinder in den vernebelten Raum.

64 Gill verließ das Hotel, ging rechts am Westbahnhof vorbei und wartete an der Ampel einer breiten Hauptstraße. Unauffällig musterte er die Passanten. Er versuchte Beschatter zu entdecken. Er überquerte die Straße und tauchte in ein Gewirr aus wenig belebten Seitenstrassen ein, ging kreuz und quer durch die Gassen, kehrte um, schlug Haken. Einen Verfolger hätte er leicht bemerkt. Das dachte er zumindest – doch Luther Tank bemerkte er nicht. Mit verschleierten Augen sah Luther amüsiert zu, wie Gill sein Repertoire abspulte.

Gill ging an einem kleinen Biergarten vorbei zum Eingang der Billardkneipe. Am Tresen tuschelte der Barmann mit einem Gast, sah kurz zu Gill herüber und redete weiter. An einem der hinteren Tische übte ein Mann einsam seine genialen Stöße. Gill trat an den Tresen. Roland, der Barmann, schien ihn nicht zu beachten und redete weiter mit seinem Gegenüber. Er war breit, ging langsam auseinander und wirkte übernächtigt. Er ging völlig auf in dieser Welt aus Neonlicht, flüsternden Absprachen, kleinen Coups und Nicht-vor-Mittag-aufstehen. Der andere war ebenfalls Bestandteil dieses Kosmos' aus kleinen Streichen, die maximal einen Gebrauchtwagen abwarfen, Betrügereien und Laufburschenarbeit. Beide hatten große Gläser mit Wodka vor sich stehen, redeten über gute alte Zeiten, wie die Gegenwart noch besser zu machen wäre, oder welches Manna die Zukunft für sie bereithielt. Beharrlich bestätigten sie sich, welche Fehler man nie wieder machen würde. Sie wollten nicht wahrhaben, dass sie genau diese Fehler in einer Endlosschleife wiederholen mussten, um die Lernunfähigkeit ihres Universums zu bestätigen. Mal war man im Knast, mal wieder draußen. Aber man hatte seine Infrastruktur aus alten Spezis, deren Tips, Einstiegs- und Anlageangebote einen Lebensstil ermöglichten, der es ihnen gestattete, nachts um die Häuser zu schleichen und in den üblichen Kaschemmen immer ein volles Glas in der Hand zu haben. Sie fuhren entweder dikke, alte Amischlitten oder verrostete Jaguars oder BMWs; selten hatten sie genug Geld, um ihre Angeberkarren vollzutanken. Es war der Wodka, der die Verantwortung für ihr fröhliches Gelaber übernehmen musste.

„Geh, des war doch Totschlag – a Unfall, der is nur unglücklich in die Kugel grennt ...“

„Was verstehstn du davon? Wias den einedraht habn, hats di no gar ned gebn.“

„Aber die schöne Marie!“

„Deine Tanz machen mi müd. Lass ihr halt a Mess’ lesn.“

„Na ja, der hat jedenfalls ausdämpft ghört.“

Gill wartete geduldig. Als der Mann vor dem Tresen das Bedürfnis nach Entleerung verspürte und in Richtung Toilette wankte, rückte Roland näher.

„Servas, Gill, schön, dassd wieda do bist. Trink ma wos. Mogst a Oide? Wir habn drei Wuchtschnitzln.“

„Ich brauche was anderes.“

„Brauchst a Krachn? Guat, bring i da.“

„Jetzt.“

Roland verschwand durch die Tür zur Küche. Bis auf das Klikken der Billardkugeln war es ungewöhnlich still. Nach ein paar Minuten kam er mit einem Päckchen in einer Einkaufstüte zurück. Er schob es über den Tresen.

„Vierhundert. Mit allem.“

Gill zog ein Bündel Geldscheine hervor und schälte neun Fünfziger ab. „Trink einen auf meinen Geist. Bin nie hier gewesen.“

„Eh kloa.“

Gill verließ das Lokal und sah sich wieder genau um. Trotz aller Erfahrung bemerkte er Tank nicht, der sich in einem toten Winkel positioniert hatte. Er ging zurück zum Westbahnhof, die belebte Mariahilfer Straße hinunter. Hier war es leicht, jemanden unbemerkt zu beobachten. Dann bog er plötzlich rechts in die Esterhazygasse ab. Nur wenige Leute. Vor einem Schallplattengeschäft mit alten Vinylscheiben im Fenster blieb er stehen und versuchte erneut einen Verfolger im spiegelnden Schaufenster zu entdecken. Da sein Schatten Gills Vorlieben kannte, hatte er damit gerechnet und wieder einen toten Winkel aufgesucht. Er wartete, bis Gill weiterging und in die Damböckgasse einbog. Als Gill am Haus des Meeres vorbeikam, war er wieder hinter ihm. Gill warf einen Blick auf das imposante Gebäude: ein ehemaliger Feuerleitturm, der seit 1957 zu einem maritimen Zoo ausgebaut worden war. Von der Dachterrasse im neunten Stock hatte man einen schönen Ausblick über die Stadt. Er ging bis zur Gumpendorfer Straße, schlug ein paar Haken und kam an einen kleinen Platz mit Biergarten. Gill war sich sicher, dass ihm niemand gefolgt war.

An einem der altmodischen Kaffeehaustische saßen der Fichtl und Dr. Trash und schwiegen sich an. Zwischen den beiden Freunden herrschte Eiszeit. Der Doktor warf dem Fichtl vor, dass er sich von der hobbykriminalistischen Website zurückgezogen hatte, die er zuvor jahrelang in gnadenloser Selbstausbeutung geführt hatte. Die Situation war um so austriakischer komisch, da der Doktor bei dem Unternehmen seit Jahren selbst nur einen besseren, aber stets schlecht gelaunten Frühstücksdirektor gab. Der gutaussehende, charmante und immer offene Fichtl zog das ländliche Dasein außerhalb Wiens vor. Den düster-melancholischen Doktor, eine Art Spätpunk-Qualtinger, könnte man hingegen nur operativ aus der Hauptstadt entfernen.

Sie begrüßten einander, dann kam Gill kam sofort zur Sache: „Ich brauche ein Safehouse. Absolut geräuschgedämpft und diskret. Eines, das noch nie genutzt wurde. Und das noch heute."

„Na, Gott sei Dank fragst du", sagte der Doc sardonisch. „Wir sitzen hier schon seit Stunden und überlegen, wie wir dir eine Freude machen können."

„Er ist immer noch wahnsinnig", warf Fichtl nervös ein, obwohl er genau wusste, dass sowieso immer was ging, wenn man wollte. „Wie sollen wir denn das so schnell hinkriegen?"

„Irgendwas. Für höchstens zwei Wochen. Geld spielt keine Rolle."

„Aber es scheint ihm gut zu gehen, unserem Freund ..."

Der Doc begann zu dozieren: „Am besten, du nimmst irgendeinem Halb-Sozialfall seine Gemeindewohnung ab. Schickst ihn halt in der Zwischenzeit nach Mallorca. Ansonsten kriegt man nicht mehr so einfach was im Gemeindebau – wenigstens als Inländer. Aber sie sind hervorragend geeignet, weil sie immer mehr verslummen und jedem wurscht ist, was du dort tust. In den alten Zinshäusern, auch in den Bezirken außerhalb des Gürtels, beobachten einen die Nachbarn immer viel zu genau."

„Nein. Absolute Diskretion. Wenn was auffliegt, kann ich mich für lange Zeit oder gleich für immer vom Heurigen verabschieden."

„Falls die nähere Umgebung von Wien auch noch in Frage kommt: In Purkersdorf wohnt man ebenfalls gerne, auch Wiener Neudorf. Aber am nächsten zu den cooleren Bezirken ist wohl das schöne Klosterneuburg mit seinen Ausläufern – brauchst nur den Fichtl fragen. Da stehen mittlerweile geschmacklose Villen, dass dir ganz schwindlig wird. Einen Neureichen gibt es sogar, der beinahe rund um die Uhr zwei Wachdienstautos oben und unten bei seinem Grundstück postiert hat, mal abgesehen von den Kameras. Beziehungsweise hat der gleich das Grundstück unter sich dazugekauft, damit da keiner hinbaut."

„Auf keinen Fall. Nichts mit flächendeckender Kameraüberwachung. Da kann ich ja gleich die ‚Kronenzeitung' zum Interview bitten."

„Na gut, dann halt ein Penthouse im ersten Bezirk – vielleicht gleich das, wo früher dieser Gewerkschaftsbonze um einen Euro Miete auf vierhundert Quadratmeter residiert hat wie ein König. Oder auf der anderen Seite vom Donaukanal, im zweiten Bezirk, der ist eh gerade so angesagt. Im Döblinger Cottage vielleicht nicht mehr, weil das nach und nach von neureichen Russen übernommen wird; dort fällst du auf. Da könntest du auch gleich in die ehemalige Präsidentenvilla auf der Hohen Warte einziehen ..."

„Kein Villenviertel. Könnte sein, dass ich das Safehouse verschmutzt hinterlassen muss. Wenn dort irgendein Bulle die Mafiosi überwacht, kriegen sie mich vielleicht versehentlich mit aufs Bild."

„Na prack – du bist der Alptraum eines Maklers. Aber ich habe da eine Idee ... Vor kurzem ist einer nach Hause beordert worden, in die Wüste – ich glaube, der bleibt für immer weg."

Gill hatte längst die Geduld verloren und stand abrupt auf. „Ihr werdet das schon hinkriegen. Aber schnell, bitte – es ist verdammt wichtig."

„Wie immer, wenn du dich an uns erinnerst."

„Gib mir sofort Bescheid, wenn du was hast."

***

Der Magen knurrte. Gill sah sich nach einem Beisel um.

65

Das erste, was Gill sah, als er wieder zu sich kam, waren merkwürdige Fischaugen in einem noch merkwürdigeren, länglichen Kopf. Der Mann mit dem Haifischkopf saß einen Meter vor ihm auf einem Eisenstuhl. Luther Tank. Einer der legendärsten Contractors und Killer der Gegenwelt. Der Mann, der Robert Maxwell ermordet hatte. Der dafür gesorgt hatte, dass sich Jürgen Möllemanns Fallschirm nicht öffnete, als er ihn bewusstlos aus dem Flugzeug warf, und der das Flugzeug mit Juvénal Habyarimana und Cyprien Ntaryamira, den Präsidenten von Ruanda und Burundi, vom Himmel geholt hatte, damit durch den Völkermord in Ruanda der französische Einfluss in Schwarzafrika zugunsten der Amerikaner zurückgedrängt werden konnte. Eine lebende Legende im Universum der Verschwörungen und Geheimdienste. Gill wollte sich bewegen und musste feststellen, dass er mit Handschellen an einen Eisenstuhl gefesselt war. Er drehte den Kopf und hatte sofort ein Schwindelgefühl. Er saß in einem Kellergang. Nur eine Lampe. Die beiden Männer auf ihren Stühlen stachen im Schein der Glühbirne aus der Dunkelheit hervor. Er sah Luther direkt an. Das Gesicht des Killers lag halb im Schatten. Trotz der lebensbedrohlichen Situation blieb Gill kühl. Etwas war nicht richtig, passte nicht in diesen Exekutionsraum.

„K.-o.-Tropfen?" fragte Gill.

„Gamma-Hydroxybuttersäure. Sehr schnell, sehr effektiv und hält nur vier Stunden an. Bei Ihnen nur zwei. Sie sind gut in Form. Sie werden sich etwas schlecht oder schwindlig fühlen."

„Wie sind Sie an mich rangekommen?"

„Ihr Kartoffelsalat. Ich war in der Küche des Beisels."

„Ein Wiener Koch lässt zu, dass Sie nachwürzen?"

„Ich kann sehr überzeugend sein."

„Sie haben mich beschattet."

„Wenn man aussieht wie ich, muss man darin gut sein."

„Ich habe nichts mitgekriegt."

„Sie sind zu berechenbar. Man muss nur Rolling Stones und erste Tour und Fürstenhof und Gill zusammenzählen. Sie kennen Ihre Akte nicht. Demnach steigen Sie in Wien bevorzugt in diesem Hotel ab. Aber machen Sie sich nichts draus. Ich bin einer der Besten. Und ich kenne Ihre Vorgehensweise, weil ich es ganz ähnlich mache. Kein Grund für Selbstvorwürfe." Eine merkwürdige Melancholie schwang in Tanks Stimme mit.

„Sie haben mich aus dem Beisel rausgebracht, in ein Auto und dann hierher geschleppt. Wirklich nett hier. Sie haben ein Auge für das Wesentliche."

„Streng nach den Regeln des Feng Shui. Schön, dass es Ihnen hier gefällt."

„Keine Sorge. Ich bleibe nicht. Und ich hole auch meine Familie nicht nach."

Luther zündete eine Zigarette an und steckte sie Gill zwischen die Lippen.

„Ich war immer ein Anhänger von Machiavelli und Hobbes, die von den Liberalen nie verstanden werden. Ich glaube an den guten Staat und Ordnungsprinzipien, damit auch der Schwache überleben kann. Ohne den Staat würden die Menschen einander umbringen. Nur die Macht des Gesetzgebers und Lenkers kann Frieden garantieren. Aber nicht immer Gerechtigkeit. Die Unzulänglichkeit der menschlichen Rasse lässt das leider nicht zu. Damit muss man sich abfinden. Zum Glück lässt die Mehrheit der Menschen sich mit dem Schein so gut abspeisen wie mit der Wirklichkeit. Auch wenn die Einrichtungen der westlichen Staaten nicht vollkommen sind, geben sie Aussicht auf einen gewissen Fortschritt. Leider sind diese Institutionen oft so bedroht, dass man im Sinne des Staatsfriedens zu drastischen Maßnahmen greifen muss, die punktuell das Friedensgebot außer Kraft setzen."

„Wie im Irak, in Afghanistan, in Chile, in …"

„Es wurde von den Herrschenden als Bedrohung empfunden …"

„Reden Sie doch keinen Mist, Tank. Sie sind viel zu schlau, um nicht zu wissen, dass es sich um die wirtschaftlichen Interessen einer kleinen Clique handelt, die sich den Staat als Beute nimmt."

„Auch damit muss man sich arrangieren, um den Staat als Schutzmacht der Individuen zu erhalten."

„Schutz für wen? Für die Obdachlosen? Die Hungrigen? Oder wie es ein deutscher Apo-Mann mal ausdrückte: die Beleidigten? Und wie werden die Interessen geschützt? Indem man die Mehrheit der Weltbevölkerung ausbeutet und durch perfide Mordmethoden – von Hunger über Viren bis Bürgerkriege – ausmerzt?"

„Das und die ökologische Katastrophe stürzen mich in ein moralisches Dilemma. Meine Doktrin war machiavellistisch: Kein Staat kann je mit Sicherheit auf etwas bauen, sondern muss stets mit der Ungewissheit aller Dinge rechnen. Die Welt ist so beschaffen, dass man immer, wenn man aus einer Verwicklung glücklich herauskommt, sofort in die nächste hineingerät. Die Kunst besteht darin, die richtige Wahl zu treffen und das geringste Übel auszusuchen."

„Völkermord und die Vernichtung der Lebensgrundlagen als kleineres Übel? Mann, da werde ich ja zum Idealisten."

„Machiavelli sagt auch, dass jeder Staat aus Verderblichkeit und Kurzlebigkeit abstirbt. Aber in einem muss ich Ihnen Recht geben: Die Staaten selbst werden mehr und mehr zur Gefahr für den Frieden. Innen wie außen."

„Es sind wohl eher die Menschen, die diese Staatlichkeit vertreten. Sie werden doch nicht auch noch die Systemfrage stellen, Tank?"

„Tatsächlich. Seit einiger Zeit neige ich auch dazu. Nicht zu fassen – alles, was mir heilig war, ist auf dem Prüfstand."

„Ich kann mir nicht vorstellen, dass jemand, der für Zaran arbeitet, moralische Skrupel kennt."

„So ist mein Ruf. In zwanzig Jahren für die Firma oder Leute und Organisationen, die von der Firma sanktioniert sind, hatte ich nie Zweifel. Im Sinne der Sache arbeitete ich für Menschen, die nicht die niedrigste Ausschweifung ausließen. Es machte mir nicht das Geringste aus. Ich wusste immer, dass ich damit mein Karma belaste. Aber es machte mir nichts aus."

„Sie beherrschen Kalarippayat, die älteste Kampfkunst der Welt. Man sagt, dass sie schon hundert vor Christus entwickelt wurde und auch Kung Fu daraus hervorgegangen ist. Heute gibt es nur noch eine Schule im südindischen Kerala. Sie sind angeblich einer von fünf Weißen, die diese Kunst beherrschen. Ich habe gehört, Sie fahren jedes Jahr nach Indien, um einen Monat bei den Gurus zu leben und zu trainieren. Haben Ihre moralischen Zweifel damit zu tun?"

„Mit an Sicherheit grenzender Wahrscheinlichkeit. Ich habe mich innerlich lange gegen Erkenntnisse und den Weg abgeschlossen. Deshalb bin ich trotz meiner beträchtlichen Fähigkeiten nie bis ans Ende des Pfades gelangt … Ich beherrsche alle hundertsechs Techniken und die Kali gewidmeten Kampftänze."

„Wenn Kali im Spiel ist, dürften Sie keine Probleme haben."

„Was wissen Sie schon? Es gibt Hinweise, dass Kalarippayat aus Vajramushti – der Diamantenfaust – entwickelt wurde, das von Bodhidharma in den Shaolin-Klöstern eingeführt wurde."

„Das ist mir alles zu hoch. Für dieses Thema tauge ich nichts."

„Woran glauben Sie?"

„An den anthropologischen Pessimismus."

„Natürlich."

War das wirklich Tank, mit dem er hier sprach? Derselbe Mann, der eiskalt eine Bekannte von Gill getötet hatte, bevor er ihn an

Männer ausgeliefert hatte, die ihn umgebracht hätten, wenn ihn Alexa nicht gerettet hätte? Irgendwas hatte sich grundlegend geändert. Gill witterte eine Chance. Ein Profikiller wie Tank laberte nicht mit seinen Opfern herum. Entweder erledigte er sie sofort, oder er lieferte sie so schnell wie möglich beim Auftraggeber ab.

„Mein Hund ist tot."

„Ihr kleiner Chihuahua? Den haben Sie doch bei Ihren Aufträgen nie dabei."

„Man hat ihn mit meiner Freundin und meiner Wohnung in die Luft gejagt."

„Wer?"

„Ein dummer Ex-Abteilungsleiter der Firma, der sich meiner Loyalität nicht sicher war und mich treffen wollte. Was ihm gelungen ist. Er hat mich bis ins Mark getroffen."

„Wir reden von einem toten Mann, oder?"

„Von mehreren."

„Das hat Ihnen die Firma verziehen?"

„Er hat nicht nur meine Mitte gesprengt, sondern stand auch der Karriere seines Nachfolgers im Weg."

Gill musste grinsen. Er befand sich in einer der absurdesten Situationen seines Lebens. Gefesselt in einem Wiener Keller, in der Gewalt des vielleicht gefährlichsten Hitman der Welt.

„Haben Sie den Glauben an den Kapitalismus verloren?"

„Alles ist endlich, nur das Wachstum nicht? Es gibt keinen Konkurrenzkapitalismus. Die Welt gehört Kleptokraten, die durch mittelalterliches Erbrecht legitimiert sind. Ihre Gier ist unerträglich geworden. Die Banker und die, denen die Banken gehören, haben mehr zerstört als Timur Lenk oder Adolf Hitler. Ich habe mein Leben lang die Interessen von Leuten vertreten, die das Gemeinwohl vernichten. Es gibt keinen Weg zurück. Die einzige Konsequenz ist die Apokalypse."

„Tank, lesen Sie jetzt auch noch die vatikanischen Apokryphen?"

„Westliche Vorstellungen basieren auf dem abstoßenden Irrglauben, dass Schmerz der Preis für alles Gute sei. Die Natur wird sich die Säugetiere vom Hals schaffen."

„Sind Sie etwa Mitglied einer Endzeitsekte geworden?"

„Sie haben keine Angst vor dem Tod." Es war keine Frage. Gill überlegte ernsthaft. „Nein … ich glaube nicht."

„Wollen Sie sterben?"

„Nein."

„Aber Sie wollen auch nicht um jeden Preis überleben."

„Nein. Nicht um jeden Preis."

„Zum Beispiel?"

„Das Rauchen aufgeben. Oder für den Rest des Lebens deutschen Pop-Bands mit kuhäugigen Sängerinnen zuhören. Zeuge von Bundestagsdebatten sein müssen. Nein – nicht um jeden Preis."

Tank sah ihn kalt an. „Mit Sprüchen versucht man etwas zu verbergen."

„Ich habe keine Angst vor dem Tod. Ich habe Angst davor, qualvoll zu verrecken."

„Ich habe meine Hits immer schnell und sauber erledigt."

„Sie wissen genau, was Zaran mit mir anstellen wird, wenn Sie mich ausliefern."

„Ich möchte es mir nicht mal vorstellen."

„Worauf beruht seine Macht?"

„Er lässt wichtige Leute an seinen Spielen teilnehmen. Wirklich wichtige Leute. Nicht nur EU-Funktionäre wie bei Nihoul. Es gibt sowas wie eine Internationale der Satanisten. Die finden Sie auf höchster Ebene."

„Und wieso Sie? Haben Sie den Auftrag von der Firma?"

„Ich habe den Auftrag, auf ihn aufzupassen – von sehr weit oben. Man kann ihn nicht abschreiben. Er hat dafür gesorgt, dass es sonst Kollateralschäden gibt. Warum nennt sich ein Debilenklub wohl Skull & Bones?"

„Die Beteiligung an meiner Ermordung wird sich nicht positiv auf Ihr ohnehin schon gebeuteltes Karma auswirken." Gill bewegte seine schmerzenden Handgelenke.

„Ich glaube nicht länger, dass diese Welt noch zu retten ist. Sie wird von der Gier umgebracht. In den siebziger Jahren hat keiner darüber nachgedacht, was mit den Drogengeldern passiert. Nur ein paar Leute haben darauf hingewiesen, dass die Drogenbosse, wenn sie erstmal alles haben, was sie sich wünschen, diese Gelder anlegen werden. Ist doch klar – hätten sie die Milliarden vielleicht im Keller lagern sollen? Sie gründeten Banken oder fanden Banken, um das Geld zu waschen. Viel Geld, das durch keine Bücher und keine Computer der Steuerbehörden floss. Und wo geht es hin? In legale Unternehmen. Damit begann die Aushöhlung der legalen Wirtschaft und der legitimierten Politik ..."

„Politik war immer korrupt," unterbrach Gill.

„Nicht in diesen Dimensionen. Lassen Sie sich die Namen auf der Zunge zergehen: Schröder, Clement, Cheney oder Berlusconi, der nur durch illegales Geld sein Medienimperium gründen konnte. Blair, Sarkozy, Bush. Die Banker haben Spielgeld ohne Ende. Da liegen die Wurzeln für die Krisen: sie müssen Anlagemöglichkeiten finden, mit diesen Unsummen an illegalen Geldern spekulieren. Ruhendes Kapital ist totes Kapital, und organisierte Kriminalität ist die reinste Form der freien Marktwirtschaft. Von Moskau bis Albanien gibt es nicht ein Land mit keynesianischem Kapitalismus. Nur die organisierte Kriminalität von Oligarchen. Es ist vorbei. Die Zivilisation ist am Ende. Und indem wir die Umweltgrundlagen töten, erfüllt sich unser Todestrieb. Man kann es nicht mehr ungeschehen machen. Egal, wie viele ich töte, um den inneren und äußeren Frieden zu sichern. Es nützt nichts mehr. Es ist aus. Mein kleiner Hund war ein Mikrokosmos, für und durch den ich leben konnte. Auch ihn hat mir die Bande genommen."

„Und dann stören Sie Kollateralschäden?"

„Nein. Ich habe nicht gesagt, dass mich diese Argumentation interessiert."

Gill sah Tank fragend an.

„Ich helfe Ihnen, Zaran zu töten. Ich bringe Sie durch die Linien, wenn Sie wollen."

„Meinen Sie das ehrlich? Wenn Sie ein Spiel spielen, verstehe ich es nicht."

„Es ist mein Ernst. Ich habe nur eine Bedingung. Nur eine Forderung."

„Welche?"

„Sie müssen mich anschließend töten. Ich bringe Sie zu Zaran und sicher wieder zurück. Dann töten Sie mich."

„Wenn Sie nicht mehr wollen, warum tun Sie es nicht selbst?"

„Haben Sie je an Selbstmord gedacht?"

„Ich bekomme manchmal Depressionen. Ja, habe ich."

„Und warum haben Sie es nie getan?"

„Ich weiß nicht. Ich … ich kann es nicht."

„Ich habe es mehrmals versucht. Ich kann es auch nicht. Aber ich will nicht mehr. Sie machen es."

„Ich soll Sie wirklich umbringen?"

„Schnell und schmerzlos."

„Das ist der merkwürdigste Deal meines Lebens."

„Falls Sie es nicht tun, übergebe ich Sie Zaran."

„Warum wollen Sie nicht auf dem Schlachtfeld sterben?"

„Ich bin zu gut. Die Reflexe setzen ein, und ich überlebe jedes Feuergefecht. Ich bin nicht durch Zufall so alt geworden."

„Legen Sie einen Politiker um. Einen etwas wichtigeren. Sarkozy, Putin, Berlusconi … Mit Ihrem Wissen werden Sie kaum einen Gerichtssaal lebend von innen sehen. Die werden Sie sofort liquidieren."

„Der Hydra ein Haupt abschlagen? Sinnlos. Offensichtlich verstehen Sie mich nicht. Ich bin müde."

„Ich muss mich an den Gedanken gewöhnen."

„Haben Sie so viel Zeit?"

„Also gut. Wir haben einen Deal."

„Sie machen keinen Unsinn, wenn ich Ihnen die Fesseln abnehme?"

„Unbewaffnet habe ich keine Chance gegen Sie, Tank."

„Reden Sie keinen Mist. Jeder hat eine Chance. Man hat immer eine Chance."

Tank machte ihn los und gab Gill die Glock und das Handy zurück. Er hatte eine Nachricht vom Doc.

66

Der Sommerregen rauschte noch immer lautstark auf die Donau hinunter, als die Dämmerung hereinbrach. Von einem hohen Hügel blickten Gill und Tank auf die Krümmung des Flusses und die hineinreichende Landzunge mit der Burgruine, an der das Wasser wild vorüberrauschte. „Innen ist die Burg ausgebaut und alles gut gesichert. Einige Räume können Sie nicht von Luxussuiten oder Chefbüros unterscheiden, andere sind Folterkeller und mittelalterliche Gelagehallen. Nur äußerlich wirkt alles verfallen. Es führt sogar ein versteckter Weg bis zu ihr, und einen nicht einsichtigen Parkplatz gibt es auch. Die Burg war früher mal im Besitz eines esoterischen Spinners, der mit Guido von Lanz und diesen frühen Nazi-Esoterikern befreundet war. Irgendwelche Vorläufer der Thule-Gesellschaft … Hat jedenfalls eine lange Tradition mit Kulten." Das steile Ufer und das abfallende Gelände ließen kaum einen Blick auf die Ruine zu, weder von ihrem Standpunkt noch von einem anderen Ort an der Uferstraße. Gill versuchte aus allen möglichen Winkeln mit seinem Fernglas Einblick zu bekommen. Vergebens. Er war von dem Herumgerutsche völlig durchnässt und verschlammt. Tank lag ruhig auf einer Tarnplane und hatte eine weitere über sich gezogen.

„Heute ist das Gebäude im Besitz von Wilfried Sturmbrunner, Medienmogul und einer der reichsten Männer Österreichs", sagte Gill.

„Ich habe ihn nur einmal gesehen, als er Zaran und mich und seine Guards herbrachte. Er hat vor Zaran gezittert. Zaran kann alles von Sturmbrunner verlangen. Der Mann hat Todesangst vor ihm."

„Vor ihm zittern viele wichtige Leute."

„Er hat sie in der Hand wie ein Dealer. Aber da ist mehr. Eine geradezu spirituelle Furcht."

„Diese schwarzen Messen sind Gehirnwäsche."

„Ich habe gehört, dass Sie Zarans Quelle versiegelt haben. Und dabei an die zweihundert Wild Side Boys gekillt."

„Ich hatte Hilfe. Es waren keine hundert. Ein paar sind entkommen."

„Keiner ist entkommen. Den wenigen, die Ihrem Massaker entwischt sind, hat ein alter Söldner aufgelauert und sie erledigt."

„Was? Roelf?"

„Er hat den einzig möglichen Fluchtweg blockiert und sie alle eliminiert."

„Roelf Vanderwolf. Kennen Sie ihn?"

„Nein. Aber Zaran ist völlig mit den Nerven runter und will Sie unbedingt haben. Deshalb hat er mich losgeschickt."

„Ich kann keine Posten entdecken."

„Es gibt keine Außenposten. In der Burg fühlt man sich sicher. Nur eine Pforte. Von außen aus eisenbeschlagenem Holz, innen mit Stahl verstärkt. Die hält sogar einer Panzerfaust stand. Dahinter ist ein schmaler Gang, der in einen abgesicherten Raum aus schussfestem Panzerglas mit einem Nacktscanner führt. Jeder, der die Burg betritt, muss da durch und seine Waffen abgeben. Ich auch. Keine Ausnahmen. Nur Zaran hat eine Waffe. Von den drei Guards sind mindestens zwei beim Scannen dabei. Manchmal auch Zarans debiles Monster Bolt."

„Und vom Wasser aus?"

„Wäre vielleicht möglich. Aber ich habe keine Pläne und auch keine Kenntnis davon, wo man einsteigen kann."

„Aber Sie könnten es rauskriegen."

„Wenn wir genug Zeit hätten."

„Haben wir nicht."

„Das denke ich mir."

„Die Burg wird natürlich auch elektronisch überwacht."

„Kameras, Bewegungsmelder – das volle Programm."

„Ich sehe nur eine Möglichkeit, ohne lange Vorbereitungen reinzukommen. Sie bringen mich als Ihren Gefangenen rein. Was ist mit Gas?"

„Geht nicht. Wir kriegen die Schutzmasken nicht unbemerkt durch. Und vor der Durchleuchtung könnten wir es nicht einsetzen. Der Scanner-Raum ist absolut dicht."

„Improvisieren?"

„Ich stecke einen Dazzler ein. Vielleicht kriege ich den durch. Das Problem ist die Enge."

„Sie kennen sich aus. Machen Sie einen Vorschlag."

„Ich muss Ihre Hände fesseln und bleibe hinter Ihnen. Wenn ich vorangehe und Sie brav hinter mir hertrotten, merkt der Dümmste, dass etwas nicht stimmt."

„Lockere Seilfessel? Das ist genauso verdächtig."

„Natürlich. Für uns, aber nicht für die. Ziehen sie die Ärmel darüber. Sie gehen vor mir. Wenn sie die Tür öffnen, nehmen Sie den ersten Mann und drängen ihn nach rechts ab. Ich erledige die beiden anderen mit dem Dazzler. Falls ich die Lampe nicht durchschmuggeln kann, nehme ich sie mir so vor. Es muss nur schnell gehen, damit sie keinen Alarm auslösen können. Dann greifen nämlich die elektronisch gesteuerten Sicherheitsmaßnahmen – und die kenne ich nicht. Aber dabei wird die Burg garantiert abgeriegelt, und irgendwo werden Schergen mobilisiert, die sofort herkommen und wissen, was zu tun ist. Und Zaran wartet entspannt in seinem Panikraum, bis man die Bastion von uns gesäubert hat."

„Kriegen Sie das hin? Wo ist der Alarm?"

„Alles hängt von Ihnen ab. Je schneller Sie mir den Weg freimachen, um so schneller kann ich agieren. Bringe ich den Dazzler durch, muss ich nur freie Bahn für den Laser haben. Sonst eben Kalarippayat."

„Geht die Tür nach innen oder außen auf?"

„Natürlich nach innen."

„Habe ich befürchtet."

„Wir warten noch. Wir brauchen die Dunkelheit. Auch wenige Schatten könnten von Vorteil sein."

„Sollen wir uns hier durchregnen lassen oder ins Kino gehen?"

„Das nächste Kino ist wahrscheinlich erst in Krems."

„Gucken wir uns das Remake von ‚True Grit' an."

„Ich schaue keine Western. Diese Verklärung frühkapitalistischer Bauernkultur missfällt mir."

Der Sommerregen endete so abrupt, wie er begonnen hatte. Tank war in den nächsten Ort gefahren und hatte Kaffee und etwas zu essen besorgt. Sie lagen jetzt in einem Wäldchen verborgen, von dem aus sie eine Ecke der Burg sehen konnten. Inzwischen war auch Gills Kleidung am Körper getrocknet. Er trank den Kaffee, als sich sein Satellitenhandy meldete. Es war Klaus.

„Strike! Wir haben es geschafft und den ganzen Laden hochgejagt."

„Was meinst du?"

„Berti hat einen Haufen Unterlagen über Zaran und seine Drecksbande aus den PCs geholt. Darmspülung nennen die das. Er hat sich um den ganzen Planeten gehackt und Dokumente aus Zarans Geschäften gesaugt."

„Du hast mir selbst gesagt, dass die zuständigen Dienste Domogalla zurückgepfiffen haben und den Teufelskram unter den Teppich kehren wollen."

„Na, sicher doch! Gill, du bist Mann von gestern. Yesterday's Paper. Du hast die Erfindung der Dampfmaschine noch nicht verkraftet. Wir leben in einem neuen, wunderbaren elektronischen Universum. Ich bin zwar in der Dienstleistungsbranche, die mich übrigens bis an die Grenze des Zumutbaren belastet, bilde mich aber dennoch fort ..."

„Weil du Discovery Channel abonniert hast?"

„Ich gehe mit der Zeit. Im Gegensatz zu anderen, die James Bonds Aston Martin und eine Walther PPK für den Höhepunkt individueller Abwehrtechnologie halten."

„Sag mir einfach, was los ist."

„Die derben Späße von Zaran und seinen abstoßenden Freunden sind Geschichte. Alle Unterlagen, Bilder und Filme gehen soeben bei WikiLeaks online. Da ist unglaubliches Zeug dabei. Die De-Sade-Geschichten sind nur das Sahnehäubchen. Da wird es einigen an den Kragen gehen. Ich liebe es, wenn das mittlere Management als Sündenbock geschlachtet wird. Ich liebe das wirklich! Realpolitische Bescheidenheit. Ja, ich und meine Mannen machen die Welt ein Stück weit schöner, während du beim Heurigen dumpf ins Glaserl starrst."

„Ihr werdet Ärger kriegen."

„Trouble is my second name. Und was treibst du noch? Prater? Riesenrad?"

„Ich habe mich mit Luther Tank zusammengetan und …"

„WAS? Mit Tank? Bist du krank? Der macht dich fertig. So blöde kannst nicht mal du sein. Ich komme runter. Schließ dich ein, bis ich …"

„Klaus. Hör mir …"

„Das kann nur am Glykol in diesem Scheißwein liegen. Dir hat in Leone wohl ein Pavian ins Hirn geschissen."

„Ich erkläre es dir später. Tank und ich müssen los. Wir holen uns Zaran."

„Du machst gar nichts. Du gehst nicht vor die Tür, bis ich und der Apache da sind!"

„Hör auf. Wir sind in der roten Zone. Wir ziehen es jetzt durch. Mir steht das alles bis obenhin. Das Kommando läuft bereits, und du bleibst verdammt noch mal, wo du bist."

„Gill … das kann kaum …"

„Ende." Gill warf das Handy in den Bag. Inzwischen war die Dunkelheit hereingebrochen. Tank entlud die fünf Magnum-Patronen, Kaliber sechshundert Nitro Express, aus seinem fünfundfünfzig Zentimeter langen Pfeifer-Zeliska-Revolver. „Machen Sie Ihre Glock leer. Ich muss die Waffen abgeben und lege den Wachen sicher keine scharfe Waffe in die Hand."

Gill nahm die Pfeifer bewundernd in die Hand. „Habe noch nie eine gesehen. Das ist ja ein Monster."

„Sechs Kilo schwer. Dreiunddreißig Zentimeter alleine der Lauf. Meistens benutze ich eine Desert Eagle. Aber da ich schon in Österreich bin …"

„... würdigen Sie das Gastland. Keine Probleme beim Rückstoß?“

„Nein. Nicht bei diesem Gewicht.“

Gill nahm seine Glock, die im Vergleich mit der Pfeifer Zeliska wie ein Spielzeug aussah, und holte die Patronen aus dem Magazin.

„Keine im Lauf?“

„Keine im Lauf.“

Gill sah in die kalten Fischaugen. „Wir brechen auf. Gibt es noch etwas zu berücksichtigen?“

„Nichts, was wir einplanen können. Ich muss Ihre Hände fesseln.“

Gill streckte sie vor, und Tank band sie so zusammen, dass Gill das Ende des Stricks in einer Handfläche verbergen konnte. Ein leichter Ruck, und die Fessel würde abfallen. Tank steckte sich zwei Ringe mit Patronen für die Pfeifer in die eine Hosentasche und zwei Magazine für die Glock in die andere. Dann nahm er einen Fenix Dazzler aus dem Handschuhfach und steckte ihn in sein Sakko.

„Müssen Sie die nicht abgeben?“

„Vielleicht nicht. Die Idioten wollen nur die Waffen. Meine Munition haben sie nie verlangt.“

Sie stiegen in Tanks Wagen, fuhren ein Stück über die Uferstraße und bogen rechts in einen Weg zur Donau ein. Vor einem Zaun und einer Schranke hielt Tank und identifizierte sich vor der Kamera. Die Schranke wurde geöffnet, und sie holperten in Kurven über den nicht gepflasterten Weg bergab. Vor ihnen schimmerte schwarz die Donau. Nach einer weiteren Kurve hielten sie auf einem Parkplatz; dahinter erhob sich wie ein dumpf brütendes Monster die düstere Festung.

67

Berti saß konzentriert vor seinem kleinen Laptop, den er selbst zusammengebaut hatte und der von ungeheurer Leistungsfähigkeit war. Sein schütteres Haar wurde langsam grau, aber sein Gesicht war faltenlos, schien auf ewig die Visage eines Oberschülers zu bleiben.

„Ich war bei Alexa", sagte Klaus. „Bin richtig sauer. Kannst du nicht noch was tun, um dieses Arschloch bei den Amis zu diskreditieren und Gill Rückendeckung zu geben?"

Der Schlaks sah Klaus durch seine Hornbrille an. Das Telefonat mit Gill hatte den letzten Rest der legendär guten Laune seines Chefs verbraucht. „Ich will Gill mal zeigen, wie man richtig Krieg macht. Die quatschen im Fernsehen doch immer von diesen Internet-Angriffen und wie gefährlich der ganze Scheiß ist. Dieser Wikipedia-Quatsch ist ja ganz nett. Aber was soll's? Ein paar Blätter berichten darüber, und in zwei Monaten haben es alle vergessen. Wofür hat man dich studieren lassen? Lass dir mal was ganz Böses einfallen."

„Seine Reputation ist schon beim Teufel."

„Genügt mir nicht. Kannst du nicht sowas wie bin Laden aus ihm machen?"

„Ich könnte was richtig Gemeines hinkriegen. Echt schlimmer als 'ne Darmspülung …"

„Bestens. Und was ist das?"

„Vielleicht einen Stuxnet-Angriff auf 'ne US-Behörde inszenieren?"

„Genau. Das ist gut. Bestimmt. Wollte ich gerade vorschlagen."

„Dann besorge ich mir mal einen schönen, fetten Wurm. Ich habe ja meine Büchse mit Tools und Zero-Day-Exploits."

„Was soll der Scheiß? Bevor du angeln gehst, mach erstmal diesen … Stuka-Angriff."

Ja, Berti hatte es nicht leicht mit einem Arbeitgeber wie Karibik-Klaus.

„Ich erkläre es dir: Ein Wurm ist ein Programm, das man heimlich und illegal in ein fremdes Netzwerk oder in Computer einführt und das dort spioniert oder Schaden anrichtet. Die Amis haben vor ein paar Jahren mit einem Wurm die iranischen Zentrifugen in den Atomforschungszentren destabilisiert und die Forschungen zur Bombe um zwei Jahre zurückgeworfen ...“

„Ich hab' nichts gegen den Iran. Ich will Zaran fertigmachen.“

Berti stöhnte, aber er war ein geduldiger Mensch. „Ich sagte doch, ich erkläre es dir. Ich habe alles von diesem Zaran gehackt. Ich kann in seinem internen Netz herumspazieren, wie ich will. Ich lasse mit einem Wurm über tausend Zugriffe von tausend Computern in der ganzen Welt US-Botschaften angreifen. So schnell kann ich die aktuellen Patches zwar nicht überwinden, aber das will ich auch gar nicht. Natürlich wird die NSA das sofort identifizieren und die Angriffe zurückverfolgen. Ich sorge dafür, dass sie eine von Zarans Firmen als Quelle ausmacht. Dann denken sie bis zu Sankt Nimmerlein, dass Zaran der Angreifer ist. Er wird zum Terroristen und landet in Guantanamo.“

„Verdammt! Du bist wirklich böse! Genauso machen wir es. Das ist gut. Aber ich habe so meine Zweifel, dass Zaran das Glück widerfahren wird, sich auf Kuba zu sonnen. Nicht, wenn er Gill am Arsch hat. Aber wenigstens wird es dann kaum noch Leute geben, die Gill rösten wollen, weil er Zaran erledigt hat.“

68 Drei Schädel lagen nebeneinander. Der Kanonikus Docre erfreute sich an den frisch abgetrennten Köpfen der Kinder. Wenn er Unschuldige und Reine unter Schändungen tötete, ließen die Zuckungen der Kinder sein Herz höher schlagen und erfüllten es mit ungestümer, wilder Freude. Beim Zerbrechen des letzten Widerstands war er einer ekstatischen Ohnmacht nahe. Er nahm einen der blutigen kleinen Schädel nach dem anderen auf und zeigte sie Bolt. „Ich hänge mit maßloser perverser Liebe an meiner Arbeit, wie ein Asket an seinem Büßerhemd." Er fragte ihn, welcher der Köpfe der schönste sei, der eben abgetrennte oder einer von den gestrigen. Bolt grunzte nur. Zaran schminkte die Schädel und ließ sie von Bolt aufspießen und im Hof aufstellen. Dann zog er sich nackt aus und ging erregt in den Innenhof der Burg.

„Ich finde Klarheit in der Dunkelheit."

Das düstere Grün der Bäume im Atrium verlieh dem Ort etwas Dämonisches. Sie krallten sich an dem felsigen Bogen fest wie ein Prophet an der Heilslehre. In der Mitte stand ein Andreaskreuz aus blutdurchtränkten Holzbalken. Hier konnte sich Zaran alleine oder mit seinen verderbten Gefährten dem wollüstigen Irrsinn hingeben, der sich von allem unterschied, was menschlichen Adel ausmachte. Während er die kleinen Köpfe betrachtete, murmelte er: „Ich liebe schöne Dinge. Ich wünschte nur, mein Guido wäre noch im Diesseits." Seine dunkle Seele ließ die Schatten um ihn hell erscheinen. Er setzte sich auf eine steinerne Bank und zitierte Judge Holden: „Alles, was in der Schöpfung ohne mein Wissen existiert, existiert ohne mein Einverständnis. Die Erde ist meine Domäne. Und doch gibt es überall noch Schlupfwinkel voll autonomem, ungebundenem Leben. Damit ich es mir untertan machen kann, darf nichts ohne meine direkte Einflussnahme geschehen."

Er strich über einen Schädel, während sich Bolt entfernte, um nach den Wachen zu sehen. „Wie frei ich doch bin. Frei von dem ungeheuerlichen Faschisten im Himmel, den sie als Gott verehren. Dabei glauben sie nur an den Gottesgedanken, nicht an Gott selbst. Dieser monströse Wicht hat alle Schlachten auf Erden verloren – und Satan herrscht. In diabolischer Trunkenheit wird mein Dasein verrinnen. Nur Minderwertige predigen das lächerliche System von Gleichheit und Brüderlichkeit. Da sie nie meine Höhe erreichen werden, wollen sie mich zu sich herunterziehen. Wer stark genug ist, Vergeltung nicht fürchten zu müssen, wird begierig Böses tun. Denn es gibt im Menschen keine heftigere Leidenschaft, als auszubeuten, zu unterjochen und zu töten. Die Natur ist böse, will das Böse, schafft das Böse. Ich bin eins mit ihr. Morden heißt, die Formen der Natur zu variieren."

69

Tank stieg aus, zog den Revolver, öffnete den Kofferraum und holte Gill aus der Limousine. Er stieß ihn vor sich her, die Waffe auf seinen Rücken gerichtet. Nach ein paar Metern sahen sie, dass sich das Tor hinter der kurzen Steinbrücke über dem Abgrund öffnete. Sie betraten einen langen, sich mehr und mehr verjüngenden Gang. Die Wände waren blau gestrichen, mit einer metallischen Farbe, die Funkwellen reflektierte und ausschaltete. Gill überlegte, ob es nicht ein Fehler sei, Tank zu vertrauen. Er verwarf den Gedanken. Jetzt war es sowieso zu spät.

Sie kamen in einen breiteren Glaskäfig. Vor ihnen war eine verriegelte Tür. Auf der linken Seite befand sich eine stählerne Schublade in Hüfthöhe, wie bei Banken. Die Lade war bereits durchgeschoben und geöffnet. Auf der anderen Seite der Scheibe grinste ein vierschrötiger Mann mit kurzen roten Haaren. „Der alte Tank! Hat er den Kerl doch tatsächlich erwischt." Tank legte seinen Revolver in die Lade und dann Gills Glock. Der Mann zog die Lade zurück und betätigte den Scanner.

„Du hast zwei Magazine in der Tasche."

„Die sind von ihm. Von seiner Glock. Willst du sie haben? Ich habe auch noch meine Taschenlampe in der Jacke."

Der Rothaarige winkte ab. „Bring ihn rein." Er legte die Waffen auf eine Ablage und wandte sich der Tür zu.

Tank stieß Gill nach vorne. Die Tür wurde nach innen geöffnet. Rechts konnten sie den Mann sehen, der sie aufschob, und neben ihm einen weiteren. Dahinter der Rothaarige. Gill streckte dem Türöffner die Hände entgegen. „Macht das ab. Meine Hände sind schon taub." Bevor der Türöffner lachen konnte, zog Gill am Ende der Fessel. Während sie locker wurde und abfiel, sprang er nach vorne, packte den Mann mit beiden Händen an der Kehle und stürzte mit ihm nach rechts. Krachend landeten sie auf dem Boden. Gleichzeitig zog Tank den Dazzler und schaltete das Blendlicht mit dreihundertsiebenunddreißig Lumen ein. Die Männer zur Linken wurden wie vom Blitz eines Photoapparats geblendet. Nur war der Laserstrahl intensiver, gesundheitsschädlicher und länger anhaltend. Als Gill mit dem Wächter zu Boden knallte, rammte er ihm mit voller Wucht das Knie in den Unterleib. Tank bewegte sich wie ein Krake im Wasser, umfasste mit den Armen die Hälse seiner beiden blinden Gegner und brach ihnen die Genicke. Gill stieß der Wache den Ellenbogen in den Hals und zertrümmerte den Adamsapfel. Dann trieb er ihm mit der Handfläche das Nasenbein ins Hirn. Tank nahm seinen Revolver und legte den Patronenring in die Trommel. In diesem Moment kam Bolt in den Wachraum. Er grunzte, versuchte die Lage zu erfassen, dann stürzte er sich auf Tank. Der hätte schießen können, aber er wollte warten, bis die Stahltür hinter Bolt zugefallen war. Zaran würde einen Schuss aus dieser großkalibrigen

Waffe hören können, so wie jeder, der sich in der Burg aufhielt. Als die Tür zu dem geräuschisolierten Raum zugefallen war, hatte Bolt Tank bereits erreicht. Jetzt konnte er nicht mehr auf ihn feuern. Bolt packte Tanks Kopf wie eine Billardkugel und rammte ihm gleichzeitig die riesige Faust unter die Rippen. Er klebte ganz eng an ihm und blockierte den Arm mit der langen Pfeifer Zeliska. Tanks Beine gaben nach. Während er zu Boden ging, warf er die Pfeifer in Gills Richtung. Gill fing die Waffe am Lauf, drehte sie um, sprang zu Bolt hinüber, setzte ihm die Mündung an den kleinen Schädel und drückte ab. Der Raum explodierte in ein ohrenbetäubendes Krachen und eine Flut aus Knochen, Blut und Hirn. Gill war von oben bis unten bespritzt und taub. Tank wühlte sich unter Bolts Körper hervor. „Ein Monster", stöhnte er.

„Ein totes Monster. Schon das zweite in einer Woche. Langsam glaube ich wirklich, dass Zaran einen Schlüssel zum Höllenschlund hat."

Gill nahm die Glock. Tank reichte ihm die beiden Magazine. „Gibt es noch weitere Ausgänge?"

„Bestimmt. Aber ich kenne nur diesen." Seine Stimme kam von ganz weit weg, aber langsam kehrte der Ton in Gills taube Ohren zurück.

„Dann sichern Sie diesen," sagte Gill, während er das leere Magazin durch ein volles ersetzte. „Gibt es noch mehr Wächter?"

„Meines Wissens nicht. Aber darauf kann man sich nicht verlassen. Ich war nur einmal hier und habe keinen Überblick."

„Wohin führt die Tür?"

„Ins Innere. Wenn Sie hier langgehen, treffen Sie auf mehrere Kreuzgänge. Beim zweiten rechts abbiegen, und Sie kommen in den Innenhof. Da hatten sie eine Orgie vorbereitet …"

„Ich finde ihn."

70

Zaran stand am mittelalterlichen Brunnen des Innenhofs. Er hatte mehrere Kinderköpfe auf den Rand gelegt und kippte sie nacheinander in den dunklen Schlund.

„Ich stieß sie in den Brunnenschacht/und warf auf sie sehr froh und munter/die Mauersteine noch hinunter …" trällerte er vor sich hin.

Er starrte fasziniert in die Tiefe, als er die Schritte hörte. Er drehte sich um. Gill kam aus dem Schatten der Arkade. In der herunterhängenden Linken hielt er locker die Glock. Er trat in den Hof. Zaran sah einen muskulösen Mann mit kurzen grauen Haaren, intensiven graublauen Augen und harten Gesichtszügen. Die Augen strahlten eine Kälte aus, die einem das Gehirn zerbrechen konnte. Zum ersten Mal seit sehr, sehr langer Zeit empfand Zaran eine Beklemmung, die ihm fast die Kehle zuschnürte. Er wusste sofort, wer das war. Zaran wischte mit einer Hand achtlos die kleinen Schädel in den Brunnen.

„Wer hätte das gedacht? Sie müssen diese Nervensäge sein, die mir ein paar Mückenstiche verpasst hat. Nichts wirklich Schlimmes, aber störend. Einen Hausdurchsuchungsbeschluss haben Sie nicht?"

„Ich bin nicht von der Polizei – das weißt du doch." Gill hob die Hand mit der Glock. „Aber doch, hab' ich. Steckt hier im Lauf."

„Wie sind Sie hier hereingekommen? Bestechung? Nein, das lassen Ihre Möglichkeiten nicht zu. Eine List? Um die drei Idioten auszuschalten, bedarf es wohl nicht allzuviel Hirn. Aber …" Zaran erblasste. „Wo ist … was ist mit Bolt?"

Gill blieb zwei Meter vor Zaran stehen. Sein Gesicht war eine Maske. Weder Wut noch die Befriedigung, dieses menschliche Monster endlich gestellt zu haben, erhöhten seinen Blutdruck. Er war noch nicht am Ziel.

Zaran brüllte nach Bolt.
„Er hört dich nicht. Deine Kreatur hat den Kopf verloren.“
„Niemals lässt er mich im Stich. Sie sind verloren. Sie haben keine Chance gegen Bolt. Auch nicht mit Ihrer Damenpistole.“
„Du unterschätzt die Glock. Aber da ich alles richtig machen wollte, habe ich mir Tanks Pfeifer Zeliska ausgeliehen. Ein Gerät, das einen Wasserbüffel kopflos machen kann. Ich habe nicht mal eine Silberkugel gebraucht.“
Zaran starrte ihn stumm an. Er hatte verstanden. Hier und jetzt gab es keine Hilfe mehr für ihn – außer der Bocksbeinige würde persönlich eingreifen. Aber der schaute wahrscheinlich lieber in der Hölle auf dem Sportkanal Synchronschwimmen.
„Gehören Sie wirklich zu diesen blöden Pop-Idolen, die im Kino leben und Kindern ein falsches Menschenbild vermitteln? Oder stellen Sie das alles nur an, um mich kennenzulernen und von meiner Majestät zu profitieren?“
Trotz seiner Nacktheit strahlte der durchtrainierte Mann eine charismatische Arroganz aus. Aber Arroganz hat immer auch mit Dummheit zu tun. Er betrachtete Gill voller geballtem Hohn.
„Wenn man sein Gewissen ablegt, hat man auch weniger mit sich herumzuschleppen. Sie sollten einmal über ein Leben in Wohlstand und Freude nachdenken. Nehmen Sie teil an meinem Katechismus der Ausschweifungen. Ich nehme Sie als Knappen an, und Sie dürfen sich mit mir an allem vergiftenden Zauber erfreuen.“
„Ich bin eher der depressive Typ. Deine morbiden Extravaganzen passen nicht so recht in meine Lebensplanung.“
„Man muss groß sein im Erfinden von Verdruss, immer dem Schlimmsten zugeneigt, auf alles Maßlose versessen, empfänglich für alle Schrecken, die vorstellbar sind. Seltsame Nüstern wittern schaudernd alles Ekelhafte, das die Sinne in Aufruhr versetzt. Das

regt Geist und Körper an. Ich bin ausgesandt, jede Blume in der Natur und in der moralischen Welt mit Füßen zu treten und zu zerstampfen. Ich habe die Sklavenmoral mit vollen Händen in den Schoß der Sünde gegossen. Ich habe den Himmel in den Kot gezogen und den Kot ins Paradies erhoben. Überall habe ich Gott zum Sklaven gemacht."

„Besorg dir was zum Anziehen. Du kommst mit."

„Warum sollte ich? Mein Anblick verschönert die Welt."

„Weil das leichter ist, als mit Krücken zu laufen." Gill zielte auf Zarans Kniescheibe. Zaran ging einen Schritt auf ihn zu, fixierte ihn mit den Augen. Noch ein Schritt. Sie berührten einander fast. Ihre Blicke ineinander gebohrt, keiner wich dem des anderen aus. Zaran war blitzschnell. Sein rechter Arm zuckte vor, um Gills Schusshand abzublocken, und gleichzeitig fuhr seine linke Hand, die Finger zu Krallen gebogen, zu Gills Unterleib. Bevor er Gills Hoden erwischen konnte, schlossen sich Gills Zeigefinger und Daumen mit stahlhartem Griff um Zarans Daumen. Es knackte kurz und trocken. Zaran schrie auf, sprang zurück und starrte auf seinen gebrochenen Daumen.

„Wir sollten weitere Missverständnisse vermeiden. Solange man lebt, gibt es Hoffnung. Sie ziehen sich etwas an, und dann verlassen wir diese lächerliche Kulisse."

Mühsam warf Zaran seine Kleidung über, während er über den gebrochenen Daumen fluchte. Gill achtete darauf, dass er keine Waffe in die Finger bekam. Dann gingen sie durch die düsteren Gänge und eine steinerne Treppe zurück zur oberen Ebene. Zaran spazierte lässig vor Gill dahin.

„Und so geleitet er mich, fern von Gottes Blick, geschwächt, ermüdet und zerbrochen vom Geschick, durch Langeweile und verlassen wüste Länder …" Zarans Rezitieren dröhnte unheimlich in den Gewölben.

Sie erreichten den Kontrollraum. Tank stand mit seinem Revolver neben den Leichen.

„Sie haben mich verraten, Luther." Zaran schien amüsiert und wieder bester Laune.

„Was man verachtet, kann man nicht verraten."

„Sie werden alt. Alt, kleinbürgerlich und nutzlos. Ihre Tage sind gezählt."

„Da haben Sie recht. Soeben läuft meine letzte Minute."

Zaran begriff nicht. „Was ist hier los?"

„Hände auf den Rücken. Wir nehmen eine Handschelle von den Wachen", sagte Gill. Tank bückte sich über eine Leiche und zog eine Plastikfessel aus der Tasche. Er zog sie stramm und eng um Zarans Handgelenke. Tank sah Gill an. „Ich habe meinen Teil der Abmachung erfüllt. Jetzt sind Sie dran."

„Luther … ich …"

„Sie haben mir Ihr Wort gegeben. Sollten Sie es nicht halten, werde ich Zaran befreien und Sie erledigen."

„Was läuft hier für ein perverses Spiel zwischen euch? Seid ihr verrückt?" Zaran verstand nichts. „Warum wollt ihr eure kleinen Leben nicht mit Unmoral und Verderbtheit aufputzen? Ich zeige euch einen neuen Kosmos. Kommt in meine Welt und erlebt unendliche Lust."

Tank und Gill hörten ihn nicht. „Ich habe gehofft, Sie überlegen es sich. Mit dem heutigen Kommando hat etwas anderes begonnen."

„Sie sind eine Verpflichtung eingegangen. Erfüllen Sie sie."

Das Blut sang in Gills Ohren. Die Glock zuckte hoch, der Lauf berührte fast Luther Tanks Stirn, der Schuss krachte. Tank sank leblos zu Boden.

„Verdammt noch mal, Gill. Das ist ja ein eindrucksvolles Ritual. Wir werden uns bestimmt verstehen." Zaran blickte auf

Tanks Leiche. „Ein Moment der Schwäche, der die ganze Legende relativiert. Welch jämmerlicher Abgang.“ Er spuckte auf Tanks Leichnam, und Gill brach ihm mit einem Hieb mit der Glock die Nase. Blutend schrie Zaran: „Sie können mich nur töten, nicht vernichten.“

Gill stieß Zaran die Glock hart in den Rücken. „Sie kennen den Weg.“ Der Jäger und seine Beute, Sieger und Verlierer.

Sie erreichten den Parkplatz. „Wenn ich fahren soll, müssen Sie mir die Fessel abnehmen. Sie werden ja nicht selber fahren wollen.“

Gill öffnete den Kofferraum. Er winkte mit der Glock.

„Wir könnten uns unterhalten. Nach Wien fahren wir eine Weile.“

„Steigen Sie ein.“

Zaran kroch in den Kofferraum. Gill schlug den Deckel zu, setzte sich hinters Steuer und fuhr los.

71

Gill holte bei Dr. Trash einen Wohnungsschlüssel und die nötigen Informationen ab. Dann fuhr er in die Innere Stadt. Vor einem luxuriös sanierten Haus hielt er an, bis er die Einfahrt zur Tiefgarage sah. Früher hatten hier Gewerkschaftsbonzen gehaust, jetzt lebten gelegentlich ebenso reiche wie primitive Russen in den teuren Eigentumswohnungen. Gill sah auf die Uhr: fast vier Uhr morgens. Er stellte den Mercedes in die zur Wohnung gehörende Parkbucht. Er stieg aus, ging zum Lift und holte ihn. Dann befreite er Zaran aus seinem ersten Gefängnis und zerrte ihn zum Fahrstuhl. Der Satanist war vom langen Aufenthalt im wenig luftdurchlässigen Kofferraum noch benommen. In der Eingangshalle schlug Gill ihn bewusstlos. Im Lift legte er sich Zarans Arm um die Schulter. Im zweiten Stock wurde der Lift angehalten. Die Tür öffnete sich, und ein teuer und geschmacklos gekleideter Russe stand davor

„Wir haben es gleich geschafft, Alter", sagte Gill und tätschelte Zarans Arm. Zarans Kopf hing über seine Brust.

„Nach oben?" stammelte der Russe, dem Alkoholleichen vertrauter waren als Sergej Eisenstein.

„Genau. Ich bringe meinen Freund nach Hause", sagte Gill in fließendem Russisch.

„Ich warte. Ich muss in die Garage."

Die Fahrstuhltür glitt zu, der Lift setzte sich wieder in Bewegung. Ohne Unterbrechung fuhren sie bis zum Penthouse. Gill legte Zaran im Flur ab, dann verschloss er die Tür und sah sich um. Ein riesiger luxuriöser Wohnraum mit einer Glasfront zur Terrasse, zwei Schlafzimmer, eine Bibliothek mit Billardtisch. Gill ging auf die Knie und taste die Beine des Tisches ab. Am zweiten fand er den Mechanismus. Ein Bücherregal glitt zur Seite; dahinter war eine Stahltür. Gill öffnete sie und suchte nach dem Lichtschalter. Blendende Helligkeit beleuchtete den Raum. Ein Bett mit Handschellen, weitere Handschellen an der Wand. Ein kleiner Tisch, auf dem ein Elektroschockgerät stand. Ein größerer Tisch mit Stuhl davor. Der Raum diente gleichzeitig als Gefängniszelle und Verhörraum. Gill zerrte Zaran herein und warf ihn aufs Bett. Nachdem er die Schellen überprüft hatte, kettete er ihn an. Dann schloss er die Tür, drehte den Schlüssel und ließ die Regalwand vorgleiten. Er ging in den Wohnraum, durchsuchte die MP3-Bibliothek der Multimediaanlage und fand die Rolling Stones. Sofort erklang „Bridges To Babylon" in einer atemberaubenden Klangqualität. Gill nahm eine Flasche fünfzig Jahre alten Mortlach Highland Malt aus der Bar. Ohne mit der Wimper zu zucken, erbrach er das Siegel und goss ein Glas mit dem zweitausend Euro teuren Whisky voll. Er ließ die Terrassentüre aufgleiten, trat hinaus, nahm einen tiefen Schluck und sah auf die Stadt. Am Himmel zeigten sich erste Fetzen des Tagesanbruchs. Ein Flugzeug glitt mitten durch die Sterne. Gill genehmigte sich einen weiteren Drink und legte sich auf ein Sofa. Er nippte an seinem Whisky und genoss die Stones. Bei „Thief In The Night" schlief er ein, die Glock in der Hand. Man hatte ihm bei seiner Ausbildung beigebracht, mit einer Waffe in der Hand zu schlafen. Wenn sich die Hand öffnete und die Waffe herausfiel, weckte ihn ein Stromschlag.

Er erwachte um elf Uhr und fühlte sich ausgeschlafen und fit. Er ging ins Badezimmer, das ebenfalls überdimensionale Ausmaße hatte. Der Doc hatte ihm erzählt, dass das Penthouse dem Geheimdienstchef eines arabischen Emirats gehörte. Der Folterknecht hatte gerade Probleme in seiner Heimat und würde wohl nie wieder das schöne Wien besuchen. Es würde Monate dauern, bis man seine Liegenschaften aufgelistet hatte und neu verteilte. Die Despoten vom Golf waren einfach zu reich, um sich für jede Schrebergartenhütte zu interessieren. Gill hatte schon immer Sympathien für Hausbesetzer gehabt. Er duschte ausgiebig und machte sich in der modernen Küche etwas aus den Beständen der Kühltruhe zum Frühstück. Kaffee war in großer Menge vorhanden. Als er seinen Gefangenen besuchte, nahm er eine Flasche Wasser mit. Er warf sie Zaran hin, der sie mühevoll öffnete und gierig trank.

„Du willst dich also an meinen Qualen ergötzen?"

„Ich bin ein einfacher Mann, der einen Traum lebt, wie Charlie Sheen sagen würde."

„Was hast du mit mir vor? Man wird mich suchen und finden."

„Suchen bestimmt. Aber falls man dich findet, würde ich nicht unbedingt auf dein Überleben setzen. Wenn ich meinen Freunden glauben darf, dann werden deinen Freunden die Internet-

Veröffentlichungen über dein schäbiges Treiben wohl ziemlich missfallen."

„Du überschätzt die Macht der Öffentlichkeit. Das ist schneller vergessen, als ich meine Angelegenheiten neu ordnen kann. Kein Mächtiger interessiert sich heute noch dafür, was die Presse schreibt oder der Pöbel denkt."

„Das mag für Deutschland gelten. Aber es gibt noch ein paar Kulturnationen."

„Dass ich nicht lache. Etwa Italien? Frankreich? Sarkozy hat längst den Stöpsel aus der Presse gezogen. Ungarn vielleicht? Die haben presserechtlich die Standards der Hunnen wieder eingeführt. Die Engländer? Die können in ihren paar freien Blättern soviel brüllen, wie sie wollen. Passieren wird nichts. Von den Amerikanern wollen wir gar nicht erst reden. Erinnern Sie sich an Afghanistan, Irak und den Krieg gegen den Terror? Im Vergleich zu diesen bezahlten Schmierfinken sind Putins Heloten von der ‚Iswestija' investigative Journalisten."

„Du hast ein paar Entwicklungen verschlafen. Durch das Netz sind alle Printmedien unter Druck geraten. Für wirtschaftlichen Erfolg verkaufen sie alles und jeden."

„Du würdest nicht mal eine Demonstration zusammenkriegen."

„An so eine Scheiße glaube ich sowieso nicht. Demonstrationen taugen nur was, wenn man sie mit der Kalaschnikow macht. Ich bezwecke etwas anderes: Hysterie unter deinen Freunden. Die sind zwar mächtig, aber auch feige Säcke. Ich brauche keine Demonstrationen. Ich brauche nur ihre Angst davor. Dass du lebst, macht ihnen Angst."

„Genau. Das ist eine gute Strategie. Wir könnten uns zusammentun."

„Aber das sind wir doch schon. Wir leben immerhin zusammen in derselben Wohnung. Wie Klugman und Randall in ‚Männerwirtschaft'. Und da ich derjenige bin, der den ganzen Tag tut und macht, gehe ich jetzt mal für uns einkaufen."

„Nimm mir wenigstens die Handschelle ab."

„Geht nicht. Gefangene haben nun mal diese Neigung, abzuhauen."

„Ich habe Hunger."

„Wenn ich mit Einkaufen und Putzen fertig bin, koche ich uns was."

72

Dr. Trash saß vor einem großen Braunen, hatte den Kopf in den Nacken gelegt und starrte durch seine Ray-Ban in den strahlenden Himmel. Gill setzte sich neben ihn. „Alles geklappt?" erkundigte sich der Doc.

„Bestens. Ein bisschen bescheiden, aber für ein paar Wochen muss es reichen."

„Diese Kosaken haben keinen Geschmack."

„Du klingst wie Klaus."

„Ein feiner Mann. Grüß ihn von mir."

„Was hast du über die Drogenszene?"

„Die Szene trifft sich immer noch am Karlsplatz, wo es seit einiger Zeit aber eine Schutzzone wegen einer Schule gibt und ein paar Kieberer, die das kontrollieren. Jetzt bewegen sich die Junkies halt in Wellen durch die Passage hin und her, jammern sich gegenseitig an, hatschen auf ihren Krücken daher – und tun das, was Junkies eben tun. Bahnhöfe waren früher ein guter Tip, sind aber jetzt ziemlich out, weil die seit Jahren fast dauernd umgebaut und renoviert werden. Äußere Mariahilfer Straße ist trotzdem noch ein einschlägiges Pflaster. Rauchware, schlechtes Ecstasy und Speed kriegt man seit Jahren fast immer in der Nähe vom ‚Flex' am Donaukanal – oder in der Umgebung der anderen Jugendlokale, in denen sich die sozialdemokratische Stadtregierung ihre Widerstandskultur heranzüchtet. Und dann haben wir im sechsten Bezirk in der Gumpendorfer Straße natürlich noch den ‚Ganslwirt', eine Verpflegungs- und Beratungsstelle für Junkies; dort und in den Apotheken der Umgebung gibt's fast immer was aufzustellen, oder zumindest einschlägige Infos. Die Beratungsstelle wollen die gscheiten Politiker jetzt angeblich in ein Amtshaus am Gürtel verlegen, dann dürfen sich dort junge Mütter und hilfsbedürftige Senioren live und vor Ort mit den Heroinbuben und -mäderln auseinandersetzen. Auf eine makabre Art witzig, oder …?"

„Aber immerhin gute Infos, vielen Dank."

„Wart's ab. Du bist hier schließlich nicht in der Provinz. Die Neger-Dealer – fast ausschließlich Nigerianer, klar – fahren mit ihrem Koks und Heroin vor allem in der U4 herum, hauptsächlich zwischen den Stationen Spittelau und Längenfeldgasse, und in der U6, ebenfalls von der Längenfeldgasse oder Kennedybrükke bis Spittelau, im Sommer auch weiter, bis zur Donauinsel. Sie versorgen auf den Bahnsteigen oder in den Zügen ihre Kunden – lautstark und sehr auffällig. Wie könnten Junkies anders? Ähnliches gilt für die Straßenbahnlinie 5, die zwischen Bahnhof Wien Mitte und Westbahnhof verkehrt und am Franz-Josefs-Bahnhof vorbeifährt. Das ist die Lieblingslinie verwesender Sandler, widerlicher Junkie-Kids und schwarzer Dealer."

„Du solltest Reiseführer schreiben."

„Damit wir hier noch mehr Piefke kriegen? Nein, danke!"

„Noch was?"

„Ich kann hier den ganzen Tag den Privatdozenten für dich spielen. Needle-Parks gab es immer wieder verschiedene: den Auer-Welsbach-Park, den Beserlpark auf der Wienzeile beim

Naschmarkt, den Resselpark am Karlsplatz. Gelegentlich müssen die armen, hilflosen Drogenabhängigen nach Beschwerden der Anrainer ein bissl weiterwandern. Crack spielt in Wien so gut wie keine Rolle, ebenso wie Crystal Meth, das sind exotische Einzelerscheinungen. Eher stark verschnittenes Heroin, aber viel hochprozentiger als in New York zum Beispiel. Natürlich Koks, Methadon, Rohypnol, diverse Hustensäfte. Ich kannte zwar früher einmal ein paar Freebaser, aber die machten das auch nur neben dem ‚normalen' Kokssniefen. Die Türken importieren angeblich das Heroin, Koks jetzt vielleicht die Russen, weiß ich nicht genau, Speed und Tabletten kommen aus Polen und anderen Ex-Ostblockstaaten."

„Vielleicht solltest du doch dein Hobby zum Beruf machen und Touren veranstalten."

Eine dralle, gutgebaute Blondine nahm Gills Bestellung auf und wandte sich dann an Trash. „Darf's noch was für Sie sein, Herr Doktor?"

„Im Moment nicht, aber später wird mir schon noch was einfallen, Fräulein Gertrud …"

Die Blondine hob anzüglich die Augenbrauen und ging zum nächsten Tisch. Trash war jetzt bester Laune und gesprächig.

„Ah ja, ist ein paar Jahre her, aus meinen ersten Jahren in der Kirchengasse. Da hat es ein paar Häuser weiter eine Pizzeria gegeben, die von einem vietnamesischen Ehepaar geleitet wurde. Dort waren auch immer drei Kinder, von vier bis zehn in etwa, und manchmal auch ‚Cousins' mit wechselnden Visagen, die dort ausgeholfen haben. Man weiß ja, Asiaten sterben in westlichen Großstädten nicht, sie verschwinden nur, und ihren Pass kriegt ein anderer … Zum Teil dürften die Leute auch in dem Lokal gewohnt haben, weil es hinten einmal heftige Bauarbeiten gab – und dann war da plötzlich eine Treppe, hinauf zu ein paar niedrigen Zimmerchen, die sie offenbar über einen eingezogenen Zwischendecke eingerichtet haben."

„In denen haben sie dann ein paar hundert Illegale untergebracht ..."

„Jedenfalls: Ich war da oft und gern essen und trinken. War ganz gut, die Leute waren freundlich. Je mehr Zeit verging, desto mehr fiel mir aber auf, dass da abgerissene Schmuddeltypen reinkamen, ein Achtel oder einen kleinen Braunen bestellten, mit einem Tausender bezahlten, also Schilling damals noch, nie Wechselgeld bekamen, eine Zeitlang hinten am Klo verschwanden und dann wieder gingen, ohne ihr sauteures Getränk auch nur anzurühren. Ähnlich war's mit den hektischen Yuppie-Schweinderln von den Werbe- und Filmfirmen rundherum, die das gleiche Spiel betrieben, nur eher mit dreitausend Schilling."

„Wenn sich die Preise an unterschiedlicher Kaufkraft unterschiedlich orientieren, dann nenne ich das eine äußerst differenzierte Marktwirtschaft."

„Wie sich später herausstellte, haben die dort natürlich Heroin und Kokain verkauft. Der Kunde rief an, bestellte telefonisch eine bestimmte Pizza, mit der Nummer aus der ‚Speisekarte'; der Vietnamese legte die gewünschte Ware in den Kühlschrank neben dem Eingang zum Klo; der Kunde tauchte eine Viertelstunde später auf, lieferte sein Geld ab, holte das Zeug und konsumierte es entweder gleich am Klo oder irgendwo anders. Dann war mir auch klar, warum der Wirt immer ganz erstaunt schaute, wenn ich telefonisch eine Pizza bestellte und sie dann auch abholen wollte. Mit sowas hat der nicht gerechnet – aber er ist wenigstens immer schnell eine machen gegangen und hat mir ein Achtel spendiert."

„Auf diesem Niveau läuft das in Dortmund leider nicht ab." Gill trank seinen Gespritzten und war höchst amüsiert.

„Die Kripo ist ein Jahr lang bei denen im Lokal gesessen und hat observiert, außerdem haben sie sein Telefon abgehört. Damit war wohl jeder verdächtig, der dort angerufen hat. Mich haben sie trotzdem in Ruhe gelassen, weil sie offenbar bei der Observation festgestellt haben, dass ich wirklich ahnungslos bin – hatte ja damals nichts mit härteren Drogen zu tun … Aber einen mittlerweile verstorbenen Freund von mir haben sie befragt, weil seine Tochter mit der Vietnamesentochter in die Schule ging und naturgemäß oft mit der telefonierte. Und von ihm habe ich dann auch gehört, wie es weiterging: alle auf einen Schlag verhaftet, Kinder zur Fürsorge. Aber vorher durften sie noch wen anrufen. Na ja, prompt telefonieren die mit meinem Freund, ob sie zu ihm und seiner Familie kommen dürfen, weil man sie sonst ins Heim steckt. Der sagt ja, die Tochter darf sich vorher von daheim noch ein paar Sachen abholen, taucht dann bei ihm auf und drückt ihm eine Schatulle mit ein paar hunderttausend Schilling in die Hand. Die hat sie hinter einer Badezimmerfliese in der elterlichen Wohnung hervorgeholt und wollte das schöne Drogengeld im Auftrag der Familie verschwinden lassen. Und mein alter Haberer sollte darauf aufpassen. Der hat aber dann gleich die Polizei gerufen, weil er nicht wollte, dass die asiatische Drogenmafia plötzlich vor seiner Tür steht.

Jedenfalls kam heraus, dass diese Eltern auch ihren kleinen Buben, vier oder fünf, das Gift ausliefern geschickt haben, ganz allein; und die Mädchen durften zum Verwandtenbesuch nach Tschechien fahren, von wo sie mehrere Kilos importiert haben. Der Drogenpapa dürfte nix ausgeplaudert haben, und die Frau auch nicht. Nach einem Jahr war sie wieder frei, nach zwei oder drei auch er und einer der ‚Cousins', die es erwischt hat. Und alle gingen wieder fröhlich in der Gegend spazieren …"

„Bei uns wäre das eine ‚Bild'-Schlagzeile: VIETNAMESENKINDER ÜBERSCHWEMMEN DROGENMARKT."

„Die übliche miese Korruption, eh klar. Die Beamten ermitteln und verhaften, und die Gerichte geben den Tätern dann ein Zwickerbussi. Bei uns läuft das halt alles noch auf diese typisch gemütliche Art ab. Kennst dich aus?"

„Momentan möchte ich jeglicher Administration aus dem Wege gehen. Danke. Ich muss los."

„Hast was vor?"

„Ich geh' einkaufen."

„Ich will gar nicht wissen, was."

73

Gill verbrachte ein paar Stunden in der U-Bahn und kaufte beim Hin- und Herfahren ein. Für die Dealer war es ein Festtag. Ihr Umsatz an Eitsch und anderem Dreck stieg um zehn Prozent. Aus einem Abfalleimer kramte Gill mehrere verdreckte Spritzen, die er vorsichtig einwickelte. Bei einem Italiener aß er eine höllisch scharfe Pizza, die er mit drei Ottakringer löschen musste. Dann ging er zurück zum Penthouse. In der Hand hielt er eine Plastiktüte mit Drogen und dreckigen Spritzen. Er sah aus wie ein Mann, der ein bisschen was eingekauft hatte.

Wie würde er mit dem umgehen, was er nun vorhatte? Wie konnte er es verkraften? Wurde der klägliche Rest seiner Seele daran verfaulen? Er hatte in seinem Leben mehrmals Grenzen überschritten, die seine Persönlichkeit verändert hatten. All diese Schritte waren schwierig zu überstehen gewesen, aber er war sich immer sicher gewesen, sie auszuhalten, sie zu ertragen. Dieser war anders. Er hatte keine Ahnung, ob er daran zerbrechen würde. Oder das, was noch von ihm übrig war. Doch er wusste, dass er ihn gehen würde.

Der Tod war nicht genug für den Kanonikus Docre.

Gill betrat die Zelle. Zaran brüllte: „Ich muss zur Toilette!"

„Du hast einen Eimer unterm Bett. Du bist nur mit einer Hand gefesselt. Wenn du dich nicht komplett dämlich anstellst, kriegst du das hin."

Zaran brüllte wütend und riss an der Handschelle. „Du kannst mich töten, aber nicht vernichten."

„Oh, die satanistische Version von Hemingway."

„In deiner dämlichen Begrenztheit kannst du meine ungeheure Existenz nicht begreifen. Ich setze alles in Wirklichkeit um, was die Phantasie an kühnen, fremdartigen und diabolischen Dingen jenseits des Möglichen erdenken kann. Ich habe alle Ungeheuerlichkeiten Sardanapals begangen und mehr. Sein Palast war ein Stall neben dem vergoldeten Haus, das ich mir errichtet habe."

„Ich will dich deiner Klasse nicht entfremden und werde deinen Realitätsverlust unterstützen." Er trat näher an Zaran, der ihm ins Gesicht spuckte.

„Töte mich oder lass mich gehen."

„Den Tod hast du verspielt, als ich Alexa befreit habe. Es geht ihr täglich besser."

„Ich bin nicht von dir eingesperrt, du bist mit mir hier eingesperrt. Ich erhebe dich zu meinem Vasallen."

Gill schlug ihn mit der Glock bewusstlos, bevor er den Speichel abwischte. Dann kochte er etwas Heroin mit Ascorbinsäure auf und zog die braune Lösung auf eine dreckige Spritze. Er ging zu Zaran, der langsam wieder zu Bewusstsein kam und stöhnte. Gill packte seinen Arm. „Vertrau mir. Ich weiß, was ich tue." Er suchte nach einer Vene, drückte die Nadel brutal hinein und langsam ab. „Ich gebe dir eine Wirklichkeit, so fremdartig und diabolisch, wie du sie bisher noch nicht kennengelernt hast. Du hast die Welt zu deiner Kloake gemacht – jetzt leb in ihr."

„Warum bin ich denn nicht Gott, wenn ich schon kein Mensch sein kann?" Zaran öffnete die Augen und sah Gill an.

„Das Leben ist kurz und beschissen. Da sollte man alles mitnehmen, was man kriegen kann."

Gill warf die Tüte in eine Ecke, schloss hinter sich ab und ging in den Wohnraum. Blendender Sonnenschein tauchte ihn in warme Helligkeit. Mit der Fernbedienung ließ er die Rollos halb herunter und regulierte die Klimaanlage. Er trank einen Almdudler und hörte abwechselnd Georg Danzer und Gene Pitney. Dazu zappte er lustlos durch die Fernsehprogramme der stummgeschalteten Cine-Wand. Dann stand er auf und sah sich die Bücher in der Bibliothek an. Er fand eine Erstausgabe von John Steinbecks „Früchte des Zorns" und fragte sich, was dieser grandiose Roman in der Büchersammlung eines Folterers und Geheimdienstchefs zu suchen hatte. Er nahm eine alte deutsche Ausgabe von Flauberts „Salambo" zur Hand, setzte sich in einen bequemen Sessel und las eine Weile über Niedertracht im Altertum.

74

Gill hatte ein paar Stunden in der heimischen AIDS-Szene recherchiert, bevor man ihn mit John M zusammenbrachte. Nachdem sich der große Südafrikaner mit den harten Augen im genauso harten Gesicht einen weiteren Schuss gesetzt hatte, ging er mit Gill in eine Bar, um sich anzuhören, was er wollte. John M war vor einem Jahr von einer gefühlsduseligen Hilfsorganisation aus einem südafrikanischen Gefängnis freibekommen worden – nach zwanzig Jahren Haft und wegen seiner HIV-Infektion. Seine ursprüngliche Strafe hatte neun Jahre betragen. Aber im Knast hatte er sich zum General einer Numbers-Gang hochgemordet und ordentlich Nachschlag kassiert.

„Erzähl mal ein bisschen von dir. Ich will wissen, ob du der Richtige für den Job bist. Geht immerhin um fünfhundert Euro plus deine Tagesrationen Heroin für eine Woche Arbeit."

„Im Gefängnis war ich bei den Twenty-eighters, den Kings der Knäste. Ich musste sofort jemanden töten, um aufgenommen zu werden. Ist eben ein guter Verein. Sie gaben mir ein Messer. Als der Mann kam, hielten sie ihn fest, und ich stach ihm ins Herz. Zweimal. Dann kam das Blut raus. Ich setzte mich durch und stieg auf."

Der Mann war groß und schlank, aber er hatte Muskeln wie Schiffstauknoten. Sein Gesicht glühte unter der schwarzen Haut. Ein völlig gefühlsunfähiger Sadist. Die Stimme war sanft, leise und teilnahmslos.

„Wenn mir ein Wärter nicht passte, holte ich mir einen Twenty-sevener und gab ihm ein Messer. Ich sagte: Töte ihn oder ich töte dich. Und er sagte: Jawohl, Bruder, kannst zusehen. Und das tat ich auch. Obwohl man mir nichts nachweisen konnte, bekam ich weitere zehn Jahre. Und noch ein Jahr saß ich ohne Verurteilung, bis diese netten Idioten kamen, einen Anwalt bezahlten und mich rausholten."

„Ich habe von den Numbers-Gangs gehört."

„Wenn ein Neuer in die Zelle kam, fragte ich ihn, warum er hier sei und ob er zu einer Gang gehörte. Wenn er kein Mitglied war, musste er bei mir schlafen, und ich hatte Sex mit ihm. Ich habe oft gewechselt und viele gehabt in zwanzig Jahren. Ich suchte mir jemanden aus und sagte einfach: Du bist meine Frau."

„Und wenn jemand nicht wollte?"

„Habe ich ihn genommen und dann gekillt. Ich halte ihn fest und sehe ihm in die Augen und habe Sex mit ihm. Ich bin nicht schwul. Er ist eine Frau für mich."

„Okay. Versuchen wir es. Aber wenn du dich nicht an die Absprache hältst, töte ich dich."

John M sah Gill mit seinen toten Augen an. Der Blick kam direkt aus der Hölle. „Ich sterbe sowieso am Virus."

„Das kann noch Jahre dauern."

„Du glaubst, du kannst mich töten?"

„Tu so, als wäre dir was runtergefallen, und sieh unter den Tisch."

John M sah ihn einen weiteren Moment an. Dann beugte er sich langsam unter die Tischplatte. Er starrte in die Mündung von Gills Glock. Er tauchte wieder auf und sah Gill stumm an.

„Hast du gemerkt, wie ich sie gezogen habe?"

„Nein."

„Wenn ich sie das nächste Mal ziehe, merkst du es in deinen Eingeweiden."

„Wir haben keinen Streit."

„Nein. Wenn du dich an meine Anweisungen hältst."

„Fünf Tage in einer Zelle?"

„Mit allem, was das Herz begehrt. Du bekommst sogar eine weiße Frau."

„Auch Shit?"

„Auch Shit."

„Warum soll ich das tun? Ich verstehe das nicht."

„Du musst nichts verstehen, außer den Spielregeln: Du bleibst mit dem Mann fünf Tage in der Zelle. Du spritzt ihn regelmäßig. Du kannst mit ihm machen, was du willst. Du darfst ihn nur nicht töten. Tötest du ihn, töte ich dich. Er bleibt angekettet. Die Zelle hat eine Abhöranlage. Ich höre draußen jedes Wort mit. Versuch gar nicht erst zu fraternisieren … dich mit ihm gegen mich zu verbünden. Er wird dir vielleicht alle Schätze dieser Welt versprechen – aber er verfügt nicht über sie. Sonst wäre er nicht in meiner Zelle, wenn er all das hätte. Ein- oder zweimal komme ich und bringe etwas zu essen. Du kannst dir auch Essen mit reinnehmen. Wenn ich da bin, kannst du duschen, wenn du willst."

Gill legte fünfzig Euro auf den Tisch. „Kauf dir, was du

brauchst. Alk und Eitsch sind bereits vorhanden. Ich warte hier eine Stunde."

John M erhob sich und verließ die Bar in der Stumpergasse. Gill bestellte eine weitere Margarita.

75

Die Tage vergingen langsam. Die Zelle war inzwischen in einem furchtbaren Zustand. Völlig verdreckt wälzte sich Zaran in seinen Drogendelirien in Kot und Blut. Sein Leben hatte Form und Halt verloren. Wie eine Kloake hatte John M schon bald seine Fassade aufgegeben und fiel regelmäßig über Zaran her. Als der nüchtern einen hilflosen Versuch der Gegenwehr unternahm, schlug ihm John die Vorderzähne aus. Inzwischen brauchte Zaran alle drei Stunden eine Spritze. Gill sorgte dafür, dass John M sie ihm auch gab. Aber John ließ Zaran betteln und sich erniedrigen, bevor er seine Dröhnung bekam. Er erfreute sich an sadistischen Quälereien. Gill fand das zwar widerlich, aber für Zaran angemessen. Der Tod war nicht genug. Der Südafrikaner wusste nicht, dass die Zelle auch eine Kameraüberwachung hatte. So konnte Gill sehen, wie sich John M mit einer Flasche in der Faust positionierte und darauf wartete, dass Gill die Tür öffnete. Gill ließ ihn mehrere Stunden so stehen. Als sich John ermüdet wieder auf den Boden setzte, betrat Gill die Zelle, ging zu ihm und schlug ihm mit einem Schlagring die Nase ein. Sie war nicht zum ersten Mal gebrochen. Die Zelle stank wie eine Mistgrube. Zaran lag im Zustand äußerster Vernachlässigung da. Gill ließ John M einen Eimer Wasser holen und über Zaran ausschütten. Der zuckte kaum. Er war in der Hölle angekommen. Sein Leben bestand nur noch aus Qual und der gelegentlichen Linderung durch eine Dosis Heroin. Seine Körperzellen jaulten danach. Gill blickte auf ein erodiertes Individuum.

Noch ein paar Stunden, dann wäre der Spuk vorbei, und Gill konnte an den Ort zurückfahren, den man rudimentär als sein Heim bezeichnen könnte. Regelmäßig telefonierte er mit Klaus und mailte ihm Handybilder von Zaran. Die konnte er Alexa zeigen, wenn er es für angebracht hielt. Die Angst war zur Gewissheit geworden: Alexa hatte den Virus. Nicht gut für den Heilungsprozess. Aber das war nicht rückgängig zu machen. Und egal, wie sehr er Zaran quälte, es würde nichts nützen.

Gill war gar nicht gut drauf. Zum Teil verachtete er sich für das, was er tat. Er war zum Folterknecht geworden, der Abschaum als seinen Handlanger eingestellt hatte. Reichte der Zorn über Alexas Schicksal als Rechtfertigung wirklich aus? Zorn … das erste Wort der „Ilias". Das Wort, mit dem die westliche Zivilisation beginnt. Der Christengott war zornig, als er Adam und Eva aus dem Paradies vertrieb. Zorn war die Grundlage von allem, was die europäische Kultur prägte. Gill zweifelte an allem und jedem – und am meisten an sich selbst. Er goss sich ein großes Glas Malt ein und trank es auf ex. Toleranz für sich und seine Welt breitete sich warm vom Magen aufsteigend aus. Er hörte Robert Plants „29 Palms", dann ein Album von Jorge Ben Jor, dann „The Age Of The Understatement" von den Last Shadow Puppets. Bei „The Tingler" von Blondie schenkte er sich ein weiteres Glas Scotch ein, um das fragile Gleichgewicht seiner Stimmung zu erhalten. Er buchte einen Flug nach Köln und rief anschließend Klaus an, um ihm die Ankunftszeit durchzugeben. Nach „Working Man's Café" von Ray Davies war es Zeit. Jetzt würde er den Scheiß beenden.

Gill öffnete die Zelle. John M saß auf einem Stuhl und bereitete den nächsten Schuss vor. Zaran stöhnte im Schmutz. Seine verschorfte Haut schimmerte grünlich. Er hatte nur noch die Hälfte seines früheren Gewichts. Gill ging zu John M und erschoss ihn.

Dann öffnete er Zarans Handschelle. Seine Hand war klein und blutig. Zarans Wahnsinn war von der Droge defragmentiert und nur noch auf ein einziges Ziel gerichtet.

„Du hast deine Vergiftung summa cum laude abgeschlossen."

Zaran sah ihn aus glasigen Augen an.

„Hier liegt noch etwas Stoff rum. Bedien dich. In der Wohnung findest du genug Krempel, den du versetzen kannst. An deiner Stelle würde ich keine Hilfe von deinen ehemaligen Kumpanen erwarten. Wenn sie dich schwach sehen, werden sie sich für ihre Furcht vor dir rächen. Mach es dir ein bisschen nett in Wien."

Dann entfernte er sich aus Zarans Leben.

76

Gill verließ das Haus im ersten Bezirk und fuhr mit Tanks Wagen zum Flughafen. Zuvor hatte er die Glock gesäubert und in der Donau versenkt. Er verspürte kein Hochgefühl. Diese Form der Rache war weniger befriedigend, als es die eines Richters und Henkers sein sollte. Aber er wollte, dass diese Kreatur wenigstens einen Hauch der Qualen erlitt, die sie ihren Opfern zugefügt hatte. Das verstand Gill unter Gerechtigkeit. Seinem Karma, falls er denn eines hatte, würde es schaden. Aber Zaran einfach aus dem Diesseits zu blasen, wäre nicht genug gewesen. Er sollte den Rest seines Lebens leidend verbringen. Niemals zuvor hatte Gill etwas ähnliches getan. Es hatte ihn nie etwas ausgemacht, Bedrohungen final abzuwehren oder durch Gewalt seine Interessen zu schützen. Es hatte ihm auch nichts ausgemacht, von Prelatis foltern zu lassen, um schnell an die nötigen Informationen zu kommen. Um Alexas Leben zu retten, heiligte der Zweck jedes Mittel. Damit konnte er leben. Doch diese Form der Bestrafung und Folter ließ kein gutes Gefühl zurück. Befriedigung

– vielleicht. Vielleicht auch im Ansatz Genugtuung. Den Opfern würde es nichts mehr nützen, und Gill hatte einen weiteren Teil seiner Seele schwarz gefärbt. War das nicht noch ein letzter Triumph für Zaran?

Gill war so sehr in seine deprimierenden Gedanken versunken, dass er die beiden Verfolger nicht bemerkte. Sie verhielten sich zwar äußerst geschickt, aber normalerweise hätte Gill sie entdeckt.

Beim Check-in erwiderte Gill das Lächeln der jungen Frau am Schalter nicht. „Oh, ich sehe gerade, dass Sie aufgefordert sind, sich bei der Information in Raum zehn zu melden, Herr Quiller."

„Was gibt es?"

„Sicher eine dringende Nachricht für Sie. Den Gang ganz durch. Auf der rechten Seite."

Nur Klaus wusste von seiner Abreise. Er nahm das Handy und sah, dass er kein Netz hatte. Vielleicht etwas Wichtiges – und er war telefonisch nicht erreichbar. Und das auf einem Flughafen? Gills Instinkte versagten, waren von trüber Stimmung unterdrückt. Er ging den Gang hinunter, sah die Tür mit der Aufschrift zehn, öffnete sie und trat in den dunklen Raum.

Sie erwarteten ihn.

ENDE

(Gill kommt wieder – in DIE GOMORRA-DEPESCHE.)

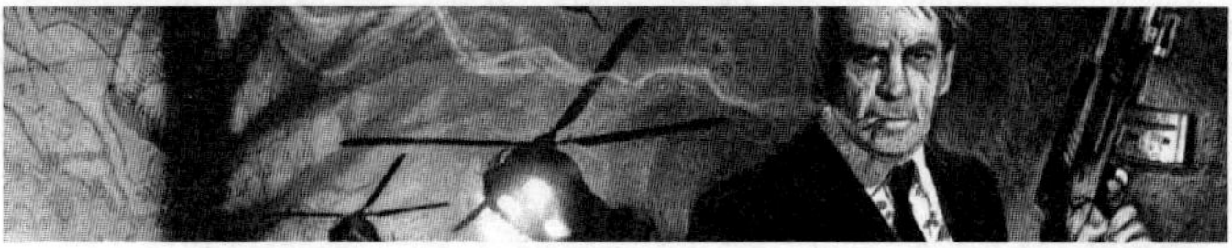

NACHWORT

Eigentlich sind Katzenkrimis ja etwas zutiefst Hassenswertes – die Art „Cozies", bei denen selbst Hardboiled-Fans die Lust an literarischen Kriminalfällen vergeht; die über-harmlosen Krimis, mit denen Mimi selbst zwanzig Jahre nach der Pensionierung noch gern ins Bett geht.

Martin Comparts Held Gill würde nie im Leben einen Katzenkrimi lesen, obwohl er Katzen liebt (so wie sein Autor). Er würde wahrscheinlich auch nie einen Fall annehmen, in dem es um eine verschwundene Katze geht, wäre da nicht dieser weinende kleine Junge, der sein Herz rührt. Es ist ein Herz, dessen Existenz und dessen Regungen Gill selbst ein wenig unheimlich sind, wurde er doch dazu ausgebildet, skrupel- und gefühllos für den real existierenden Kommunismus zu kämpfen. Auch nach dem Ende der Sowjetunion durfte Gill seinen Herzmuskel am wenigstens von allen trainieren – weder als Söldner in den Krisenherden dieser Welt noch als Privatdetektiv, der bei seinen Fällen immer wieder auf das Böse stößt: das Böse, das viel realer existiert als damals der Kommunismus; das Böse, über das man zwar nachdenken und philosophieren kann, das aber unverständlich bleiben muss.

Gill hat jedenfalls akzeptiert, dass es das Böse gibt, ohne religiösen Hintergrund, ohne psychoanalytisches Opfergeschwafel, ohne ungesunde Faszination für die „dunklen Seiten", die ohnedies nur nach Blut, Perversion und banaler Verderbtheit stinken, wenn man ihnen direkt gegenübersteht. Gill kennt das Böse und ist bereit, es zu vernichten, wenn es ihn, seine Klienten und seine wenigen Freunde bedroht. Dabei nimmt er keine Rücksicht auf Verluste, hängt nicht allzusehr am eigenen Leben und grübelt nicht lange darüber nach, ob er vielleicht einen Dämon zuviel in seiner Seele weckt.

Und so ist es unausweichlich, dass der PI sogar auf der Suche nach einem entführten schwarzen Kater mitten in eine Eiterblase sticht, die unseren ganzen Planeten mit ihrer Seuche zu infizieren droht. Eine weltweite Satanistenverschwörung braucht die Tiere für ihre ekelhaften Spiele – und scheut auch nicht davor zurück, Kinder zu missbrauchen und zu opfern, wie die Dortmunder Polizei herausfindet, als sie ein Massengrab mit den Überresten der Geschändeten entdeckt. Als dann auch noch Gills beste Freundin vom Sektenführer in die Hölle eines afrikanischen Kindersoldatenlagers entführt wird, zieht Gill mit seinen Gefährten los, um diese neue Facette des Bösen auszulöschen. Ohne Sentimentalität, ohne Rücksicht auf liberale Befindlichkeiten – und im Wissen darum, dass sie die Übel dieser Welt damit bestenfalls ankratzen können. Die Vernichtung alles Lebenswerten durch Geldgier, die Verwandlung von Staaten in Mafia-Dependancen, die unendliche Perversion der Mächtigen, die unverhüllte Kolonialpolitik der USA und die noch schamlosere Korruption der Brüsseler Kommissarherrschaft; all das hält nur einen Augenblick inne, wenn ein Teil des Imperiums bröckelt, nur um sich sofort neue, noch größere Gemeinheiten auszudenken.

In der Welt, wie Martin Compart sie in „Die Lucifer-Connection" (und auch schon im Vorgänger „Der Sodom-Kontrakt) zeichnet, gibt es eben organisierten Satanismus, Snuff-Pornos, Kinderhändler und deren Kunden, die sich oft in höchsten Kreisen der Politik und der Wirtschaft bewegen. Das alles sind Dinge, mit denen wir im täglichen Leben gottlob nie zu tun haben – weil unsere wohlmeinenden Institutionen und die bis zur Bösartigkeit verblendeten Gutmenschen permanent so tun, als existierten sie einfach nicht und seien bestenfalls wirre Visionen von Verschwörungstheoretikern und Pulp-Autoren. Ist doch egal, ob man einen Brief aus Dutroux-Kreisen findet, in dem ein satanistischer Hohepriester eine „Lieferung“ für die Walpurgisnacht bestellt – wie vor kurzem von WikiLeaks aufgedeckt. Die „Medienkellner“ (Zitat: Compart) erwähnen das höchstens beiläufig, in einer Kurzmeldung im Chronikteil, und gehen dann zu ihrer perfiden Tagesordnung über. Und die wahren Schuldigen, die gesichtslosen Männer im Hintergrund, bleiben unentdeckt und dürfen weiter ihren niederen Instinkten folgen.

Genau deshalb brauchen wir Autoren wie Martin Compart und Bücher wie „Die Lucifer-Connection“: um unseren Zorn auf die Verhältnisse zu wecken. Um den Finger in offene Wunden zu legen. Und um die Übeltäter, die Monster auf den Seiten dieses Kriminalromans so richtig hassen und ihnen alles Schlechte wünschen zu können (was sie dann auch verdientermaßen kriegen).

Vielleicht lernen wir daraus was fürs richtige Leben. Dazu ist es ja nie zu spät.

Peter Hiess
Melk, Sept. 2011